LE CHÂTEAU DE BARBE-BLEUE

"Lettres hispaniques"

DU MÊME AUTEUR

LES SOLDATS DE SALAMINE, Actes Sud, 2002 ; Babel n° 621.
À PETITES FOULÉES, Actes Sud, 2004.
À LA VITESSE DE LA LUMIÈRE, Actes Sud, 2006 ; Babel n° 865.
ANATOMIE D'UN INSTANT, Actes Sud, 2010 (prix littéraire international Mondello-Ville de Palerme, prix Jean Morer) ; Babel n° 1166.
LES LOIS DE LA FRONTIÈRE, Actes Sud, 2014 (prix Méditerranée étranger) ; Babel n° 1338.
L'IMPOSTEUR, Actes Sud, 2015 ; Babel n° 1485.
LE MOBILE, Actes Sud, 2016.
LE POINT AVEUGLE, Actes Sud, 2016.
LE MONARQUE DES OMBRES, Actes Sud, 2018 ; Babel n° 1709.
TERRA ALTA (TERRA ALTA I), Actes Sud, 2021 ; Babel n° 1875.
INDÉPENDANCE (TERRA ALTA II), Actes Sud, 2022.

La traduction du poème *Si* de Rudyard Kipling
est celle de Germaine Bernard-Cherchevsky (1942).

Titre original :
El Castillo de Barbazul
Éditeur original :
Tusquets Editores, Barcelone

ISBN 978-2-330-17630-3

JAVIER CERCAS

Le Château de Barbe-Bleue

Terra Alta III

roman traduit de l'espagnol
par Aleksandar Grujičić et Karine Louesdon

ACTES SUD

À Raül Cercas et Mercè Mas, ma Terra Alta.

PREMIÈRE PARTIE

TERRA ALTA

Le premier souvenir que Cosette avait de son père était très marquant : elle était enfouie dans un siège-auto, sur la banquette arrière d'une voiture, et, devant elle, au volant, il lui annonçait que sa mère était morte. Ils s'apprêtaient à quitter la Terra Alta et son père ne la regardait même pas dans le rétroviseur, il ne regardait qu'en lui-même ou devant lui, ce ruban d'asphalte qui les entraînait vers Barcelone. Son père essayait ensuite de lui expliquer la signification de ce qu'il venait de dire, de lui faire comprendre qu'elle ne verrait plus sa mère et que, dorénavant, ils seraient livrés à eux-mêmes et obligés de se débrouiller tout seuls. À ce premier souvenir, elle en associait deux autres, tous deux aussi marquants que le premier, tous deux couverts d'un vernis menaçant. Dans le premier, son père apparaissait avec Vivales, l'avocat qui avait été, de toutes les personnes que son père avait connues, ce qui s'approchait le plus d'un père. Ce souvenir-là faisait immédiatement suite au précédent, et avait pour cadre une cafétéria déserte aux grandes baies vitrées, un endroit dans lequel, des années plus tard, elle reconnaîtrait l'aire de repos d'El Mèdol, sur l'autoroute de la Méditerranée. Son père et Vivales parlaient ensemble pendant qu'elle circulait sur un toboggan dans un espace de jeu pour enfants (elle avait l'impression que les deux hommes parlaient d'elle, d'elle et de sa mère décédée) ; par la suite, son père retournait en Terra Alta et elle partait pour Barcelone avec Vivales. Son troisième souvenir était lié à Barcelone, Vivales y apparaissait également, mais son père, lui, disparaissait ou n'apparaissait qu'à la fin, après qu'elle avait passé plusieurs jours chez l'avocat, en compagnie de celui-ci et de Manel Puig et Chicho Campà, les deux grands amis de Vivales, qui ne la quittaient pas d'une semelle, comme si un danger abstrait planait sur elle et que ce trio saugrenu d'anciens compagnons de régiment s'était donné pour mission de la défendre, jusqu'à ce qu'un beau matin, à l'aube, son père réapparaisse et, tel un chevalier revêtu de son armure étincelante, fasse fuir le danger et la ramène en Terra Alta.

Les souvenirs que Cosette avait de sa mère étaient, en revanche, flous ou empruntés. Plus flous qu'empruntés : chaque fois que, petite, elle interrogeait son père, il ne lui disait pratiquement rien sur sa mère, comme s'il n'avait rien à dire ou comme s'il avait tant à dire qu'il ne savait pas par où commencer. La réticence de son père contribua au fait que Cosette idéalise sa mère. Bien que pour des raisons différentes, elle idéalisa également son père, ce qui n'était pas si facile : en fin de compte, c'était une personne en chair et en os, alors que sa mère n'était qu'un fantôme ou un mirage qu'elle pouvait embellir à son goût. Enfant, surtout le temps qu'il exerça le métier de policier, Cosette considérait son père comme une sorte de héros, le chevalier à l'armure étincelante accouru chez Vivales à sa rescousse ; elle l'avait plus d'une fois entendu dire que les méchants les plus terribles sont ceux qui ont l'air gentil, et elle était persuadée qu'il possédait un don naturel pour les détecter et les combattre, qu'il était fait du même bois que les héros des romans d'aventures dont, aussi loin qu'elle s'en souvienne, il lui faisait la lecture le soir, du même bois que les shérifs ou les tueurs à gages des vieux westerns que Vivales aimait tant.

Surtout durant son enfance, le père et la fille étaient très proches l'un de l'autre. Lui la traitait avec une certaine froideur ou avec ce qu'un observateur impartial aurait pris pour de la froideur, d'une façon distraite, renfermé et un peu absent. Cela ne déplaisait pas à Cosette, en partie parce qu'elle ne connaissait pas autre chose et en partie parce qu'elle se disait que, dans la vraie vie, les héros étaient ainsi : froids, distraits, silencieux, renfermés et un peu absents ; en plus de cela, Cosette pouvait être sûre que pendant une heure ou une heure et demie par jour au moins, son père sortait de son abstraction et se consacrait à elle sans réserve. C'était lorsque, avant qu'elle se laisse entraîner par le sommeil, il lui lisait des romans à haute voix : jaillissaient alors de lui une chaleur, une intimité et un enthousiasme plus intenses que n'importe quelle démonstration d'affection ; ce sentiment de communion qu'elle éprouvait en cet instant, elle ne le connaîtrait avec personne d'autre, comme si le père et la fille partageaient de manière exclusive un secret essentiel. Pourtant, à mesure que Cosette s'approchait de l'adolescence, la certitude l'envahissait peu à peu que la sombre réserve de son père n'était pas un trait inhérent à son caractère, mais le fruit empoisonné de l'absence de sa mère ; un doute complémentaire la gagnait aussi, celui que parfois son père l'observait en cherchant en elle sa mère décédée et ne trouvait qu'une version rudimentaire et dévaluée d'elle. C'est ainsi que le fantôme (ou le mirage) commença à prendre forme et c'est ainsi qu'elle commença à se confronter à lui sans le savoir, ou simplement à essayer de se mettre à son niveau. C'était un combat voué à l'échec, dont elle n'était même pas pleinement consciente et qui aurait pu la détruire, ou en tout cas faire d'elle un être diminué, soumis et peu sûr de lui.

Ce ne fut pas le cas. Pendant son enfance, Cosette et son père menèrent une vie rangée et paisible. Il l'accompagnait le matin à l'école et, s'il était de service au commissariat à cette heure-là, il allait la chercher l'après-midi ; sinon, c'était la mère d'Elisa Climent, la meilleure amie de sa fille, qui les récupérait toutes les deux à l'école et les emmenait au foot ou à la maison faire leurs devoirs, jusqu'à ce qu'il vienne la chercher une fois sa journée de travail achevée. Plus tard, quand son père quitta son poste au commissariat, les deux amies prirent l'habitude d'aller à la bibliothèque où il travaillait désormais, qui se trouvait à deux pas de là, où elles faisaient leurs devoirs, lisaient ou préparaient leurs examens, après quoi son père les emmenait à l'entraînement ou les ramenait à la maison. Parfois, le week-end, Cosette dormait chez Elisa, parfois c'était Elisa qui dormait chez Cosette.

Cosette n'était pas une mauvaise élève, mais elle n'était pas très bonne non plus. Si elle aimait beaucoup lire, les cours de littérature, ceux d'histoire, ou la littérature en général ne l'intéressaient pas outre mesure ; en revanche, elle avait un talent inné pour les mathématiques. Ses professeurs la définissaient comme une élève sensée, discrète, spontanée, obstinée et dépourvue d'esprit de compétition. Ce qui ne l'empêchait pas d'adorer le sport, ni de faire partie, au collège, d'une équipe de football ; ni, par ailleurs, d'être douée pour les échecs, ce qui lui valut de participer à plusieurs tournois – elle en remporta trois : deux locaux et un régional –, ni d'obliger son père à apprendre les règles de ce jeu afin qu'il puisse disputer avec sa fille des parties qu'il perdait au début avec une rapidité humiliante. Ses professeurs la définissaient aussi comme une fille pleine d'imagination, dotée d'une rare aptitude à s'évader dans ses rêveries.

Aucune de ces définitions ne surprenait son géniteur ; Cosette ne se trompait qu'à moitié : c'était un père absorbé et distrait, mais il passait de nombreuses heures avec elle et il la connaissait bien. S'ils appréciaient de vivre en Terra Alta, ils s'échappaient de temps à autre à Barcelone, et l'été ils passaient invariablement quelques jours à El Llano de Molina, dans la province de Murcia, chez Pepe et Carmen Lucas, deux amis que son père avait hérités de sa mère. Le couple d'un certain âge était en contact permanent avec eux, leur envoyait des e-mails, leur téléphonait et les encourageait à leur rendre visite au cours de l'année aussi, ce qu'ils firent en plusieurs occasions. Cosette les adorait et ils adoraient Cosette qui, avec le temps, s'était fait des amis dans le village, dont certains vivaient à El Llano toute l'année. Cosette savait que son père appréciait lui aussi ces parenthèses bucoliques, même si, là-bas, il ne faisait pas grand-chose d'autre que lire, s'adonner à de longues siestes, courir entre les vergers et discuter avec Pepe et Carmen, avec Carmen surtout : son père ne parvint jamais à s'intéresser à l'horticulture, mais l'après-midi il accompagnait l'ancienne prostituée et dernière amie de sa mère à son potager où il laissait les heures s'écouler assis par terre et lisait le dos appuyé contre le mur de l'appentis dans lequel elle rangeait son outillage. Pour ce qui est de Barcelone, après la mort de Vivales, Cosette et son père prirent goût à passer de temps à autre le week-end dans l'appartement que l'avocat leur avait légué et qui se situait en plein centre. Son père avait décidé de le garder tel que Vivales l'avait laissé, non pas parce qu'il cultivait la superstition sentimentale de conserver la présence fantomatique de l'avocat dans l'endroit où il avait toujours vécu depuis qu'il l'avait rencontré, mais simplement parce qu'il ne savait trop qu'en faire. Lors de ces courts séjours à la capitale, ils allaient au zoo, au musée de la Science ou au cinéma, et ils dînèrent plus d'une fois avec Puig et Campà, généralement chez ce dernier, qui leur préparait des gueuletons en l'honneur de Vivales au cours desquels ils mangeaient comme des goinfres. Le matin ou l'après-midi, ils passaient souvent à Internet Begum, le taxiphone que le Français tenait dans le quartier du Raval, et conversaient ou lisaient ou jouaient aux échecs, voire aidaient le vieil ami de son père à gérer son commerce, lequel, pour les remercier de leurs visites, les invitait au restaurant sur la Rambla ou au Raval. Un après-midi, après qu'ils eurent déjeuné tous les trois au restaurant Amaya, Cosette, fascinée par l'effervescence expressive et le corps énorme de l'ancien bibliothécaire de la prison de Quatre Camins, demanda à son père où il avait fait sa connaissance.

— Par là, répondit-il.

— C'est pas un endroit, ça, par là, répliqua Cosette.

Ils étaient dans un magasin de l'Ensanche, en train d'acheter de quoi petit-déjeuner le lendemain, et son père se tourna vers elle, une boîte de Kellogg's dans la main et, sur le visage, l'air de se dire que même si elle n'avait que dix ans, Cosette ne méritait pas un mensonge.

— Je te raconte ça tout à l'heure, dit-il.

À cet instant, Cosette ne sut pas si son père avait fait cette promesse pour se débarrasser d'elle ou dans l'idée de tenir parole, mais deux heures plus tard, quand elle la lui rappela, elle comprit qu'il n'allait pas lui raconter la vérité. Jamais il n'avait évoqué devant elle son passé antérieur à la Terra Alta : il ne lui avait pas dit que sa propre mère était une prostituée, comme Carmen Lucas, ni qu'elle avait été violemment assassinée, il ne lui avait pas parlé de son enfance sauvage dans le quartier de Sant Roc, ni de son père inconnu, ni de son adolescence agitée d'orphelin, ni de son passage par des maisons de redressement et de son boulot de dealer et d'homme de main pour un cartel colombien, pas plus que de son arrestation après une fusillade dans la Zone franche de Barcelone, ni de son procès à l'Audience nationale de Madrid, ni même de son incarcération à Quatre Camins et de la solide amitié qu'il y noua avec le Français. Son père n'avait jamais raconté à Cosette ces choses-là, et il ne le fit pas non plus à cette occasion : il expédia sa curiosité en expliquant vaguement qu'il avait rencontré le Français quand celui-ci travaillait dans une bibliothèque, que grâce au Français, il avait découvert Les Misérables *et que, grâce aux* Misérables, *il avait découvert sa vocation de policier. Cosette eut l'impression que son père lui mentait, mais aussi qu'il était en train de lui mentir avec la vérité.*

— Je ne te crois pas, rit-elle. Le Français n'a jamais travaillé dans une bibliothèque.

Cosette sentit qu'elle avait vu juste quand elle surprit l'expression de soulagement sur le visage de son père au moment où il lui répondit :

— Je te donne ma parole d'honneur que si.

Ce soir-là, elle en tira trois conclusions. La première, c'est que les meilleurs mensonges ne sont pas les mensonges purs, mais les mensonges mâtinés de vérité, parce qu'ils ont le goût de la vérité. La deuxième, c'est que son père lui cachait sciemment son passé, ce qui ne contribua pas à ternir l'aura de chevalier à l'armure étincelante ou de héros de roman d'aventures ou de shérif ou de tueur à gages de western dont l'avait entourée l'imagination de sa fille. La troisième, c'est qu'elle devait connaître Les Misérables.

Cette semaine-là, elle demanda à son père de lui lire Les Misérables. *Son père sembla déconcerté par cette requête ; en tout cas, il s'y refusa. Il allégua qu'il n'avait pas relu le roman de Victor Hugo depuis la mort de Vivales, il allégua que cela ne lui paraissait pas une bonne idée de le lui lire maintenant, il allégua que, quand bien même ce roman avait changé sa vie, peut-être qu'elle ne l'aimerait pas, ou bien pas encore (peut-être l'aimerait-elle plus tard, allégua-t-il, par exemple lorsqu'elle atteindrait l'âge qu'il avait quand il l'avait lu la première fois), il allégua sa longueur, il allégua une phrase que le Français lui avait dite à l'époque où il avait découvert le livre : "L'écrivain fait la moitié d'un livre, l'autre moitié, c'est toi qui la fais." Cosette, qui savait devoir son prénom à la fille du héros des* Misérables, *trouva toutes ces allégations insuffisantes ou absurdes, et en définitive elles ne firent qu'attiser son désir d'entendre son père lui lire le roman.*

Elle finit par obtenir gain de cause. Ils consacrèrent trois mois et demi à la lecture des Misérables. *Cosette y mit du sien pour que le livre lui plaise, mais la déception fut énorme : dès le début, elle y vit un roman décousu, cucul la praline, démagogique et somme toute ennuyeux, et Javert – le policier justicier et intraitable qui poursuit de manière intraitable l'ex-prisonnier Jean Valjean tout au long de l'histoire, et qui pendant des années avait été pour son père un modèle de vie – lui parut un personnage antipathique, intempérant, mécanique, sans une once du courage moral et de la grandeur tragique que son père avait admirés chez lui. Cosette n'aurait pas utilisé ces mots-là pour décrire l'impression que lui inspiraient le personnage et le roman, mais c'est ce qu'elle ressentait. Elle ressentait même quelque chose de pire, et c'est que, bien que son père ait essayé de le lui lire avec plus de chaleur, d'intimité et d'enthousiasme que jamais, il ne réveillait pas en elle ce sentiment habituel de communion, comme si ce roman ne renfermait pas le secret essentiel qu'ils avaient tous les deux partagé jusqu'alors ; ou, au contraire, comme si précisément ce secret se révélait dans le roman, montrant pourtant sa terrible vacuité ou sa duperie. Malgré cela, Cosette ne demanda pas à son père d'arrêter de lui en faire la lecture le soir et, le temps que dura l'expérience, elle fit un effort surhumain pour dissimuler sa déception : elle espérait peut-être qu'à un moment donné le roman décolle et atteigne un apogée tardif mais à nul autre pareil ; elle pensait peut-être que sa désillusion n'était pas à imputer aux* Misérables *mais à elle-même, à son incapacité à apporter au livre l'autre moitié nécessaire, celle qui lui permettait d'appréhender tout son sens et que son père, lui, était capable d'apporter. Quoi qu'il en soit, une fois qu'il lui eut lu la dernière page du roman, Cosette réussit uniquement à répondre par une question lapidaire à la question prévisible que son père lui posa :*

— Un peu long, pas vrai ?

Ce fut le dernier livre qu'ils lurent ensemble.

1

Melchor attend Cosette dans le café de la gare routière de Gandesa en buvant un Coca-Cola et en lisant un roman d'Ivan Tourgueniev intitulé *Fumée*. En dehors de lui, dans l'établissement il n'y a qu'un couple de personnes âgées assis à une table, main dans la main, un sac de voyage sur une chaise près d'eux, et un homme en train de bavarder avec la patronne au comptoir. Melchor ne connaît pas le couple de personnes âgées, mais il connaît les deux autres : la patronne est une trentenaire originaire d'Arnes, séparée et mère d'une fille ; l'homme, un jeune tatoué à la coupe de porc-épic, est cousin avec la patronne, il vit à Gandesa, est au chômage et vient régulièrement l'après-midi prendre un café avec elle, papoter un peu et, au besoin, lui prêter main-forte. Il est dix-neuf heures trente. La lumière ambrée que diffusent quelques appliques murales donne au café un vague air d'aquarium. De l'autre côté des grandes fenêtres, la nuit est déjà tombée sur l'avenue de Catalunya, sur l'hôtel Piqué et, au-delà, sur le profil escarpé de la montagne de Cavalls, sur toute la Terra Alta.

Il y a cinq jours, Cosette est partie en vacances avec Elisa Climent, et Melchor est impatient de la revoir ; un peu inquiet aussi. Voulant faire une surprise à sa fille, il ne lui a pas annoncé qu'il l'attendrait à la gare. Ce n'est pas la première fois que Cosette, du haut de ses dix-sept ans, s'absente plusieurs jours, et ce n'est pas la première fois, par ailleurs, qu'elle le fait sans être accompagnée d'adultes. Mais cette fois, c'est différent. Cela faisait des mois que Cosette et Elisa économisaient pour ce voyage ; un voyage qui, dans l'imagination des deux amies, avait ou était censé avoir, en principe, une dimension symbolique, représentait une frontière : c'était leur dernière année de lycée à l'Institut Terra Alta, et l'année suivante, en principe aussi, toutes deux envisageaient de quitter la comarque et d'intégrer l'université, ce qui allait probablement les séparer. Ces derniers temps, pourtant, l'incertitude a commencé à saper les plans de Cosette : elle n'est plus certaine de vouloir faire des études de mathématiques à Barcelone à la rentrée prochaine comme c'était son intention depuis des années, ni même de passer son bac, condition *sine qua non* pour accéder à l'université. Il y a une explication concrète à cette soudaine indécision : quelques semaines avant d'entreprendre le voyage en question, Cosette, par hasard, avait découvert que son père lui mentait depuis quatorze ans sur la mort de sa mère. Celle-ci n'était pas décédée dans un accident, comme son père le lui avait raconté à l'époque : elle avait été assassinée ; la collision qui avait mis un terme à sa vie n'était pas fortuite, comme elle l'avait toujours cru, mais provoquée : le responsable en avait été l'ex-mari de Rosa et principal inculpé dans l'affaire de l'assassinat des parents de celle-ci, qui avait agi de la sorte pour intimider Melchor et l'empêcher de poursuivre son enquête sur l'affaire Adell. L'exhumation accidentelle de ce crime enterré avait mis Cosette hors d'elle, qui non seulement était furieuse parce qu'elle avait compris que sa mère était morte à cause de l'aveuglement justicier de son père, mais également parce que son père lui avait caché la vérité. Depuis lors, Cosette a l'impression que son existence entière s'est bâtie sur une fiction, ainsi que sur la certitude irrationnelle qu'elle ne connaît pas son père et que tout ce qu'elle croyait savoir sur lui n'est que mensonge, que toutes les valeurs qu'il incarnait à ses yeux sont fausses, toxiques, et que tout ce qu'elle a vécu jusqu'alors n'est en fin de compte qu'une supercherie. Ce qui explique que la relation entre le père et la fille se soit envenimée et que, quelques jours avant son départ, Cosette se soit opposée à Melchor et l'ait accusé de lui avoir menti. Melchor n'a pas nié, il n'a pas protesté ; l'accusation était fondée : s'il ne lui avait pas menti, il lui avait tout de même caché la vérité (ce qui n'était qu'une manière subtile de mentir). Voilà pourquoi il a passé ces cinq jours à espérer que Cosette reconsidère la situation et comprenne les raisons qui l'avaient poussé à agir de la sorte ; par ailleurs, il a essayé de s'armer des arguments qui lui permettraient de la persuader que, s'il avait sans doute commis une erreur, il l'avait fait avec la meilleure intention du monde, convaincu d'avoir agi comme il le fallait. Et voilà pourquoi il se trouve là à cette heure, dans le café de la gare routière, impatient de la revoir, prêt à lui fournir des explications, à lui présenter ses excuses et à obtenir son pardon.

À vingt heures, le bus de Tortosa apparaît, s'arrête sur un quai, se déleste de quelques passagers et récupère le couple de personnes âgées du café, où vient de faire irruption un groupe de randonneurs. Le dernier bus en provenance de Barcelone n'arrivera que dans vingt minutes et Melchor commanderait volontiers un autre Coca-Cola, mais il y renonce car les nouveaux venus prennent d'assaut le comptoir, convoitant sandwichs et rafraîchissements, ce qui oblige le cousin tatoué à aider la patronne.

Melchor se replonge dans le livre de Tourgueniev. Il continue d'être un infatigable lecteur de romans, surtout de romans du XIXe siècle. Quand il avait entamé une liaison avec Rosa Adell, il avait voulu diversifier un peu son régime de lectures et essayé de s'intéresser aux romans policiers, les préférés de Rosa. Il en a lu un bon nombre et quelques-uns lui ont plu. Au bout d'un certain temps, pourtant, il s'en est lassé, ou peut-être a-t-il connu une régression dans ses envies, car il est retourné aux romans du XIXe siècle, que Rosa, lectrice aux goûts changeants et éclectiques, a elle aussi fini par aimer. Melchor appelle sa liaison avec Rosa une liaison parce qu'il ne sait comment l'appeler autrement. Il ne l'appelle pas mariage parce qu'ils ne sont pas mariés, même si Rosa aimerait qu'ils le soient ; d'ailleurs, elle en a fait plusieurs fois la proposition à Melchor, mais s'est invariablement heurtée à un refus. L'argument de Melchor est toujours le même : la femme la plus riche et la plus puissante de la Terra Alta mérite mieux qu'un ex-flic reconverti en bibliothécaire ; elle aurait fini par le regretter, telle est sa conclusion. Rosa ignore si Melchor parle sérieusement ou s'il plaisante (de fait, elle ignore si lui-même le sait), et elle a essayé de démonter cet argument, toujours en vain ; il lui est même arrivé de se demander si la véritable raison du refus de Melchor n'était pas qu'il ne voulait pas se marier avec une femme de quinze ans son aînée, de surcroît amie d'enfance de sa première femme. Quoi qu'il en soit, Rosa a accepté sans rechigner le type de vie qu'ils mènent et elle est heureuse comme ça ; bien plus heureuse, assure-t-elle à qui veut bien l'entendre, qu'elle ne l'a jamais été.

Melchor et Rosa ne vivent pas sous le même toit, mais ils se voient et se parlent au téléphone tous les jours, couchent ensemble avec une fréquence de jeunes mariés et la relation que Rosa entretient avec Cosette est aussi chaleureuse que celle que Melchor entretient avec les quatre filles de Rosa ; ils ne sont pourtant pas aussi proches, entre autres parce qu'aucune des quatre filles de Rosa n'habite plus en Terra Alta. Melchor, quant à lui, aime Rosa, il admire sa bonté, sa joie de vivre, son intelligence, sa discipline et son extraordinaire capacité de travail ; mais, probablement parce que les sentiments qu'il a envers elle ne ressemblent pas à ceux qu'il avait envers Olga, il ne sait pas s'il est amoureux d'elle, et n'entend pas chercher à le savoir. Il ne comprend pas non plus qu'elle puisse être amoureuse de lui ; en fait, en son for intérieur, il pense que l'amour de Rosa repose sur un malentendu et que ce malentendu ne tardera pas à se dissiper, ce qui mettra un terme à leur liaison. Pour le reste, tout le monde, dans leur entourage, sait que la présidente et propriétaire des Cartonneries Adell et de la moitié de la Terra Alta est, *de facto*, en couple avec l'un des policiers qui, quatorze ans plus tôt, a été impliqué dans la résolution de l'affaire Adell, l'assassinat de ses parents ; cette coïncidence un peu macabre avait au début fait l'objet de tous les commérages dans la comarque, qui de façon unanime avait prédit au couple un avenir éphémère, mais avec le temps tous s'étaient fait à cette idée, voyant là une de ces extravagances qui caractérisent cette contrée sans extravagances.

Melchor lève les yeux du roman de Tourgueniev à l'instant où le dernier bus en provenance de Barcelone arrive à Gandesa et s'engouffre dans l'avenue de Catalunya pour se diriger vers la gare. Si bien qu'il se met debout, règle son Coca-Cola et sort accueillir sa fille. Des passagers descendent du véhicule et se bousculent autour du coffre à bagages pour récupérer leurs affaires, se mêlant par instants à ceux qui attendent devant la porte pour monter. Melchor cherche Cosette du regard parmi la foule sur le quai, mais il ne la voit pas ; en revanche, il aperçoit tout de suite Elisa, qui s'avance vers lui avec un sac à dos plein à craquer, un bronzage printanier et deux boîtes octogonales d'*ensaimadas* suspendues à un ruban multicolore. La jeune fille s'arrête devant Melchor qui, cherchant en vain sa fille dans la gare animée, demande :

— Et Cosette ?

Elisa répond, d'un air gêné, que Cosette est restée à Majorque ; puis elle cligne des yeux comme si elle ne savait plus que dire ou comme si elle le savait mais ignore comment le dire. Melchor l'observe. Elle a le même âge que sa fille, le visage couvert de taches de rousseur, des yeux clairs et des cheveux blonds, lisses et un peu ébouriffés ; elle porte des espadrilles, une robe presque estivale et une veste en jean. Conscient qu'il s'est passé quelque chose, Melchor demande :

— Il lui est arrivé quelque chose ?

— Non.

Elisa pose son sac à dos par terre mais pas les boîtes d'*ensaimadas*, et le regarde de nouveau en essayant de se donner plus d'assurance.

— Cosette va bien. Elle m'a dit qu'elle restait parce qu'elle avait besoin de réfléchir. Et qu'elle vous appellerait pour vous dire quand elle rentrerait.

— Réfléchir ?

— Oui. Elle dit que ça ne sera pas plus de deux ou trois jours et que…

Avant qu'elle puisse terminer sa phrase, Melchor sort son portable et compose le numéro de sa fille tout en engageant Elisa à poursuivre :

— Et que… ?

— Elle ne va pas vous répondre, l'avertit Elisa.

Elle a raison : le portable de Cosette sonne mais personne ne décroche. Quand la boîte vocale se déclenche, Melchor tourne le dos à Elisa et s'éloigne de quelques pas en direction de l'avenue de Catalunya. "Cosette, dit-il. C'est papa. Je suis à la gare avec Elisa, elle vient d'arriver. Appelle-moi, s'il te plaît." Il raccroche et rejoint l'adolescente qui a remis son sac sur son dos.

— Ne vous inquiétez pas, insiste Elisa. Cosette va bien. Elle voulait juste prendre quelques jours de vacances de plus.

— Et toi ?

Melchor précise :

— Pourquoi tu n'as pas pris quelques jours de plus, toi aussi ?

— Parce que j'ai des trucs à faire ici.

Melchor acquiesce sans conviction. Il n'a jamais eu de véritable conversation avec Elisa, mais il l'a connue quand elle était tout bébé, quasiment, il croit savoir comment elle est et il est sûr que, même si elle essaie de ne pas lui mentir, elle cherchera à couvrir Cosette. Un peu sonné, il demande :

— Cosette a rencontré quelqu'un ?

Elisa secoue énergiquement la tête.

— Non, dit-elle. Bon, pas quelqu'un comme vous vous imaginez.

Un WhatsApp retentit dans le portable de Melchor au moment où la jeune fille dit quelque chose qu'il ne comprend pas. Ce n'est pas un message de Cosette, mais de Rosa. "Elle est arrivée ? est-il écrit. On dîne à la maison ?" Melchor lève le regard vers Elisa mais, avant qu'elle puisse finir sa phrase ou que lui dise quelque chose, un autre WhatsApp lui parvient, cette fois de Cosette. "Papa, ne m'appelle pas, s'il te plaît. Je ne veux pas te parler. Je vais bien. Ne t'inquiète pas et laisse-moi respirer un peu." Melchor lève de nouveau les yeux vers Elisa, et durant deux secondes il la regarde sans la voir.

— C'est elle ? demande l'amie de Cosette.

Melchor lui montre le WhatsApp de sa fille.

— Je vous l'avais dit qu'elle ne vous répondrait pas, lui rappelle Elisa après avoir lu le message. Elle veut être seule. Elle me l'a dit, ça aussi.

Maintenant c'est Melchor qui ne sait que répondre. Passé le premier instant de surprise, il comprend que ce qui arrive ne le surprend pas outre mesure, qu'il est peut-être venu attendre Cosette précisément parce qu'il avait le sentiment que ça, ou si ce n'est ça, quelque chose d'approchant, pouvait arriver. "Tu as de l'argent ?" écrit Melchor sur son portable. "Oui", répond Cosette aussitôt. "Je rentrerai quand je n'en aurai plus." Melchor est sur le point d'écrire un autre WhatsApp, cette fois pour demander à sa fille de faire attention à elle ; mais ça lui semble trop évident, trop paternaliste et, prenant sur lui, il choisit de lui montrer qu'il a confiance en elle en lui envoyant un émoji complice : un poing jaune avec le pouce levé.

— Bon, dit Elisa quand Melchor détourne les yeux de son portable, à nouveau absent, la regardant sans la voir. Il faut que j'y aille. Ma mère m'attend.

Melchor réagit, prend le sac d'Elisa et, le mettant sur ses épaules, se propose de la déposer chez elle tout en envoyant un message à Rosa pour lui annoncer qu'il sera seul à venir dîner.

Elisa vit avec sa mère aux abords du village, sur la route de Bot, non loin du premier appartement que Melchor avait loué quand, dix-huit ans plus tôt, il s'était réfugié en Terra Alta après avoir tué par balles quatre islamistes armés sur la promenade maritime de Cambrils. Pendant le trajet en voiture, il interroge Elisa. Celle-ci lui raconte qu'elle et son amie ont passé leurs deux premières journées de vacances à Palma, dans un hôtel proche de S'Arenal, à bronzer sur la plage le matin, se balader dans la vieille ville l'après-midi, et sortir dans les bars et en boîte le soir. Elle lui raconte aussi que le troisième jour, au lieu de se rendre à Magaluf comme elles l'avaient prévu, elles ont pris un bus pour Pollença, ou plus exactement pour Port de Pollença, se sont installées dans un hôtel bon marché et ont passé les deux journées suivantes étendues sur la plage, à se baigner dans la mer et à danser dans une discothèque du coin. Elles se sont éloignées du port uniquement pour visiter le village de Pollença, un après-midi, et un autre après-midi un endroit du nom de Cala Sant Vicenç. Il écoute l'amie de sa fille et boit ses paroles. Juste avant son accrochage avec Cosette, alors que cela faisait des semaines qu'elle se comportait de manière inhabituelle, se montrant sèche et distante, Melchor avait parlé avec Elisa, qui lui avait dit que sa fille avait quelque chose, mais qu'elle ne savait pas quoi, et à présent il ne se décide pas à lui demander si elle a trouvé de quoi il s'agissait ni si Cosette lui a parlé de la dispute qu'ils ont eue la veille du départ, certain, peut-être, que la réponse aux deux questions ne peut être qu'affirmative. Il se décide néanmoins à lui demander si, ces derniers jours, elle a remarqué si Cosette semblait préoccupée ; Elisa lui répond que non, avant de se corriger et d'expliquer que oui, un peu, mais pas plus que ces dernières semaines, depuis qu'elle a commencé à hésiter sur le choix de ses études, et à se demander si même elle devait se présenter au bac.

— Elle t'a dit qu'elle ne voulait pas faire d'études ? demande Melchor.

— Elle m'a dit qu'elle ne savait pas quoi faire, répond Elisa. Si ça se trouve, c'est pour ça qu'elle a décidé de rester deux ou trois jours de plus. Pour y voir plus clair. Pour pouvoir réfléchir.

C'est la seconde fois qu'il entend Elisa prononcer ces mots, mais à présent il croit y déceler une note un peu forcée, comme si elle avait répété ce qu'elle vient de lui dire, comme si plus que de le dire, elle le récitait.

Ils sont arrivés devant chez Elisa, et il ne veut pas la harceler davantage. Il descend avec elle de voiture, prend son bagage et l'accompagne jusqu'à la porte, lui fait deux bises, lui dit de saluer sa mère et, finalement, ne peut s'empêcher de lui demander si elle compte parler avec Cosette dans la soirée. Elisa hausse les épaules.

— Je ne sais pas. Je ne crois pas. Mais ne vous inquiétez pas : si elle me dit quelque chose, je vous envoie un message.

Melchor la remercie et tente un sourire, mais il ne vient pas.

2

Melchor parcourt les cinq petits kilomètres qui séparent Gandesa de Corbera d'Ebre dans un état proche du somnambulisme. Juste avant d'arriver au village, il quitte la route, emprunte un chemin de terre et, peu après, ralentit devant le portail du mas de Rosa et déclenche l'ouverture automatique en pointant dans sa direction la télécommande. En attendant que le portail s'ouvre, il jette un œil à ses WhatsApp et, au cas où, consulte sa boîte mail ; pas de nouveau message ni dans l'un ni dans l'autre : que ce soit de Cosette ou d'Elisa. Il franchit ensuite l'entrée, roule sur un sentier de gravier et se gare devant la porte principale, à côté de la BMW de Rosa.

Melchor pénètre dans la maison, monte au premier étage et se rend à la cuisine, où il trouve Ana Elena, l'aide bolivienne de Rosa, qui le salue d'un sourire. S'écartant de la cuisinière et se séchant les mains avec un torchon, elle lui annonce que Rosa prend une douche.

— Elle m'a dit que vous pouviez l'attendre dans le salon, ajoute-t-elle.

— Je vais l'attendre ici, dit Melchor. Je peux aider ?

— Non monsieur, certainement pas, répond Ana Elena, un peu scandalisée.

Et, de son propre chef, elle ouvre le frigo, sort une canette de Coca-Cola, la décapsule et met des glaçons dans un verre ; présentant les deux à Melchor, elle s'enquiert :

— Je vous le sers où ?

Melchor lui enlève la canette et le verre des mains et s'assoit à la table de la cuisine. Ana Elena est une femme d'un âge indéfini, de petite taille, bien en chair, aux joues rouges et rebondies, qui depuis plusieurs années vit chez Rosa et s'acquitte des tâches domestiques. Quand il avait commencé à venir au mas, Melchor avait essayé de la convaincre de ne plus lui donner du "monsieur", mais il a fini par déclarer forfait. Ana Elena a deux enfants, un garçon et une fille, qui vivent avec leurs grands-parents dans un hameau près de Cochabamba ; Melchor sait qu'elle leur envoie chaque mois la quasi-totalité de son salaire. Ensemble, ils parlent souvent des enfants, et à présent, le verre de Coca-Cola dans une main et le portable dans l'autre, Melchor demande à Ana Elena de leurs nouvelles. Pour ne pas penser à Cosette, il s'efforce de se concentrer sur sa réponse ; il n'y réussit pas ou il n'y réussit qu'en partie. Au bout d'un moment, Rosa apparaît, embrasse Melchor sur les lèvres et, ouvrant les bras dans un geste interrogateur, demande :

— Et Cosette alors ?

Rosa a les cheveux mouillés et elle est habillée avec une négligence juvénile qui contraste avec le sérieux que lui impose son travail : des tongs, un jean large et un tee-shirt blanc qui laisse deviner ses grands seins, aux mamelons pointus. Elle vient d'avoir cinquante-cinq ans (l'âge qu'aurait Olga si elle était toujours en vie) et elle est déjà trois fois grand-mère, mais sa peau est encore resplendissante, elle a un visage frais, des yeux limpides, un sourire large et lumineux et un corps sans une once de graisse. Melchor hausse les épaules.

— Je ne sais pas, reconnaît-il. Elle est restée à Majorque.

— Avec Elisa ?

— Non. Elisa est rentrée. Je viens de la ramener chez elle. Elle m'a dit que Cosette allait bien, qu'elle n'est pas là parce qu'elle a besoin de réfléchir. Elle aussi m'a dit la même chose.

— Qui ça, Cosette ?

Melchor acquiesce. Rosa se baisse face à lui ; les mains appuyées sur les genoux, elle demande :

— Tu l'as eue au téléphone ?

— On s'est écrit, répond Melchor en brandissant son portable. Elle m'a dit de ne pas m'inquiéter. De la laisser respirer.

Sur le visage de Rosa, l'incertitude a cédé peu à peu le pas à la perplexité, laquelle est maintenant remplacée par l'assentiment.

— Si elle t'a dit de ne pas t'inquiéter, ne t'inquiète pas.

Récupérant la position verticale, elle ajoute :

— On en reparle tout à l'heure.

Ana Elena a dressé la table dans le petit salon avec baie vitrée qui donne sur la terrasse du premier étage et, pendant qu'ils mangent le velouté de légumes et la sole à la sauce aux amandes qu'elle leur a concoctés, Melchor et Rosa reparlent de Cosette sans que Melchor quitte une seconde des yeux son portable. Quand ils avaient commencé à sortir ensemble, c'était à peine s'ils évoquaient leurs enfants, comme s'ils ne voulaient pas que leur vie familiale s'immisce dans leur relation personnelle. Ce pacte implicite n'avait pas tardé à se fissurer, et il avait volé en éclats depuis longtemps lorsque, à peine quelques semaines plus tôt et du jour au lendemain, Cosette s'était montrée d'humeur irascible, ce qui avait empoisonné les rapports entre le père et la fille. Depuis lors, Melchor avait tenu Rosa au courant ; à un moment donné, il lui avait même demandé de sonder sa fille pour essayer de comprendre de quoi il retournait. Rosa avait accepté mais cela n'avait pas servi à grand-chose : Cosette avait refusé de lui raconter quoi que ce soit, ou peut-être avait-elle été incapable de le faire. Ce n'est que plus tard qu'ils avaient découvert le motif de la colère et du trouble de Cosette, quand celle-ci l'a révélé elle-même à son père quasiment la veille de son départ pour Majorque.

— Tu n'as rien à te reprocher, Melchor, dit Rosa lorsqu'ils ont terminé de dîner. Tu as seulement fait ce que tu devais faire : protéger ta fille de la vérité.

Ana Elena a débarrassé les assiettes mais pas les verres, et Rosa caresse la jambe du sien, à moitié rempli de vin blanc. Melchor demande :

— Peut-on protéger quelqu'un de la vérité, même s'il s'agit de sa propre fille ?

— Bien sûr que oui, répond Rosa. M. Grau citait toujours cet aphorisme, je crois que c'est de Santiago Rusiñol : "Ceux qui cherchent la vérité méritent la punition de la trouver."

Melchor réprime l'envie autodestructive de demander à Rosa si elle entend par là qu'il n'aurait pas dû s'obstiner à chercher à savoir qui avait tué ses parents, car dans ce cas sa femme n'aurait pas perdu la vie.

— Ce que je veux dire, c'est que, parfois, la vérité nuit à la vie, continue Rosa, lisant probablement sur le visage de Melchor que l'apophtegme de Rusiñol réclame un éclaircissement. Et que, si l'on peut l'épargner à ses enfants, on doit le faire. J'ai essayé pour mes filles, quand il y a eu l'histoire de mes parents, mais je n'ai pas réussi. Parce que la vérité que j'ai voulu leur épargner était trop écrasante. Trop évidente et trop terrible. Et comme je n'ai pas pu protéger mes filles, elles en ont beaucoup souffert. Toi, en revanche, tu as pu protéger Cosette. Ce qui lui a permis d'avoir une enfance heureuse et, maintenant qu'elle est presque adulte, elle est mieux armée pour affronter la vérité. Ce n'est pas juste une opinion : c'est un fait. Si tu es capable de le lui expliquer, Cosette comprendra. J'en suis certaine. Ça va lui prendre plus ou moins de temps, mais elle comprendra.

Rosa raisonne avec une conviction que Melchor trouve suspecte : il ne sait pas si elle dit cela parce qu'elle le pense, ou parce qu'elle pense que ça peut l'aider. Melchor admire la force de Rosa. Celle-ci, jusqu'à l'assassinat de ses parents, avait mené une vie facile et un peu irréelle, engourdie par la sécurité que lui procuraient le pouvoir économique de sa famille et son choix délibéré de demeurer dans l'ombre de son mari, dédiant tout son temps à ses quatre filles après avoir été une brillante étudiante en économie et avoir renoncé, de son propre chef, à la vie professionnelle. L'assassinat de ses parents, commandité par son mari, l'avait violemment précipitée dans le monde réel, et, depuis, elle a consacré toute son énergie à un double objectif : d'une part, faire en sorte que ses filles surmontent l'hécatombe familiale ; d'autre part, préserver, et si possible accroître, l'empire entrepreneurial érigé par son père au cours d'un demi-siècle. Autant que Melchor puisse en juger, Rosa a récolté sur les deux fronts un succès sans appel. Actuellement, les Cartonneries Adell facturent près du double de ce qu'elles facturaient quatorze ans plus tôt quand le père de Rosa les dirigeait encore, elles emploient presque deux fois plus de personnel et comptent trois nouvelles filiales, toutes en Amérique latine (une à Trujillo au Pérou, et deux en Colombie : une première à Medellín, une seconde à Pereira). Un succès qui n'est pas uniquement redevable à Rosa, mais aussi, comme elle-même le souligne volontiers chaque fois que l'occasion s'en présente, à M. Grau, éternel gérant des Cartonneries Adell et ami éternel de la famille, qui officia comme conseiller de Rosa quand elle prit les rênes de l'entreprise et qui est décédé de mort naturelle trois ans plus tôt, à l'âge de quatre-vingt-quinze ans, assis comme un petit oiseau dans l'imposant fauteuil de chef de son bureau des Cartonneries Adell. Quant aux filles de Rosa, toutes ont surmonté le traumatisme de l'affaire Adell, ou c'est ce que croit Melchor ; que cela soit vrai ou faux, elles mènent des vies tout ce qu'il y a de plus normales, trois d'entre elles sont mariées ou vivent avec un partenaire stable, deux sont mères et, bien qu'aucune ne soit installée en Terra Alta, elles rendent régulièrement visite à leur mère ; toutes ont également fini par répudier leur père, qui est sorti depuis peu de prison après treize ans d'incarcération et habiterait à Salou, non loin de la Terra Alta.

Rosa finit son verre et, toujours à propos de Cosette, répète :

— Elle comprendra.

Elle se ressert du vin et conclut :

— Ne t'inquiète pas. Ça va aller, tu verras.

Pour lui changer les idées, Rosa passe le restant de la soirée à parler de son dernier déplacement à Medellín, d'où elle est revenue deux jours plus tôt seulement, et de son ami l'écrivain Héctor Abad Faciolince, rencontré il y a quelques années ; elle parle aussi d'une visite à La Inés, une propriété appartenant à la famille d'Abad et située à trois heures et demie en voiture de Medellín, dans les montagnes de la commune de Támesis, où elle a passé le dernier week-end en compagnie d'Héctor, sa femme et de plusieurs amis.

— Devine qui est ami avec Héctor ? demande Rosa.

Une seconde plus tard, c'est elle qui répond :

— Javier Cercas.

Le nom rappelle vaguement quelque chose à Melchor, mais sans plus.

— Tu ne te souviens pas ? continue Rosa. C'est le type qui a écrit ces romans qui parlent de toi. Tu ne les as toujours pas lus ?

— Non.

— Alors tu devrais. Ce Cercas invente sans arrêt, mais ses romans sont amusants. Héctor n'en revenait pas que je te connaisse. Il croyait que tu n'existais pas, que son ami t'avait inventé, toi aussi... Ces romanciers sont de vrais charlatans. Tu crois qu'ils étaient comme ça, au XIXe siècle ?

En fin de soirée, ils font l'amour dans la chambre de Rosa. Elle le fait comme toujours avec lui : en proie à un désespoir, une euphorie et une douceur d'adolescente, comme si elle voulait se cacher dans le corps de Melchor. Quand ils ont fini, elle rit, en sueur, heureuse.

— Je suis une vieille lubrique, soupire-t-elle.

— Lubrique, oui, accepte Melchor. Vieille, non.

Elle rit encore.

— Tu devrais apprendre à mentir, lui conseille-t-elle.

Melchor est sur le point de lui avouer que c'était précisément ce que disait Olga, mais il se réfrène à temps. Rosa se lève du lit et, tandis qu'il la regarde s'éloigner vers la salle de bains, nue, son corps luisant de transpiration, Melchor pense qu'il n'a absolument pas menti. Il le pense à nouveau quand il la voit revenir des toilettes, se glisser dans les draps et se blottir contre lui. Il règne dans la chambre une pénombre couleur acajou, créée par un lampadaire qui se dresse au fond, à côté d'un fauteuil. Comme si elle savait que Melchor n'a pas cessé de penser à Cosette, Rosa dit, après quelques secondes de silence :

— M. Grau disait toujours qu'une tragédie est un conflit dans lequel les deux personnes qui s'opposent ont raison.

— C'est la deuxième fois ce soir que tu cites M. Grau.

— Ah bon ?

— Oui.

Un autre silence.

— Bon..., dit Rosa. Le fait est que la relation entre parents et enfants est une tragédie.

Melchor se fait la réflexion qu'après avoir élevé quatre filles, Rosa doit savoir de quoi elle parle ; et que M. Grau lui manque bien plus que son père, ce qui a peut-être à voir avec le fait qu'il a fallu à Rosa deux ans et demi de débats intimes et plusieurs tentatives malheureuses pour lui trouver un remplaçant aux Cartonneries Adell, à supposer qu'elle y ait réussi et qu'elle ne se soit pas résignée à l'idée que M. Grau ne pouvait être remplacé. (Pour finir, le remplaçant ou l'aspirant remplaçant de M. Grau n'est autre que Daniel Silva, ancien comptable de l'entreprise qui, quatorze ans plus tôt, avait joué sans le savoir un rôle décisif quand Melchor s'efforçait de démêler l'affaire Adell.) Rosa reprend :

— Nous avons raison d'essayer de protéger nos enfants. Et nos enfants ont raison de faire le maximum pour qu'on ne les protège pas, d'essayer de nous tenir à l'écart, de se débarrasser de nous, et de nous éviter pour pouvoir se débrouiller tout seuls. C'est ça, le conflit. Et c'est ce qui vous arrive, à toi et Cosette, Melchor : une tragédie. Mais c'est une tragédie indispensable. Si tu n'avais pas voulu protéger Cosette, tu serais un salaud, et si Cosette ne voulait pas que tu arrêtes de la protéger, elle ne pourrait jamais s'émanciper, elle ne parviendrait jamais à être une adulte. – Rosa remue un peu contre Melchor qui la serre contre lui, un bras passé autour de son épaule. – Je te l'ai déjà dit, tu as très bien fait, en cachant la vérité à Cosette. Qu'est-ce que tu allais lui dire ? Que mon ex-mari a tué sans le vouloir sa mère pour que tu arrêtes d'enquêter sur la mort de mes parents ? Comment expliquer ça à son enfant ? Quel père ne tenterait pas de l'en épargner ? Et c'est logique, d'un autre côté, qu'elle soit fâchée, après tout tu lui as caché une chose très importante. Les deux sont vrais, et les deux sont contradictoires. Tu aurais pu faire mieux ? Bien sûr, on peut toujours faire mieux. Il aurait été préférable qu'elle l'apprenne autrement ? Sans doute. Est-ce naturel qu'elle en soit troublée ? Évidemment. Mais elle finira par y voir plus clair. – Rosa marque une pause. – Tout cela est normal, il n'y a rien de grave. En réalité, il y a un seul problème.

— Lequel ?

— Tu n'as pas assez confiance en elle.

— Peut-être. Cosette est un peu naïve.

— Et toi, à son âge, tu n'étais pas naïf ?

— À son âge, j'étais en prison. Ou j'allais y entrer.

— Ce qui veut dire que tu étais encore plus naïf que Cosette. D'ailleurs, elle est naïve et alors ? Elle est maline et forte, aussi. Et si ça se trouve, tout ça va l'aider à perdre cette naïveté. Et à tuer le père. Non pas que je veuille faire mon Freud mais…

— Je n'ai pas tué mon père, moi.

— Tu n'en avais pas besoin, Melchor : tu n'avais pas de père. À part Vivales.

— Vivales n'était pas mon père.

— Tu en es sûr ?

— Non.

Rosa rit à nouveau. Elle a à peine connu Vivales, mais celui-ci réapparaît régulièrement dans leurs conversations : peut-être que le vieil avocat manque à Melchor autant que M. Grau lui manque à elle. Sans se libérer de l'étreinte de Melchor, elle se redresse légèrement pour le regarder droit dans les yeux et lui dire ce qu'elle voulait lui dire depuis un bon moment.

— Ça fera du bien à Cosette de se séparer un peu de toi.

Comme Melchor ne réagit pas, elle ajoute :

— Elle a toujours été trop collée à son père. Et ce n'est pas moi qui vais mettre en question son goût, mais…

— Elle ne l'est plus, l'interrompt Melchor. Là, elle me déteste. Tu veux que je te raconte encore la scène de l'autre jour ?

Rosa se laisse tomber sur lui.

— Cosette ne te déteste pas, murmure-t-elle. Elle est seulement fâchée et perdue. C'est normal qu'elle le soit, je te l'ai déjà dit. Ça lui passera. Ça ne lui fera pas de mal de rester deux jours à Majorque toute seule. Bien au contraire. Il est même probable que ces deux jours lui fassent le plus grand bien : Cosette a besoin de voler de ses propres ailes. Après, quand elle sera rentrée, vous aurez une discussion franche et voilà.

Rosa conclut son plaidoyer d'un baiser sur ses lèvres et, alors qu'elle caresse les poils frisés du torse de Melchor, ce dernier attrape son portable et vérifie qu'il n'a pas reçu de message ou de mail de Cosette ou d'Elisa, tout en s'efforçant de se convaincre que les prédictions de Rosa sont justes. Puis elle passe sa langue sur les tétons de Melchor, glisse vers son ventre, introduit son sexe dans sa bouche et réussit à provoquer aussitôt une érection. Ils font encore l'amour. Quand ils ont terminé, c'est lui qui se lève et se dirige vers la salle de bains. Il urine. Après ça, il se lave les mains et se regarde dans le miroir, et se demande ce que Cosette peut bien faire à cette heure, seule à Pollença. Quand il revient dans la chambre, Rosa s'est déjà endormie.

3

— Putain de merde, se lamente Blai. Cette nana est venue me foutre le bordel. Comme si j'avais besoin de ça.

Il est huit heures trente et Melchor, assis près de la porte du bar de la place, prend un café. À côté de lui, en uniforme, l'inspecteur-chef du commissariat de la Terra Alta peste contre la cheffe de l'unité d'investigation, que lui-même dirigeait quatorze ans plus tôt, quand Melchor avait commencé à travailler sous ses ordres après avoir atterri comme un ovni dans la comarque. La cheffe de l'unité d'investigation est sergente, elle vient tout juste d'intégrer le commissariat. Elle s'appelle Paca Poch.

— En plus, elle n'en fait qu'à sa putain de tête, continue Blai. Tu te souviens de Vàzquez, dans ses grands moments ? Ben c'est à peu près la même chose.

Bien qu'il fasse encore froid, dans le ciel sans nuage brille un soleil qui présage une matinée printanière, et le serveur a sorti des chaises et des tables sur la terrasse, où Melchor et Blai discutent pendant qu'autour d'eux le village entame sa journée de travail. Le serveur est un Japonais, du nom d'Hiroyuki, qui a atterri en Terra Alta deux ans plus tôt ; selon ses dires, il serait venu en Espagne pour apprendre le flamenco, mais la légende locale, que l'intéressé dément avec de grands gestes et en se tordant de rire, prétend qu'il fuit l'un des clans yakuzas les plus cruels, qui le poursuit pour le dépecer. Hiroyuki appelle Melchor et Blai, dans son espagnol rudimentaire, "les deux amis de Terra Alta", et il les salue matin et soir en baissant la tête, les mains jointes, dans une révérence nippone. Tous les matins, Melchor et Blai prennent un café au bar d'Hiroyuki, du moins tous les matins des jours ouvrables depuis que Melchor a quitté son poste là-bas, deux ans et demi après le départ de Blai de la direction du Département central des enquêtes sur les personnes disparues au central d'Egara pour prendre le commandement du commissariat.

— Elle est venue deux fois à la bibliothèque. – Melchor parle lui aussi de la sergente. – On a un peu discuté, elle voulait que je lui conseille des romans. En fait, je la trouve plutôt sympa.

— Seulement deux fois ? demande Blai sur un ton à la fois ironique et méfiant. Plutôt quatre, non ?

Melchor regarde son ami sans comprendre. L'inspecteur va bientôt avoir soixante ans, mais il en fait dix ou quinze de moins, et ce malgré un crâne qu'il conserve impeccablement rasé depuis que Melchor le connaît : il n'a jamais fumé, il ne boit de l'alcool qu'en de rares occasions, il surveille scrupuleusement son alimentation et le matin, avant de prendre un café avec Melchor et de se rendre au commissariat, il a déjà soumis son corps à rude épreuve pendant une heure ou une heure et demie dans une salle de sport qui vient d'ouvrir près de chez lui, à Horta de Sant Joan. Par ailleurs, Melchor est conscient que Blai profite de ces réunions matinales pour se défouler devant lui, ce qui ne le dérange pas le moins du monde. D'abord, et surtout, parce que c'est son meilleur ami et qu'il aime l'écouter. Ensuite, parce qu'il sait que Blai ne peut se défouler devant personne d'autre, pas même devant sa femme, qui ne comprend pas grand-chose à ce qui se passe au commissariat (et que cela n'intéresse pas outre mesure). Et, troisièmement, parce qu'il considère que son ami a mille et une raisons de vouloir se défouler : ces dernières années, le taux de criminalité en Terra Alta a été multiplié par dix, alors que les moyens humains et matériels destinés à la combattre ont été réduits de moitié. Ces deux tristes états de fait ne sont pas propres à la comarque – dans certains endroits de Catalogne, la situation est plus affligeante encore –, mais Blai le répète sans cesse à Melchor. "C'est la jungle ici ! finit-il par se plaindre à chaque fois. Et toi, dans ton coin, tu t'en bats les couilles." "Nous aussi, on a des problèmes, à la bibliothèque", lui rappelle Melchor. "Va te faire foutre, l'Espagnolard", le coupe Blai.

— Écoute, Melchor, reprend le policier, Paca fait partie de ces élèves qui, dès qu'ils arrivent à l'école, demandent ce que devient le héros de Cambrils… Arrête tes conneries ! Tu sais que la nana est cinquième de sa promo ? Et pourquoi tu crois qu'une cinquième de promo demande à être affectée en Terra Alta ?

— Elle m'a raconté que son mec est à Tortosa.

— Tortosa, mon cul ! s'écrie Blai hors de lui. Quel mec, laisse-moi rire, elle est là depuis cinq semaines et elle a déjà baisé avec la moitié du commissariat. Je viens de te le dire, elle me fout le bordel ! Et attends, je peux comprendre, hein ? Qu'est-ce que tu crois, je suis pas né de la dernière pluie. T'as vu à quoi elle ressemble ? Un peu de sérieux, quand même, merde ! On est flics ou on n'est pas flics ?

Pour éviter que son ami s'enflamme davantage, Melchor ne lui rappelle pas que ça fait déjà cinq ans qu'il a quitté la police. Les deux hommes entretiennent l'une de ces amitiés masculines et surannées qui ne connaissent pratiquement pas l'intimité. Ce qui explique que, bien qu'il prenne un café avec Melchor tous les jours, c'est par sa femme que Blai a su que son ami sortait avec Rosa Adell, et alors que, dans toute la Terra Alta, leur relation appartenait déjà au domaine public. Ce qui explique aussi que, même si la semaine précédente Melchor avait appris à Blai que Cosette allait profiter des vacances de Pâques pour passer quelques jours à Majorque, ce matin il n'a même pas mentionné que sa fille avait prolongé son voyage sans le prévenir et qu'elle était restée seule sur l'île, alors que cette absence lui noue le ventre depuis douze heures. Deux mois plus tôt, quand il avait perçu les premiers signes d'un changement chez Cosette, Melchor n'avait pas voulu en parler à Blai, puis il s'était dit qu'il pourrait peut-être tirer parti de son expérience de père de famille nombreuse ; la réaction de son ami quand il lui avait fait part de son inquiétude lui avait fait comprendre qu'il faisait fausse route. "T'inquiète, avait dit Blai avec l'aplomb de l'expert, essayant de le rassurer. C'est les hormones. Ça arrive à tous les ados. Moi, quand mes filles avaient l'âge de Cosette, j'en ai chié. Je ne pouvais pas supporter l'idée qu'un crétin bourré de testostérone jusqu'aux oreilles aille se taper mes filles. C'était plus fort que moi. En réalité, si j'avais pu, j'aurais castré tous ceux qui les approchaient à moins de trois mètres. Comme quoi, de la patience, Melchor, beaucoup de patience."

Hiroyuki apparaît à la porte du bar

— Encore du café pour deux amis ? Café est bon pour tout. La sagesse orientale millénaire le dit.

— Allez, Jap', rit Blai. Toi et la sagesse, ça fait deux. Orientale ou occidentale.

Ils commandent un second café et, une fois que Hiroyuki a tourné les talons après les avoir servis, Blai revient sur la sergente Poch.

— J'ai compris son jeu dès qu'elle s'est mise à poser des questions sur la bibliothèque, continue-t-il. "Voilà, je me suis dit. Encore une passionnée de romans." Je parie qu'elle a lu les livres de ce Cercas et qu'elle a avalé toutes les conneries que l'autre raconte sur toi, elle doit se dire que la bibliothèque, c'est juste une couverture pour toi, un truc dans le genre... Ta légende te poursuit, l'Espagnolard.

Blai aime creuser ses sujets : quand il en saisit un, il ne le lâche plus, il le ressort à tout propos, parfois même durant des semaines ou des mois. Depuis quelques jours, il parle constamment de Paca Poch mais, des années plus tôt, c'était Ernest Salom son obsession. À cette époque, ça faisait déjà un moment que l'ancien caporal était définitivement sorti de prison et revenu en Terra Alta après quasiment six ans sans y mettre les pieds, hormis à l'occasion de quelque permission de sortie. La condamnation de Salom dans l'affaire Adell avait entraîné sa révocation du corps des *mossos d'esquadra*, mais un emploi l'attendait à sa sortie de prison, circonstance qui, entre autres, avait facilité sa remise en liberté avant d'avoir purgé l'intégralité de sa peine.

— Il vit à Prat de Comte, avait dit Blai à Melchor le matin où il lui avait raconté que Salom était de retour. Apparemment, il s'occupe des gîtes ruraux de ses filles.

C'était cela, l'emploi. Après l'incarcération de l'ami de Melchor et supérieur direct dans l'unité d'investigation de la Terra Alta, ses deux filles avaient renoncé à leurs études universitaires respectives et étaient revenues dans la comarque : Claudia, la plus âgée, donnait des cours de sciences physiques à l'Institut ; Mireia, la cadette, était mariée, mère d'une fille et gérante d'une coopérative viticole à Arnes. Aucune des deux ne gagnait des mille et des cents, mais au prix d'années de sacrifices, elles avaient réussi à restaurer une propriété familiale au bord de la ruine pour en faire un gîte rural, et quelque temps plus tard, elles avaient aménagé et mis en location une seconde bâtisse. C'est Claudia qui se chargea de la gestion, tâche qu'elle put, au tout début, cumuler avec ses cours à l'Institut ; plus tard, quand leur père fut libéré, elle trouva un bon poste de technicienne de maintenance à la centrale nucléaire d'Ascó et c'est Salom qui, après avoir suivi une formation dans ce domaine, s'est occupé des deux gîtes.

— Le boulot lui plaît, avait constaté Blai qui avait déjà en deux occasions rendu visite à Salom dans la prison de Lledoners quand l'ancien caporal y purgeait sa peine. C'est ce qu'il dit. Qui aurait cru ça, hein ? Salom, bosser dans l'hôtellerie… Bon, au moins, c'est pas les clients qui vont manquer.

C'était vrai. Le tourisme représentait depuis des décennies une source de richesse croissante en Terra Alta. Des couples avec ou sans enfants, des groupes d'amis ou des familles passaient le week-end et des périodes plus ou moins longues dans la région, à l'occasion des vacances d'été, à Pâques ou à Noël, profitant parfois des festivités les plus importantes des villages de la comarque : ils partaient en randonnée sur la Vía Verde – un chemin de montagne qui suivait l'ancien tracé du chemin de fer –, arpentaient les massifs, louaient des vélos, grimpaient à cheval ou sur des motos, pratiquaient des sports extrêmes ou visitaient les tranchées, les musées et les centres d'interprétation de la bataille de l'Èbre. Les deux logements dont s'occupait Salom pouvaient se réserver sur internet, via le site booking.com, et le travail de l'ex-policier et ex-prisonnier consistait à maintenir les maisons propres et prêtes à l'usage, à les ouvrir à l'arrivée des clients et à les fermer quand ils repartaient, à leur donner les clés au début et à les récupérer à la fin ; il se chargeait également de les montrer aux possibles intéressés. Avec le temps, il s'était mis à confectionner des gâteaux de bienvenue et à offrir des services supplémentaires, comme préparer et servir le matin des petits-déjeuners composés de café, fruits frais, pain grillé avec beurre, confiture ou tomate, charcuterie, omelette et jus d'orange.

— Et c'est vrai qu'il a l'air content, avait conclu Blai après avoir raconté tout cela à son ami. Ça ne m'étonne pas, après toutes ces années passées en prison…

Melchor avait écouté avec méfiance le récit de la rencontre entre ses deux anciens collègues, et à présent il écoutait attentivement Blai. Une fois que celui-ci avait semblé en avoir terminé, Melchor lui avait demandé combien de fois il avait vu Salom.

— Deux ou trois, avait-il répondu. Il m'a appelé il y a à peu près un mois au commissariat et on s'est dit qu'on allait prendre un café. Ça m'a fait plaisir de le voir sorti de prison. En fin de compte, on a été collègues un paquet d'années.

— Tu ne me l'avais pas dit.

— Qu'on avait été collègues un paquet d'années ?

— Que tu l'avais vu.

— Je te le dis maintenant.

Melchor avait opiné du chef, mais il n'avait plus posé de questions et n'avait plus émis le moindre commentaire, et la conversation s'était achevée ainsi. Quelques jours plus tard, Blai avait de nouveau raconté à Melchor qu'il avait vu l'ancien caporal.

— Tu sais ce qu'il m'a dit ?

— Quoi ? avait demandé Melchor.

— J'ai beaucoup pensé à ce qui s'est passé, a dit Salom.

— Tu parles de quoi ? a demandé Blai.

— Tu sais très bien de quoi je parle, a dit Salom ; après ça il avait évoqué vaguement l'affaire Adell sans le mentionner, et à la fin il a ajouté : Vous avez fait ce que vous deviez faire. Celui qui s'est trompé, c'est moi.

— Il t'a dit ça ? avait demandé Melchor.

Blai avait répondu par l'affirmative. Puis il avait ajouté :

— Il m'a aussi demandé de tes nouvelles.

— On m'a dit qu'il ne travaillait plus au commissariat, a fait Salom.

— Non, a dit Blai. Il est à la bibliothèque. Là où travaillait Olga.

— C'est ce qu'on m'a dit, a dit Salom. Qui sait, peut-être que j'irai le voir un de ces quatre.

— Vas-y, a dit Blai. Ça lui fera plaisir.

— Tu en es sûr ? a demandé Salom.

— Évidemment, avait répondu Blai. Au début il était furieux contre toi, il ne voulait pas entendre parler de toi. Normal, non ? Après ce qui est arrivé à sa femme…

— Je n'y suis pour rien, pour Olga, a dit Salom. Tout ça, c'est Albert.

— Je sais, a dit Blai. Et Melchor le sait aussi. Mais…

— Dis-lui de ne pas venir à la bibliothèque, avait dit Melchor. Dis-lui que je ne veux pas le voir.

— Tu te trompes, avait dit Blai.

— C'est possible, avait dit Melchor. Mais ça m'est égal.

— Un camarade, ça reste un camarade, avait dit Blai. Même s'il se trompe. Même quand tu l'envoies en prison.

— Si c'est ce que tu crois, avait dit Melchor. Mais moi, je ne veux pas le voir.

— Il regrette, avait insisté Blai. Je te l'ai dit. Il ne va rien te reprocher. En réalité, il veut seulement te demander pardon.

— À la place de Melchor, a dit Salom, j'aurais fait la même chose.

— Se réconcilier avec toi, avait dit Blai. Voilà ce que Salom veut. Rien de plus.

— Dis-lui que ce n'est pas la peine, avait repris Melchor. Dis-lui que je ne me suis jamais disputé avec lui, on n'a pas besoin de se réconcilier.

— Je comprends qu'il soit furieux contre moi, a dit Salom. Il a de très bonnes raisons de l'être.

— C'est vrai, a dit Blai. Plus que moi.

— Plus que toi, a acquiescé Salom. On était inséparables. Et je l'ai trahi. J'ai essayé de couvrir un assassinat, et en plus je lui ai menti.

— C'est ce qu'il t'a dit ? avait demandé Melchor.

— Mot pour mot, avait répondu Blai. Je te l'ai dit, il regrette. Et toi, tu as tort. Tu sais pourquoi tu as tort ?

Melchor avait gardé le silence ; Blai avait continué :

— Un jour, tu m'as dit que haïr quelqu'un, c'est comme avaler un verre de poison et croire que c'est comme ça qu'on va tuer celui qu'on déteste.

— Ce n'est pas moi qui ai dit ça, avait précisé Melchor. C'était Olga.

— Peu importe qui l'a dit, avait répliqué Blai. Il se trouve que c'est vrai. Si tu continues à détester Salom, tu vas finir par t'empoisonner.

— Je ne déteste pas Salom, l'avait corrigé Melchor. C'est juste que je ne veux pas le voir. Je n'ai rien à lui dire. Et ce qu'il a à me dire ne m'intéresse pas non plus.

— Là aussi, tu te trompes, avait dit Blai.

Melchor avait demandé, de nouveau, à son ami de dire à Salom, la prochaine fois qu'ils se parleraient, qu'il ne voulait pas le voir. Blai avait transmis le message, mais la question, abordée par la suite en diverses occasions à quelques variantes près, en était toujours restée là. Puis un mardi midi, alors qu'il traversait la place en rentrant chez lui après avoir fermé la bibliothèque, Melchor crut reconnaître Salom. C'était jour de marché et les trois quarts de la place étaient occupés par des étals dont les propriétaires proposaient le choix hebdomadaire de fruits, légumes, salaisons, sucreries, chaussures, vêtements, fleurs, plantes, accessoires et objets pour la maison. Au début, Melchor n'était pas certain que ce fût lui, puis ses doutes se dissipèrent vite et il resta à l'observer à une distance raisonnable. L'ancien caporal était là, légèrement incliné sur le stand d'un primeur, sélectionnant avec soin des fruits qu'il mettait ensuite dans un sac. Il avait un peu grossi, mais il avait toujours la même barbe broussailleuse et ses éternelles lunettes à monture d'écaille, grandes et démodées ; sa peau avait conservé la couleur gris rat des anciens détenus et, était-ce dû à son dos voûté et à sa tonsure monastique bien visible, il semblait si vieilli que Melchor dut se rappeler qu'il n'avait que deux ans de plus que Blai. Il ressentit un brin de compassion fugace, mais l'instant suivant il se remémora les mots qu'il avait oubliés, les derniers ou presque que, pour autant qu'il s'en souvînt, il avait entendus de la bouche de son ami. "Tu es un assassin", lui avait dit Salom la nuit où Melchor avait découvert qu'il était impliqué dans l'affaire Adell et où il s'était rendu chez lui pour l'arrêter, avant de l'emmener au commissariat pour le remettre à Blai. "C'est ce que tu es. Ça se voit sur ton visage, dans tes yeux. Je l'ai perçu dès que je t'ai vu." Et aussi : "Dis-moi juste un truc : ça t'a plu, de tuer ces mecs, n'est-ce pas ? Les quatre terroristes de Cambrils, je veux dire." Et aussi : "T'as aimé ça, hein ? Dis-moi la vérité, allez. Allez, à moi, tu peux le dire, sois tranquille. Ça t'a plu ou pas ?" Et à la fin : "C'est ce que tu es : un assassin. Ouvre un peu les yeux. Tu es né comme ça et tu mourras comme ça. Les personnes ne changent pas. Toi non plus." Tandis que Melchor réentendait ces mots et le ton que Salom avait adopté pour les prononcer – un ton onctueux et chaleureux, confidentiel –, la compassion disparut ; puis il remplit d'air ses poumons et il poursuivit son chemin pour rentrer chez lui. Quelques jours après cette rencontre fortuite, Blai avait à nouveau abordé le sujet lors de leur café matinal et, à nouveau, il avait reproché à Melchor de ne pas vouloir voir Salom, mais Melchor avait mis un terme à la conversation de façon si brusque qu'ils n'en avaient plus jamais reparlé. C'était il y a sept ans.

— Mais y a rien à dire, au boulot la nana est excellente, reconnaît Blai qui parle encore de Paca Poch pendant que Melchor et lui règlent leurs consommations au comptoir. Et puis elle sait se faire obéir. Les mecs de l'unité d'investigation, qui n'en faisaient parfois qu'à leur tête, elle te les a redressés dès qu'elle est arrivée. Sans même lever la voix. Si elle n'était pas comme elle est, on pourrait même l'inviter à manger un dimanche.

— Pourquoi tu ne le fais pas ? suggère Melchor. Rosa serait ravie de faire sa connaissance.

— Glòria pas tellement, dit Blai. Sûr qu'elle va croire que je me la tape.

— T'es monogame, Blai.

— Ouais, mais ça, Glòria ne le sait pas. – Blai adresse un clin d'œil à son ami. – Et autant que ça reste comme ça.

Prenant la monnaie que lui tend Hiroyuki, il ajoute :

— Et puis ça va, je la vois assez comme ça au commissariat, Paca.

— Au revoir, amis de Terra Alta, les salue le serveur. Bon jour pour les deux.

— Au revoir, Jap', lui répond Blai.

Et, désignant la place à travers la porte vitrée de l'établissement :

— Au fait, j'ai des gars qui ont vu deux compatriotes à toi qui n'avaient pas l'air très net et qui rôdaient dans le village. Ils cherchent quoi, à ton avis ?

Hiroyuki rit nerveusement.

— Moi, pas yakuza, dit-il en secouant négativement la tête et unissant et séparant les index à la hauteur des yeux. Moi, pas yakuza.

Melchor et Blai traversent la place à l'ombre des mûriers et, pendant que l'inspecteur parle de son déjeuner de travail à Móra d'Ebre, avec les chefs des deux autres commissariats de la zone et le commissaire de coordination territoriale venu d'Egara pour l'occasion, ils bifurquent à droite en direction de la place de la Farola où, tous les jours, ils se séparent : de là, Melchor s'achemine vers la bibliothèque en prenant l'avenue de Catalunya, alors que Blai, qui a l'habitude de garer sa voiture sur la place même, grimpe dans son véhicule et rejoint le commissariat.

— Tiens, au fait, Cosette est rentrée de Majorque hier, non ? demande Blai. – Un palmier touffu se dresse derrière lui, au centre du rond-point, tel un jet d'eau végétal. – Ça s'est bien passé ?

— Bien, ment immédiatement Melchor, surpris que Blai se souvienne que sa fille revenait de vacances la veille.

Il rectifie aussitôt :

— Bon, en réalité, elle n'est pas rentrée.

Blai fronce les sourcils. Derrière lui, dans la lumière cristalline du matin, une camionnette de livraison contourne lentement le rond-point et prend la route de Xerta et de Tortosa.

— Elle n'est pas rentrée ? répète le policier.

— Non, dit Melchor. Elle va rester là-bas encore quelques jours, apparemment ça lui plaît.

Il n'ajoute pas qu'Elisa Climent, elle, est rentrée, et son explication paraît si peu crédible à ses oreilles, qu'il essaie de se rattraper avec un geste flou de la main et un cliché :

— Tu sais bien comment ils sont à cet âge-là.

Le front de Blai redevient lisse. Il acquiesce avec emphase.

— C'est une maline, cette fille. Il faut profiter de la vie, l'Espagnolard.

4

Melchor passe la matinée à accueillir les usagers de la bibliothèque, à écrire des mails, à cataloguer un lot de nouvelles acquisitions et, surtout, à s'efforcer de ne pas s'inquiéter pour Cosette. Il n'y parvient pas. En milieu de matinée, il envoie un WhatsApp à Elisa lui demandant si Cosette a donné signe de vie ; la réponse est immédiate : non. "Tu lui as écrit ?" insiste Melchor. "Oui, répond Elisa. Mais elle ne m'a pas répondu." Melchor attend midi pour téléphoner à Cosette mais, quand il est sur le point de le faire, il lui semble qu'il est préférable que ce soit Elisa qui l'appelle. Il lui envoie un autre message pour lui demander de réessayer de contacter Cosette, de lui faire savoir que son père s'inquiète et que ce serait bien qu'elle l'appelle : il veut lui parler le plus tôt possible.

Elisa accepte la mission. Un peu plus tard, alors qu'il s'apprête à fermer la bibliothèque, sans avoir rien reçu de Cosette ni de son amie, il téléphone de nouveau à celle-ci.

— J'allais vous appeler, dit Elisa. Cosette ne répond pas. Elle ne répond pas non plus à mes WhatsApp.

— Elle n'a pas du tout répondu depuis hier ?

— Non.

— Tu lui as envoyé combien de messages ?

— Trois. Quatre. Je sais pas. C'est bizarre.

Melchor demande à Elisa de ne pas se séparer de son portable, raccroche et appelle Cosette tout en songeant qu'il ne devrait pas le faire depuis son téléphone, mais depuis un autre dont le numéro ne serait pas enregistré dans ses contacts et qu'elle ne pourrait pas reconnaître. À peine se fait-il cette réflexion qu'il s'aperçoit que le portable de Cosette n'émet plus de signal : il est éteint. Le temps d'une seconde, ses jambes flanchent. "Il lui est arrivé quelque chose", se dit-il. Il se reprend aussitôt, lève le regard vers la façade vitrée de la bibliothèque et tente de ne pas s'affoler. Pendant qu'il voit défiler, de l'autre côté de la façade, les élèves qui sortent de l'Institut Terra Alta (ceux qui vont passer le bac n'ont pas cours la semaine précédant la Semaine sainte, contrairement aux autres), il se répète le même mantra qu'il se répète depuis la veille : "Tout va bien. C'est juste qu'elle ne veut parler avec personne. Elle est perdue. Elle a besoin de réfléchir. Elle a besoin d'être seule." Il ajoute : "C'est pour ça qu'elle a coupé son portable : pour qu'on la laisse tranquille."

Il ferme la bibliothèque et rentre chez lui à pied. Mais à peine débouche-t-il sur l'avenue de la Catalogne qu'une idée l'assaille, il reprend son portable et, toujours en marchant, demande à Elisa dans un WhatsApp de lui donner le nom de l'hôtel où loge Cosette. "Hôtel Borràs, lui répond Elisa en retour. C'est à Port de Pollença." Melchor cherche l'hôtel Borràs sur internet et le trouve tout de suite : il s'agit d'un établissement deux étoiles qui, selon leur site internet, se situe à cent mètres de la plage et du port de plaisance.

Melchor téléphone à l'hôtel et une voix d'homme lui répond aussitôt : non, Cosette Marín n'est pas dans sa chambre. Elle a logé là pendant deux jours, avec une amie, mais la nuit dernière aucune des deux n'a dormi à l'hôtel.

— Vous en êtes sûr ? demande Melchor.

— Tout à fait, répond l'homme. Les lits sont intacts. Les vêtements et les affaires d'une des deux filles sont encore là, mais… D'ailleurs, avec qui je suis en train de parler ?

Melchor décline son identité, et au même instant il a la terrible certitude que quelque chose est en effet arrivé à Cosette.

— Vous savez si votre fille va revenir aujourd'hui ? demande l'homme. En fait, on a besoin de la chambre et…

Melchor raccroche sans lui permettre de finir sa phrase et, dans la seconde, envoie un message à Elisa. "Tu es chez toi ?" "Oui", répond la fille. "Ne bouge pas, écrit ensuite Melchor. J'arrive." Pressant le pas dans la ruelle qui relie la place et l'église de l'Assumpció – parsemée de boulangeries, fleuristes, épiceries et magasins de vêtements –, Melchor appelle Blai et, dès que celui-ci décroche, il lui lance :

— Cosette a disparu.

— Quoi ?

— Il est arrivé quelque chose à Cosette. J'ai passé la matinée à l'appeler et elle ne me répond pas. Elle ne répond pas non plus à Elisa Climent. Son portable est coupé et elle n'a pas dormi dans sa chambre d'hôtel. Il lui est arrivé quelque chose.

Blai ne répond pas immédiatement.

— Attends un peu, finit-il par dire.

Au bout de quelques secondes qui semblent des minutes à Melchor, l'inspecteur reprend la parole : il demande à son ami de répéter ce qu'il vient de lui dire. Melchor le lui répète.

— Il lui est arrivé quelque chose, insiste Melchor.

— Cosette est restée toute seule à Majorque ? demande Blai. Ça, tu ne me l'avais pas dit.

— Je ne voulais pas t'inquiéter, dit Melchor. Pourquoi ? Dernièrement, on a eu des soucis. Ça, je te l'ai déjà dit. Elle est un peu perdue.

— Tu crois que sa disparition a à voir avec ça ?

— C'est possible. Je ne sais pas. Hier après-midi je suis allé la chercher à la gare routière et, quand j'ai vu qu'elle n'était pas revenue de Majorque, on a échangé par WhatsApp. Je lui ai écrit et elle m'a répondu. Elle m'a dit qu'elle allait bien, que je devais la laisser tranquille, qu'elle reviendrait bientôt.

Tout en parlant, Melchor marche à toute hâte dans le vieux Gandesa vers la place de la mairie, passant devant des hôtels particuliers et des façades ornées de blasons nobiliaires, avec des grandes portes en bois et des balcons en fer forgé.

— Je me suis dit que c'était vrai. Qu'elle avait besoin de réfléchir. D'être toute seule.

S'efforçant de n'omettre aucun détail, Melchor dit à Blai ce qu'il sait, y compris ce que lui a raconté Elisa la veille au soir.

— T'as bien fait de m'appeler, lui assure l'inspecteur une fois qu'il a terminé. Je pourrais te dire attendons un peu, peut-être que Cosette va donner signe de vie, mais mieux vaut ne pas prendre de risques. Plus tôt on effectue un signalement et on déclenche les recherches, mieux c'est. Tu sais où est Elisa ?

— Je vais chez elle.

— Parfait. Amène-la au commissariat. Il faut qu'elle fasse une déposition. Elle est mineure, elle aussi ?

— Oui. Je dirai à sa mère de nous accompagner.

— Excellent… Écoute, on va faire quelque chose. Là je suis à Móra d'Ebre, je dois déjeuner avec le commissaire et toute la clique. Je ne peux pas me débiner, dès que le déjeuner est fini, je me pointe au commissariat. Entre-temps, je dirai à Paca Poch de se préparer à enregistrer le signalement et à mettre la machine en marche.

— D'accord.

— Tu me tiens au courant. S'il y a du neuf, tu me préviens. Et, s'il te plaît, ne t'inquiète pas, hein ? Cosette va bientôt réapparaître. Sûrement qu'il ne lui est rien arrivé. C'est sans doute ce que tu dis, elle devait réfléchir, être seule… Ou un truc comme ça. Si ça se trouve, elle fait la bringue quelque part. Ou bien elle a croisé une connaissance. Ou elle s'est trouvé un mec. Va savoir… À cet âge-là, tout est possible. À Egara, j'en avais ras le cul de me coltiner ce type de conneries, des nanas qui ne rentraient pas chez elles parce qu'elles faisaient la bringue ou avaient déconné et avaient peur de la réaction de leurs parents, mais au bout de quatre jours, elles finissaient par rentrer… Bon, on fait comme on a dit : on se voit plus tard.

Ils raccrochent au moment où Melchor aperçoit sa voiture sur la place de la mairie. Il monte dedans, démarre, parcourt à toute hâte le kilomètre et demi de rues désertes à l'heure du déjeuner, silencieuses sous un soleil printanier qui semble presque estival, et se gare devant la porte de l'immeuble de trois étages où vit Elisa Climent, juste en face de l'ancien siège du conseil de la comarque de la Terra Alta. Melchor sonne à l'interphone et la mère d'Elisa lui ouvre et l'accueille sur le palier du deuxième étage avec une question :

— Tu sais quelque chose ?

Melchor secoue la tête.

— Et vous ?

La mère d'Elisa fait le même geste que Melchor et le laisse entrer.

— On finissait de manger, annonce-t-elle.

La mère d'Elisa s'appelle Lourdes et elle est la secrétaire de Rosa aux Cartonneries Adell ; le père travaille aussi dans l'entreprise, mais le couple a divorcé il y a des années et lui est parti vivre à Batea, où il s'est remarié. Mère et fille mangent assises à une table près de la fenêtre de la cuisine. Enveloppée dans un survêtement bleu, Elisa salue Melchor, une pomme tout juste croquée à la main.

— Tu as déjà déjeuné ? lui demande Lourdes. Si tu veux, je peux te préparer quelque chose.

— Merci, dit Melchor. Je n'ai pas faim. Et puis il faudrait qu'on y aille.

La mère d'Elisa l'observe avec un mélange d'étonnement et d'inquiétude. Melchor la connaît depuis que leurs deux filles sont devenues copines à la crèche. Selon Rosa, cette femme menue et joviale est d'une efficacité germanique et, bien qu'elle ait connu une mauvaise passe après le divorce d'avec le père d'Elisa, elle a retrouvé son élan vital depuis qu'elle sort avec le *maître** péruvien de l'hôtel Piqué, de dix ans son cadet. Elle arbore une coupe de cheveux juvénile avec des reflets roux, porte un chemisier à motifs de couleurs vives, une jupe grise moulante et des chaussures à talon ; un maquillage discret rehausse ses traits anguleux.

— Il vaut mieux qu'on aille au commissariat, explique Melchor. Il faut effectuer un signalement.

Elisa se met debout sans lâcher sa pomme.

— Tu es sûr que Cosette a disparu ? demande sa mère.

— Non, répond Melchor. Mais elle ne répond ni aux messages ni aux coups de fil, son portable est éteint et elle n'a pas dormi à l'hôtel. Il lui est arrivé quelque chose. Ou pas. Mais si on veut la retrouver, il faut commencer les recherches illico.

Il montre Elisa et développe :

— C'est la dernière personne avec laquelle Cosette a parlé, la dernière qui l'a vue. On doit prendre sa déposition.

Il se tourne vers l'adolescente et ajoute :

— Rassure-toi, il s'agit juste de répondre à quelques questions. Mais plus tôt on le fait, mieux c'est.

* En français dans le texte.

Elisa interroge en silence sa mère qui opine et lui dit d'aller s'habiller. La fille laisse la pomme sur son assiette et va dans sa chambre ; entre-temps, la mère demande à Melchor :

— Je peux venir avec vous ?

— Tu dois, répond-il. Elisa n'est pas majeure et elle ne peut faire une déposition qu'en présence de ses parents. Ou de son tuteur légal.

La mère d'Elisa acquiesce.

— Je vais appeler au boulot pour prévenir que je ne peux pas venir cet après-midi.

Avant qu'elle puisse poser la main sur son portable, Melchor prend le sien.

— T'inquiète, dit-il. J'appelle Rosa.

Pendant que la mère d'Elisa remet un peu d'ordre dans la cuisine, Melchor téléphone à Rosa et, le regard tourné vers la fenêtre (par laquelle il voit un pré où, assiégé par l'herbe, gît le squelette rouillé d'un tracteur), l'informe de la situation et lui dit que sa secrétaire n'ira pas travailler cet après-midi ou qu'elle ira, mais avec du retard, parce qu'elle doit assister à la déposition de sa fille au commissariat. Rosa, qui est restée manger une salade dans son bureau en compagnie de l'état-major des Cartonneries Adell, tente de minimiser la disparition de Cosette avec des arguments semblables à ceux que Blai a avancés quelques minutes plus tôt, ou avec des arguments qui, aux yeux de Melchor, leur ressemblent.

— Veux-tu que je vous rejoigne au commissariat ? demande Rosa, pour finir.

— Absolument pas, répond-il. Je t'appellerai si j'ai besoin de toi.

Accompagné d'Elisa et de sa mère, Melchor, dix minutes plus tard, gare sa voiture près de l'aire de jeux qui s'étend devant l'entrée du commissariat de la Terra Alta. Cette dernière décennie, on a beaucoup construit dans cette zone, mais l'endroit n'a pas encore perdu son air désolé de banlieue, au-delà duquel le village se défait dans une succession de terrains vagues qui semblent se prolonger jusqu'à la montagne de Cavalls, parsemée de bourbiers, de buttes de terre, de grosses pierres et de mauvaises herbes. Melchor ne reconnaît pas l'agent de service à l'entrée – un prisme rectangulaire aux vitres blindées connu dans le commissariat comme l'Aquarium – mais l'agent, lui, le reconnaît ; néanmoins, comme le veut le règlement, il lui demande ses papiers et ceux de la femme et de sa fille.

— La sergente Poch vous attend, annonce-t-il en leur rendant leurs papiers. Je l'appelle tout de suite…

Melchor ne le laisse pas achever.

— Ce n'est pas la peine. Elle est dans son bureau ?

L'agent acquiesce et Melchor ajoute qu'il sait où celui-ci se trouve et lui demande de les laisser passer. Après un instant d'hésitation, l'agent appuie sur un interrupteur et la porte blindée qui sépare l'accueil du reste du commissariat s'ouvre dans un claquement métallique. Melchor y accède, suivi des deux femmes, parcourt à toute hâte un couloir donnant sur une cour intérieure qui diffuse une clarté diurne dans tout le bâtiment, grimpe les marches jusqu'au premier étage et, après avoir toqué à la porte du bureau du chef de l'unité d'investigation, l'ouvre.

Paca Poch se lève de son fauteuil pour les recevoir.

— Entre, Melchor, dit-elle en contournant sa table de travail couverte de papiers et en lui tendant la main.

La sergente Poch salue Elisa et sa mère, leur annonce qu'elle s'est entretenue avec l'inspecteur Blai et qu'il l'a mise au courant du problème ; après quoi elle leur indique deux chaises :

— Asseyez-vous, s'il vous plaît.

Pendant que les deux femmes prennent place, Paca Poch attire l'attention d'un agent blond à la barbe naissante qui travaille dans la salle commune de l'unité, de l'autre côté d'une grande fenêtre, et lui fait signe d'apporter une chaise.

— Laisse, Paca, essaie de la dissuader Melchor. Je suis très bien debout.

Paca Poch l'ignore, vient se rasseoir à son bureau et, sans préambule, se met à taper sur le clavier de son ordinateur et annonce qu'elle va rédiger le texte du signalement de disparition, quand l'agent de la salle commune fait irruption dans le bureau, une chaise à la main.

— Mets-la là-bas, Artigas, lui ordonne la sergente en montrant Melchor sans détacher les yeux de l'écran. Et ne pars pas, je vais avoir besoin de toi.

Melchor a du mal à reconnaître, dans la gravité péremptoire de la cheffe de l'unité d'investigation, la trentenaire bavarde, pleine d'esprit et moqueuse qui lui a plusieurs fois rendu visite à la bibliothèque. Paca Poch a la carrure de Blai, et il saute aux yeux que, comme celui-ci, elle a sculpté ses muscles d'athlète durant d'innombrables heures à la salle de sport. Elle a les cheveux longs, plaqués en arrière avec du gel, et ses yeux, d'un vert arrogant, dominent un visage aux traits marqués : des grandes lèvres, des pommettes saillantes, un nez escarpé, un menton dur. Elle porte un jean moulant, délavé, et un chemisier rouge et ample qui laisse voir un profond sillon entre ses seins pleins.

Sans cesser d'écrire, Paca Poch demande :

— On a une photo récente de Cosette, n'est-ce pas ?

Personne ne répond et la sergente se tourne vers Melchor, qui ne s'est pas assis sur la chaise apportée par Artigas et qui se rend compte aussitôt que, depuis qu'il a eu le pressentiment ou la certitude que quelque chose était arrivé à Cosette, il n'a pas les idées claires ; sinon il n'aurait pas oublié qu'il est impossible d'entamer des recherches si on ne dispose pas d'une photo récente de sa fille : il faut la mettre sur internet et l'envoyer à tous les postes de police, les gares routières et ferroviaires, à tous les ports et les aéroports. À la surprise de Melchor, Elisa intervient.

— On a fait plein de photos à Majorque, précise-t-elle timidement. Elles sont toutes sur mon compte Instagram. Je ne sais pas s'il y en a une qui pourra servir…

— Il y en aura, s'empresse de confirmer Paca Poch. Donne ton mot de passe à Artigas, s'il te plaît. Et, puisqu'on y est, donne-lui ceux de tous les réseaux sociaux que tu fréquentes. On aura également besoin d'entrer dans ta boîte mail et dans ton portable, on va tout récupérer pour… – La sergente ne finit pas sa phrase, Elisa ayant commencé à se décomposer. – Ne fais pas cette tête, voyons. Tout ce qui nous intéresse, c'est ce qui a un lien avec ton amie.

La précision ne calme pas Elisa qui se tourne vers Melchor.

— C'est obligé ? demande-t-elle. C'est juste mes trucs à moi.

— C'est indispensable, réplique Paca Poch, doucement mais catégoriquement, avant que Melchor puisse répondre. Et, je t'en prie, arrête de le regarder : c'est moi qui te parle, regarde-moi.

Elisa obéit et la sergente fait pivoter sa chaise pour lui faire face, appuie ses coudes sur le bureau, croise les bras et la fixe droit dans les yeux.

— Maintenant, écoute-moi bien. On ne sait pas où est Cosette. On ne sait pas si quelque chose lui est arrivé ou pas. On ne sait pas si elle est en danger. C'est pour ça qu'on doit la retrouver au plus vite. Toi, tu es la dernière personne à l'avoir vue, donc tu es essentielle pour nous aider à la retrouver… Tu dois nous raconter tout ce que vous avez fait à Majorque, où vous êtes allées, avec qui vous avez parlé, de quoi vous avez parlé. Tout. N'importe quel truc peut nous être utile. En plus de ça, on va aller sur tes comptes de réseaux sociaux, on va écouter tes appels et on va lire tes messages… On peut le faire avec ou sans ta collaboration. Sans, c'est un peu plus compliqué et ça nous prendrait un peu plus de temps, parce qu'on devra demander une autorisation au juge, on sera obligés de récupérer les données de ton téléphone en présence du secrétaire du tribunal, ce genre de choses. Mais on le fera d'une façon ou d'une autre, demain matin au plus tard. Par contre, avec ta collaboration, c'est plus facile : tu nous donnes les mots de passe, tu nous ouvres tout et nous, on y entre tout de suite et on se met au boulot. – Elle décroise les mains et les croise à nouveau. – Voilà la seule différence. Mais on va le faire, que tu le veuilles ou non. Pour Cosette. Mais aussi pour toi : imagine que quelque chose arrive à Cosette et que tu ne nous aies pas aidés à l'empêcher parce que tu ne voulais pas qu'on lise tes conversations avec tes amis et tes petits copains, que de toute façon on ne lira pas, parce que ça ne nous intéresse pas. Tu te sentirais comment si ça arrivait, hein ? – Paca Poch marque une pause tandis qu'elle cherche la réponse à sa question dans les yeux apeurés d'Elisa ; elle écarte ensuite les mains, lève ses coudes du bureau et se penche en arrière dans son fauteuil. – Enfin, c'est toi qui vois.

— Elisa, s'il te plaît…, intervient sa mère.

La fille tend son téléphone à la sergente. C'est Artigas qui le saisit et note aussitôt les mots de passe que la fille lui dicte. Pendant ce temps, Paca Poch remplit avec l'aide de Melchor un formulaire sur la disparition de Cosette. La sergente écrit à toute vitesse, le visage concentré et le regard rivé sur l'écran. Quand elle a fini d'écrire, elle regarde Elisa puis Melchor.

— Bon, dit-elle après un silence, maintenant, racontez-moi ce qui s'est passé exactement.

5

Durant la demi-heure qui suit, Melchor raconte à Paca Poch ce qu'il a déjà raconté à Blai par téléphone en quelques minutes. La sergente tape sur le clavier de l'ordinateur ou prend des notes dans un carnet, et à un moment donné elle demande si c'est la première fois que Cosette disparaît.

— La première, répond Melchor. Elle m'a toujours dit où elle allait, où elle était, et avec qui. Ce n'est pas normal, ce qui se passe.

— Tu sais pourquoi elle a fait ça, tu as une idée ? Je veux dire…

— Je ne sais pas, la devance Melchor. Tout ce que je sais, je viens de te le dire. Hier, elle m'a envoyé un WhatsApp pour me dire qu'elle avait besoin de réfléchir. C'est aussi ce qu'elle a dit à Elisa, c'est ça, n'est-ce pas ?

Un peu recroquevillée contre sa mère, qui a posé une main protectrice sur sa cuisse, Elisa acquiesce.

— Elle a besoin de réfléchir à quoi, vous le savez ? insiste Paca Poch. Elle s'est brouillée avec quelqu'un ? Il y avait un problème, à la maison ?

Même s'il s'attendait qu'elle tombe tôt ou tard, la question ébranle Melchor ; sans savoir quoi dire, il cesse de regarder la sergente, observe Elisa et sa mère et cherche ensuite des yeux Artigas, lequel assiste à l'interrogatoire appuyé contre un meuble à archives, près de la porte du bureau.

— Je te raconte ça quand Blai sera là, répond finalement Melchor. Je veux qu'il l'entende aussi.

La sergente, visiblement contrariée par cette réponse, assure que le temps presse et qu'ils feraient mieux de démarrer la procédure sans tarder.

— On attend Blai, c'est mieux, persévère Melchor. Il ne devrait pas tarder.

Paca Poch hausse les épaules et, plissant les yeux et pinçant les lèvres, prend note de son refus. Elle s'adresse ensuite à Elisa, qui entreprend de raconter ce qu'elle a déjà raconté la veille à Melchor ; si ce n'est que, sous la pression de la sergente et de l'ex-policier, qui l'interrompt et interroge et corrige et nuance, elle ajoute de nombreux détails à son récit initial. Par exemple, que le vendredi précédent, tout de suite après avoir atterri à l'aéroport de Majorque, les deux amies avaient pris un bus qui les avait emmenées à la gare Intermodal, au centre de Palma, et que là-bas elles étaient montées dans un autre bus, à destination de S'Arenal cette fois. Elle ajoute qu'à S'Arenal, elles s'étaient installées dans un tout petit hôtel du nom de Caribbean Bay et que pendant les deux journées suivantes, en plus de se baigner et de bronzer sur la plage et d'aller en boîte le soir, elles s'étaient promenées dans le vieux Palma, elles avaient visité la cathédrale, le palais épiscopal, l'Almudaina et le parc de La Mar, elles avaient fouiné dans les magasins de l'avenue Jaume III, elles s'étaient acheté un chapeau – Elisa – et un bracelet – Cosette – au marché de la Plaza Mayor, et le soir elles avaient mangé des tapas et une glace dans des cafés du centre-ville. Elle ajoute que, avant de quitter la Terra Alta, elles avaient réservé deux nuits dans un hôtel de Magaluf, à l'ouest de l'île, où elles avaient prévu de dormir le dimanche et le lundi, mais très tôt le samedi matin, alors qu'elles prenaient un verre à Tito's, une discothèque de Palma, une fille leur avait dit que Magaluf ne valait pas la peine, que c'était sale et bourré de touristes, alors que Pollença, à l'autre bout de l'île, était un petit bijou, si bien qu'elles avaient annulé dans la foulée leur réservation à Magaluf et réservé une chambre à l'hôtel Borràs, à Port de Pollença. Elle ajoute qu'elles étaient arrivées à Port de Pollença le dimanche midi, également en bus, et que les deux jours suivants elles s'étaient baignées et avaient pris le soleil sur la plage, tout près de l'hôtel Borràs, et s'étaient baladées surtout dans les environs, sur le port et sur la promenade maritime, elle fait référence à un restaurant indien du nom d'Indian Curry, un bar à cocktails du nom de Norai et une boîte de nuit du nom de Chivas, où elles finissaient leurs soirées.

Blai fait son apparition au milieu de la déclaration d'Elisa. Le chef du commissariat ordonne à la sergente de poursuivre l'interrogatoire, se fraie un chemin entre les chaises qui encombrent le bureau – "On dirait la cabine des Marx Brothers", murmure-t-il – et, après avoir serré brièvement l'épaule de Melchor, se place derrière Paca Poch, debout, comme pour superviser la déposition qu'elle est en train de rédiger. Une fois qu'ils estiment en avoir fini, Paca Poch se tourne vers Melchor et, désignant Blai d'un léger mouvement de tête, demande :

— Tu vas nous raconter, maintenant ?

Avant que le chef du commissariat puisse demander ce que Melchor doit raconter, celui-ci s'adresse à Artigas :

— Vous avez encore cette machine à café dégueulasse, en bas ?

— Oui.

Le dénommé Artigas sourit vaguement, décroise les bras et fait un geste en direction de la salle commune où l'un de ses collègues travaille encore.

— Mais je peux t'offrir un truc meilleur.

— Offre-le plutôt aux invitées.

Melchor fait allusion à Elisa et à sa mère, à qui il demande :

— Vous pouvez nous laisser seuls un moment, s'il vous plaît ?

Les deux femmes se lèvent et Artigas ouvre la porte du bureau pour leur céder le pas.

— Profites-en pour extraire les données de ce portable, ordonne Paca Poch à son équipier, se référant au téléphone d'Elisa. Les appels, les messages, les photos, tout ce qu'elle a sur les réseaux sociaux… Tout. Avec ça, peut-être qu'on va pouvoir reconstituer l'itinéraire exact des filles. Et envoie-moi une photo de Cosette. La plus récente. La meilleure. Si quelque chose coince, appelle la scientifique.

Dès qu'il se trouve en la seule compagnie de Blai et de la sergente, Melchor traverse le bureau, va jusqu'à la porte, vérifie qu'elle est bien fermée et reste un instant le dos tourné aux deux policiers, la main sur la poignée, à scruter celle-ci comme si c'était le cadran d'une serrure de coffre-fort dont il tenterait de se rappeler le code. Quand il se retourne, l'inspecteur et la sergente attendent, dans l'expectative.

— Cosette ne savait pas que la mort d'Olga n'était pas accidentelle, annonce-t-il. Elle l'a appris il y a quelques semaines.

Un silence pétrifié suit ses mots qui viennent de claquer comme un fouet dans la quiétude du bureau. Face à lui, Blai et Paca Poch ne cillent pas. Melchor résume ensuite l'histoire pour la sergente, pendant que Blai, émergeant peu à peu de sa surprise, écoute le récit à grands traits de Melchor en marchant les mains dans le dos et le regard fixé sur le sol de linoléum. L'ancien policier n'a pas fini de parler que l'inspecteur s'arrête, lève le regard vers lui et l'interrompt :

— Alors, c'est ça ?

Melchor acquiesce. Les deux amis se regardent comme si Paca Poch venait de sortir du bureau, comme si elle n'était plus là, à les observer.

— Bon, dit Blai. Tu me rassures.

Melchor ne fait rien pour dissimuler la perplexité que le commentaire suscite chez lui.

— Maintenant, on a une raison qui justifie que Cosette ne veuille pas donner signe de vie, précise le chef du commissariat. Jusque-là, on n'en avait pas.

Comme Melchor ne semble pas saisir tout à fait, Blai continue :

— Putain, Melchor, elle a cru toute sa vie que sa mère était morte dans un accident, et il s'avère qu'elle a été assassinée… C'est normal qu'elle se soit sentie trahie et qu'elle rejette la faute sur toi. Comment veux-tu qu'elle ne se sente pas mal ? Comment veux-tu qu'elle ne soit pas paumée et en colère ? Comment veux-tu qu'elle n'ait pas envie d'être seule ? Attends, je te reproche rien, j'aurais sans doute fait pareil. J'essaie seulement de me mettre à sa place. Tu le comprends, n'est-ce pas ?

Melchor ne répond pas et, après un silence, Blai se tourne vers Paca Poch, montre l'écran de l'ordinateur et demande :

— Tu as mis quoi, comme motif de disparition ?

La sergente ouvre bras et mains dans un geste d'excuse.

— Rien, répond-elle.

— Alors mets dispute familiale, lui intime Blai. Ensuite tu boucles le signalement et tu en envoies une copie au tribunal et une autre au juge des enfants de Tarragona.

— Dès qu'Artigas m'envoie la photo, consent Paca Poch. De toute façon, je n'ai pas terminé avec la fille. J'aimerais continuer à l'interroger. Et j'aimerais aussi, si Cosette ne réapparaît pas tout de suite, que quelqu'un d'Egara vienne me donner un coup de main. Quelqu'un de l'unité des personnes disparues.

— Bonne idée, applaudit Blai. Je suis sûr qu'ils pourront soutirer à la copine de Cosette beaucoup plus d'infos que nous. Mais en attendant, envoie la plainte au juge et au procureur. Après, quand il y aura du neuf, on les informera de ce qu'on est en train de faire.

— On demande au juge l'autorisation de mettre le téléphone de Cosette sur écoute ? demande Paca Poch.

— Il ne la donnera pas, répond Blai. Je le connais. Ça ne fait même pas vingt-quatre heures qu'elle a disparu. Il va nous dire d'attendre, de continuer de bosser. De toute façon, je vais la lui demander : le refus, on l'a déjà. Au fait, qui s'occupe des personnes disparues, à Egara ?

— Voici la photo, annonce Paca Poch en ignorant la question.

La sergente agrandit l'image d'Instagram sur l'écran de l'ordinateur tandis que Melchor et Blai se penchent par-dessus son épaule pour l'examiner. C'est une photo en couleurs, un portrait en pied. Cosette se trouve sur une promenade maritime ; derrière elle, on distingue une bande de plage, un morceau de mer, une profusion de barques échouées et, plus loin, à l'autre bout de ce qui ressemble à une baie, une profonde avancée de terre, ondulée et arborée. La fille de Melchor a la peau bronzée et porte un paréo aux couleurs vives noué à la ceinture ; un tout petit bikini couvre ses seins minuscules. Melchor reconnaît le sourire hésitant (un sourire qui lui paraît infantile mais qui ne l'est pas) et il sent une vague de chaleur affluer dans ses yeux. Il la contient au moment où Paca Poch lui demande si la photo lui semble convenir. Melchor répond par l'affirmative et la sergente, avec l'aide de l'inspecteur et de l'ancien policier, ainsi que de ses notes manuscrites, se concentre sur les derniers éléments à apporter au signalement de la disparition. Avant qu'elle ait fini, Blai intervient :

— Je pense à un truc.

Melchor lui demande de quoi il s'agit.

— J'ai un ami à Palma, répond Blai. Il s'appelle Zapata. Je ne sais pas si je t'ai parlé de lui. Il est inspecteur dans la police nationale.

— La police nationale n'a aucune compétence à Pollença, l'interrompt Paca Poch qui cesse d'écrire et se tourne vers son supérieur. C'est le domaine de la Guardia Civil, il y a une caserne dans le port. C'est la première chose que j'ai cherché à savoir.

Quelqu'un a frappé à la porte pendant que Paca Poch intervenait : un caporal en uniforme demande à s'entretenir avec Blai. L'inspecteur sort dans le couloir et Melchor reste en tête à tête avec Paca Poch, qui se replonge dans son texte : elle relit ce qu'elle a écrit, ajoute ou corrige, vérifie ses notes, corrige ou écrit à nouveau. Dans la salle commune, de l'autre côté de la grande vitre qui la sépare du bureau, Artigas et deux collègues de l'unité d'investigation continuent d'extraire les données du portable d'Elisa, concentrés devant un ordinateur. Quant à l'amie de Cosette et sa mère, elles patientent dans un coin, assises et sans mot dire, chacune un gobelet en carton dans les mains. En attendant le retour de Blai, Melchor se désintéresse un instant du signalement et c'est seulement alors qu'il prend conscience que c'est la première fois, depuis cinq ans, qu'il pénètre dans ce commissariat où il a travaillé tous les jours durant plus d'une décennie ; il se rend aussi compte que c'est l'ancien bureau de Blai, le premier où il a mis les pieds en arrivant en Terra Alta il y a de cela près de vingt ans, et que, autour de lui, presque rien n'a changé, depuis la grande fenêtre qui donne sur un terrain vague où vient mourir le village et, plus loin, sur la montagne de La Fatarella – le profil accidenté qui se détache contre le ciel de l'après-midi, hérissé d'éoliennes dont les blanches pales en métal tournent dans le vent – jusqu'au panneau de liège fixé au mur, où sont affichés des notes, des pense-bêtes et des annonces. La seule chose qui a disparu est l'autocollant avec le drapeau indépendantiste catalan proclamant CATALONIA IS NOT SPAIN. Le temps d'un millième de seconde, Melchor éprouve une sorte de vertige, comme si ces quelque vingt années avaient été une hallucination ou un rêve.

Mais cela ne dure qu'un millième de seconde. À peine Blai est-il de retour dans le bureau que Paca Poch met un point final au signalement et leur demande à tous deux d'y jeter un œil. Melchor et Blai se penchent de nouveau par-dessus son épaule. Le signalement comporte, outre les identités complètes de Cosette, d'Elisa et de Melchor, un résumé des circonstances qui ont entouré la disparition. Melchor y souscrit ; Blai aussi.

— Verse-le dans Personas et envoie-le aux personnes disparues et à PdyRH, ordonne l'inspecteur. Ensuite, tu transmets une copie au procureur et au juge des enfants. Et au poste de la Guardia Civil de Pollença.

Son passé de policier ayant familiarisé Melchor avec la procédure, son ami ne prend pas la peine de lui expliquer ce qu'ils font, mais il lui rappelle, comme pour le rassurer ou comme si ces cinq années de bibliothécaire avaient pu le gommer de sa mémoire, que Personas est la base de données de la police, indispensable pour diffuser tout signalement de disparition, et que PdyRH est une application du Centre national des disparus dépendant du Secrétariat d'État de l'Intérieur, où atterrissent toutes les plaintes.

— En deux temps, trois mouvements, la photo de Cosette et le signalement seront partout, lui rappelle aussi Blai. Y compris les associations dédiées à la recherche de personnes disparues ; SOS Disparus, QSDglobal, Inter-SOS. Et, via Sirene, tous les flics d'Europe l'auront aussi. Tu te souviens de Sirene ?

Avant que Melchor puisse répondre, Paca Poch appuie sur la touche Entrée de son clavier, comme lorsqu'on joue, au piano, la note finale d'une sonate.

— Et voilà, envoyé, dit-elle.

Puis, faisant pivoter son siège vers Blai :

— J'ai juste un doute. On déclenche l'alerte Amber ?

Blai et la sergente se dévisagent sans répondre à la question. Melchor veut savoir ce qu'est l'alerte Amber.

— Un truc très lourd, explique Blai. Trop.

Paca Poch acquiesce.

— Elle a été mise en place pour des personnes disparues qui courent un risque imminent, explique-t-il. Et grave. Handicapé mental, personne âgée qui a besoin de ses médicaments... Ce genre-là.

— La disparition serait annoncée à la télé et à la radio, enchaîne Blai. La photo de Cosette apparaîtrait sur les écrans des aéroports, des gares routières, dans le métro... Je ne sais pas si ça nous convient.

— Pour l'activer, il faudrait appeler Egara et solliciter l'autorisation du service des personnes disparues, rappelle Paca Poch.

— Qui dirige l'unité ? demande Blai.

— Cortabarría, répond Paca Poch.

— Pol Cortabarría ? demande encore Blai.

Paca Poch fait un geste affirmatif. Blai se tourne vers Melchor.

— Tu te souviens de lui ?

Melchor a travaillé à peine une semaine avec Cortabarría, mais il se souvient de lui. Il avait fait sa connaissance la dernière fois qu'il avait été envoyé au central d'Egara, lorsque Blai, qui dirigeait alors le Département central des enquêtes sur les personnes disparues, lui avait demandé de l'aider sur l'affaire de chantage dont était victime la maire de Barcelone et d'être détaché auprès de l'Unité centrale des enlèvements et extorsions, dirigée alors par le sergent Vàzquez. Melchor conserve de Cortabarría un souvenir diffus, mais Blai, qui l'a eu plusieurs années sous ses ordres, le connaît bien.

— Cortabarría, ici l'inspecteur Blai, de la Terra Alta. – Melchor comprend que Blai ne s'adresse pas à l'intéressé mais à la boîte vocale de son téléphone. – Rappelle-moi dès que possible, s'il te plaît. C'est urgent.

Blai raccroche et, au bout de quelques secondes seulement, son téléphone sonne. C'est Cortabarría. Après un bref échange de salutations, le sergent confirme qu'il est responsable de l'Unité centrale des personnes disparues et Blai lui annonce qu'ils viennent de lui envoyer un signalement de disparition, il lui explique de quoi il retourne et lui dit que Melchor et Paca Poch sont à ses côtés.

— On va faire une chose, ajoute-t-il. Je raccroche, je te rappelle depuis le fixe et on pourra parler tous les trois.

Blai coupe son portable tandis que Paca Poch lui tend le combiné du téléphone fixe, et il compose aussitôt le numéro de Cortabarría, qui décroche immédiatement ; à présent, tous entendent la voix du sergent-chef de l'unité des personnes disparues. Celui-ci salue Paca Poch et Melchor et va droit au but :

— Paca, raconte-moi ce que vous avez fait jusqu'à maintenant.

La sergente lui lit le texte du signalement et lui explique les démarches qu'ils ont entreprises. Cortabarría n'émet aucune objection.

— On t'a appelé parce qu'on a un doute, intervient Blai. On hésite à vous demander d'activer l'alerte Amber. Personnellement, je crois que c'est mieux de ne pas le faire.

Cortabarría ne répond pas tout de suite, et à travers la ligne ils perçoivent un bruit qui d'abord semble celui de la pluie ou de gravillon sur lequel on marche, ensuite celui de la circulation.

— Je suis du même avis, confirme le sergent. Si on l'active, ça va faire un sacré barouf, et si ça se trouve ça ne nous servira à rien.

— C'est ce que je pense, rappelle Blai.

— Au contraire, argue Cortabarría sans prêter attention au commentaire de l'inspecteur et suivant son propre raisonnement. Cette alerte est conçue pour d'autres situations. Dans notre cas, ça peut être contre-productif.

Melchor invite le sergent à développer. Cortabarría laisse à nouveau passer quelques secondes avant de parler, secondes durant lesquelles leur parvient le son caractéristique d'une protestation de klaxon.

— Écoute, Melchor, je ne vais pas y aller par quatre chemins, commence Cortabarría. D'après ce que vous me dites, je crois moi aussi que quelque chose a pu arriver à ta fille. C'est ce que me dit mon instinct. Je me trompe peut-être, qui sait, peut-être qu'il ne lui est rien arrivé et qu'elle va réapparaître dès qu'on aura raccroché. Mais il faut imaginer le pire.

— Continue, l'encourage Melchor.

— Imagine que Cosette est tombée entre de mauvaises mains, dit Cortabarría. Des types sans scrupule qui la retiennent ou qui l'ont enlevée, ou que sais-je encore. Imagine maintenant que ces gens savent ou se doutent qu'on les a vus avec elle, et qu'ils s'affolent à la suite du bazar que va provoquer l'alerte et que, pour se débarrasser du problème, ils décident de la tuer ou de la faire disparaître. Excuse-moi de dire ça comme ça, mais...

— Continue, répète Melchor.

— Je n'activerais pas l'alerte Amber, réaffirme le sergent. Ce qu'il faut faire, vous l'avez déjà fait : démarrer l'enquête le plus tôt possible. Ça, et deux choses encore.

— Quelles choses ? demande Blai.

Cortabarría répond à cette question par deux autres :

— Qu'est-ce qu'il y a, à Pollença ? dit-il. Guardia Civil ? Police nationale… ?

— Guardia Civil.

— Alors préparez un dossier de transfert et envoyez-leur tous les éléments dont vous disposez et tous ceux que vous allez recueillir. Laissez-les se charger des recherches.

— Je ne suis pas d'accord, s'empresse d'objecter Paca Poch. Si on fait ça, on perd la main sur l'enquête.

— On ne perd rien, la corrige Blai. Cortabarría a raison : c'est la Guardia Civil de Pollença qui doit enquêter, ce sont eux qui sont sur le terrain et qui savent ce qu'il convient de faire. Nous, ici, on tâtonne dans le noir. Sans compter qu'on n'a aucune autorité pour agir là-bas.

— C'est quoi la seconde chose ? le presse Melchor.

Cortabarría se fait répéter la question. Puis il répond :

— Faire en sorte que les gens de Pollença mettent les bouchées doubles et qu'ils commencent à bosser au plus vite.

Encore une fois, Blai lui donne raison.

— J'appelle tout de suite le chef du poste, annonce-t-il.

— Ne faites pas ça, lui conseille Cortabarría. Il vaut mieux que ce soit moi. C'est l'unité de police judiciaire qui va se charger de l'affaire et la police judiciaire ne dépend pas, statutairement, du chef du poste. À la Guardia Civil, ça marche comme ça… Laissez-moi m'en charger. Je vais appeler l'Unité centrale des personnes disparues de la Guardia Civil à Madrid. Je parle souvent avec eux, j'ai des amis là-bas. Ce sont eux qui mettront la pression sur Pollença. Et je vais faire travailler dessus toute mon équipe. Vous m'avez appelé juste au moment où j'arrivais chez moi, mais j'ai fait demi-tour et je serai à Egara dans dix minutes. J'appellerai Madrid de là-bas.

— Génial, dit Blai. Autre chose. Tu pourrais nous envoyer quelqu'un de confiance pour interroger la copine de Cosette ? Nous, on a déjà tiré d'elle tout ce qu'on a pu, sûrement qu'un spécialiste…

— C'est comme si c'était fait, dit Cortabarría. Demain midi, il sera chez vous.

Il demande ensuite qui sera son interlocuteur en Terra Alta, avec qui il sera en contact, qui il devra appeler.

— Paca a pris l'affaire en main, répond Blai. Mais tu peux nous appeler Melchor ou moi quand tu veux.

Ils échangent leurs numéros de téléphone et, avant de raccrocher, Melchor remercie le sergent-chef de l'unité des personnes disparues.

— Pas de quoi, répond Cortabarría. Et ne t'inquiète pas : on va retrouver Cosette.

6

Pendant que Paca Poch rédige la transmission du signalement au poste de la Guardia Civil de Pollença et que Blai téléphone au juge de Gandesa pour réclamer la mise sur écoute du portable de Cosette, Melchor cherche sur internet un billet pour Majorque. Le juge ne répond pas à l'appel de Blai, qui raccroche et dit à la sergente :

— À tout hasard, quand tu auras fini avec ça, rédige une demande de mise sur écoute du téléphone de Cosette pour le tribunal. On ne nous la donnera pas mais… Tu fais quoi, Melchor ?

L'ex-policier le lui dit sans détacher le regard de l'écran de son téléphone. Il ajoute :

— Le dernier avion est à vingt heures.

Il regarde l'heure, voit qu'il est dix-sept heures quarante et, comme pour lui-même, dit :

— Si je me dépêche, je peux le prendre.

— T'es fou ou quoi ? demande Blai en consultant à son tour sa montre. L'aéroport est à deux heures de voiture. Tu vas te tuer sur la route.

Melchor ignore l'avertissement de Blai et continue sa recherche puis, au bout de quelques secondes, il peste à voix haute contre sa malchance : il n'y a plus de places dans le dernier vol Barcelone-Majorque du jour. S'en félicitant, Blai prend son ami par le bras et l'entraîne vers la porte du bureau.

— Allez, viens, dit-il. On va laisser Paca travailler.

Dans le couloir, ils tombent sur Elisa Climent, sa mère et Artigas, qui viennent de quitter la salle commune de l'unité d'investigation. Un peu pâles, les deux femmes semblent consumées par la tension des heures passées au commissariat. Artigas informe Blai qu'ils ont récupéré toutes les données du téléphone d'Elisa et qu'ils sont en train de traiter ce qu'ils y ont trouvé. Blai opine de la tête ; la mère d'Elisa demande :

— On a terminé, alors ?

— Pour aujourd'hui, oui, répond Blai. Mais on aura besoin de vous demain matin.

La mère veut en connaître la raison et l'inspecteur la lui donne : il lui parle d'un autre interrogatoire, plus long et plus exhaustif, et d'un spécialiste qui viendra du central d'Egara, il lui dit qu'on les appellera dès qu'on saura à quelle heure elles doivent se présenter au commissariat ; la mère d'Elisa demande si, le lendemain, le père d'Elisa peut l'accompagner à sa place, et Blai est évidemment d'accord. Exclu de leur dialogue, Melchor est absorbé par son portable, à la recherche d'un billet pour le premier vol à destination de Majorque le lendemain. Quand Elisa et sa mère prennent congé de lui, il demande à l'amie de Cosette si elle a réessayé de contacter sa fille. Elisa dit que non.

— Alors fais-le de temps en temps, s'il te plaît.

Elisa acquiesce et sa mère lui assure que s'il y a quoi que ce soit de nouveau, elles l'appelleront tout de suite, puis les deux femmes s'éloignent vers la sortie, escortées par Artigas. Dès que Melchor et Blai se retrouvent en tête à tête, l'inspecteur demande :

— Tu vas vraiment aller à Majorque ?

— Qu'est-ce que tu veux que je fasse, répond Melchor. Que je reste ici les bras croisés ?

— Tu ne restes pas les bras croisés.

— Certes. Mais, tant que Cosette est là-bas, moi, je n'ai rien à faire ici.

— Si ça se trouve, elle n'y est pas.

— Merci de me rassurer. – Melchor a de nouveau le regard rivé sur le portable. – Quoi qu'il en soit, c'est là-bas qu'elle a été vue pour la dernière fois et c'est là-bas qu'il faut commencer à chercher.

— Tu n'es pas la personne la plus indiquée pour la chercher, le met en garde Blai. En réalité, t'es la personne la moins indiquée. Tu le sais : tu es son père, tu n'as pas les idées claires, à Pollença tout ce que tu vas faire c'est leur casser les pieds… C'est toi qui vas faire le travail des *guardias civiles* ? Ces gens connaissent leur territoire, ils savent comment s'y prendre. Si tu veux les aider, le mieux c'est de leur foutre la paix.

Blai persiste à tenter de le convaincre que se rendre à Majorque n'a aucun sens, quand Melchor l'interrompt.

— C'est bon, lance-t-il. Je viens de réserver une place pour le Barcelone-Palma de huit heures.

Levant les yeux vers l'inspecteur, il demande :

— Tu disais ?

Blai fait claquer sa langue contre son palais, vaincu.

— Rien, se résigne-t-il. Tu veux un café ?

C'est seulement alors que Melchor se rappelle qu'il n'a rien avalé depuis qu'il a pris un café avec Blai au bar de la place, tôt le matin, et soudain il sent un creux presque douloureux dans l'estomac ; avant qu'il puisse répondre à la question de l'inspecteur, la porte du bureau de Paca Poch s'ouvre.

— Ça y est, la transmission du signalement vient de partir à Pollença, les informe la sergente.

Et, s'adressant à Blai, elle lui dit qu'elle vient de lui envoyer tous les documents ; puis elle tend à Melchor trois feuilles imprimées.

— Ça, c'est pour toi : une copie du signalement de disparition.

Melchor prend les papiers et, dans le même temps, le téléphone de Blai sonne. Celui-ci consulte l'écran de son portable.

— Le juge, annonce-t-il.

Cherchant, par réflexe, un peu d'intimité ou de silence, l'inspecteur s'éloigne d'eux. Melchor explique alors à la sergente ce qu'il vient d'apprendre par Artigas – que ses subordonnés ont déjà extrait les données du téléphone d'Elisa Climent et qu'ils sont en train de les traiter – et il n'a pas encore terminé qu'il reçoit un WhatsApp de Rosa Adell. "Comment ça va ? lit-il. On sait quelque chose ?"

— Excuse-moi, dit Melchor. Je dois répondre.

— Bien sûr. – Paca Poch montre la salle commune de l'unité d'investigation. – Je vais rejoindre mon équipe.

"On ne sait rien, écrit-il. Je suis encore au commissariat. Je pars pour Majorque demain matin." Rosa répond par un point d'interrogation. "Ici je ne sers à rien, explique Melchor. Là-bas, je peux peut-être donner un coup de main." Il envoie le message ; mais, avant que Rosa puisse répondre, il ajoute : "Si elle n'apparaît pas avant." Il le regrette aussitôt et efface ces cinq mots.

— Il dit qu'il n'en est pas question, lance Blai, dans le couloir, en secouant la tête et en revenant vers eux.

Il fait allusion au juge, ou plutôt à l'autorisation de mise sur écoute du téléphone de Cosette qu'il vient de demander au juge.

— Il dit que c'est encore tôt. Que des cas comme le sien, il y en a plein, et que les gamins réapparaissent en un rien de temps. Qu'on attende quarante-huit heures et il nous l'accordera. Bref… Je t'avais prévenu qu'il dirait ça : ils font vraiment chier, ces jeunes juges. Ils sortent de l'école gavés de lois et pendant que ce pays part en couilles, ils restent penchés sur une putain de virgule de la Constitution. Quand ils réalisent qu'il faut faire preuve de souplesse et que c'est les lois qui doivent s'adapter à la réalité et non la réalité aux lois, il est temps pour eux de prendre leur retraite.

Melchor reçoit un autre WhatsApp : "Je passe te prendre ?"

— C'est Rosa, dit-il en lisant le message.

— Réponds, lui conseille Blai. Elle doit être inquiète.

"Non, répond Melchor. Attends-moi chez toi." "OK, consent Rosa. Je dirai à Ana de nous préparer quelque chose à dîner." Melchor clôt la conversation par un émoji qui montre un visage jaune et rond comme une pleine lune, et a deux cœurs rouges à la place des yeux.

Il passe le restant de la soirée enfermé dans son ancien bureau du commissariat, la salle commune de l'unité d'investigation, avec Paca Poch et trois des agents qui travaillent aux ordres de celle-ci, à analyser les informations que contiennent le portable et les comptes d'Elisa Climent sur les réseaux sociaux. Ils examinent les photos, écoutent des enregistrements et déchiffrent des messages, et commencent ainsi à reconstituer avec précision l'itinéraire de Cosette et Elisa durant ces cinq jours passés à Majorque ; celui-ci, pour l'essentiel, coïncide avec celui qu'Elisa a esquissé cet après-midi, une preuve supplémentaire – Melchor, Blai et Paca Poch s'accordent sur ce point – que l'amie de Cosette ne leur cache aucune information, du moins aucune information importante, et qu'elle fait tout ce qui est en son pouvoir pour qu'on retrouve Cosette le plus vite possible. Pendant ce temps, Blai ne cesse d'entrer dans la salle commune et d'en sortir, de distribuer des ordres, de donner des instructions et de poser des questions, de passer des coups de téléphone, de s'occuper des affaires courantes du commissariat, de parler avec Melchor et Paca Poch. Peu avant vingt heures, après deux tentatives infructueuses, Blai réussit à s'entretenir par téléphone avec son ami de la police nationale de Palma, lui aussi inspecteur et à la tête des stupéfiants. L'ami lui certifie qu'en cette période, juste avant la Semaine sainte, au début de la saison touristique, les cas de disparition se multiplient dans tout l'archipel, et que si la plupart sont rapidement résolus – "Les touristes ont la fâcheuse manie de se perdre dans la montagne de Tramuntana", a-t-il ironisé –, les autres ne le sont pas, ce qui se produit surtout depuis un certain temps, précisément dans la zone de Pollença, en passe de devenir la plus prisée par le tourisme insulaire. Blai lui demande s'il connaît un supérieur au poste de la Guardia Civil de Pollença ou un responsable au département des personnes disparues du bureau de Palma, et son collègue, qui lui répond par la négative, lui assure que les rapports entre la police nationale et la Guardia Civil de Majorque passent par un moment délicat à cause d'une affaire de corruption, mise au jour par la Guardia Civil dans un quartier de Son Banya, à Palma, et qui a envoyé en prison préventive et en attente de jugement plusieurs policiers, dont un officier, ce qui a envenimé les rapports locaux entre les deux corps. Néanmoins, l'ami de Blai s'engage à parler avec un ami du bureau du commandement de la Guardia Civil de Palma pour qu'il mette la pression sur les responsables du poste de Pollença.

Il est vingt-deux heures passées quand Blai dit à Melchor que s'il doit se lever à quatre heures le lendemain pour prendre le premier vol pour Majorque, il ferait mieux de manger un peu et d'aller se coucher sans tarder.

— Allons grignoter un truc au Terra Alta, suggère-t-il.

— Rosa m'attend chez elle.

— Ah, dit Blai.

Melchor, qui comprend son ami sans qu'ils aient besoin de se parler, se rend compte que l'inspecteur ne veut pas se séparer de lui, alors il prend son portable et, tout en écrivant un WhatsApp à Rosa, ajoute :

— Quand il y en a pour deux, il y en a pour trois.

— Ou quatre, peut-être ? s'invite Paca Poch. J'ai une faim de loup.

Le dîner chez Rosa se déroule dans une atmosphère étrange, plutôt sombre. Ils mangent dans la cuisine ce qu'Ana Elena leur a préparé – deux salades, une grande tortilla de pommes de terre, un plateau de fromages, du pain à la tomate, une salade de fruits –, et les deux policiers et Rosa partagent deux bouteilles de Clot d'Encís, un vin rouge de la Terra Alta. Melchor, qui fait un sort à un Coca-Cola Zero, parle peu, consulte son portable de manière compulsive et à un moment donné se lève de table pour téléphoner à Dolors, l'assistante bibliothécaire avec laquelle il travaille.

— Vas-y, ne t'inquiète pas, le rassure Dolors après que Melchor lui a demandé de le remplacer le temps qu'il sera à Majorque. Je m'occupe de tout.

Quand il revient à table, Blai et Paca Poch continuent d'informer Rosa des démarches qu'ils ont entreprises durant l'après-midi, mais le sujet est vite épuisé, de même que la discussion sur les possibilités de recherche qui s'ouvrent désormais à eux, et, pour éviter ces silences gênants et peut-être essayer de distraire Melchor, Rosa évoque la dernière nouvelle politico-médiatique : Virginia Oliver, l'ancienne maire de Barcelone et actuelle présidente de la Generalitat, vient d'annoncer, alors qu'elle s'était solennellement engagée à ne pas occuper cette fonction pendant plus de huit ans, qu'elle va se présenter aux prochaines élections.

— Je parie qu'elle a dit que ce serait irresponsable de quitter le navire actuellement, demande Blai.

— Comment le sais-tu ? demande Rosa.

— C'est ce qu'ils disent tous, sourit l'inspecteur. Et elle a sûrement dit qu'elle ne veut pas laisser son projet politique inachevé, qu'en ces temps de crise, elle est dans l'obligation morale de sacrifier sa vie privée au profit de son pays et que blablabla. Quelle bande d'infréquentables : toujours en train de se cacher derrière la morale.

— Moi, c'est pareil, avoue Paca Poch en s'adressant à Rosa. – Les deux femmes viennent de faire connaissance mais, malgré leur différence d'âge, ou précisément en raison de cette différence, elles ont immédiatement sympathisé. – Quand j'entends un politicien faire référence à la morale, je vérifie où est mon portefeuille.

La sergente se tourne vers Blai.

— Au fait, c'est vrai que vous et Melchor vous vous êtes occupés de l'affaire de tentative de chantage dont elle a été victime quand elle était maire ?

— C'est vrai, mais tout ce qu'on dit sur cette affaire est un tissu de mensonges, répond Blai. D'ailleurs, comment tu sais que c'était nous ?

— À ton avis ? intervient Rosa. Parce qu'elle l'a lu dans les romans de Cercas.

— Alors cette histoire de chantage à la sextape, c'est faux, aussi ? insiste Paca Poch.

— C'est quasiment la seule chose qui soit vraie, nuance Blai. Ça, et qu'on m'ait chargé de l'affaire quand j'étais à Egara. Juste avant que je revienne ici, fatigué de tous ces bâtons merdeux. Pas vrai, Melchor ?

Melchor opine de la tête mais ne dit rien et, tout en mangeant la salade de fruits qu'Ana Elena a préparée, les deux policiers et Rosa parlent de l'affaire. Celle-ci a fait beaucoup de bruit, pas tant pour le chantage en lui-même que parce qu'elle a été résolue en même temps que périssaient, dans un incendie à la Cerdagne, l'ex-mari de la maire, le premier adjoint et le leader de l'opposition conservatrice, ainsi que le chef de la garde prétorienne de la maire et une autre personne dont le cadavre n'a jamais pu être identifié. La simultanéité entre ces cinq décès et la fin du chantage dont avait été victime la maire fit naître toutes les hypothèses, dont la plus tenace prétendait que le massacre était le résultat d'une lutte de gangsters pour le pouvoir dans la capitale catalane, que les personnes décédées avaient essayé de racketter la maire pour lui arracher le bâton de commandement et que la maire avait profité de la conjoncture pour se débarrasser d'eux en ordonnant ce massacre déguisé en accident.

— Ce n'est pas ce que Cercas raconte, dit Paca Poch.

— Oubliez Cercas, lui conseille Rosa. Il invente tout.

— Je ne sais pas ce que Cercas raconte, mais l'histoire de l'assassinat est la version qui s'est imposée, soutient Blai en affichant une moue de mépris. Et elle est fausse. C'était un accident, pas un assassinat. Seulement, c'est trop banal, pour les gens. Ils préfèrent s'inventer une conspiration, ça les fait plus vibrer. La réalité nous ennuie, c'est ça la triste vérité. On préfère la fantaisie. Il n'y a rien à faire, Paca : on est une bande d'imbéciles.

À peine ont-ils terminé de dîner que Melchor annonce son départ.

— Tu ne restes pas dormir ? lui demande Rosa.

— Non, répond Melchor. Il faut que je me change et que je prépare mon sac. Et je dois me lever très tôt demain.

Melchor dépose Blai et Paca Poch au commissariat et, après avoir fait quelques tours dans la partie ancienne du village qui, à cette heure de la nuit, ressemble à une forteresse inhabitée ou habitée par une armée de fantômes, il trouve à se garer sur la place de l'église de l'Assumpció, à côté du monument aux soldats tombés pendant la guerre civile, et sans croiser âme qui vive, il marche jusqu'à la rue Costumà. Une fois chez lui, il met dans un sac à dos son ordinateur portable, le signalement de la disparition de Cosette et quelques vêtements de rechange ; et, également, son exemplaire de *Fumée*. Alors qu'il se brosse les dents, le téléphone sonne. C'est Cortabarría.

— Je viens de parler au chef de l'unité des personnes disparues de la Guardia Civil au central de Madrid, dit-il. Ce soir même, il va essayer de s'entretenir avec quelqu'un du poste de Pollença. Et avec le commandement de Palma. Je lui ai raconté qui tu étais et il m'a garanti qu'il allait mettre le paquet. Il m'a dit de te rassurer. Ils vont faire le maximum.

— Parfait, dit Melchor. Je prends un avion pour Majorque demain matin.

— Tu vas te pointer à Pollença ?

Melchor dit que oui. À l'autre bout de la ligne, un silence s'ouvre. Que ferme Cortabarría.

— Tu fais bien. J'aurais fait la même chose.

Melchor n'est pas sûr que son ancien collègue pense réellement ce qu'il vient de dire, mais il l'en remercie en silence.

Dès qu'il se met au lit, Melchor sait qu'il ne va pas pouvoir dormir. Il songe à allumer la lampe de sa table de nuit et reprendre la lecture de *Fumée*, mais, persuadé qu'il ne parviendra pas à se concentrer sur le roman de Tourgueniev – et que, même s'il y parvient, ça ne l'aidera pas à trouver le sommeil –, il décide de rester dans le noir, allongé sur son lit, les yeux fermés. Un puissant tourbillon d'idées, de sentiments et d'images associés à Cosette ou à la disparition de Cosette s'élève dans sa tête, un chaos qu'il ne réussit pas à ordonner et qui en arrive à lui faire regretter de ne pas être resté dormir chez Rosa, laquelle aurait probablement pu l'apaiser. Éveillé, il se lève une fois pour aller aux toilettes. Une autre, pour aller boire de l'eau. La dernière fois qu'il regarde l'heure, il est deux heures et demie. Il a déjà décidé que la nuit est terminée quand il s'endort.

DEUXIÈME PARTIE

POLLENÇA

Peu après que son père eut abandonné la coutume de lui lire des romans le soir – le dernier, Les Misérables *–, ils passèrent un week-end à Barcelone, dans l'appartement qu'ils avaient hérité de Vivales. Ils arrivèrent comme toujours le vendredi soir et le lendemain ils firent la grasse matinée, ils allèrent se promener sur la Rambla puis se rendirent au taxiphone du Français dans le quartier du Raval. Ils trouvèrent porte close. Ils apprirent par des voisins que le commerce avait baissé le rideau plusieurs semaines auparavant et personne ne savait où se trouvait le propriétaire. Son père ne possédait pas le numéro de téléphone de son vieil ami de la prison de Quatre Camins et il ne connaissait pas non plus son adresse à Barcelone, en supposant qu'il n'ait pas déménagé, si bien qu'il se résigna à la disparition du Français, et dans la soirée, lors de leur dîner dans une pizzeria, il dit à sa fille que cette ville avait cessé d'être la sienne et il lui annonça qu'il allait mettre en vente l'appartement que l'avocat lui avait légué.*

Cosette n'émit aucune objection. Son père vendit l'appartement sans la moindre difficulté et, avec l'argent qu'il en tira, racheta l'appartement où tous deux vivaient à Gandesa, celui-là même où vivait sa mère quand son père l'avait rencontrée. Cette double transaction lui laissa une coquette somme d'argent, et il fit le choix de la dépenser en travaux pour rénover la salle de bains et la cuisine et dans un voyage qu'il ferait avec elle. Ni lui ni sa fille n'avaient jamais quitté l'Espagne, et pendant des mois ils discutèrent de la destination, puis ils finirent par se décider, pour des raisons qu'aucun des deux n'aurait pu expliquer ou qu'ils ont oubliées depuis, de visiter les États-Unis. Ainsi, au début du mois d'août de la même année, ils s'envolèrent pour New York, où ils restèrent près d'une semaine, au terme de laquelle ils montèrent dans un train qui les emmena à Boston puis à Washington. Deux jours plus tard, ils louèrent une voiture pour se rendre à Chicago, et de là ils rejoignirent la Route 66, qu'ils suivirent. En un peu plus de deux semaines, ils traversèrent l'Illinois, le Kansas, l'Oklahoma, le Texas, le Nouveau-Mexique, l'Arizona et la Californie, et achevèrent leur périple à Los Angeles. Ils voyagèrent sans se presser, dormant dans des motels et s'arrêtant où ça leur chantait. Au cours de ce voyage, un incident eut lieu qui marqua Cosette à vie, même si ni Melchor ni elle n'en firent plus jamais mention, comme s'il ne s'était pas produit ou comme si tous deux l'avaient rêvé.

Cela se produisit dans un petit village non loin de Phoenix, Arizona, à la fin de leur traversée. Dans un motel où ils s'apprêtaient à passer la nuit, fort modeste et qui ne disposait pas de room service, le restaurant était fermé et le gardien leur expliqua que le seul endroit où ils pourraient grignoter quelque chose à cette heure était le restaurant de la station-service à la sortie du village. Affamés, ils s'y rendirent et, en arrivant, ils commandèrent au comptoir deux burgers frites à une serveuse mexicaine qui, les entendant discuter entre eux, leur demanda en espagnol d'où ils étaient, leur raconta qu'elle était née à Ciudad Juárez, au Mexique, les invita à prendre une table près de la grande fenêtre qui donnait sur le parking et au bout de quelques minutes leur apporta leur commande. Dans le restaurant on entendait, de manière ténue, un filet de musique country, et il ne restait plus qu'une poignée d'habitués, solitaires et dispersés le long du comptoir et à quelques tables. Melchor et Cosette n'avaient pas terminé de dîner que deux jeunes hommes, qui avaient tout l'air de fermiers éméchés, firent irruption dans l'établissement après avoir laissé leur voiture devant la porte, mal garée et phares allumés, et brandirent chacun de grands pistolets. L'un d'eux grimpa sur le comptoir et hurla quelques mots que ni Cosette ni son père ne comprirent vraiment, mais qu'ils n'avaient pas non plus besoin de comprendre. Le père prit alors la main de Cosette, la posa sur la table et murmura sans la lâcher :

— Ne bouge pas. Ne t'inquiète pas. Ce n'est rien.

Puis tout se déroula très rapidement, comme si les deux fermiers ivres n'étaient pas ivres et avaient soigneusement répété le braquage.

Le fermier qui n'était pas monté sur le comptoir obligea la serveuse mexicaine, terrifiée et en larmes, à ouvrir la caisse ; ensuite, pointant l'arme sur sa tête, il l'emmena dans la cuisine et au-delà, tout au fond de l'établissement. Ils en ressortirent aussitôt et ce même fermier, chargé d'un sac-poubelle industriel ou de ce qui ressemblait à un sac-poubelle industriel, entreprit de récupérer les portefeuilles des clients, un à un, puis arriva devant Cosette et son père. Celui-ci, comme l'avaient fait les autres, déposa son portefeuille dans le sac, sans protester ni manifester de mécontentement, mais l'homme resta une seconde à scruter Cosette, qui soutint son regard les yeux grands ouverts, comme si elle avait devant elle une vipère sur le point de la mordre. C'était un type crasseux, dégoulinant de sueur, les yeux très bleus, les cheveux longs et emmêlés. Sa barbe d'une semaine dégageait une odeur rance. Pendant un instant, le type sembla sourire et Cosette remarqua qu'il lui manquait une incisive ; puis elle entendit que son père prononçait d'une voix glacée, dans son anglais sommaire, onze mots que l'on pouvait facilement oublier, mais qui restèrent gravés à tout jamais dans sa mémoire préadolescente.

— Ne la touche pas, murmura-t-il, comme s'il voulait que personne d'autre que l'homme visé ne l'entende. Si tu la touches, je te tue.

Le fermier se tourna vers Melchor et resta à l'observer quelques instants, puis l'autre fermier, qui entre-temps s'était assis sur le comptoir, dit quelque chose qui sonna comme un ordre, sauta par terre et prit la fuite. L'autre le suivit, non sans s'être touché le front en guise de salutation avec le bout de son grand pistolet, en même temps que s'élargissait son sourire édenté. Les deux fugitifs montèrent dans la voiture et, dérapant dans un crissement sur le parking, se perdirent dans l'obscurité de la route.

Cette nuit-là, ils rentrèrent très tard au motel – ils durent faire une déposition au commissariat local, où ils portèrent également plainte pour le vol du portefeuille – et, une fois dans leur chambre, ils eurent du mal à s'endormir. Pendant qu'ils cherchaient le sommeil dans le noir, chacun allongé dans son lit, Cosette demanda à son père :

— Tu l'aurais vraiment tué ?

Son père lui fit répéter ce qu'elle venait de dire et Cosette comprit qu'il ne s'attendait pas à cette question et que, afin de se donner du temps pour préparer la réponse, il faisait semblant de ne pas l'avoir entendue. Elle réitéra la question et il demanda à son tour :

— Tu crois quoi ?

— Je crois que non.

— Et tu as raison.

— Pourquoi tu lui as dit ça, alors ?

Il y eut un silence.

— À ton avis ? dit son père. Pour lui faire peur. Pour qu'il nous laisse tranquilles.

Un autre silence. Cosette insista :

— Mais il aurait pu se fâcher et nous faire du mal, non ?

Cette fois, le silence fut plus bref.

— Non, répondit son père. C'était juste une brute épaisse. Et les brutes épaisses sont des lâches qui ont peur s'ils croient que tu n'as pas peur.

— Et toi, tu n'as pas peur ?

Cosette se tourna vers son père et vit qu'il souriait dans la pénombre.

— Bien sûr que si. Mais je fais mine de ne pas avoir peur. Celui qui n'a pas peur n'est pas courageux : il est téméraire. Et moi, je ne suis pas téméraire.

Cosette ne demanda plus rien, elle se retourna dans son lit et s'endormit presque aussitôt.

Quelques mois à peine après ce voyage initiatique, son père lui apprit qu'un poste de bibliothécaire venait de se créer à la bibliothèque de Gandesa et qu'il pensait se présenter. Cosette en resta bouche bée. Elle savait depuis des années que son père étudiait la bibliothéconomie à l'Université ouverte de Catalogne, et lui-même lui avait dit qu'une fois achevées ces études, à la première occasion il postulerait pour travailler comme bibliothécaire en Terra Alta ou aux environs de la Terra Alta ; mais elle avait à tel point intégré sa condition de policier qu'elle avait toujours cru que cette idée n'était rien d'autre qu'un de ces rêves que l'on caresse encore et encore sans que jamais ils se réalisent. Pourtant, il lui avait plus d'une fois exposé les motifs qui le poussaient à vouloir changer d'emploi : il avait perdu tout intérêt pour son métier de policier, le travail de bibliothécaire lui plaisait, quand il quitterait le commissariat pour travailler à la bibliothèque, il disposerait de plus de temps pour elle ; cependant, Cosette ne prit jamais ces raisons vraiment au sérieux et, quand son père lui dit que le moment était venu – quand il lui apprit qu'il avait obtenu un poste à la bibliothèque municipale et qu'il allait quitter la police –, la première chose qui lui traversa l'esprit fut de lui demander ce qu'elle lui aurait demandé quand elle avait six ou sept ans et qu'il lui lisait encore des romans d'aventures avant qu'elle ne s'endorme : "Et maintenant, qui va défendre les bons contre les méchants ?" Elle ne le lui demanda pas, évidemment : elle venait d'avoir douze ans et elle comprit que c'était une question puérile, inappropriée pour son âge ; elle ne protesta pas, pas plus qu'elle ne réclama d'explications : elle se borna à féliciter son père et à lui dire qu'elle était très contente parce qu'il avait réussi à obtenir le poste qu'il souhaitait. Mais, dans son for intérieur, peut-être même sans le reconnaître elle-même (ou sans le reconnaître entièrement), Cosette sentit que la décision de son père était une erreur majeure, qu'elle constituait une sorte d'abaissement ou de trahison, comme s'il avait renoncé à lui-même, ou du moins à la meilleure part de lui-même ; elle sentit aussi, plus secrètement encore, que c'était une victoire posthume de sa mère : son père avait choisi le métier de bibliothécaire, qui avait été celui de sa mère, pour être en quelque sorte avec elle, s'enfermer avec son fantôme ou son mirage dans la bibliothèque où ils s'étaient rencontrés et où sa mère avait travaillé jusqu'à sa mort. C'est ce qu'elle ressentit, sans savoir exactement qu'elle ressentait cela : que le mirage avait vaincu la réalité ; le fantôme, l'homme fait de chair et d'os.

Ce fut la première fois qu'elle eut honte de son père. Avant cela, et depuis plusieurs années déjà, Rosa Adell était entrée dans leurs vies. Cosette ne se souvenait pas comment cela s'était produit, peut-être parce que cela s'était produit d'une manière progressive et subtile, presque imperceptible. En tout cas, ce changement leur fit du bien à tous les deux, entre autres parce qu'il oxygéna une relation qui, au fil des ans, était devenue claustrophobique. Cosette sentait que Rosa savait l'écouter, elle la trouvait tendre, attentionnée et affectueuse avec elle, et assez rapidement elle fit d'elle une alliée implicite contre le fantôme de sa mère : Cosette imaginait que plus Rosa occupait d'espace dans la vie de son père, moins sa mère en occuperait et moins elle se verrait obligée de combattre sa présence spectrale. Celle de Rosa, au contraire, était une présence palpable et assidue, mais pas envahissante : la propriétaire des Cartonneries Adell était suffisamment intelligente pour ne pas prétendre remplacer sa mère biologique et, même si elle fréquentait l'appartement où vivaient le père et la fille, pas une seule nuit elle n'y dormit, du moins, pas quand Cosette s'y trouvait ; elle et son père, en revanche, dormaient de temps à autre au mas de Rosa, ils y passaient même parfois le week-end, et souvent, quand les filles de Rosa venaient en Terra Alta avec maris et enfants, ils cohabitaient, et ceux-ci se comportaient avec Cosette et son père comme s'ils faisaient partie de la famille. Il ne faisait d'ailleurs aucun doute pour Cosette que Rosa était très amoureuse de son père (plus que son père ne l'était d'elle) ; il ne faisait aucun doute non plus pour elle que cette relation sentimentale avait amélioré le caractère de son père : au début, surtout, elle l'avait rendu plus loquace, plus chaleureux et moins renfermé.

Pour Cosette, cette amélioration compensa largement la rupture du lien exclusif d'intimité et la fin du sentiment de communion qu'elle éprouvait quand son père lui lisait encore à haute voix des romans le soir. À ce moment-là, Cosette n'était plus une enfant, mais pas encore une adolescente, et après l'échec spectaculaire que représenta pour eux la lecture en commun des Misérables, *les goûts littéraires du père et de la fille empruntèrent des chemins différents. Lui demeura confiné dans son attachement anachronique aux romans du XIXe siècle (emprisonnement auquel l'arrachait de temps à autre l'enthousiasme pour certains auteurs contemporains que Rosa réussissait à lui insuffler), en même temps que Cosette entamait une expérience jouissive de lectrice indépendante. Indépendante surtout par rapport à son père. Elle continua d'être une amatrice invétérée de romans, mais pendant des années elle ne toucha plus aux romans du XIXe ; elle ne lisait pas non plus de nouveautés et ne parlait avec personne de ce qu'elle lisait, comme si la lecture était pour elle une activité exclusivement intime, un plaisir confidentiel, de la même manière qu'elle l'avait été pour son père avant qu'il rencontre sa mère. Elle lisait ce que le hasard lui réservait à la bibliothèque du collège ou municipale, à la seule condition que son père ne l'eût pas lu auparavant ou que ce ne fût pas sur son conseil. Et, pour quelque raison inconnue, elle lisait davantage des auteurs que des livres ; quand elle aimait un écrivain, elle finissait tous ses livres, même si tous ne lui plaisaient pas, ou même si elle ne les comprenait pas (dans une rédaction, elle écrivit un jour qu'elle préférait les livres mauvais des auteurs qu'elle aimait aux bons livres des auteurs qu'elle n'aimait pas) : c'est ainsi qu'elle lut, avant ses dix-sept ans, tout Stephen King, tout Ursula K. Le Guin, tout Pere Calders, tout John Irving, tout Eduardo Mendoza, tout Philip K. Dick, tout Roald Dahl, tout Sergi Pàmies, tout Haruki Murakami.*

Elle était plongée dans l'œuvre de Dahl quand elle perdit sa virginité. Elle avait quinze ans et cela advint non pas parce que le garçon avec qui elle la perdit lui plaisait, un copain de classe qu'elle connaissait depuis toujours et qui était amoureux d'elle depuis des années ; cela advint parce qu'elle était impatiente de la perdre. L'expérience ne lui plut pas, à vrai dire elle lui parut légèrement répugnante et, au grand dam de son compagnon, elle ne souhaita pas la répéter, du moins pas avec lui. L'année suivante, pourtant, elle s'éprit d'un Français qu'elle rencontra à Toulouse au cours d'un voyage de fin d'année dans le sud de la France. Le garçon, qui était petit-fils ou arrière-petit-fils d'émigrés ou d'exilés espagnols et parlait un espagnol aussi comique qu'approximatif, vint à plusieurs reprises en Terra Alta, où il dormait chez Cosette qui, de son côté, alla une fois lui rendre visite à Toulouse, accompagnée d'Elisa Climent. Au bout de quelques mois, leur histoire prit fin. La rupture ne fut pas la conséquence d'une brouille entre les deux, pas même d'une dispute ; simplement, ils perdirent tout intérêt l'un pour l'autre et cessèrent de se voir. Depuis lors, Cosette n'était sortie avec personne : tout juste eut-elle trois ou quatre aventures agréables mais banales, qui ne se prolongèrent jamais au-delà d'une nuit.

Ce fut à cette époque qu'elle apprit que sa mère n'était pas décédée des suites d'un accident, comme elle l'avait toujours cru, et où elle eut honte de son père pour la seconde fois. Elle venait d'avoir dix-sept ans et quelques mois plus tard elle disparaîtrait à Pollença.

1

Le jeudi, à l'aube, Melchor se réveille en sursaut avec le pressentiment que Cosette est morte. On a tué sa mère, on a tué sa femme et maintenant on a tué sa fille. Son corps est trempé de sueur.

Extirpant de son esprit ce qu'il reste de ce pressentiment venimeux, Melchor prend une douche, s'habille, descend dans la rue Costumà, monte dans sa voiture et sort de Gandesa alors qu'il fait encore sombre. Il ne rencontre presque aucun trafic en roulant à cette heure sur les routes de la Terra Alta. Lorsqu'il traverse l'Èbre par le pont de Móra, la nuit est une bulle grise qui, arrivé sur l'autoroute, commence à se fissurer pour se déchirer complètement à la hauteur du Vendrell, devenue une aurore lacérée et rougeoyante.

Il n'est pas encore sept heures quand il arrive à l'aéroport d'El Prat. Il laisse sa voiture sur le parking du terminal 2, franchit les contrôles de sécurité avec son billet électronique et se retrouve vite assis à une table du Starbucks située en face de la porte d'embarquement B22, devant un double expresso et un muffin aux myrtilles. C'est la première fois qu'il se rend à Majorque, et il passe la demi-heure suivante sur internet, à regarder des photos et se renseigner sur l'île en général et sur Pollença en particulier. Quand il lève les yeux de son portable, une file de passagers s'étire devant la porte B22, et l'écran d'embarquement annonce le départ imminent du vol pour Palma de Majorque.

Durant le vol, à l'étroit sur son siège côté hublot, Melchor ouvre son exemplaire de *Fumée*, mais il est incapable de se concentrer sur ses pages et il préfère chercher à se distraire en observant le spectacle du ciel et de la mer. Cette nuit, il a dormi à peine plus d'une heure, si bien que le soleil commence vite à alourdir ses paupières ; il incline son siège et, pendant qu'il marche sur un fil entre sommeil et veille, il se souvient du cauchemar qui l'a réveillé mais réussit à maintenir à distance ses relents toxiques. Quand il émerge de ce demi-sommeil vigilant, la mer a été remplacée dans son hublot par une étendue dilatée de terre plate, quadrillée et multicolore, parsemée de petits villages blanc et brun, d'arbres et de maisons isolées. Un ciel si pur qu'il fait penser au cristal luit sur le fuselage de l'avion.

L'appareil atterrit ponctuellement à huit heures et cinquante-cinq minutes à l'aéroport de Palma, qui ne ressemble pas à l'aéroport d'une petite île de la Méditerranée, mais à celui d'une métropole des États-Unis. Du moins est-ce l'impression qu'a Melchor tandis qu'il foule d'un pas décidé le labyrinthe futuriste de couloirs où prolifèrent les boutiques sophistiquées, les tapis roulants et les écrans géants, tout en répondant aux trois WhatsApp reçus pendant le vol : le premier est de Rosa, le deuxième de Blai et le troisième de Paca Poch (la sergente lui apprend qu'elle et ses hommes continuent de traiter les informations trouvées dans le portable d'Elisa et sur les réseaux sociaux, et qu'à midi les spécialistes de l'Unité centrale des personnes disparues envoyés par Cortabarría arriveront au commissariat de la Terra Alta, en provenance d'Egara, afin d'interroger une nouvelle fois l'amie de Cosette). Melchor loue une Mazda électrique au bureau de l'agence Sixt, et la première chose qu'il fait en s'installant dans la voiture est de connecter le Bluetooth et de saisir dans le GPS l'adresse de l'hôtel Borràs : place Miquel Capllonch, 13, Port de Pollença. Pendant que le GPS calcule trajet, itinéraire et temps de voyage, Melchor boucle sa ceinture de sécurité, démarre le véhicule, et quand il quitte le parking de Sixt, l'appareil indique que, sauf contretemps et si la voiture roule à la vitesse prescrite, il lui faudra cinquante-trois minutes pour arriver à la destination indiquée.

La prévision se révèle exacte. Guidé par une voix de synthèse féminine, en sortant de l'aéroport Melchor emprunte une rocade de Palma et, un peu plus tard, après avoir dépassé plusieurs ronds-points et laissé derrière lui un Decathlon, un Leroy Merlin et un Alcampo, il rejoint l'autoroute Palma-Alcúdia. La densité de la circulation est celle, caractéristique, d'un matin de jour ouvrable dans une périphérie urbaine, un soleil presque estival tombe à pic sur l'asphalte miroitant et seuls quelques nuages tels des effilochures ou des coups de pinceau d'un blanc éclatant perturbent l'azur parfait du ciel. La Mazda abandonne à sa droite une succession de zones industrielles, tandis qu'à sa gauche, le massif de Tramuntana – une balafre rocheuse qui, Melchor l'a constaté sur les cartes, traverse l'île pratiquement de part en part – barre l'horizon. Au bout d'un moment, cependant, le paysage commence à changer, devenant plus rural et plus aride, presque celui d'un plateau : de chaque côté de l'autoroute, au milieu du vertige horizontal de la plaine, surgissent des champs de blé, d'orge et de seigle, des oliveraies et des palmeraies. La circulation est maintenant bien moins dense, et de temps à autre Melchor double un peloton de cyclistes, ou en croise un. Il voit défiler des panneaux de signalisation qui annoncent des municipalités aux noms inconnus : Santa Maria, Consell, Binissalem, Inca, Sa Pobla. Plus ou moins à la hauteur de l'avant-dernière, le paysage subit un nouveau changement : la végétation devient verte et exubérante, çà et là semblent surgir de la terre brune des vestiges d'un passé agricole et, quelques kilomètres avant d'arriver à Pollença, là où meurt l'autoroute et naît la nationale, durant un instant Melchor distingue entre les rochers un lointain morceau de mer. La route circule parmi les pinèdes et les bosquets de chênes et, toujours guidé par le GPS, Melchor passe à proximité du centre-ville de Pollença. Cinq minutes plus tard il arrive au port, traverse deux ronds-points (dont l'un est orné d'une sculpture en métal représentant un hydravion), tourne à droite au troisième et pénètre dans un quadrillage de ruelles étroites occupées par des immeubles touristiques datant des années 1960 et 1970, puis, juste après que le GPS a annoncé la fin du voyage ("Vous êtes arrivé à destination", avertit la voix), il se gare près de la place Miquel Capllonch.

L'endroit est un quadrilatère pavé, agrémenté de bancs de bois et de parterres soignés, délimité par un cordon de boutiques pour touristes et de terrasses de cafés, restaurants et hôtels. Melchor repère dans un coin l'hôtel Borràs, un bâtiment de deux étages aux murs blancs et aux stores verts, avec des balcons spacieux et une terrasse envahie de tables et de chaises protégées par des parasols blancs, à l'ombre des frondaisons abondantes de deux micocouliers et sous la surveillance d'une caméra qui dépasse du linteau de la porte. Le comptoir de la réception se trouve à gauche dans l'entrée. Y est appuyé un type d'une soixantaine d'années, l'air affairé, aux yeux globuleux, la barbe cendrée et un ventre de batracien, vêtu d'un jean et d'un tee-shirt des Dropout Kings orné d'une tête de mort et de deux drapeaux, des États-Unis et de la Grande Bretagne, en lambeaux. Dans son dos, le soleil du matin entre à flots par une fenêtre ouverte.

Le type lève les yeux du comptoir, encombré de factures et de papiers griffonnés, et Melchor se présente et mentionne la brève conversation téléphonique qu'ils ont eue la veille à midi.

— Bien sûr, se souvient l'homme. La fille a réapparu ?

Melchor secoue la tête et lui demande s'il a eu de ses nouvelles ; le type répond par la négative. Il lui demande alors si la Guardia Civil est venue enquêter et le type lui fait la même réponse.

— Vous en êtes sûr ? s'étonne Melchor.

— Parfaitement, répond le type. Dès que la saison commence, je ne bouge pas d'ici de la journée. Je suis le gardien, le gérant, tout.

Melchor acquiesce et, pendant quelques secondes, il observe la réception, une vaste salle très haute de plafond et au sol dallé, qui rappelle davantage une salle de bal, un théâtre ou un vieux cinéma : tout au fond se trouve un piano à queue et un écran blanc couvre presque entièrement le mur. Il y a sur la droite un comptoir de marbre et, derrière, plusieurs miroirs ovales de style moderniste, avec frises et moulures ; de grandes portes-fenêtres donnant sur la rue apportent de la lumière au salon, au plafond duquel sont suspendus de grands lustres circulaires couleur cuivre. L'ensemble, chaleureux, a un aspect vétuste, sorte d'hybride improbable de casino du XIXe siècle, de centre culturel et de club pour jeunes hommes de bonne famille que l'on aurait confisqué au cours d'une insurrection populaire. Après cette rapide inspection, Melchor pose une autre question :

— Je pourrais voir la chambre de ma fille ?

— Désolé, répond le gérant avec une moue contrariée. Je l'ai fait nettoyer. Je vous l'ai dit, on en a besoin.

C'est vrai : Melchor se souvient que la veille, à midi, quand ils s'étaient entretenus par téléphone, le type l'avait prévenu ; à présent il se maudit de ne pas l'avoir prié de conserver la chambre telle que Cosette l'avait laissée : cela aurait pu être très utile pour enquêter sur sa disparition.

— D'ailleurs, elle reste à régler, l'informe le gérant. La chambre, je veux dire.

Puis aussitôt, comme regrettant ces paroles, il ouvre ses bras rondelets dans un geste d'excuse.

— Mais ne vous inquiétez pas : vous réglerez quand la petite sera revenue.

Melchor pose sur le comptoir sa carte de crédit et enjoint au gérant d'encaisser. Celui-ci tente de lui faire comprendre que ce n'est pas nécessaire, mais Melchor coupe court, et l'autre, sans opposer plus de résistance, sort le terminal de paiement pour que l'ancien policier compose le code de sa carte sur le clavier. Quand le gérant lui tend le reçu, Melchor demande :

— Et les affaires de ma fille ?

L'espace d'une seconde, la perplexité se lit sur le visage du gérant.

— Ah oui, bien sûr, s'empresse-t-il de dire sans que Melchor ait précisé de quoi il s'agit. Je vous les apporte tout de suite.

Le fan des Dropout Kings traverse d'un pas lourd la réception et, au bout de deux minutes, revient chargé de la valise de Cosette, qu'il pose sur le comptoir. C'est une valise à roulettes de couleur violette, pleine à craquer, avec une poignée extensible et une fermeture à rabat.

— On a tout mis dedans, explique le gérant. Vous pouvez l'ouvrir si vous voulez, mais vous ne pouvez pas la prendre.

Melchor lui jette un regard interrogateur.

— Désolé, dit le type. Une fois, j'ai eu des ennuis : je n'ai pas l'intention de refaire la même erreur. Je sais que vous êtes le père de la fille, mais je ne veux pas d'embrouilles.

Melchor sait qu'il a raison : sans autorisation du juge ou de la police, l'hôtel n'est pas tenu par la loi de lui remettre les effets personnels de sa fille. Contrarié, il examine l'extérieur de la valise, à la poignée de laquelle est encore attachée l'étiquette de facturation de Vueling, et doit refréner son envie de l'ouvrir et de la fouiller à même le comptoir : le ménage ayant été fait dans la chambre de Cosette, cette valise est le principal indice auquel se raccrocher pour rechercher sa fille, et Melchor sait d'expérience que, s'il l'ouvre et se met à la fouiller en quête de pistes pouvant le mener à l'endroit où elle se trouve, il prend le risque d'abîmer des preuves et de nuire à l'enquête. Mieux vaut que la Guardia Civil s'en charge, se dit-il. Il soumet alors le gérant à un interrogatoire qui ne sera interrompu qu'à deux reprises, la première par un couple de routards et la seconde par un enfant au teint olivâtre qui rôde derrière le comptoir et qui, en déduit Melchor, fait certainement partie de la famille de l'homme interrogé, dont les réponses en principe ne contredisent en aucun point l'histoire d'Elisa Climent. À un moment donné, Melchor veut savoir s'il a remarqué quelque chose d'anormal dans le comportement des filles, et le type lui répond par la négative. Il lui demande alors s'il les a vues en compagnie d'autres personnes, ce à quoi l'autre lui réplique qu'il les a toujours vues ensemble.

— Vous n'avez pas trouvé ça étrange, qu'avant-hier ma fille reste à l'hôtel alors que sa copine partait ?

Le gérant nie à nouveau.

— Pour tout vous dire, je n'ai même pas remarqué que l'autre fille était partie, reconnaît-il. Mardi j'ai juste vu que votre fille allait et venait toute seule, au lieu d'être avec sa copine. Mais même si j'avais su qu'elle était partie, pourquoi est-ce que j'aurais trouvé ça bizarre, que votre fille reste ? Mes clients font ce qu'ils veulent, et tant qu'ils ne dérangent pas les autres, moi je ne me mêle pas de leur vie. C'est comme ça que ça se passe normalement, vous ne croyez pas ?

Puis, creusant dans sa mémoire à la demande de Melchor, le gérant se souvient que le mardi, jour de la disparition de Cosette, il l'a vue en trois occasions, une fois dans la matinée, une autre à midi et une dernière fois dans la soirée, quand elle s'est retirée dans sa chambre après le dîner.

— Et elle n'est pas ressortie ? demande Melchor.

— Non. Pas que je sache.

— Pardon, mais je ne comprends pas. Vous n'avez pas dit que ma fille n'avait pas dormi cette nuit-là dans sa chambre ?

— Et elle ne l'a pas fait.

— Comment vous le savez ?

— Je vous l'ai dit : parce que les lits n'étaient pas défaits.

— Elle n'aurait pas pu dormir dans son lit et l'avoir refait avant de partir le matin ?

Le gérant hoche négativement la tête ; mais cette fois, il sourit avec une pointe de suffisance professionnelle.

— Les gens ne font pas leur lit quand ils quittent un hôtel, dit-il. Si votre fille avait dormi dans cette chambre, on l'aurait remarqué. Sans compter qu'hier, elle ne s'est pas présentée au petit-déjeuner, ni à midi pour le *check out*.

Melchor trouve l'argument convaincant, en même temps qu'il ouvre une brèche dans le récit du gérant.

— Si Cosette est montée dans sa chambre après le dîner, mais qu'elle n'y a pas dormi, réfléchit-il, la seule explication c'est qu'elle est sortie de l'hôtel sans que vous vous en rendiez compte.

— C'est possible, admet le gérant en haussant les épaules et en plissant les yeux. Que je sois ici tout le temps, c'est une chose, mais de là à voir tous ceux qui entrent et sortent… Alors oui, effectivement, elle a pu sortir sans que je la voie. Et si elle est rentrée tard, c'est sûr que je ne l'ai pas vue non plus.

Melchor demande pour quelle raison et le gérant montre la porte d'entrée de l'hôtel.

— Parce qu'à partir de minuit, c'est fermé, répond-il. Les clients ont une clé, ils entrent par la porte d'à côté.

Melchor jette un œil à la porte de l'hôtel, qui demeure grande ouverte, regarde à nouveau le gérant et aperçoit, derrière lui, une horloge à pendule encastrée dans le mur près de la fenêtre, un panneau de liège couvert de notifications en anglais, catalan et castillan, un vélo d'enfant et une trottinette ; il observe le cadran de l'horloge et se rend compte que les aiguilles sont arrêtées à une heure improbable : dix heures moins dix.

— Moi, je vous dis que votre fille n'a pas dormi dans sa chambre dans la nuit de mardi à mercredi, insiste le gérant. Vous pouvez être sûr de ça.

L'insistance de l'homme sort Melchor de son absence, qui écrit sur un papier son numéro de téléphone, le donne au gérant et le remercie.

— Appelez-moi s'il y a quoi que ce soit de nouveau, ajoute-t-il.

Il s'apprête à sortir de l'établissement quand il entend dans son dos :

— Eh, attendez ! Qu'est-ce qu'on fait de ça ?

Melchor fait demi-tour : le gérant brandit la valise de Cosette comme un trophée.

— Gardez-la, dit-il. La Guardia Civil ne va pas tarder à venir la chercher.

2

En sortant de l'hôtel Borràs, Melchor aperçoit à sa gauche, au bout d'une courte ruelle envahie par les boutiques, la promenade maritime, et au-delà le bleu paisible de la mer. Pendant qu'il se dirige vers l'emplacement où il a garé sa Mazda de location, il repère sur le trottoir d'en face une enseigne éteinte, qui indique : CHIVAS. Il se rappelle que c'est le nom de la boîte de nuit où, aux dires d'Elisa Climent, elle et Cosette finissaient leurs soirées à Pollença, aussi traverse-t-il la rue pour s'approcher de l'entrée de l'établissement, une porte barreaudée. Elle est fermée et, par-delà des barreaux de métal, Melchor distingue juste une porte en bois, fermée elle aussi. Au-dessus de la porte est placée une caméra de sécurité ; au-dessus de l'entrée, un bas-relief couleur boue composé de figures évoquant des instruments de musique et, entre le bas-relief et l'entrée, un autocollant qui décline le nom d'une entreprise de sécurité : Trablisa. La boîte de nuit se situe à peine à trente mètres de l'hôtel Borràs.

Il monte dans la voiture et entre dans le GPS l'adresse du poste de la Guardia Civil : place Joan Cerdà, 1. Le GPS calcule aussitôt le trajet ; selon le navigateur, sa destination se trouve à quatre minutes. Avant de démarrer son véhicule, Melchor envoie un WhatsApp à Cortabarría. "Je suis à Pollença, dit-il. Qui je demande, au poste de la Guardia Civil ?" Suivant toujours les instructions du GPS, Melchor prend une ruelle puis une autre, longe la promenade maritime – à sa gauche, la mer apparaît par intermittence entre les immeubles, brillante comme un miroir au mercure sous le soleil de midi – et au bout d'un kilomètre, atteint une petite place qui s'ouvre face à la plage, avec un parc pour enfants tapi sous quelques pins. Là, le GPS annonce pour la seconde fois la fin du trajet, au cours duquel Melchor a reçu deux WhatsApp. Après avoir garé la voiture, il découvre que les deux messages sont de Cortabarría. "J'allais t'écrire, dit le premier. D'après mon contact aux personnes disparues, tu dois demander le sergent Benavides. C'est le chef de la police judiciaire. Il vient de parler avec lui." Le second est un complément du précédent : "Il a aussi parlé avec le commandement de Palma. Il m'a dit qu'ils vont faire le maximum." Melchor envoie en guise de réponse deux émojis qui montrent deux mains jaunes les doigts croisés : l'index et le majeur.

Le poste de la Guardia Civil se trouve dans un vieil immeuble oblong et un peu décrépit, entouré d'une clôture aux briques décoratives, aux murs blanc cassé et recouverts de stores verts, de climatiseurs et de caméras de surveillance, qui occupe tout un bloc sur le front de mer. Melchor passe sous une arcade de briques flanquée d'orangers, traverse une cour et pousse une porte en verre surmontée de l'emblème du corps : une couronne sous laquelle se croisent une épée tiercée en bande et un faisceau. Arrivé au bureau d'accueil du public, il demande à l'homme qui garde la porte d'entrée le sergent Benavides, et l'homme le questionne à son tour sur les raisons de sa requête. Melchor les lui donne. Le fonctionnaire lui désigne une rangée de chaises en métal dans le vestibule désert et le prie de patienter un instant. Melchor en profite pour envoyer un émoji à Paca Poch en réponse à un WhatsApp par lequel elle l'informe que les agents missionnés par Cortabarría pour interroger Elisa Climent sont arrivés en Terra Alta. Après avoir répondu à ce message, il remarque les affiches qui tapissent les murs du vestibule ; sur le linteau d'une porte, il lit : "L'honneur, devise principale de la Guardia Civil."

Quelques minutes plus tard, un *guardia civil* en uniforme fait son apparition et l'invite à le suivre. Ils franchissent une porte qui mène à une seconde cour qu'ils traversent pour atteindre une autre porte ; à côté, cloué sur le mur, un panneau indique : ÉQUIPE DE LA POLICE JUDICIAIRE. La porte s'ouvre sur un bureau éclairé par des LED et meublé de six tables de travail ; seules deux sont occupées, l'une par un homme et l'autre par une femme, tous deux très jeunes, tous deux habillés en civil, tous deux si absorbés par l'écran de leur ordinateur qu'ils lèvent à peine le regard pour examiner les arrivants. Au fond du bureau, il y a un autre bureau séparé du premier par une cloison translucide. Le militaire qui guide Melchor toque à la porte de la cloison, demande l'autorisation d'entrer ("À vos ordres, mon sergent, si vous permettez...") et, l'ayant obtenue, cède le passage à Melchor, qui s'engage dans un espace exigu occupé par une unique table derrière laquelle est assis un homme qui les accueille avec un air mi-surpris mi-inquisiteur. Le *guardia civil* en uniforme essaie de présenter le nouveau venu, mais l'occupant de la pièce – le sergent Benavides, devine Melchor – semble se rendre subitement compte de quelque chose et lui fait signe de se retirer. Ensuite, il montre aimablement une chaise à Melchor.

— Merci de me recevoir, commence celui-ci en prenant place face au sous-officier. Je viens de Gandesa, en Tarragone. Je suppose que vous avez pris connaissance d'un signalement de disparition que le commissariat de la Terra Alta vous a envoyé. La personne disparue est ma fille.

— Désolé, je n'ai pas encore pu le lire, s'excuse le sergent en montrant l'écran de l'ordinateur qui repose sur sa table. Mais je sais que nous l'avons reçu.

— Vous n'avez pas pu le lire ?

— Non, répond le sergent. J'allais le faire. Je viens d'arriver. De toute façon...

— Vous avez au moins parlé avec le central des personnes disparues de Madrid.

— Je n'ai eu aucun contact avec le central des personnes disparues.

— Ah non ?

— Non.

Melchor regarde le sergent sans saisir. A-t-il mal compris Cortabarría ? Benavides est-il en train de lui mentir ? C'est un homme peut-être un peu plus âgé que lui, décharné, le visage allongé, des traits fins et un regard d'acier, vêtu d'une chemise en lin blanche et d'une veste grise de bonne qualité. Sur ses lèvres flotte un sourire infime, qui probablement cherche à être rassurant, mais qui semble un peu hors de propos à Melchor ; les doigts de sa main droite, longs et délicats, tiennent un crayon dont la pointe taillée tambourine doucement sur une feuille blanche, produisant un bruit presque imperceptible. Derrière lui, au mur, est accroché un portrait du roi Felipe VI avec barbe et uniforme de parade.

— Je vous l'ai dit, je viens d'arriver, réitère le sergent.

Melchor balaie rapidement sa perplexité initiale et décide d'aller droit au but : tâchant de n'omettre aucun élément important, il résume l'affaire ; il souligne que le signalement de disparition a été transmis par le commissariat de la Terra Alta au poste de Pollença et que, par conséquent, c'est l'équipe de la police judiciaire dirigée par le sergent qui doit se charger de l'enquête ; il raconte qu'il s'est rendu à l'hôtel Borràs et que, même si le responsable de l'établissement a fait nettoyer la chambre de Cosette et que les empreintes laissées par sa fille ont certainement disparu, la valise s'y trouve encore ; il dit qu'il n'a pas voulu l'ouvrir pour ne pas détruire de preuves et qu'il est important d'examiner au plus vite son contenu à la recherche de pistes ; il l'informe qu'il a vu des caméras de sécurité à l'entrée de l'hôtel Borràs et de la boîte de nuit Chivas ; à son avis, il est nécessaire de demander tous les enregistrements susceptibles de contenir des images de sa fille et d'Elisa aux responsables des deux établissements et de tous ceux aux abords desquels auraient pu passer les deux adolescentes. Il énumère encore des lieux qui pourraient présenter un intérêt pour l'enquête quand le sergent l'interrompt, tout sourire ayant disparu de ses lèvres depuis un moment :

— Excusez-moi. Comment avez-vous dit que vous vous appelez ?

Après s'être fait répéter la question, Melchor redonne son nom. Le sergent abandonne alors son crayon sur la feuille blanche, se cale au fond de son siège et, bien qu'il ne fasse pas froid dans le bureau, se frotte les mains comme si c'était le cas.

— Je peux vous poser une question, monsieur Marín ?

— Bien sûr, dit Melchor.

— Au risque de vous offusquer, pourriez-vous me dire ce que vous faites à Pollença ?

Une part de Melchor comprend aussitôt ce que vise la question du sergent, mais l'autre refuse de l'accepter.

— Comment ça, ce que je fais ? réplique-t-il, légèrement angoissé. Je vous l'ai déjà dit : ma fille a disparu ici, je ne sais pas ce qui lui est arrivé, je ne sais pas avec qui elle est, je ne sais rien de rien. Je ne sais même pas si elle est en vie ou pas. Que voulez-vous que je fasse ? Que je reste chez moi à prier pour que vous la retrouviez ?

Melchor parle sans s'enflammer, et ses questions ne sont pas agressives ou ne prétendent pas l'être, même s'il est conscient qu'elles pourraient passer pour telles. Ce qui est certain, c'est qu'un froncement de sourcils a remplacé sur le visage de Benavides la cordialité professionnelle du début. Le sergent soupire.

— Vous m'avez dit que vous étiez policier, n'est-ce pas ?

— Non, dit Melchor.

— Mais vous l'êtes.

— Je l'étais. Je ne le suis plus. Qu'est-ce que ça a à voir… ?

— Ça a à voir. – Le sergent adopte un ton didactique, presque paternaliste. – Si vous avez été policier, vous savez que vous ne devriez pas être ici, et encore moins vous mettre à enquêter sur la disparition de votre fille. En supposant que ce soit une disparition, évidemment.

Il marque une pause et une lueur de méfiance ou d'inquiétude brille tout à coup dans ses pupilles.

— Dites-moi, vous vous entendez bien avec votre fille ? Je vous demande ça parce que, si ça se trouve, la jeune fille n'a pas disparu mais elle a simplement fichu le camp. Elle ne veut peut-être plus rien savoir de vous ou ne pas vous voir pendant un certain temps, ou elle s'est fait un petit ami… Comment savoir, à cet âge-là c'est quelque chose qui peut arriver. Vous savez combien d'adolescents disparaissent et réapparaissent au bout de quelques jours, dans ce pays ? Vous en avez une idée ?

Pour donner à entendre que le chiffre dont il parle est élevé, le sergent montre ses mains à Melchor en joignant et séparant rapidement le bout de ses doigts.

— Mais peu importe : si votre fille a vraiment disparu, c'est encore pire. Vous ne pouvez en aucune façon vous mettre à enquêter sur cette affaire, vous êtes trop affecté… Il est normal que vous soyez tendu, que vous soyez obnubilé, que ce soit dur pour vous. Mais on ne peut pas travailler ainsi. Vous devriez le savoir.

Le sergent fait une nouvelle pause, sourit et, comme Melchor conserve le silence, il ajoute en retrouvant son air affable :

— Enfin. Ce que vous devriez faire, c'est retourner chez vous et nous laisser faire notre travail dans le calme.

— Vous n'êtes pas en train de faire votre travail, s'entend dire Melchor.

Il comprend au même instant qu'il vient de commettre une erreur, qu'il n'aurait pas dû prononcer la phrase qu'il vient de prononcer. Mais il comprend aussi que ce qu'il a dit, c'est ce qu'il pense, et surtout qu'il est trop tard pour faire machine arrière. Le sergent demande :

— Pardon ?

Comme si c'était une autre personne qui s'exprimait à travers lui – quelqu'un qui serait à la fois lui et pas lui, quelqu'un qui chercherait de manière insidieuse à lui nuire –, Melchor répète au sous-officier qu'il n'est pas en train de faire son travail.

— Et pour ce qui est du calme..., poursuit-il sans pouvoir se contenir. Écoutez, le temps passe et vous savez mieux que moi que les premières heures d'une disparition sont décisives. Il y a plein de choses à faire, j'en ai cité quelques-unes, et il faut agir vite, vous auriez dû commencer depuis plusieurs heures déjà. À l'hôtel, quelqu'un pourrait avoir l'idée d'ouvrir la valise et toucher son contenu, ou le jeter, les images qui ont été enregistrées par les caméras de sécurité peuvent être effacées, ceux qui travaillaient hier dans la discothèque ne travaillent probablement pas aujourd'hui... Je vous le répète : il n'y a pas de temps à perdre, et vous êtes en train d'en perdre. Ça, vous le comprenez, n'est-ce pas ?

Benavides a déjà troqué son deuxième sourire contre un rictus amer et perplexe. Visiblement mal à l'aise, le sergent reprend son crayon et se remet à tambouriner avec sa pointe taillée sur la surface de la feuille.

— Bien sûr que je le comprends, répond-il. Celui qui ne comprend pas, c'est vous.

Le sergent abandonne le crayon sur son bureau, se lève, marche vers la fenêtre qui s'ouvre à sa gauche et, enfonçant les mains dans les poches de son pantalon à pinces assorti à sa veste, il observe la cour intérieure comme s'il cherchait quelque chose ou quelqu'un. Son corps se dessine de dos contre la lumière radieuse de la matinée, plus grand, plus robuste et plus sec que ce qu'il paraissait assis. Melchor est sur le point de lui demander de s'expliquer quand l'autre se tourne vers lui.

— Comment sais-tu que je n'ai pas déjà commencé à travailler ? demande-t-il sans agressivité, passant sans prévenir du vouvoiement au tutoiement.

Le rictus a disparu de son visage et ses yeux fixent Melchor comme s'ils essayaient de le scanner.

— Dis-moi, tu sais ce qu'est le Mirador del Colomer ? Non, pas vrai ? Alors laisse-moi te le dire : c'est un précipice depuis lequel se jettent les suicidés sur cette île. En ce moment même, il y a deux *guardias civiles* qui s'y rendent pour vérifier si ta fille ne se serait pas jetée dans la mer… On est également en train de mettre en place un dispositif de recherche dans le massif de Tramuntana.

— Ma fille ne pratique pas l'alpinisme, objecte Melchor.

Et, chassant le pressentiment cauchemardesque qui l'a réveillé ce matin, il ajoute :

— Et elle ne s'est pas suicidée.

— Et comment le sais-tu, hein ? Dis-moi, comment le sais-tu ?

Melchor se tait, impuissant face à l'agressivité inattendue du sergent.

— Tiens, autre chose, continue l'autre en s'acharnant. Tu ne sais sans doute pas qu'il n'est pas nécessaire de pratiquer l'alpinisme pour se perdre dans ces montagnes, pas vrai ? Tu ne sais sans doute pas qu'il suffit de partir en randonnée là-haut sans connaître l'endroit ? Tu veux que je continue à te raconter des choses que tu ne sais pas ?

Abasourdi et sur la défensive, Melchor se force à répondre aux questions, bien que ce soit par une autre question.

— Pourquoi tu n'as envoyé personne à l'hôtel Borràs ? dit-il. Tu aurais dû commencer par ça.

Maintenant, le sergent observe Melchor avec une condescendance moqueuse, un brin intrigué. Ensuite, comme s'il venait de comprendre quelque chose d'évident, et qui lui aurait échappé jusqu'à présent, il semble sur le point d'éclater de rire, ou c'est du moins l'impression qu'a Melchor. Pour finir, il se borne à bouger la tête d'un côté et de l'autre, en faisant claquer sa langue.

— Tu sais depuis combien de temps je fais ce travail ici ? demande-t-il sans se donner la peine de dissimuler son mépris. Presque vingt ans. Tu vas vraiment me dire comment je dois faire ? Et puisqu'on y est, dis-moi autre chose.

Il sort sa main droite de sa poche et montre un carton rempli de papiers, dans un coin de son bureau.

— Tu vois cette pile ? Ce sont les affaires en cours. Certaines concernent des disparitions… Tu vois combien il y en a ? Et maintenant, dis-moi : qu'est-ce que tu veux que je fasse ? Que je les mette de côté pour tes beaux yeux, parce que tu es policier comme moi, ou parce que tu l'étais, ou parce que tu es ami de je ne sais qui à Madrid et que tu es pistonné ? Alors quoi ? Ta fille est plus importante que les autres, c'est ça ?

Il secoue à nouveau la tête, remet la main dans la poche, sourit. Puis, sur un ton aussi conciliant que condescendant, il conclut :

— Non, mon ami. Ta fille est juste une parmi d'autres. C'est tout. Alors fais-moi le plaisir de te calmer un peu, prends le premier vol pour Barcelone et laisse-nous travailler. Crois-moi : c'est ce que tu peux faire de mieux pour elle.

3

Melchor sort furieux du poste de la Guardia Civil et, tandis qu'il traverse la place qui s'étend devant lui et qu'il se dirige vers la mer, il téléphone à Blai et lui relate ce qui s'est passé dans le bureau du sergent Benavides.

— Ce type est un tire-au-flanc, conclut-il. Ça m'aurait fait plaisir de lui casser la gueule.

Blai essaie de calmer son ami en se faisant l'avocat du diable : il argue que ce n'est pas vrai que le sergent n'a rien fait, il lui rappelle les démarches que celui-ci a entreprises, il répète les noms du Mirador del Colomer et du massif de Tramuntana, il ajoute sans conviction :

— Il a fait quelque chose.

— Ça ou rien, c'est pareil.

— Il fallait certainement commencer par ça.

— Putain, réplique Melchor. Tu sais mieux que moi que la première chose à faire était d'envoyer quelqu'un à l'hôtel Borràs et de chercher des pistes à partir de ce que Cosette a laissé là-bas, à commencer par la valise. Ça fait des heures que le signalement est arrivé et il ne l'a toujours pas fait. En plus, il m'a menti.

— Tu en es sûr ?

— Il m'a dit qu'il n'a pas reçu d'appel de Madrid alors que Cortabarría prétend que quelqu'un, des personnes disparues, a parlé avec lui. Sinon, comment il saurait que je suis flic si on ne le lui a pas dit, là-bas ?

Blai ne peut que lui donner raison.

— Peut-être qu'on s'est trompés en transférant le dossier, admet-il.

— On ne s'est pas trompés.

Melchor est arrivé sur la plage, il foule à présent le sable en direction de la mer.

— Depuis là-bas, vous ne pouvez rien faire. C'est ici qu'ils doivent se mettre à bosser. Et moi, je dois faire en sorte que quelqu'un prenne tout ça au sérieux et serre un peu les vis à ce connard de sergent.

Melchor marche sur la plage et continue de réfléchir à voix haute, ou à simplement se défouler, jusqu'à ce que Blai l'interrompe.

— Qu'est-ce que tu penses faire ?

L'ex-policier s'arrête net, ses chaussures à moitié enfouies dans un sable très fin. À trente mètres à peine devant lui, la surface de la mer, éblouissante, évoque une plaque d'aluminium tremblante ; plus près encore, au bord de l'eau, des grappes de baigneurs s'exposent au soleil vertical de midi.

— J'en sais rien, répond Melchor. Je pourrais aller au poste de commandement de la Guardia Civil de Palma. Cortabarría m'a dit qu'il a aussi parlé avec eux. Peut-être que là, j'aurai plus de chance et…

— Ils voudront même pas t'écouter, le détrompe Blai. On te prendra pour un père hystérique et on te sortira la même chose que le sergent : retourne chez toi et laisse notre collègue tranquille, il sait comment faire son boulot. Jamais de la vie ils ne s'opposeront à lui. On appelle ça l'esprit de corps, tu te souviens ? Nous aussi, on l'a.

— Alors il ne me reste plus qu'à aller parler au juge.

Melchor perçoit un silence et en déduit que la communication a été interrompue.

— Blai ?

— Tente le coup, l'encourage l'inspecteur, comme s'il s'était endormi pendant une fraction de seconde et venait de se réveiller. Le refus, tu l'as déjà. Et puis le tribunal est plus près.

Melchor demande où il se trouve.

— À Inca, répond Blai. À moins d'une demi-heure de là où tu es.

Rebroussant chemin et suivant ses propres pas dans le sable, Melchor annonce :

— J'y vais.

— Et moi je retourne mettre la pression au juge d'ici, le soutient Blai. On verra s'il peut nous donner un coup de main. Au fait, les gens que Cortabarría a envoyés interrogent la copine de Cosette depuis un moment.

— Paca me l'a dit. Il y a du nouveau ?

— Non, pas à ma connaissance. S'il y a quelque chose, je te le dirai.

Vingt minutes plus tard, après avoir fait en sens contraire une partie du trajet qu'il a réalisé à la première heure de la matinée depuis l'aéroport de Palma, d'abord par la nationale puis par l'autoroute, Melchor entre dans Inca et, suivant toujours les instructions du GPS, s'enfonce dans les rues de la ville avant de se garer sur une grande place, rectangulaire et vide, dont le centre est occupé par un parc avec balançoires, jouets à bascule et bancs de pierre délimité par une double rangée de platanes malades. Le tribunal se trouve sur un côté, dans un bâtiment de deux étages aux murs d'un gris jaunâtre, aux angles arrondis et aux fenêtres protégées par des stores en bois, dont l'entrée est flanquée de grosses colonnes et les carreaux des portes occultés par des affiches. Melchor s'introduit dans le hall et, observé par un vigile, dépose dans le plateau d'un scanner le téléphone portable, le portefeuille et les clés de la voiture, franchit le portique de sécurité et reprend ses affaires. Après quoi il s'approche du vigile assis sur une chaise et lui demande où se trouve le tribunal de service.

— Tribunal d'instruction numéro un, troisième étage.

Sans lui accorder le moindre regard, l'homme montre l'escalier qui s'élève à côté de lui, et Melchor a déjà commencé à monter quand l'autre l'avertit :

— Mais le juge vient de partir.

L'employé s'est mis debout. Il doit mesurer plus de deux mètres, il porte un uniforme trop étroit et il a les cheveux si blonds et la peau si claire qu'il fait penser à un albinos ; ses yeux, très clairs eux aussi, regardent avec une apathie qui frôle le mépris. Dans le hall désert règne un silence de fin de journée.

— Savez-vous quand il reviendra ? demande Melchor.

Une tonalité légèrement sarcastique colore la réponse du vigile.

— Demain, sûrement.

— Pas cet après-midi ?

— Peut-être, ou peut-être pas. L'après-midi, le juge de service doit être joignable, c'est tout. Si vous voulez, vous pouvez essayer de parler avec sa secrétaire. Elle doit encore être au bureau.

Melchor grimpe deux à deux les marches de l'escalier jusqu'au troisième étage, où il repère aussitôt le tribunal d'instruction numéro un. C'est alors qu'il reçoit un WhatsApp de Rosa : "Ça va ?" "Tout va bien, ment Melchor. Je t'appelle tout à l'heure." Il toque à la porte du tribunal mais on ne lui répond pas, aussi l'ouvre-t-il et s'avance-t-il dans une vaste pièce déserte, aux murs lambrissés et équipée de plusieurs tables, ordinateurs et chaises. Au fond, il y a deux autres portes, l'une fermée et l'autre entrouverte ; à travers la seconde parvient une rumeur atténuée de voix. Melchor traverse la pièce et ouvre grand la porte. Dans le bureau, une femme et un homme lèvent le regard vers lui : la femme est assise derrière un secrétaire ; l'homme se penche vers elle avec quelques feuilles dans la main, comme s'il était en train de les lui montrer ou de les lui donner à signer.

— C'est fermé, l'avertit la femme.

Melchor dit qu'il le sait et demande de bien vouloir l'excuser.

— Il s'agit d'une affaire urgente, explique-t-il. Ma fille a disparu hier à Pollença.

Il s'approche ensuite de la table et, sans qu'on l'ait invité à parler, il résume les tenants et les aboutissants de l'affaire en question.

— Voilà le signalement, achève-t-il en leur tendant une copie du rapport de police que Paca Poch lui a remise la veille. Il a dû vous parvenir ce matin.

Le front plissé de contrariété (ou de surprise), la secrétaire prend le signalement et y jette un coup d'œil ; l'homme, en revanche, ne daigne même pas regarder le document : ses feuilles toujours à la main, il demeure debout à côté de la femme et observe l'intrus comme s'il essayait de le reconnaître. Il est bien plus âgé que la secrétaire et a une mine maladive, celle d'un vieux célibataire souffrant d'halitose, la peau grisâtre, les joues mal rasées, le ventre proéminent et les lunettes tristounettes ; Melchor ne l'avait pas remarqué en entrant, mais il s'appuie sur une canne au pommeau de bois. Sans savoir pourquoi, le regard du fonctionnaire plonge Melchor dans un découragement soudain, et pour la première fois il se demande si le fait d'être le père de Cosette lui ôte toute aptitude à enquêter sur sa disparition, si le sergent Benavides n'avait pas vu juste et s'il ne ferait pas mieux d'abandonner la recherche de sa fille et de laisser cela aux autres.

La femme lui rend le signalement, ajoutant sèchement :

— Ici, on n'a rien reçu.

Melchor ne reprend pas le document : surmontant son découragement, il lui demande si elle est la secrétaire du tribunal. La femme acquiesce.

— Auriez-vous l'obligeance de téléphoner au juge et de lui expliquer ce qu'il se passe ? Ou de me laisser le lui expliquer ?

La secrétaire secoue la tête, au bord de l'indignation.

— Pas question, répond-elle. Vous croyez que le juge va recevoir tous ceux qui ont un problème ? Il ne manquerait plus que ça… C'est avec la Guardia Civil de Pollença que vous devriez parler. Si le signalement est arrivé là-bas, ils auront entrepris les démarches qui s'imposent. Ils nous appelleront le moment venu.

— Le signalement est arrivé chez eux mais ils n'ont rien fait, réplique Melchor. J'y suis allé, c'est pour ça que je suis ici, pour que vous m'aidiez à faire en sorte qu'ils se bougent. Tout le monde sait que les premières heures qui suivent une disparition sont les plus importantes, et eux sont en train de les gâcher.

— Je suis désolée, nous ne pouvons pas…

— S'il vous plaît, l'interrompt-il, les deux mains appuyées sur la table, en s'approchant d'elle et en la regardant dans les yeux qu'elle a sombres, suspicieux ; la femme a reculé le buste, un peu intimidée. Aidez-moi à retrouver ma fille. Parlez au moins avec le poste de la Guardia Civil.

À contrecœur et après une seconde de suspense, la secrétaire tend le document au fonctionnaire, lui demande d'en faire une photocopie, décroche le téléphone fixe et, pendant que le fonctionnaire sort du bureau en assurant son pas vacillant à l'aide de sa canne, elle compose un numéro et demande qu'on lui passe le sergent Benavides. Durant trois ou quatre minutes, la secrétaire discute avec le sergent ; davantage que discuter, elle écoute, acquiesce, pose deux questions d'ordre général, évitant constamment le regard inquisiteur de Melchor qui cherche à croiser le sien, avec, en bruit de fond, la photocopieuse de la pièce adjacente. La secrétaire n'a pas quarante ans, mais son tempérament autoritaire, son expression sévère et son visage un peu chevalin encadré par une demi-crinière blonde la font paraître plus âgée qu'elle ne l'est ; elle a, noué autour du cou, un foulard de soie bleu clair qui contraste avec le noir de jais de sa chemise.

La secrétaire parle encore avec Benavides quand le fonctionnaire revient, dépose une copie du signalement sur son bureau et rend l'original à Melchor. Aussitôt, raccrochant d'un air satisfait, la secrétaire dit :

— C'est ce que je vous disais, ils travaillent dessus.

— Dessus, c'est-à-dire ? demande Melchor.

— C'est-à-dire qu'ils font le nécessaire pour savoir où est votre fille, répond la femme avec un aplomb retrouvé. Ils la cherchent dans le massif de Tramuntana, au cap de Formentor, partout. C'est ce que le sergent m'a dit... Écoutez, je comprends que vous soyez inquiet, à votre place je le serais. Mais, croyez-moi, la Guardia Civil sait ce qu'elle fait, ce sont des professionnels. Pourquoi ne retournez-vous pas chez vous et ne les laissez-vous pas travailler ? Faites-moi confiance, vous ne le regretterez pas.

Melchor écoute la secrétaire avec impatience, l'exaspération grandissant en lui, et il est à deux doigts de lui rétorquer qu'elle se trompe, qu'il a été policier et qu'il sait que ce que fait la Guardia Civil de Pollença n'est pas ce qu'il convient de faire dans une situation pareille, quand soudainement il croit comprendre que tout ce qu'il pourrait dire serait inutile ou contre-productif, alors une fatigue insondable le gagne, comme si la tension accumulée et le manque de sommeil étaient sur le point de le dominer. Il détourne le regard et reporte son attention sur le fonctionnaire, de nouveau debout à côté d'elle, vieux, affligé et légèrement incliné sur sa canne, qui le regarde comme s'il voulait lui communiquer quelque chose mais était incapable de le faire.

— Je vous laisse mes coordonnées. – Melchor surmonte une nouvelle fois son découragement et note sur une feuille son numéro de téléphone portable et son adresse mail. – Je vais prendre une chambre à l'hôtel Borràs, à Port de Pollença. S'ils trouvent quelque chose, appelez-moi, s'il vous plaît.

Il dévale l'escalier du tribunal, passe à côté du vigile du hall et, en sortant sur la place, emplit plusieurs fois ses poumons de l'odeur poussiéreuse des platanes. Ensuite, tout en se dirigeant vers la voiture, il téléphone à Rosa et, avant même de pouvoir envisager la possibilité de lui raconter la vérité, il lui ment à nouveau par instinct : il lui raconte que la Guardia Civil fait tout ce qu'elle peut pour localiser Cosette, qu'elle cherche des pistes et qu'elle la retrouvera au plus vite.

— Ne t'inquiète pas, conclut-il, retrouvant un minuscule réconfort dans le fait que Rosa avale sans rechigner ce mélange de bobards et de pensées positives. Elle réapparaîtra.

Il monte comme un automate dans la Mazda, démarre et comprend aussitôt qu'il ne sait pas où il va ni ce qu'il envisage de faire, si bien qu'il coupe le moteur. Accroché au volant, il essaie de réfléchir, mais la paralysie et la frustration troublent son jugement, et soudain son estomac vide lui rappelle qu'il n'a rien mangé depuis un bon nombre d'heures. Il explore du regard les abords immédiats et découvre de l'autre côté de la place un snack-bar. Il descend de la voiture, traverse la place et entre dans l'établissement.

Il s'agit d'un local tout en longueur parcouru par un comptoir de zinc, avec plusieurs tables de Formica occupées par des clients solitaires qui viennent de déjeuner ou prennent leur café en silence, sans trop prêter attention à l'écran plasma d'une télévision sur lequel une femme gesticule devant une carte d'Espagne qui disparaît sous un labyrinthe d'isobares. Melchor s'assoit au comptoir et demande un Coca-Cola et un sandwich au thon. Alors qu'il attend sa commande, il reçoit un appel de Blai, qui commence par l'informer qu'il vient de contacter le juge de la Terra Alta.

— Il dit qu'il a parlé avec la Guardia Civil de Pollença et qu'ils bossent dessus, explique Blai.

— Ils ne font pas ce qu'ils devraient faire, réplique Melchor en ayant l'impression d'avoir passé la matinée à répéter la même phrase, comme s'il était entraîné dans un cauchemar en boucle. – Il est sorti du snack afin de pouvoir parler à l'abri des oreilles indiscrètes. – Il s'est entretenu avec le juge d'Inca ?

— C'est la première chose que je lui ai demandée, dit Blai. Et il m'a dit qu'il n'était pas tenu de le faire. Qu'il faut qu'on soit patient. Qu'on attende de voir ce que la Guardia Civil va trouver. Qu'ils savent ce qu'ils font et qu'on doit les laisser bosser. Tu sais quoi, Melchor : je crois qu'il a raison.

Pour toute réponse, Melchor raccroche. Il retourne dans le snack-bar et se réinstalle au comptoir. Blai le rappelle, mais il ne répond pas et son ami lui envoie trois émojis en forme de cœurs écarlates.

Durant le quart d'heure qui suit, Melchor essaie de se vider l'esprit et d'avaler le sandwich au thon et le Coca-Cola comme s'il s'était prescrit un exercice zen. Il demande ensuite un double expresso et, lorsqu'il règle sa consommation, il a déjà décidé que si la Guardia Civil et le juge ne faisaient pas ce qu'il fallait pour retrouver sa fille, il s'en chargerait lui-même.

4

De retour à Port de Pollença, Melchor se gare près de la place Miquel Capllonch, prend son sac à dos et se rend à l'hôtel Borràs. Le gérant, posté derrière le comptoir, lève les yeux de ses papiers et lui demande s'il a des nouvelles. Melchor répond que non.

— La Guardia Civil est passée ?

Le gérant hoche négativement la tête. Sans s'emporter ni s'en étonner – au fond, il s'y attendait –, Melchor s'apprête à demander s'il a une chambre libre quand l'homme le devance.

— Je me disais… – Le silence de Melchor l'encourage à poursuivre. – Vous savez quoi ? Ce n'est pas la première fois que quelqu'un disparaît, dans le coin.

Se rappelant la pile de dossiers en cours que Benavides lui a montrée dans son bureau, Melchor observe :

— Des personnes qui disparaissent, ça arrive partout.

— Oui, mais ici, encore plus. Demandez à la Guardia Civil. Tout type de personnes, mais surtout des jeunes filles. En général, elles réapparaissent plus tard, mais pas toutes. Il y en a qui se perdent dans le massif de Tramuntana.

— J'ai entendu dire ça.

— C'est parce que la montagne est fourbe. Elle cache bien son jeu.

— Que voulez-vous dire ?

— Je veux dire que si on monte là-haut sans s'être préparé comme il faut et sans savoir où l'on va, on peut s'égarer. Et il y a plein d'endroits où le portable ne sert à rien, parce qu'il n'y a pas de réseau. Surtout dans cette zone, la montagne est vraiment traître. C'est moi qui vous le dis, et je suis né ici.

— Ma fille n'est pas tellement montagne.

— Alors c'est pire. Les grimpeurs, eux, ne se perdent pas. Ce sont les autres qui se perdent.

Melchor acquiesce sans conviction. L'homme semble à présent préoccupé, désireux d'aider ; derrière lui, la fenêtre est toujours grande ouverte sur la rue et l'horloge à pendule arrêtée à dix heures moins dix.

— C'est là-bas que la Guardia Civil est en train de chercher ma fille, essaie de le rassurer Melchor. Dans la montagne, je veux dire.

— Ça tombe sous le sens : quand quelqu'un se perd dans le coin il faut commencer par le chercher dans la montagne. Si ça se trouve, la petite a dormi chez quelqu'un et le lendemain matin ils sont allés faire un tour là-bas. D'autres disparitions ont été signalées ?

Melchor répond que non. Et il ajoute :

— Ils cherchent aussi au Mirador del Colomer, à Formentor.

— Ah, classique. – Le gérant soupire, ses yeux globuleux à demi fermés. – Vous êtes déjà allé là-bas ?

— Non.

— C'est magnifique. L'endroit le plus beau de l'île. Les gens aiment faire les choses en grand, quand ils se suicident, ça se voit.

Comme s'il s'était rendu compte que Melchor pouvait mal interpréter la phrase, il tente de se corriger :

— Enfin, je ne veux pas dire que…

— Je vois ce que vous voulez dire, le coupe Melchor, venant à son aide, et pour dissiper le malaise momentané, il pose la question demeurée en suspens : Dites-moi, il vous reste une chambre ?

— Vous, vous avez gagné au loto.

Soulagé par le changement de sujet, le gérant sort un formulaire qu'il pose sur le comptoir.

— On m'a annulé une réservation ce matin.

Melchor le remplit et le gérant lui remet un petit papier sur lequel est inscrit le code de la connexion wifi.

— Allons-y, dit-il en quittant le comptoir avec plusieurs clés dans la main. Je vais vous montrer votre chambre.

Tandis qu'ils montent au deuxième étage par un escalier étroit, le gérant lui explique que l'hôtel est conçu pour des clients sans grands moyens, des routards qui s'y arrêtent à peine pour dormir et petit-déjeuner et qui explorent l'île en bus, à vélo ou à moto, ou des jeunes d'une vingtaine d'années qui passent la journée à la plage et la nuit dans les bars et les boîtes de nuit.

— C'est ce que faisaient ma fille et sa copine ? demande Melchor.

— Je crois que oui, répond l'autre.

La chambre, d'une austérité monacale, sent le propre. À l'entrée, il y a une salle de bains avec douche, un peu plus loin un lit deux places, un miroir en pied, une télévision à écran plasma et deux fauteuils ; au plafond, les pales d'un ventilateur demeurent immobiles. Il y a aussi une armoire à portes coulissantes et un balcon avec des rideaux blancs, une porte en bois et un store vert.

— La chambre des filles est comme celle-ci, dit l'homme. Elle est en bas, au rez-de-chaussée. La seule différence, c'est qu'au lieu d'un grand lit, il y a deux lits une place.

Ils sortent sur le balcon, qui donne sur la place Miquel Capllonch. À gauche, au fond d'une ruelle, Melchor aperçoit la promenade maritime et la mer ; à droite se dresse l'église du village, et plus loin, contre le ciel du soir, arides et escarpés, se découpent les derniers contreforts du massif de Tramuntana qui, lui apprend le gérant, meurt à cette extrémité de l'île, sur le rivage. Au-dessous d'eux, la canopée des cyprès, des palmiers, des platanes et des micocouliers cache en partie l'agitation vespérale de la place. Le gérant tend les clés de la chambre à Melchor.

— Bon, si vous avez besoin de moi, vous savez où me trouver.

Seul à présent, Melchor se rafraîchit dans la salle de bains : il boit de l'eau du robinet, se lave le visage, les mains, le cou. Il vide ensuite son sac à dos, allume son ordinateur portable, se connecte à internet et accède à sa boîte mail. Il y trouve plusieurs mails non lus ; tous concernent la bibliothèque, si bien qu'il n'en ouvre aucun. Assis sur le lit, il téléphone à Paca Poch. Répondant aux questions de Melchor, celle-ci lui explique que son équipe travaille encore sur ce qu'ils ont trouvé dans le téléphone portable, la boîte mail et les comptes des réseaux sociaux d'Elisa ; elle parle aussi des agents de Cortabarría, lesquels, après une pause déjeuner, continuent d'interroger la copine de Cosette. Ensuite, la sergente demande à Melchor comment ça se passe à

Majorque, et il l'informe de ce qui s'est produit depuis qu'il est arrivé ce matin. Quand il a fini, Paca Poch s'enquiert :

— Et maintenant, qu'est-ce que tu comptes faire ?

— Ce que ce grand con de Benavides n'a pas voulu faire, répond l'ancien policier. D'abord, récupérer la valise de Cosette. Ensuite, repérer toutes les caméras dans les parages de l'hôtel et obtenir les enregistrements des derniers jours. Sans doute que Cosette et Elisa apparaissent sur certains d'entre eux. C'est ce qu'il y a de plus urgent, après on verra. Et je vais tout servir à Benavides sur un plateau, comme ça il ne pourra pas continuer à se défiler.

— Ça me paraît une bonne chose, dit la sergente. La question, c'est : comment tu penses procéder.

— C'est pour ça que je t'appelle, Paca, dit Melchor.

De la terrasse de l'hôtel Borràs lui parvient, étouffée par les vitres de la fenêtre, une rumeur de rires et de conversations.

— J'ai besoin de réquisitions pour qu'on me restitue la valise de Cosette et les enregistrements vidéo.

— Tu parles de réquisitions judiciaires ?

— Évidemment.

— C'est illégal, lui rappelle la sergente. Seul un policier peut présenter des réquisitions judiciaires.

— Mais qui va savoir que celle que je présente est illégale si elle comporte un vrai cachet ? argumente Melchor. Personne ne va s'y opposer. Et si quelqu'un a un doute, je trouverai le moyen de le rassurer.

Paca Poch se tait. Melchor regarde la place par la fenêtre du balcon.

— Tu as une autre idée ? insiste-t-il. Si tu en as une, tu me dis. Moi, je n'en ai pas.

— Bon… dis-moi autre chose. Tu en as parlé avec Blai ?

— À ton avis ?

Un autre silence, plus long cette fois.

— D'accord, se décide enfin Paca Poch. Je m'installe dans mon bureau et je te rédige les réquisitions au fur et à mesure que tu m'appelles. Si quelqu'un la refuse, tu me le passes et on règle ça.

Le reste de l'après-midi est frénétique. Melchor va et vient aux abords de l'hôtel Borràs, essayant de reconstituer les possibles itinéraires de Cosette à Port de Pollença. Il repère d'abord les caméras de surveillance qui auraient pu enregistrer des images des filles et, lorsqu'il a identifié chacun des établissements disposant d'une caméra, il demande à Paca Poch une réquisition sollicitant la remise des images qui l'intéressent ; une fois le document reçu par mail, il se rend dans les établissements, parle aux responsables, leur montre le document ainsi qu'une photographie de Cosette et leur réclame les images. Seuls le responsable d'un bar de nuit – le Norai – et le serveur d'un restaurant – l'Indian Curry – reconnaissent Cosette sur la photographie, mais ni l'un ni l'autre ne se souviennent d'un quelconque élément important ou significatif, si ce n'est qu'elle se trouvait en compagnie d'une fille qui, dans les deux cas, répond à la description d'Elisa. Si Melchor est dans l'impossibilité de réclamer les enregistrements aux agences bancaires, fermées jusqu'au lendemain matin, il peut en revanche demander ceux des bars de nuit, restaurants et hôtels ; ainsi que ceux de deux salons de coiffure, d'une laverie automatique, d'un OpenCor, d'une école de karaté (Dr Nick's Academy), d'un Little Britain, et même d'un arrêt de bus. Sur les quatorze personnes auxquelles il s'adresse, six lui fournissent les images l'après-midi même : les unes les lui remettent en mains propres, stockées sur une clé USB ou un disque dur ; les autres, comme le gérant de l'hôtel Borràs (qui, en outre, lui remet la valise de Cosette), les lui envoient par mail. Et les dernières les lui promettent pour le lendemain. Seules deux personnes rechignent à lui confier les images, mais Melchor combat leur réticence en appelant Paca Poch qui leur donne toutes sortes de garanties et leur envoie, avec le cachet du commissariat de la Terra Alta, un mail où sont énumérés les éléments à remettre à l'ancien policier.

Le seul qui refuse catégoriquement d'aider Melchor est le responsable de la boîte de nuit Chivas, un nabot grincheux et efflanqué qui, lui, connaît avec exactitude la réglementation et à savoir que seul un policier muni d'un mandat et qui se présente comme tel peut lui réclamer les enregistrements de la caméra de surveillance de son établissement. De fait, c'est ce qu'il rétorque à Melchor quand celui-ci l'aborde au milieu de l'après-midi à la porte de la discothèque.

— Reviens avec la Guardia Civil et je te donne tout ce que tu veux, promet-il à Melchor lorsque tous deux descendent l'escalier de l'établissement et croisent une femme de ménage qui remonte chargée d'un sac-poubelle. En attendant, tu peux oublier, mon gars.

Melchor insiste, il essaie de lui passer Paca Poch au téléphone, mais le responsable se débarrasse de lui.

— Je n'ai rien à dire à personne, lui décoche-t-il en s'éloignant à travers la piste de danse déserte et en agitant la main comme s'il chassait un essaim d'insectes. Que la Guardia Civil vienne et on en reparle.

Melchor est conscient qu'il a besoin des images de la caméra de la discothèque, Cosette et Elisa ayant passé leurs soirées là-bas, mais il décide de poursuivre sa tournée. Peu après, à l'instant où il remet au gardien d'un hôtel une réquisition émise par Paca Poch, il sait comment convaincre le responsable de la discothèque de lui donner les images. Aussi, en sortant de l'hôtel (du nom de Daina, à l'angle de la promenade maritime, tout près de l'hôtel Borràs), passe-t-il un appel à Blai et, entrelaçant vérités et mensonges, il lui rapporte ce qu'il est en train de faire depuis un moment, mais pas qu'il le fait grâce aux réquisitions rédigées par Paca Poch et sur lesquelles figure le cachet de son commissariat, commettant *de facto* le délit d'usurpation de fonction. Blai ne lui reproche pas de lui avoir raccroché au nez au milieu de leur dernière conversation ; il s'enquiert :

— Et la Guardia Civil ?

— Toujours pareil, ils ne font rien.

— Incroyable.

— C'est pour ça que je dois tout leur servir sur un plateau. Pour tout te dire, les gens se comportent bien : dès que je leur explique pourquoi j'ai besoin des enregistrements, ils me les donnent.

— Les gens ont tendance à être gentils, place Blai. À condition qu'on ne les oblige pas à être méchants.

— Oui, seulement il y a un type qui refuse de me les donner, continue Melchor. Et le problème, c'est que c'est le responsable de la boîte de nuit où Cosette et Elisa allaient danser. Chivas, ça s'appelle. J'ai besoin de ces images et je ne veux pas les demander à la Guardia Civil.

— Et alors ?

— J'ai pensé à ton ami du commandement de Palma. L'inspecteur de la police nationale, Zapata, c'est ça ? Tu crois que tu peux encore lui demander un service ?

— Quel service ?

— Parler avec quelqu'un qui connaisse le responsable ou le propriétaire de la boîte de nuit. Je parie que ton ami connaît quelqu'un, ou quelqu'un qui connaît quelqu'un. Quelqu'un du monde de la nuit. Dans tous les commissariats, il y a des gens comme ça… Dis la vérité à ton ami, raconte-lui ce qui se passe. Dis-lui que la Guardia Civil n'en fout pas une, qu'on perd un temps précieux, que j'ai juste besoin des enregistrements de trois nuits, du dimanche au mardi. Sûrement qu'il peut nous rendre ce service. On ne lui demande rien d'illégal, tu sais qu'autrement il ne me serait pas venu à l'idée de te le demander, on veut juste…

— Arrête de me casser les bonbons, l'Espagnolard, l'interrompt Blai. Laisse-moi voir ce que je peux faire.

Cela se produit vers dix-huit heures trente. Quelques heures plus tard, Melchor s'enferme dans sa chambre de l'hôtel Borràs et, assis sur son lit avec son ordinateur sur les genoux, deux Coca-Cola, un sachet de chips et un autre d'amandes à portée de main, il examine les enregistrements qu'il a réussi à obtenir dans l'après-midi tandis que les bruits qui s'élèvent jusqu'à lui depuis la place s'amenuisent à mesure que la soirée avance. Melchor ralentit ou accélère les images quand cela lui semble opportun, et à trois reprises il reconnaît Cosette, toujours ou presque toujours accompagnée d'Elisa ; lors de ces apparitions, à aucun moment il n'aperçoit quoi que ce soit d'anormal, de suspect ou d'inapproprié, mais il note systématiquement l'endroit et l'heure exacte où elles ont été enregistrées. Peu après minuit et demi, il reçoit un WhatsApp de Blai. "Je t'ai envoyé par mail les enregistrements que tu m'as demandés, dit le message. Tiens-moi au courant et, s'il te plaît, ne fais pas de conneries." Melchor répond par deux WhatsApp. "Remercie ton ami de ma part", demande le premier. Le second contient un message identique à celui que Blai lui a envoyé dans l'après-midi, après que Melchor lui a raccroché au nez : trois émojis en forme de cœurs écarlates. Le dernier message de Blai est également un émoji : un visage rond et jaune qui lui adresse un clin d'œil.

Melchor entreprend aussitôt d'analyser les fichiers que Blai vient de lui envoyer. Il y en a trois : le premier est l'enregistrement du dimanche soir, le deuxième celui du lundi et le troisième celui du mardi. Sur les images du dimanche, Melchor identifie les deux amies à leur arrivée à Chivas à vingt-trois heures vingt-quatre et à leur départ à trois heures quarante et une, moment où il y a déjà moins d'affluence ; personne ne les accompagne. Sur les images du lundi, Cosette et Elisa entrent et ressortent plus tard : elles arrivent à minuit deux minutes ; elles repartent à quatre heures dix-sept. Melchor remarque également que, cette nuit-là, aussi bien à l'arrivée qu'au départ de l'établissement, les deux amies saluent le videur, un type aux cheveux ramassés en une espèce de chignon et portant une boucle d'oreille ; durant quelques secondes, tous trois semblent plaisanter ou discuter comme s'ils se connaissaient. Et enfin, la nuit du mardi, qui est celle de sa disparition, Cosette pénètre seule dans la boîte de nuit à vingt-deux heures cinquante-sept, non sans avoir salué le videur. Melchor note l'heure et, harcelé par le sommeil – c'est la seconde nuit consécutive qu'il dort à peine –, il déduit que Cosette va répéter le rituel des deux nuits précédentes et accélère au maximum la vitesse de visionnage pour gagner du temps, puis, quand l'horodatage marque deux heures trente du matin, il reprend l'examen à vitesse normale ; un peu plus tard, il y met fin sans avoir revu Cosette. L'horodatage indique à ce moment-là cinq heures : l'heure de fermeture de la boîte de nuit. "Elle est restée à l'intérieur", pense d'abord Melchor. "Elle est sortie par une autre porte avec quelqu'un de la boîte", se dit-il ensuite. Et finalement : "Ou alors c'est quelqu'un de la boîte qui l'a emmenée."

Soudain réveillé, il lève les yeux de l'ordinateur et, songeant au videur et au responsable de Chivas, il se regarde dans le miroir qui s'étire devant lui, à côté de l'écran de la télévision plasma. Il s'apprête à se lever, sortir et prendre le chemin de la boîte de nuit quand un pressentiment le retient ; il parcourt à toute allure et en sens inverse les images jusqu'à trouver l'instant où Cosette entre dans la boîte de nuit et commence à visionner celles qu'il a sautées. Son pressentiment était exact : au bout d'un moment, il voit sa fille sortir ; l'enregistrement indique qu'il est zéro heure quatorze. Sur l'écran, une inconnue accompagne Cosette. Melchor met sur pause, scrute l'image ; tout ce qu'il en tire, c'est que Cosette marche à côté de l'inconnue de son propre chef et que l'inconnue (mince, dans une robe à motifs, les cheveux lâchés et mi-longs) semble un peu plus âgée qu'elle. Avec un mélange d'anxiété et d'euphorie, Melchor comprend que c'est la dernière image prise de Cosette et qu'il doit à tout prix retrouver l'inconnue.

Il expédie aussitôt à Rosa Adell un mail avec les images en question : "Envoie-les à Lourdes, s'il te plaît. Dis-lui de montrer à sa fille l'image de Cosette sur l'enregistrement du mardi, à 0 h 14. Une fille l'accompagne. Elisa la reconnaîtra peut-être." Ensuite, Melchor fait partir deux autres mails : l'un, collectif, à Blai, Paca Poch et Cortabarría ; l'autre, individuel, au sergent Benavides, et à l'adresse du poste de la Guardia Civil. Le premier contient une copie de tous les enregistrements qu'on lui a envoyés par mail, avec les indications du jour, de l'heure et de la minute où, sur ceux qu'il a pu étudier, apparaît sa fille. "Regardez bien le dernier, c'est l'ultime image qu'on ait de Cosette, écrit-il. Elle est avec une autre fille. Il faut trouver de qui il s'agit." Le second mail est pratiquement identique, si ce n'est qu'il est adressé au chef de l'équipe de la police judiciaire du poste de Pollença ; à la fin, il ajoute, également à l'intention du sergent Benavides : "Je passerai demain matin et je te donnerai les autres enregistrements que j'ai. Merci. Salutations." Il est sur le point d'envoyer le mail quand l'envie lui prend de supprimer les deux derniers mots. Il ne les supprime pas.

Il descend dans la rue et va jusqu'à la boîte de nuit. Celle-ci vient de fermer. Épars sur le trottoir et sur la chaussée, autour de la porte, il y a des verres en plastique, des canettes de bière, des mégots, des papiers, des bouteilles cassées et des traces d'urine. Melchor consulte sa montre : il est presque cinq heures et demie. Réveillé par sa trouvaille, pensant sans cesse à l'image de sa fille ressortant de la boîte de nuit avec l'inconnue, il se met à marcher en direction de la promenade maritime à travers les rues vides où ses pas résonnent dans la lumière orangée des réverbères. La promenade maritime est également vide et ses terrasses hérissées de chaises posées à l'envers sur les tables ; on entend seulement le clapotis des vagues qui viennent s'écraser sur la plage, les cris des mouettes qui survolent le rivage et le balancement des embarcations mouillées dans le port de plaisance. Melchor s'assoit sur un banc. À quelques mètres en face de lui, dans une pénombre créée à la fois par l'éclat de la lune presque pleine et la lumière des réverbères de la promenade, s'étend la bande de la plage où, selon ses estimations, Cosette et Elisa se baignaient tous les jours, et où à présent ses yeux distinguent dans cette demi-clarté, avec chaque fois plus de netteté, un bout de sable où s'accumulent les parasols faits de feuilles de palmier tressées, les balançoires et les transats, et, à droite, dans une espèce de jetée qui enjambe la mer, il aperçoit la piscine de l'hôtel Daina. Alors que le sommeil dissout l'inquiétude et l'euphorie de Melchor et que l'humidité commence à engourdir son corps, à l'autre bout de la baie les crêtes de Cap de Pinar se dessinent contre un ciel qui vire lentement du bleu nocturne au gris perle. C'est le lever du jour.

5

Le lendemain, il est réveillé par la sonnerie du téléphone.

— Allô, Melchor, c'est Lourdes, entend-il, à moitié endormi. La mère d'Elisa.

Melchor se redresse dans son lit et appuie son dos nu contre la froideur du mur : l'espace d'une seconde, il ne sait pas où il est, ni quel jour de la semaine on est, ni qui est Lourdes, pas même Elisa ; la seconde suivante, il renoue avec la réalité.

— Bonjour, Lourdes. – Le store entrouvert laisse filtrer des faisceaux obliques de lumière matinale et un bruit de conversations et de couverts lui parvient depuis la terrasse de l'hôtel Borràs. – Rosa t'a fait suivre ce que je lui ai envoyé ?

— C'est pour ça que je t'appelle, dit-elle. Attends un instant, je te passe Elisa. Elle a quelque chose à te raconter.

Elisa salue Melchor et veut savoir s'il y a du nouveau sur son amie.

— Pas encore, répond Melchor. Tu as vu l'enregistrement vidéo ? Tu connais la femme qui sort avec Cosette de la boîte de nuit ?

— Je crois, oui, affirme Elisa. Au début, j'ai eu du mal à la reconnaître mais après… Pour moi, c'est une fille qu'on a rencontrée samedi soir à Tito's, une boîte de Palma. Je crois que je vous ai parlé d'elle.

— Tu penses à la fille qui vous a convaincues de ne pas aller à Magaluf mais à Pollença ?

— C'est ça. En fait, ce n'est pas elle qui nous a convaincues. On a changé d'avis toutes seules. Elle nous a seulement dit que Magaluf ne valait pas la peine, et que Pollença si.

— Et tu es certaine que c'est elle ?

— Certaine, non. Mais j'ai regardé plusieurs fois les images et je dirais que c'est elle.

— Tu sais comment elle s'appelle ?

— Non. En réalité, on lui a parlé juste un instant. Elle était avec un groupe et elle est vite partie.

Melchor bombarde Elisa de questions sur la fille de Tito's et sur le groupe qui l'accompagnait, mais il n'en tire rien d'important ou qui lui semble important et, après avoir parlé un moment de l'interrogatoire auquel elle a été soumise par les agents envoyés par Cortabarría depuis Egara, il dit au revoir à l'amie de Cosette en la priant de l'appeler si d'autres détails sur l'inconnue lui revenaient. Elisa demande :

— Vous croyez que c'est important ?

— C'est possible, admet-il. Que l'on sache, c'est la dernière personne qui ait vu Cosette.

Melchor raccroche et lit l'heure sur son portable : il est presque neuf heures. Il a dormi à peine deux heures, mais il se sent reposé et il n'a plus sommeil. Son portable affiche un WhatsApp entrant : Rosa lui demande comment ça va et si sa secrétaire l'a déjà appelé. Melchor lui répond en mêlant à nouveau mensonges et vérités, puis il se lève du lit et, tandis qu'il se douche, il entend la sonnerie de son téléphone. En sortant de la salle de bains, il constate que c'est Blai qui cherchait à le contacter.

— Je viens de voir ce que tu nous as envoyé hier, l'informe l'inspecteur. Tu es sûr que c'est la dernière image de Cosette ?

— À ma connaissance, oui. – Melchor s'habille, le portable coincé entre l'épaule et l'oreille. – Personne ne l'a vue depuis. Vous pourrez identifier la fille qui l'accompagne, tu crois ?

— Certainement, affirme Blai. Au commissariat, on n'a pas de physionomistes ni de logiciel de reconnaissance faciale, on n'a même pas de base de données digne de ce nom, mais à Egara, si. Ce soir au plus tard, Cortabarría nous apprendra de qui il s'agit.

— Parle avec lui, s'il te plaît. Et avec Paca.

— C'est ce que j'allais faire maintenant, lui assure Blai. Et toi, tu vas faire quoi ?

— Je vais apporter la valise et les enregistrements à Benavides. Ceux que je ne lui ai pas envoyés hier soir. Ensuite, j'irai récupérer ceux qui me manquent et examiner ceux que je n'ai pas pu examiner. Peut-être que je trouverai encore quelque chose.

— Laisse Paca et son équipe regarder ça, dit Blai. Occupe-toi uniquement des derniers enregistrements. Et surtout, fais en sorte que Benavides se mette au boulot.

— T'inquiète. Il va se mettre au boulot.

Chargé de son ordinateur portable et de la valise de Cosette, Melchor descend dans le hall de l'hôtel Borràs, où le gérant, au comptoir, accueille un couple avec un enfant. Melchor va au bar, commande un sandwich jambon-fromage et un double expresso, il retrouve sur l'écran de son ordinateur les dernières images de sa fille et, tout en prenant son petit-déjeuner, les visionne à nouveau. Le jour s'est levé, sombre et nuageux, et, bien que toutes les fenêtres du salon restent ouvertes, les plafonniers sont allumés.

Un peu plus tard, le gérant s'approche du comptoir.

— Du neuf ? demande-t-il.

— Oui, s'empresse de répondre Melchor en se tournant vers lui, la tasse de café à la main. Ma fille est sortie de l'hôtel mardi dans la nuit.

Le gérant a troqué son tee-shirt de Dropout Kings contre un tee-shirt à carreaux et un bermuda estival.

— Je vous ai dit que c'était possible, dit-il.

— Elle a été à Chivas.

— Comment le savez-vous ?

Melchor signale avec la tasse l'image sur l'écran, figée sur Cosette sortant de la boîte de nuit le mardi à minuit. Il laisse ensuite la tasse sur le comptoir et désigne de l'index l'inconnue qui accompagne sa fille.

— Vous la connaissez ?

Le gérant approche son visage de l'écran, fronce les sourcils, plisse les yeux.

— Jamais vue de ma vie, reconnaît-il en s'éloignant de l'ordinateur. C'est qui ?

— Je ne sais pas. – À présent, Melchor glisse l'index sur l'écran jusqu'à le pointer sur Cosette. – Mais celle qui marche à côté d'elle, c'est ma fille. Ce sont des images de la caméra installée à l'entrée de Chivas.

Il montre l'heure qu'indique l'horloge de l'enregistrement.

— Zéro heure quatorze. Ma fille y était entrée une heure et quelques plus tôt.

Le gérant s'approche une fois de plus de l'écran, fronce à nouveau les sourcils et plisse ses yeux. S'en éloignant, il réaffirme :

— Je reconnais votre fille, mais l'autre, non.

Melchor acquiesce sans quitter l'écran du regard. Il vide ensuite d'un trait la tasse de café et, indiquant au gérant de mettre le petit-déjeuner sur son compte, rabat l'écran de son ordinateur et s'en va.

— Si la montagne ne va pas à Mahomet, Mahomet ira à la montagne, dit Melchor en déversant bruyamment le contenu de la valise de Cosette sur le bureau du sergent Benavides. Là, tu peux te mettre à bosser.

Le chef de l'équipe de police judiciaire est devenu livide. Les affaires de Cosette sont étalées devant lui, renversées sur ses papiers : au premier coup d'œil on distingue deux robes, un pantalon, plusieurs culottes, un bikini, un soutien-gorge, deux serviettes, une trousse de toilette, un épilateur, un stylo-bille. Attirés par la scène, les agents qui travaillent dans la salle adjacente ont fait irruption dans le bureau du sergent. Debout face à lui, Melchor ne leur prête pas attention.

— Il faut que je te dise ce que tu dois faire avec ça ? – Melchor embrasse du regard le chaos qu'il vient de semer sur la table du sous-officier. – Il y a du boulot pour un bon bout de temps : tout photographier, chercher des empreintes, analyser des restes biologiques…

D'une main, il soulève la valise vide, et de l'autre le ruban de Vueling, attaché à une poignée avec un élastique.

— Tiens, même le justificatif de vol est là.

Assis à son bureau, le sergent adresse un geste infime de la main à ses agents pour les arrêter et, pendant que Melchor abandonne la valise par terre, il montre les affaires qu'elle contenait.

— Ça sort d'où, tout ça ?

— Et je n'ai pas fini, dit Melchor en dédaignant la question. Cette nuit, j'ai envoyé un mail à l'adresse du poste. Il était à ton nom, je suppose que tu l'as reçu. Tu l'as reçu ?

Benavides ne répond pas. Les deux hommes se regardent sans ciller.

— Si ce n'est pas le cas, sois gentil et réclame-le, continue Melchor. Ce sont les enregistrements de plusieurs caméras de sécurité autour de l'hôtel Borràs, l'hôtel où ma fille logeait avec sa copine, hier je t'ai parlé d'elle, non ? Elle s'appelle Elisa, elles sont venues passer leurs vacances ici, c'est sa grande copine… Bon. Je t'ai envoyé à part un dossier avec toutes les séquences où ma fille apparaît sur ces enregistrements. De toute façon, regarde-les, peut-être que quelque chose m'a échappé. Le plus intéressant, c'est le dernier enregistrement, celui de la boîte de nuit Chivas. Là, tu la verras un peu après minuit, accompagnée d'une fille. Sur les autres images, elle est avec sa copine, mais cette fille ce n'est pas elle, à ce moment-là Elisa était déjà rentrée. Cette fille, je ne sais pas qui c'est. J'ai montré l'image à Elisa et elle l'a reconnue, elle dit qu'elles l'ont croisée samedi dernier dans une boîte de Palma, apparemment c'est elle qui leur a conseillé de venir ici, à Pollença. Mais elle ne connaît pas son nom… Peu importe, il faut trouver qui c'est. C'est la dernière personne qui ait vu ma fille. Et puisqu'on a son visage, ce ne sera pas difficile de l'identifier. Fais-le. Identifie-la. Trouve-la. Interroge-la. Cette fille peut nous amener à Cosette.

Melchor fait une pause, puis ajoute :

— Je t'ai tout servi sur un plateau. Profites-en. Tu peux marquer un point.

À mesure que Melchor s'est exprimé, la pâleur a peu à peu disparu du visage de Benavides et sa confusion initiale a été remplacée par une expression de curiosité ironique avec laquelle le sergent tente probablement de se sauver la face devant ses subordonnés. Derrière Melchor, ceux-ci lui demandent en silence que faire de l'intrus, et le sergent les prie de bien vouloir retourner à leurs occupations. À peine la porte du bureau est-elle refermée que Benavides invite Melchor à s'asseoir ; Melchor demeure debout. Le sergent essaie de sourire.

— Écoute, Melchor, commence-t-il. Je peux t'appeler Melchor, n'est-ce pas ?

— Appelle-moi comme tu veux.

Prenant garde de ne rien toucher avec les doigts, Benavides range un peu le désordre qui règne sur son bureau ; ensuite, il appuie les coudes sur l'espace dégagé, croise les mains à la hauteur du menton et pose à nouveau son regard sur le bibliothécaire.

— Alors, écoute, Melchor. – Le sergent affermit son sourire. – Je ne vais pas tenir compte de cette entrée de hussard. En ce qui me concerne, c'est comme si ça n'avait jamais eu lieu… Mais dis-moi une chose. – Haussant les sourcils, il montre à nouveau les affaires de Cosette. – Comment t'es-tu procuré ça ?

Melchor ne répond pas. Benavides insiste :

— Et les enregistrements ?

— Qu'est-ce que ça peut faire, comment je les ai eus ? finit par dire Melchor.

Le sergent arque un sourcil suspicieux.

— Mais quel genre de policier tu as été ? demande-t-il, tuant dans l'œuf un sourire naissant. – Il a une grande bouche et des dents petites, très blanches et très aiguisées, qui rappellent celles d'un rongeur. – Si tu as obtenu les preuves illégalement, toute l'enquête tombe à l'eau. Tu ne le sais pas ou quoi ?

— J'ai tout obtenu de manière légale, ment Melchor. Mais je vais être sincère : je m'en fous, où tombe l'enquête. Tout ce qui compte pour moi, c'est de retrouver ma fille. Le reste, je m'en tape.

— Mais moi, non, et c'est moi le responsable de cette enquête. – Rivées sur les yeux de Melchor, les pupilles de Benavides ressemblent à deux têtes d'allumettes. – Et comme c'est moi qui m'occupe de cette enquête, je vais m'en occuper à ma manière, pas à la tienne. Logique, tu ne crois pas ?

Melchor observe un nouveau silence, désireux de savoir où l'autre veut en venir.

— Très bien, poursuit le sergent. Et maintenant, dis-moi autre chose : tu vas me foutre la paix, oui ou non ? Tu vas vraiment me dire comment je dois faire mon travail ? Je dois te répéter ce que je t'ai dit hier ?… Parce que, si tu m'obliges à te le répéter, je vais peut-être te le dire autrement.

Sa capacité de résistance ayant été atteinte, Melchor demande :

— C'est une menace ?

Le sergent décroise les mains et, sans perdre son sourire, se cale dans son siège.

— Comprends-le comme ça t'arrange, dit-il.

Incrédule, Melchor détourne le regard. Il cherche d'abord des yeux le portrait de Felipe VI, face à lui, et aussitôt, à sa droite et par la fenêtre, la cour intérieure du poste ; mais il ne voit ni l'un ni l'autre : il ne voit que sa propre incrédulité. Quand il regarde à nouveau le sergent, la voix de Melchor a changé.

— Écoute, mon gars, t'es le plus grand idiot que j'aie jamais vu, dit-il. Mais, t'inquiète, je ne vais pas te casser la gueule, même si tu le mérites. – Benavides soutient le regard de Melchor. Son visage s'est décomposé et le sourire semble s'être figé sur ses lèvres ; un éclat de fureur brille dans ses yeux métalliques. – Je vais seulement te demander une chose. Fais ton travail. Retrouve ma fille. C'est tout ce que je veux. Si tu fais ton travail et que tu retrouves ma fille, je te foutrai la paix. Je te donne ma parole. Mais si tu ne fais pas ton travail, je vais te pourrir la vie, la tienne et celle de ta famille. Tu m'as compris ? T'as une famille ?

— Je devrais te faire mettre à la porte, marmonne le sergent.

Un silence de pierre suit ces mots ; à présent, c'est Melchor qui sourit. Benavides insiste :

— Je te le dis pour la dernière fois. Fous le camp tout de suite ou je te mets au trou pour résistance à l'autorité.

Melchor soupire, comme déçu par les propos de Benavides.

— Je vois que tu n'as pas compris, dit-il avec douceur. Je vais te l'expliquer autrement.

Il approche son visage de celui du sergent et, dans un chuchotement, il continue :

— Tu sais quoi ? Je suis un type méchant. Mais vraiment méchant. Ceux qui me connaissent le savent. Et en plus d'être méchant, tout ce que j'ai à faire c'est de chercher ma fille. Rien d'autre… Tu sais ce que ça veut dire ? Que tant que tu ne fais pas ton travail et que tu ne me la retrouves pas, je ne bouge pas d'ici. Et je vais te pourrir la vie… Je vais te poursuivre. Je vais harceler ta femme et tes enfants. Je vais te niquer grave. Toi et toute ta famille. – Melchor marque une pause, durant laquelle il entend la respiration accélérée de Benavides et voit trembler les ailes de son nez. – Mais tu peux l'éviter… Fais ton travail comme il faut. C'est tout ce que je te demande, en plus je te l'ai mâché. Mets tous tes effectifs dessus. Cherche la fille de la vidéo. Interroge-la. Elle peut nous conduire à ma fille, je te l'ai déjà dit.

Retrouve-la et tu n'entendras plus jamais parler de moi. Parole d'honneur... Mais si tu continues à faire le con et que ma fille ne réapparaît pas, crois-moi : tu vas passer le reste de ta vie à regretter de m'avoir croisé. T'as compris maintenant ?

Quand il sort du poste de la Guardia Civil, Melchor trouve dans son portable deux WhatsApp de Paca Poch : le premier contient le compte rendu de l'interrogatoire d'Elisa rédigé par les deux agents envoyés par Cortabarría depuis Egara ; l'autre décrit l'itinéraire complet suivi par Cosette et sa copine depuis leur départ de la Terra Alta, comme il ressort des déclarations d'Elisa et des éléments trouvés dans son portable et sur les réseaux sociaux par Paca Poch et son équipe. Assis sur un banc de la promenade maritime, face à la mer, Melchor consacre quelques minutes à étudier les deux documents. Le ciel est toujours couvert et des nuages annonciateurs de tempête menacent depuis l'autre côté de la baie, avançant sur la péninsule de Cap de Pinar ; malgré cela, d'imperturbables touristes commencent à affluer sur la plage, refusant d'accepter que la défection du soleil leur gâche les vacances. Quand il a fini sa lecture, Melchor prend la voiture et, sur le trajet de retour vers l'hôtel Borràs, appelle Paca Poch. La conversation est brève : tous deux s'accordent à dire que les deux rapports sont concordants, que ni l'un ni l'autre n'apporte d'éléments essentiels et que la meilleure piste dont ils disposent pour l'instant reste l'image de Cosette sortant de Chivas avec l'inconnue.

— Il faut trouver qui c'est, insiste Melchor.

Un avis que partage également la sergente.

Melchor gare, comme précédemment, son véhicule à proximité de la place Miquel Capllonch, confie son ordinateur au gérant de l'hôtel Borràs afin que celui-ci le garde dans le hall, et commence le tour des établissements qui, la veille, lui ont promis les enregistrements de leurs caméras de sécurité ; il se rend aussi dans les agences bancaires qui étaient fermées. Alors qu'il fait la queue dans une agence de la Deutsche Bank, il reçoit deux WhatsApp consécutifs qui font bondir son cœur.

Ils sont de Cosette. Le premier contient la localisation de la piazza del Duomo, à Milan ; le second, un message. “Papa, je sais que tu me cherches. Laisse-moi tranquille, s'il te plaît. Tout va très bien, mais je ne veux plus entendre parler de toi. J'ai rencontré quelqu'un et je ne pense pas revenir. Ne me rappelle pas, ne m'écris pas, de toute façon je ne te répondrai pas. Adieu." Melchor relit le texte encore et encore. Une fois qu'il l'a assimilé (ou qu'il croit l'avoir assimilé), il sort de la banque et appelle Cosette. Personne ne répond. Il recommence à plusieurs reprises, obtenant toujours le même résultat. Il écrit un WhatsApp. "Cosette, réponds au téléphone et je te laisserai tranquille." Il l'envoie et rappelle sa fille : en vain. "Envoie-moi une photo, écrit-il alors. Je veux juste une preuve que tu vas bien. Après, je ne t'embêterai plus. Promis." Melchor l'envoie et attend quelques minutes, le téléphone brûlant dans ses mains comme un joyau. Mais il n'y a ni appel ni message. Rien. Soudain, il se rend compte que la pluie s'est mise à tomber et qu'il est mouillé.

De manière presque instinctive, Melchor fait suivre les deux WhatsApp à Blai et à Paca Poch, et se met à marcher vers la plage au milieu des gens qui se précipitent en tous sens pour s'abriter de la pluie. L'averse qui a enveloppé la matinée dans une lumière trouble d'orage est en train de vider la promenade maritime. Des touristes en maillot de bain cherchent refuge sous les stores des terrasses. Melchor se protège sous l'un d'eux et, en attendant la réponse de Blai et Paca Poch, il reste à regarder la pluie se déverser sur la promenade, sur le port, sur la baie et, plus loin, sur la péninsule de Cap de Pinar. Il essaie de ne pas s'enfoncer dans l'autocompassion ou le défaitisme ; il essaie de réfléchir méthodiquement. Il ne lui vient même pas à l'esprit d'arrêter de rechercher Cosette ; du moins, pas avant d'avoir la certitude qu'elle va bien et qu'elle ne veut vraiment plus le voir. C'est peut-être vrai, se dit-il. Ce que Cosette a ou croit avoir découvert – sur la mort de sa mère, sur le rôle qu'il a joué dans cette mort, sur leur relation à tous les deux, sur elle-même – l'a peut-être radicalement changée, transformant en haine l'amour qu'elle avait pour lui. C'est peut-être vrai, se dit-il encore une fois. Et cette pensée lui fait de la peine, parce que ça l'attriste d'imaginer que sa fille le déteste, mais surtout parce qu'il n'a pas oublié la phrase d'Olga que Blai lui a répétée trois jours plus tôt, tandis qu'ils prenaient un café chez Hiroyuki ("Haïr quelqu'un, c'est comme boire un verre de poison et croire que c'est comme ça qu'on va tuer celui qu'on déteste"), et ça le rend triste que sa fille soit empoisonnée à ce point. Mais il n'a pas oublié non plus la réponse qu'il a donnée à Blai, et il se dit qu'en réalité, Cosette ne le déteste peut-être pas, qu'il lui arrive peut-être ce qui lui est arrivé avec Salom, qu'elle ne veut simplement pas le voir, qu'elle n'a rien à lui dire, et que ce qu'il pourrait avoir à lui dire ne l'intéresse absolument pas. C'est possible, mais, est-il vrai qu'il ne déteste pas Salom ? Ne s'est-il pas senti trahi par l'ancien caporal comme Cosette, peut-être, se sent maintenant trahie par lui ?

Melchor n'a pas su ou n'a pas pu répondre à cette question quand le téléphone sonne : c'est Blai, depuis son bureau du commissariat. L'inspecteur l'informe que Paca Poch écoute également et, sans même mentionner les messages de Cosette, il lui demande s'il a parlé avec elle.

— J'ai essayé.

Melchor s'éloigne de la terrasse où il s'était réfugié et s'installe sous la marquise d'un hôtel, où il peut parler sans qu'on l'entende.

— Et je lui ai écrit.

— Alors ? demande Blai.

— Elle n'a pas répondu. Tu crois que tu vas pouvoir demander au juge de mettre son téléphone sur écoute, maintenant ?

— Bien sûr, dit Blai. Mais je ne sais pas s'il va le permettre. Je te rappelle que nous n'avons plus aucune compétence sur cette affaire.

— Tu as envoyé les messages à Benavides ? intervient Paca Poch.

— Non. Et je ne pense pas le faire. Pour ne pas avoir à bouger son cul, ce flemmard insinue depuis le début que Cosette a fugué. Si je lui envoie les messages de Cosette, il pensera qu'il a raison.

— C'est précisément ça qui va poser problème avec le juge, opine Blai.

Il y a un silence, durant lequel Melchor comprend que son ami voit juste, et qu'en lisant les messages de Cosette, le juge peut parvenir à la même conclusion que Benavides qui, lui, ne les a pas lus.

— De toute façon, je vais essayer, promet Blai. Mais je crois qu'on a une meilleure idée. Tu as entendu parler de Sirene ?

— C'est un organisme de coopération entre les polices européennes, ajoute Paca Poch. Via Sirene, on peut demander à la police de Milan de chercher Cosette sur la piazza del Duomo. Ils n'ont qu'à examiner les images des caméras de surveillance installées sur la place à l'heure où tu as reçu les WhatsApp, on verra s'ils reconnaissent ta fille.

— Parfait, répond Melchor en essayant de se motiver. Vous pouvez le faire tout de suite ?

Blai reprend la parole :

— Évidemment. Il faut préparer une demande officielle avec la photo de Cosette. Ils la traduiront en italien et l'enverront aux Carabiniers. Dans une heure, on aura la réponse. Peut-être avant.

Melchor répète "parfait" et demande à être prévenu dès qu'ils auront des nouvelles. Quand il raccroche, la pluie a cessé.

6

Dans l'attente de nouvelles de Milan, Melchor doit combattre son impatience en récupérant ou en réclamant les enregistrements de Cosette qui lui manquent tandis qu'il déambule dans les rues glissantes de pluie qui entourent l'hôtel Borràs et débouchent sur la promenade maritime. À un moment donné, il a Rosa au téléphone et, bien qu'il décide alors d'arrêter de lui mentir, il comprend aussitôt qu'il ne lui a jamais raconté d'histoires : Blai a dû l'informer des détails de la recherche. À un autre moment, il parle avec Cortabarría, qui attribue à des problèmes de logiciel de reconnaissance faciale le fait que l'on n'ait pas encore réussi à identifier l'inconnue qui accompagne Cosette sur l'enregistrement de Chivas.

— Ça va prendre plus de temps que prévu, conclut-il. Mais demain au plus tard, on saura qui c'est.

Melchor échange aussi avec Blai, qui l'appelle pour lui donner une bonne et une mauvaise nouvelle : la bonne, c'est que la traduction italienne de la requête est déjà parvenue aux Carabiniers de Milan et que la réaction des Carabiniers a été de se mettre tout de suite au travail ; la mauvaise, c'est que le juge de Gandesa n'autorise pas la mise sur écoute du téléphone de Cosette.

— Je t'avais prévenu, lui rappelle Blai.

— Tu lui as fait suivre les WhatsApp ? demande Melchor.

— Bien sûr, répond Blai. Selon lui, c'est précisément à cause de ça qu'il ne peut pas autoriser la mise sur écoute : il comprend ton inquiétude, mais dans ces messages, Cosette t'a dit tout ce qu'elle avait à te dire, selon lui. Enfin… Attendons de voir ce que disent les Carabiniers.

Et à un autre moment, Melchor reste la tête vide à contempler l'énorme arc-en-ciel qui apparaît devant la promenade maritime, au point le plus éloigné de la péninsule de Cap de Pinar, et semble s'éteindre dans un morceau ensoleillé de ciel bleu cobalt que la fin de l'averse a ouvert entre les nuages.

Vers quatorze heures trente, il regagne l'hôtel Borràs et reprend au gérant l'ordinateur qu'il lui a confié auparavant. En le lui tendant par-dessus le comptoir, l'homme annonce :

— La Guardia Civil vient juste de passer.

— Mieux vaut tard que jamais ! répond Melchor.

— Dois-je comprendre que ça ne vous intéresse pas, ce qu'ils voulaient savoir ?

Melchor répond que si, ça l'intéresse.

— On m'a posé plusieurs questions sur votre fille, lui apprend le gérant. Et aucune que vous ne m'ayez pas déjà posée. On m'a aussi interrogé sur vous.

— Vous leur avez menti ?

— À votre avis ?

Melchor hausse les épaules, s'éloigne du comptoir de la réception et, après s'être rendu aux toilettes, commande au bar un sandwich au thon et un Coca-Cola. Il allume ensuite son ordinateur et consulte son courrier électronique. Dans la boîte de réception, il y a quatre nouveaux messages. Trois d'entre eux – le premier de CaixaBank, le deuxième de Targobank, le troisième de Little Britain – proviennent d'établissements auxquels il a demandé les enregistrements de leurs caméras de sécurité ; le quatrième est anonyme et dans l'objet est écrit : "Votre fille". Il l'ouvre immédiatement.

"Monsieur Marín, si vous voulez retrouver votre fille, allez à Can Sucrer, lit-il. C'est une ancienne ferme qui se trouve dans une forêt près de Pollença. Pour y arriver, prenez la première entrée pour le village en venant d'Inca. Vous passerez devant le collège Costa i Llobera, et là tournez à gauche et prenez une route de montagne en direction de La Vall de Colonya. On l'appelle le chemin de Can Bosch. Suivez cette route. Deux ou trois kilomètres plus loin, vous verrez une autre route sur la gauche. Prenez-la. Tout au bout, il y a un sentier et une maison. C'est Can Sucrer.

“Un homme appelé Damián Carrasco y habite. Il peut vous aider. Racontez-lui l’histoire de votre fille. Écoutez-le. Ce que Carrasco vous dira pourra vous sembler complètement fou, mais c’est la vérité. Écoutez-le attentivement, c’est un homme bon, sans doute trop bon.

“S’il vous plaît, supprimez ce mail dès que vous l’aurez lu et ne dites à personne que vous l’avez reçu. C’est très important. Une autre chose importante : évitez de demander le chemin pour Can Sucrer. Personne ne doit savoir que vous y êtes allé, assurez-vous qu’on ne vous suive pas. Et, surtout, ne cherchez pas à savoir qui je suis. Je suis juste un homme qui a des enfants, comme vous. Croyez-moi, je cours de gros risques en vous aidant. Ne me le faites pas regretter, s’il vous plaît. Je vous souhaite bonne chance.”

Sa lecture achevée, Melchor lève les yeux de l’écran et parcourt du regard le salon de l’hôtel Borràs : tout est exactement comme avant – les clients attablés, buvant une bière et dévorant des tapas et des pizzas, les serveurs qui s’agitent derrière le comptoir, le gérant à l’accueil, la lumière de l’après-midi, lustrée par la pluie, qui entre à flots par les fenêtres – et, en même temps, tout est différent, comme si les mots que Melchor vient de lire avaient recouvert la réalité d’un vernis menaçant, comme si, autour de lui, tous – clients, serveurs, le gérant lui-même – savaient où est Cosette et que tous faisaient semblant de ne pas le savoir, comme si tous étaient en train de jouer une pièce dont il est le seul spectateur. Melchor chasse cette brève impression cauchemardesque et se demande quelle est la signification de ce mail. Est-ce une mauvaise blague ? Un message providentiel ? Un attrape-nigaud ? En tout état de cause, Melchor se dit qu’il n’a rien à perdre en le prenant au sérieux, alors il mémorise les instructions pour se rendre à l’endroit indiqué et l’adresse mail depuis laquelle le message a été envoyé, demande à un serveur de mettre sa consommation sur son compte, prend son ordinateur et, laissant sur le comptoir le Coca-Cola à moitié bu et le sandwich entamé, va chercher sa voiture.

Il n’est pas encore sorti de Port de Pollença que Paca Poch l’appelle pour lui apprendre qu’ils viennent de recevoir les résultats des recherches des Carabiniers.

— Pas de chance, regrette-t-elle. Au moment où Cosette a envoyé son message, il y avait huit personnes connectées à l'antenne relais de la piazza del Duomo, mais elle n'en fait pas partie.

— Ils en sont sûrs ?

— Oui.

— On peut voir les images ?

— Je les ai demandées, mais ils ne nous les enverront pas avant ce soir ou demain. De toute façon, je ne crois pas que ça change grand-chose.

Melchor sait que la sergente a raison. Il est en train de conduire sur la route reluisante après la pluie qui relie Port de Pollença à Pollença parmi les massifs de pins et de chênes lavés par l'averse, avec à sa droite les derniers escarpements du massif de Tramuntana, imposants comme un géant endormi. Après un silence, Melchor demande :

— Dis-moi, on peut falsifier la localisation que Cosette a partagée via WhatsApp ?

Paca Poch répond sans hésiter :

— On peut.

— C'est-à-dire, quelqu'un, Cosette ou quelqu'un d'autre, aurait pu partager cette localisation depuis Majorque, ou depuis n'importe où, pour nous faire croire qu'elle se trouve à Milan.

— C'est possible.

— Comment on peut vérifier ça ? Je veux dire…

— En demandant la géolocalisation du téléphone de Cosette à son opérateur téléphonique.

— Mais pour ça, il faut l'autorisation du juge.

— Exact. Et il ne nous la donnera pas. S'il ne l'a pas fait pour Blai, je ne vois pas pourquoi il nous la donnerait maintenant.

— Il n'y a pas d'autre moyen de le vérifier ?

— Légalement, non.

— Et illégalement ?

Le silence se fait plus long et plus dense. Melchor cherche à l'horizon l'arc-en-ciel qu'il a vu plus tôt sur la péninsule de Cap de Pinar, mais il ne le retrouve pas. Au loin, les premières maisons du centre-ville de Pollença se profilent.

— Laisse-moi faire un essai, dit la sergente.

— Paca, la coupe Melchor avant qu'elle ne raccroche. J'ai encore un service à te demander. J'ai besoin de savoir qui a créé une adresse mail. – Melchor lui dicte celle du message qu'il vient de recevoir. – Tu peux faire ça, tu crois ?

Paca Poch assure qu'elle va tenter le coup.

Quelques minutes plus tard, suivant les indications de son informateur anonyme, Melchor arrive dans Pollença par la dernière entrée du village – la première en venant d'Inca –, il identifie aussitôt le collège Costa i Llobera, tourne à gauche et passe devant une chapelle gothique que son informateur n'a pas mentionnée, ce qui l'étonne quelque peu. Il progresse cependant sur une route étroite, solitaire et sinueuse qui pénètre dans une vallée parmi les clôtures de pierre, les oliviers, les figuiers, les chênes, les figuiers de Barbarie et les caroubiers, jusqu'à ce que, au bout de quelques kilomètres à peine, presque en même temps qu'il aperçoit un mur de rocher tout au fond et se demande s'il ne s'est pas égaré, il voie une déviation sur sa gauche, et un écriteau où l'on peut lire CAMI DEL RAFALET, et il la suit jusqu'à un chemin de terre le conduisant à une vieille maison de campagne assiégée par un bosquet de cyprès et de chênes.

Melchor déduit qu'il s'agit de Can Sucrer et il gare la Mazda de location à l'entrée, devant une barrière. Lorsqu'il descend de voiture, il est frappé par le silence de la vallée, à peine perturbé par l'égouttement de plus en plus ténu de la pluie qui tombe des arbres, et, pendant qu'il ouvre la barrière et traverse une cour tapissée d'aiguilles de pin où se dressent un four ancien, une table de pierre, un pin verdoyant et robuste et un mur couvert de lierre, Melchor a la sensation que cet endroit, pourtant tout près de Pollença, se situe en réalité très loin, comme dans une autre dimension. Sous une treille de vigne, la porte de la maison est entrouverte.

Melchor l'ouvre complètement et aperçoit aussitôt, dans l'entrée à gauche, un homme assis dans un fauteuil à oreilles, qui se tourne vers lui. Son visage ne trahit pas la surprise : l'expression est plutôt renfrognée, contrariée. L'homme est vêtu d'une chemise bleu clair ouverte sur un débardeur et d'un pantalon de pyjama à rayures, et en le voyant là, pieds nus, mal rasé, les mains inertes sur les bras du fauteuil et la tête appuyée contre le dossier, des images de vieux guerriers, ou de samouraïs, affluent à l'esprit de Melchor.

— Je cherche Damián Carrasco, annonce-t-il.

Une des mains de l'homme ressuscite sans que son visage change.

— Entrez, dit-il.

Melchor se rend alors compte que l'homme regarde un match de football sur un poste posé sur une petite table, à l'autre bout de ce séjour aux murs épais et blanchis à la chaux d'où dépassent des crochets en fer pour le bétail, au sol de pierre, et à la toiture soutenue par des poutres. L'homme dit quelque chose que Melchor ne comprend pas ; montrant le poste de télévision d'un mouvement du menton, l'homme parle à nouveau :

— Je vous ai demandé si vous aimiez le foot.

Melchor répond que non et l'homme, les yeux rivés sur le match, ajoute :

— Un jour, j'ai entendu dire que de toutes les choses qui n'ont pas d'importance, le foot est la plus importante. – L'espace d'une seconde, il semble absent. – Quelle connerie. La vérité, c'est que le foot est une des rares choses importantes dans ce monde. Tout le reste… Enfin, bref.

L'homme se tourne vers Melchor, comme s'il venait de se rappeler sa présence.

— Damián Carrasco, c'est moi. Mais si vous voulez acheter la maison, vous devez parler avec…

— Je ne veux rien acheter, l'interrompt Melchor. Je viens de Catalogne. Ma fille s'est perdue ici avant-hier et on m'a dit de parler avec vous.

Soudain, le visage de Carrasco se transforme : ses yeux cherchent avec méfiance les yeux de l'intrus, ses sourcils se froncent, sa mâchoire se raidit. Melchor l'observe attentivement. Il doit avoir une soixantaine d'années. C'est un homme corpulent, qui a de très grandes mains et un crâne sénatorial, couvert d'un duvet clairsemé poivre et sel ; davantage qu'un vieux guerrier ou un samouraï, il lui évoque maintenant un vieux boxeur, avec son nez camus, ses joues mangées par la barbe, ses pommettes anguleuses et sa bouche méprisante.

— Qui vous a dit de parler avec moi ? demande Carrasco.

— Je ne sais pas.

Dans les yeux de Carrasco, la curiosité chasse la méfiance. Face à lui, sur une table en merisier qu'il utilise apparemment comme bureau, Melchor voit un téléphone portable, un iPad, un ordinateur portable, un carnet et deux stylos-billes, plusieurs livres, des lunettes, un verre vide et une assiette sale, un couteau et une fourchette croisés au centre ; par terre, à sa gauche, il y a une bouteille d'eau minérale à moitié pleine et, juste au-dessus de lui, cloué au mur, une vieille plaque en faïence où il est inscrit : CALLE DEL TEMPLE. Deux chaises de paille sont disposées autour de la table.

— Vous ne savez pas ? demande Carrasco.

Melchor se redit qu'il n'a rien à perdre et, prenant une chaise pour s'asseoir à côté de Carrasco, il lui raconte brièvement ce qui s'est passé depuis la disparition de Cosette jusqu'à ce mail qui l'a amené à Can Sucrer. Carrasco l'écoute parler les yeux mi-clos, sans le regarder, sans poser de questions ni demander d'explications, comme s'il avait du mal à comprendre ses mots ou comme s'il voulait les assimiler entièrement ou comme s'il était endormi ou en train de rêver. Pour finir, Melchor insiste sur le fait que tout ce qui lui importe, c'est de retrouver sa fille ; il signale aussi la négligence ou l'incompétence de Benavides.

— C'est un bon à rien, conclut-il.

La définition semble réveiller Carrasco d'un coup.

— Vous vous trompez. – Ouvrant grands les yeux, il se tourne vers Melchor. – Ce n'est pas un bon à rien. C'est un corrompu.

Carrasco soutient une seconde le regard déconcerté de son visiteur avant de reporter son attention sur le poste de télévision ; Melchor l'imite malgré lui : sur l'écran, un footballeur s'apprête à tirer un corner en scrutant depuis un coin du terrain la surface de réparation de l'adversaire. Avant que le joueur puisse frapper dans le ballon, Carrasco se tourne une nouvelle fois vers Melchor et ses pupilles le fixent avec une acuité inquisitrice.

— Vous avez entendu parler de Rafael Mattson ?

Sur le coup, Melchor ne comprend pas la question, comme si elle était hors sujet ou mal formulée.

— Le financier ?

— Le financier, le magnat, le philanthrope, le grand homme, répond Carrasco. Il a une maison ici, à côté, à Formentor. Une villa, plutôt. Il est probable que votre fille se trouve là-bas. Ou qu'elle soit passée par là.

Melchor est pétrifié. Durant un instant, il se demande si cet homme a toute sa tête.

— En tout cas, c'est par là que vous devez commencer à chercher, nuance Carrasco.

Toujours sidéré, Melchor se souvient de l'avertissement de son informateur anonyme : "Ce que Carrasco vous dira pourra vous sembler complètement fou, mais c'est la vérité. Écoutez-le attentivement."

— Comment vous le savez, demande Melchor. Comment vous savez que ma fille... ?

— Je ne le sais pas. – À présent, c'est Carrasco qui ne le laisse pas terminer. – Je l'imagine. Et j'ai beaucoup d'imagination. Un policier qui n'en a pas n'est pas un policier.

— Vous êtes policier ?

— Je l'ai été. Mais je ne le suis plus. Guardia Civil. Voilà pourquoi je sais que Benavides n'est pas un bon à rien mais un corrompu. Et que Mattson est un prédateur sexuel.

— Benavides est à la solde de Mattson ?

— Vous apprenez vite.

— Moi aussi, j'ai été policier.

— Vous ne me l'avez pas dit.

— Vous ne me l'avez pas demandé. Benavides est donc à la solde de Mattson ?

— Benavides et je ne sais combien d'autres personnes. Dont le capitaine de la police judiciaire d'Inca et deux ou trois magistrats des tribunaux d'Inca, à commencer par le juge doyen. Sur cette île, celui qui n'est pas à la solde de Mattson sait qu'il y a des choses sur lesquelles il vaut mieux ne pas poser de questions... Mattson tient un tas de gens par les couilles. Sur cette île et au-delà de cette île. Voilà pourquoi il fait ce qu'il veut. – Carrasco tend la paume de sa main à Melchor, comme s'il mendiait. – Vous avez l'enregistrement sur vous ? Je veux dire, celui de votre fille sortant de Chivas la nuit de sa disparition.

Afin qu'ils puissent voir les images avec la meilleure définition possible, Melchor envoie l'enregistrement depuis son portable à l'adresse électronique de Carrasco, qui prend son ordinateur, met ses lunettes, ouvre le fichier que Melchor vient de lui transférer et, suivant ses instructions, retrouve l'image des deux filles à la sortie de la boîte de nuit.

— C'est ce que je vous disais.

Après quelques secondes, Carrasco pointe l'index sur la fille qui accompagne Cosette.

— Elle s'appelle Diana Roger. C'est l'une des entremetteuses de Mattson.

— Entremetteuses ?

— Des filles qui recrutent d'autres filles pour cette ordure. Il en a quelques-unes dans l'île. Ses propres victimes, qui travaillent maintenant pour lui. Benavides a vu ces images ?

— Bien sûr. Je les lui ai données ce matin.

— Erreur. Cela veut dire que Benavides sait déjà que vous savez. Ou que vous êtes en mesure de savoir.

À ce moment-là, comme alerté par un sixième sens, l'ancien *guardia civil* enlève ses lunettes et reporte son attention sur l'écran de télévision, où plusieurs footballeurs fêtent un but en se donnant l'accolade, euphoriques, à une extrémité du gazon. Tandis que Carrasco examine la répétition de l'action ("En plein dans la lucarne", murmure-t-il), Melchor se demande à nouveau si cet homme est fou et si tout ce qu'il lui a raconté ne serait pas un simple délire, s'il ne serait pas victime d'une bouffonnerie macabre qui lui fait perdre son temps ; puis il se rappelle l'avertissement de son informateur et se répète qu'il n'a rien à perdre, et il est sur le point de demander à Carrasco l'adresse de Mattson quand son téléphone sonne. C'est Paca Poch. Melchor hésite à prendre l'appel.

— Allez-y. – L'ancien *guardia civil* se lève de son fauteuil. – C'est peut-être important. Vous voulez un café ? Vous et moi, on a pas mal de choses à se dire.

Melchor sort dans la cour sans répondre à Carrasco.

— Le mail que tu as reçu a été envoyé du tribunal d'Inca, lui lance la sergente. Plus précisément, depuis un ordinateur du tribunal d'instruction numéro un. Le plus curieux, c'est que cette adresse a été créée ce matin et n'a servi que pour envoyer ce message, elle a été supprimée juste après. Ça a du sens pour toi ?

Avant qu'il puisse dire non, Melchor se souvient du fonctionnaire à la canne qui l'a reçu au tribunal d'Inca, avec la secrétaire juridique.

— Je ne sais pas, dit-il, tout d'un coup certain qu'en effet, ça a du sens. Je peux te demander un dernier service ?

— Et même un avant-dernier.

Melchor la prie de trouver tout ce qu'elle pourra sur Damián Carrasco.

7

— N'allez pas croire que cette maison m'appartient, l'avertit Carrasco quand il revient dans la cuisine. Le propriétaire est mon ami Biel March, il ne veut pas la vendre aux touristes. Il me la loue pour trois fois rien et en échange je m'en occupe. Je ne suis pas vraiment un locataire, plutôt un métayer. Mais la maison est magnifique et il ne se passe pas un mois sans qu'un acheteur vienne dans le coin et fasse une offre. Je vous ai pris pour l'un d'eux.

Carrasco parle avec aisance tandis qu'il remplit de café moulu le filtre d'une cafetière, l'emboîte dans le réservoir d'eau, visse le compartiment supérieur et la pose sur l'un des deux feux d'un réchaud à gaz. Melchor constate qu'il lui reste quelques cheveux sur l'occiput ; il remarque également les pectoraux durs et le ventre plat sous le débardeur, les bras puissants, les épaules droites et le cou robuste et sans un pli : Carrasco a certes le regard d'un vieil homme, mais physiquement il est bien conservé. Observant son hôte, Melchor décide que, avant d'entériner son hypothèse – selon laquelle Cosette peut se trouver dans la villa de Mattson à Formentor, ou aurait pu y faire un passage –, encore doit-il s'assurer qu'elle est fondée.

— Vous me parliez de Rafael Mattson, lui rappelle Melchor tandis que Carrasco allume le feu avec une allumette. Vous m'avez dit que c'est un prédateur sexuel. Qu'il tient un tas de gens par les couilles.

— Un tas, oui. – Carrasco éteint l'allumette d'un souffle. – Quelques-uns sont à sa solde. Aux autres, il leur fait un cadeau de temps en temps. Et tout le monde sait qu'il vaut mieux être en bons termes avec lui, ou en tout cas ne pas fourrer son nez là où ça ne le regarde pas. Inutile de vous dire que pour Mattson, l'argent qu'il dépense pour que ces gens la bouclent c'est de la menue monnaie…

Il jette l'allumette à moitié brûlée dans un cendrier immaculé et continue :

— Mais, bien entendu, ce n'est pas seulement une question d'argent. Il y a du beau monde, qui est passé par sa maison : des magistrats, des ministres, des célébrités, des journalistes vedettes, des banquiers, des présidents du gouvernement… *La crème de la crème**. Et comme la maison est bourrée de caméras, Mattson les a tous filmés. Vous voyez un peu ?

— Je ne suis pas sûr.

— Qu'est-ce que vous ne comprenez pas ?

— Ce que Mattson filme…

— Ce que vous êtes en train d'imaginer : les orgies qu'il organise pour ses invités et, bien sûr, ses propres orgies, parce que lui, dans le genre narcissique, c'est un cas d'école.

Carrasco s'approche d'une armoire, sort deux tasses à café et deux petites cuillères qu'il dépose à côté de l'évier ; soudain, comme s'il venait de se rappeler quelque chose d'important, il se tourne vers Melchor.

— Dites, Benavides vous a montré le carton des affaires non résolues ?

Melchor acquiesce. Carrasco, en guise de réponse, affiche un sourire sarcastique.

— Évidemment.

Appuyant le bas du dos contre le bord de l'évier et croisant les bras, il s'explique :

— Il devrait en avoir honte, mais il adore montrer ce carton. Normal, après tout c'est son grand alibi : il fait ce qu'il peut, il est débordé, il n'a pas les moyens… Mon cul. En réalité il ne veut rien faire.

— C'est l'impression que j'ai eue.

— Impression tout à fait juste. Et que vous avez eue parce que vous avez été flic. Les autres ne l'ont pas, donc ils avalent

* En français dans le texte.

les bobards de Benavides sans demander leur reste. – Carrasco décroise les bras et, ouvrant grands les yeux, fait un pas vers Melchor. – Écoutez, la seule chose qui soit vraie, c'est que ces affaires ne sont jamais résolues. On archive les dossiers, ils se perdent, on les laisse disparaître. Ce n'est pas seulement le fait de Benavides, bien sûr, il a de l'aide dans les tribunaux d'Inca, et pas qu'un peu… – Carrasco passe les jointures de sa main droite sur le bout de son nez, comme s'il le piquait. – Attention, ne me faites pas dire ce que je n'ai pas dit. Je ne prétends pas que toutes les filles qui disparaissent dans cette zone vont se perdre chez Mattson. Ce que je dis, c'est que certaines disparaissent là-bas. D'autres non. Beaucoup, en tout cas.

— Et elles réapparaissent ?

— La plupart, oui. – Le café commence à bouillir dans la cafetière et Carrasco recule jusqu'au frigo pour prendre un torchon. – Il y en a qui réapparaissent au bout d'un temps. D'autres restent avec Mattson ou avec les gens de Mattson, elles travaillent pour lui ou lui tiennent compagnie, que sais-je encore. Celles qui disparaissent sont probablement mortes. Certaines sont d'ici, originaires de l'île, des filles banales, mais il s'agit majoritairement de touristes… Enfin, cette maison est un trou noir. Vous savez pourquoi Mattson l'a fait construire précisément ici ?

Melchor ne dit rien.

— Parce qu'il y passait ses étés quand il était enfant, se répond à lui-même l'ancien *guardia civil*. À Andratx. Sa famille avait une maison sur le port. En fait, c'est là que son père et sa mère se sont rencontrés, durant les vacances d'été. Son père était suédois et sa mère espagnole, de Madrid, c'est pour ça qu'il parle si bien le castillan, c'est sa langue maternelle. Et c'est pour ça qu'il a fait construire la maison de Formentor, pour en faire sa garçonnière. Touchant, pas vrai ?… Bien évidemment, sa femme et ses enfants ne mettent presque jamais les pieds ici, ils vivent à New York et l'été ils vont généralement dans une autre maison qu'ils ont aux Hamptons, ou sur l'île de Fårö, dans la mer Baltique, la moitié de l'île leur appartient… Mais dès que Mattson pointe son nez par ici, quelle que soit la saison, ses gens se déploient dans la zone pour lui trouver de nouvelles filles. Et il est là depuis une semaine.

— C'est ce qui vous fait croire que ma fille est chez lui ?

— Exact.

Le café bout depuis plusieurs secondes déjà. Carrasco saisit la cafetière avec le torchon et, tournant le dos à Melchor, qui sent une pelote d'angoisse lui boucher la gorge, il remplit soigneusement les deux tasses qu'il vient de sortir de l'armoire. Autour de lui, la cuisine est éclatante de propreté ; c'est une cuisine de ferme traditionnelle, avec une cheminée surmontée d'une hotte, une table en bois brut entourée de chaises et de tabourets, un abreuvoir, une étagère où s'alignent jarres, vases, assiettes et tasses en céramique, une cuisinière à bois hors d'usage et un mur hérissé de crochets d'où pendent des ustensiles de cuisine : une poêle, une passoire, un mortier, une louche, une spatule.

— Vous savez ce qu'on apprend, avec l'âge ? réfléchit Carrasco à voix haute pendant qu'il achève de verser le café. Que tous les lieux communs sont vrais ou qu'ils contiennent une part importante de vérité. Et que celui qui les méprise est un idiot… Dites-moi, combien de fois dans votre vie vous avez entendu dire que tout le monde a un prix ?

Carrasco se tourne, la cafetière dans la main et, avec une sorte de satisfaction, il ajoute :

— Eh bien, c'est gravé dans le marbre. C'est quelque chose que les gens comme Mattson savent dès leur naissance. Et que moi je n'ai appris que grâce à Mattson.

Melchor intervient :

— Et vous, quel est votre prix ?

À peine formule-t-il cette question qu'il la regrette, bien qu'il soit trop tard pour rectifier. Dans les yeux de Carrasco, la satisfaction se mue en intérêt teinté de curiosité, un très léger sourire semble danser sur ses lèvres et une profonde ironie dans ses yeux, comme si cette question n'était pas une question mais la solution ou la clé d'une énigme qu'il ne chercherait même pas à déchiffrer. Carrasco montre une tasse de café et, pour toute réponse, il dit :

— Vous prenez du sucre ?

Melchor répond que non, Carrasco lui apporte le café, et après l'avoir remué pour ne pas se brûler la gorge, il le boit d'un trait et laisse la tasse dans l'évier.

— Comment est-ce que je peux être sûr que ce que vous m'avez raconté est vrai ? demande Melchor.

Carrasco a un moment de doute, ou c'est du moins ce que Melchor lit sur son visage : le sourire et l'ironie ont disparu et c'est une expression d'interrogation qui les remplace, comme si à présent c'était l'ancien *guardia civil* qui chercherait à le juger.

— C'est facile, répond Carrasco.

Il prend sa tasse vide et la pose à côté de la cafetière.

— Accompagnez-moi.

Suivi par Melchor, l'homme ouvre une épaisse porte en pin dans un coin de la cuisine et entre dans une pièce au plafond bas et au sol de pierre rugueuse, qui devait autrefois tenir lieu d'écuries en déduit Melchor, et il y voit un frigo, une mangeoire, deux grandes burettes d'huile et deux jarres de la taille d'un homme. Se rendant jusqu'à un recoin plongé dans la pénombre, Carrasco fouille entre les poutres du plafond, en fait descendre un escabeau en bois que l'obscurité empêchait de voir, et le cale au sol. Ceci fait, il gravit les marches puis disparaît par une trappe.

— Montez, entend alors Melchor. Ne restez pas là.

Melchor lui obéit, grimpe à sa suite et, parvenu en haut de l'escabeau, se retrouve dans un grenier à foin transformé en une pièce sous comble dont le toit en pente lui permet tout juste de tenir debout sans incliner la tête. Sont disposés dans la pièce un grand coffre, un lit de camp, un bureau, des chaises et des meubles à archives ; mais ce qui attire surtout l'attention de Melchor, ce sont les murs, couverts de photos, de coupures de presse, de photocopies, de graphiques, de diagrammes, de dessins, de croquis et de toutes sortes de documents – des centaines, des milliers de documents – en lien avec Rafael Mattson. Promenant un regard stupéfait autour de lui, Melchor sent que cet endroit a la forme exacte d'un de ces cauchemars irrespirables où le vertige de la lucidité se confond avec celui de la folie.

— Dix ans de travail, murmure Carrasco comme pour lui-même en regardant attentivement autour de lui.

Mais il s'extrait vite de son absence et, d'une voix atone et dénuée d'orgueil, il s'adresse à Melchor :

— C'est ce que vous avez ici : dix ans de travail. Bon, de travail et de préparatifs.

Durant la demi-heure qui suit, Melchor écoute le récit que Carrasco dévide avec une précision objective, arpentant l'ancien grenier à foin tel un animal dans sa tanière, comme s'il ne racontait pas sa propre histoire, mais celle d'un autre, ou comme s'il la racontait pour la première fois.

Le récit démarre douze ans plus tôt, quand l'ancien *guardia civil* était capitaine et tout juste promu chef du poste de Pollença. Depuis son entrée dans la Guardia Civil, sa carrière l'avait mené d'un endroit à l'autre, à la tête de missions très exigeantes, sur lesquelles il n'apporte aucune précision. Puis vint un jour, cependant, où il s'éprit d'une femme qui lui imposa comme condition *sine qua non* pour que leur relation se poursuive, d'abandonner cette existence d'aventurier. Carrasco, follement amoureux, accepta. Ils se marièrent, s'installèrent à Bilbao, et eurent deux enfants.

— L'époque la plus heureuse de ma vie, dit Carrasco. J'avais ma femme, j'avais mes deux enfants, j'avais un poste tranquille dans la caserne de La Salve… Mais on croit toujours pouvoir faire mieux. Grave erreur.

La promotion au grade de capitaine offrit à Carrasco l'opportunité de choisir une nouvelle destination. Devenir le chef du poste de Pollença ne semblait pas professionnellement attirant, et n'était même pas à la hauteur de son nouveau grade – normalement, le chef d'un poste de cette taille était plutôt lieutenant –, mais le fantasme d'une nouvelle vie dans un petit village de bord de mer, loin du monde ou de ce qui jusqu'alors était son monde, l'attira comme un aimant, et il n'eut aucune peine à convaincre sa femme que cet endroit paradisiaque était le lieu idéal pour regarder grandir leurs enfants durant les années suivantes.

Au début, cela sembla une décision judicieuse. Sa femme et ses fils étaient contents du changement ; son travail n'avait rien de compliqué ; sa vie au village s'annonçait paisible. Jusqu'au jour où il croisa le chemin de Mattson. Carrasco se souvient exactement comment cela se produisit. Un matin, à peine quatre mois après son affectation à Pollença, une femme se présenta au poste au motif que sa fille avait été violée dans la demeure du magnat.

— C'était une femme de condition modeste, une Équatorienne, précise Carrasco. Ana Lucía Torres, elle s'appelait, jamais je n'oublierai ce nom. Elle travaillait comme femme de ménage dans un hôtel, elle était divorcée, et sa fille, une adolescente, vivait avec elle. Elle était en larmes.

À cette époque, Mattson était déjà l'un des hommes les plus riches du monde et il venait de faire construire sa villa de Formentor. Selon Carrasco, il n'avait pas encore achevé de mettre en place à Majorque le réseau de complicités et le système de pots-de-vin qui le rendraient invulnérable. Dans ce cas précis, il n'en avait pas besoin. L'équipe de la police judiciaire lança une enquête, qui fut vite refermée, la femme ayant retiré sa plainte. Le fait ne mit pas la puce à l'oreille de Carrasco : dans des cas semblables, ce type d'arrangement en sous-main n'est pas rare. Il ne lui mit pas la puce à l'oreille, mais il le mit sur ses gardes.

Peu après, l'épisode se répéta à quelques variantes près, et presque au même moment une fille disparut, alors qu'elle avait été vue pour la dernière fois sur la terrasse de l'hôtel Formentor, en compagnie d'un groupe de clients qui logeaient chez Mattson. Cette fois, l'enquête fut plus poussée et plus longue, et Carrasco commença à détecter des irrégularités : des lenteurs et des maladresses inexplicables, des preuves non exploitées ou mal exploitées et au mauvais moment, des témoins qui ne voulaient pas déposer après avoir été prêts à le faire. Les justifications du chef de l'équipe de police judiciaire – un adjudant du nom de Martín, qui avait pris ce poste douze ans plus tôt – ne le convainquirent pas et il fit remonter le dossier à ses supérieurs à Inca et à Palma.

— Au début, ils ont fait comme si de rien n'était, dit Carrasco. On m'envoyait balader… Mais j'ai insisté encore et encore, et j'ai fini par obtenir qu'on enlève à Martín le commandement de son unité. Devinez qui j'ai proposé pour le remplacer ?

Melchor garde le silence.

— Benavides, répond Carrasco pour lui. Il travaillait avec Martín, mais il n'était pas son remplaçant naturel. Il avait l'air d'un type capable et honnête. Et je m'entendais bien avec lui. – Carrasco sourit sans joie. – Et j'ai merdé. Méfiez-vous des gens qui ont l'air honnête.

Benavides ne retrouva pas la fille disparue, mais la destitution de Martín valut à Carrasco l'animosité de tout le personnel, qui considéra ce changement comme un acte arbitraire. En outre, dès qu'il prit ses fonctions, Benavides se mit à conspirer contre lui ("Il y a des gens qui ne peuvent pas tolérer qu'on leur rende un service", remarque l'ancien *guardia civil*), et Carrasco commença à soupçonner ses subordonnés de savoir des choses qu'il ne savait pas, de lui cacher des informations qui, d'une façon ou d'une autre, menaient toujours à Mattson ou avaient un lien avec lui. Carrasco n'était plus en situation de demander le remplacement de Benavides, et les mois qui suivirent, les plaintes pour abus sexuels classées sans suite ou les plaintes qui restaient lettre morte se multiplièrent. À la fin, las de tant de négligence et de tant d'incompétence (ou de ce qu'il considérait encore comme de l'incompétence ou de la négligence), après la disparition d'une autre fille, Carrasco intervint personnellement dans l'affaire et prit le commandement de l'enquête en court-circuitant Benavides et son équipe, censés s'en occuper.

Ce fut alors que les choses se compliquèrent vraiment. Un jour, son épouse lui rapporta qu'elle avait eu l'impression d'avoir été suivie par deux hommes alors qu'elle faisait un aller-retour à Pollença. Carrasco n'accorda pas plus d'importance que ça à l'incident, mais un autre jour, son épouse lui raconta qu'un homme s'était approché d'elle (qui prenait le soleil à la Cala Sant Vicenç, avec leurs enfants) et l'avait menacée : il lui avait demandé de dire à son mari de faire très attention et de ne pas fourrer son nez là où il ne devait pas. Ce second épisode inquiéta l'épouse de Carrasco au plus haut degré et, à la fin d'une dispute conjugale qui se solda par des pleurs, elle pria le *guardia civil* de demander au plus vite sa mutation. Carrasco refusa : il promit à son épouse que cela ne se reproduirait plus, mit sa femme sous protection et ordonna à plusieurs hommes de confiance ou qu'il croyait de confiance de mener l'enquête. Celle-ci n'avait encore donné aucun résultat quand un après-midi, une femme vint au poste et demanda à lui parler. Carrasco se souvenait très bien d'elle : d'âge mûr et svelte, les cheveux argentés, impeccablement habillée, avec un vague air de cigogne. Elle se présenta comme avocate de Mattson ; selon ses dires, elle venait expressément de Barcelone pour le voir.

— Font, c'était son nom, se rappelle l'ancien *guardia civil*, qui la reçut dans son bureau. Au début, je n'ai pas compris ce qu'elle voulait, ou peut-être que je l'ai compris mais j'avais du mal à le croire. Alors, elle a arrêté de tourner autour du pot. Elle m'a dit de foutre la paix à Mattson. Et que si je lui foutais la paix, il me récompenserait comme il se devait, mais que si je continuais à lui chercher des poux, il me pourrirait la vie. Elle ne me l'a pas dit comme ça, bien évidemment, elle me l'a dit sans me le dire, à mots couverts, mais on ne peut plus clairement. Avec la plus grande amabilité. Avec le plus grand calme. Comme si elle ne me proposait pas de commettre un délit mais de contribuer au bien-être de l'humanité.

— Et qu'est-ce que vous avez répondu ? demande Melchor.

— Une idiotie. Ou, pour le moins, une insolence. Je lui ai dit de sortir immédiatement de mon bureau ou je l'envoyais au trou. Et vous savez ce qu'elle a dit ? – Carrasco fait une pause. – Rien. Elle a seulement souri. Elle a souri, elle s'est levée et elle est partie… Ah, ce sourire. Celui-là non plus, je ne l'oublierai jamais.

— Pourquoi vous n'avez pas dénoncé cette femme ?

— Quelle question ! Pour la même raison que je ne pouvais pas l'envoyer au trou. Comment est-ce que j'allais prouver qu'elle avait dit ce qu'elle avait dit ? C'était sa parole contre la mienne… Toujours est-il que cette femme a mis sa menace à exécution. Mais pour être franc, ce qui m'emmerde le plus ce n'est pas ça. Ce qui m'emmerde le plus, c'est comment elle s'y est prise. Ou, plutôt, comment je l'ai laissée s'y prendre. Le truc le plus vieux au monde. – Carrasco fait claquer sa langue et sourit sans joie. – Pour tout vous dire, je me suis comporté comme un bleu.

À ce moment-là, la Guardia Civil et la police nationale de Majorque enquêtaient depuis plusieurs mois sur un cartel de drogue qui sévissait dans tout l'archipel et, peu après la visite de l'avocate de Mattson, une opération fut déclenchée contre ce réseau, au cours de laquelle on arrêta douze personnes dont l'une déclara lors des interrogatoires ultérieurs que le chef du poste de la Guardia Civil de Pollença avait des liens avec leur organisation. Le jour même, les agents de la Guardia Civil du commandement de Palma firent irruption dans la maison de Carrasco, mirent la main sur deux cents grammes de cocaïne et trois cent mille euros en billets de cinquante qui se trouvaient dans son armoire. Carrasco fut arrêté, interrogé et jugé, et il eut beau proclamer aux quatre vents que ni la cocaïne ni l'argent n'étaient à lui et qu'il était victime d'un complot ourdi contre lui pour n'avoir pas cédé aux demandes de Mattson, il fut révoqué et condamné à huit ans de prison, dont il ne fit que deux ans et demi.

— Je vous laisse imaginer le reste, conclut Carrasco. Ma femme n'a pas pu supporter tout ça et elle m'a quitté. Je ne le lui reproche pas, moi aussi j'aurais certainement fait pareil. Mes enfants vivent avec elle. De temps en temps, ils viennent me voir… Quant à Mattson – Carrasco embrasse l'ancienne grange d'un geste ironiquement emphatique –, il est là, en train d'agir à sa guise.

Pendant que l'ancien *guardia civil* parlait, Melchor a essayé de l'imaginer cloîtré des années durant dans cette vieille maison perdue dans la forêt, pensant sans arrêt à Mattson, enquêtant à temps complet sur lui, consommé par la névrose de sa rancune et de son obsession. Quand Carrasco se tait, Melchor n'est toujours pas capable de se le représenter, ou pas entièrement, mais il se met debout et l'ancien *guardia civil* lui demande :

— Vous allez où ?

— Chez Mattson.

— Ne dites pas n'importe quoi. – Carrasco le freine en posant une main sur sa poitrine. Melchor regarde la main, et non Carrasco. – Vous imaginez que vous pouvez entrer ? Tout seul comme ça ? Une question, encore : et si votre fille n'est plus là-bas ? Et si elle y est, mais qu'on vous dit qu'elle n'y est pas ? Et si elle y est, mais qu'elle y est de son propre gré et ne veut rien savoir de vous ? Vous allez la sortir de force ?

Melchor lève le regard vers Carrasco.

— Ne soyez pas naïf, argumente l'ancien *guardia civil.* Il n'y a qu'une seule façon de récupérer votre fille, et c'est de détruire Mattson.

— Je ne veux pas détruire Mattson. Je veux seulement récupérer ma fille.

— Vous ne pouvez pas récupérer votre fille sans détruire Mattson.

Dans le grenier, l'affirmation de Carrasco tombe comme un verdict. Au même instant, le téléphone portable de Melchor sonne, et d'un regard il constate que c'est Paca Poch. Cette fois, Carrasco ne l'invite pas à répondre ; sentant que le récit de cet homme a désintégré la pelote d'angoisse qui lui obstruait la gorge, Melchor ne prend pas l'appel. Il a déjà décidé que, quoi que Carrasco dise, dès qu'il sortira de là il se rendra à Formentor, chez le magnat, mais il s'entend prononcer :

— Dites-moi alors comment détruire Mattson.

Dans la demi-lumière du grenier retapé, Carrasco plante ses yeux dans ceux de Melchor et il esquisse un sourire.

— Vous savez quoi ? dit-il. Ça fait des années que j'attends que quelqu'un me pose cette question.

— Et quelle est votre réponse ?

Carrasco enlève sa main de la poitrine de Melchor.

— Vous voulez un autre café ?

8

— Il n'y a qu'une seule façon de détruire Mattson, prétend Carrasco. Il faut entrer chez lui et saisir ses archives.

De retour dans le séjour, l'ancien *guardia civil* a repris sa place dans son fauteuil à oreilles et il a offert à Melchor une des chaises qui entourent la table en merisier, mais Melchor préfère rester debout. Tous deux ont à la main une tasse de café réchauffé. Face à Carrasco, à l'autre bout de la table, un concours de téléréalité a remplacé le match de football sur l'écran de télévision. La porte qui donne sur la cour laisse passer une large bande de lumière dorée qui teinte d'une couleur cuivrée les grosses mains veineuses de l'ancien *guardia civil*.

— Il faut forcer l'entrée, évidemment, continue Carrasco après avoir pris une gorgée de café. Ce n'est pas facile. La maison est très bien protégée, les archives encore plus, en réalité elles sont dans une pièce blindée. Des systèmes de sécurité hyper-sophistiqués sont installés partout, et il y a un bataillon de gens qui la surveillent jour et nuit, trois cent soixante-cinq jours par an. Entrer là-bas, c'est compliqué… Mais j'ai passé beaucoup de temps à chercher la façon de le faire et je l'ai trouvée. Du moins, j'ai découvert qu'il y a une opportunité. Une, et une seule : si on la rate, c'est foutu. C'est pourquoi il faut bien choisir le moment. – Il lève sa main libre et montre trois doigts. – Et pour cela, il faut du temps, des gens, de l'argent… Mais n'ayez crainte, on n'a pas besoin de beaucoup de temps, ni de beaucoup de gens, ni de beaucoup d'argent. Avec dix ou douze personnes, c'est tout vu, et avec quarante ou cinquante mille euros aussi, même moins, tout dépend qui s'en charge. Quant au temps, quelques semaines peuvent suffire, assez pour préparer l'opération et trouver le moment opportun pour la réaliser. En réalité, ce qu'il faut surtout, c'est de la volonté. Et l'envie d'en finir une fois pour toutes avec ce fils de pute.

Melchor s'apprête à répéter qu'il ne veut pas en finir avec Mattson mais seulement récupérer sa fille quand son téléphone sonne à nouveau. C'est encore Paca Poch.

— Laissez-moi finir, le prie Carrasco en montrant son portable. Vous verrez ça plus tard.

Comme plongé dans l'un de ces cauchemars où l'on agit contre sa propre volonté, Melchor éloigne de son esprit le grumeau d'idées qui l'assaillent – il est en train de perdre un temps précieux, sa fille n'a toujours pas réapparu, quoi que dise cet homme il devrait immédiatement se rendre chez Mattson – et, après avoir pris une gorgée de café, il demande :

— Dites-moi, il y a quoi dans les archives de Mattson ?

— J'appelle ça la chambre du trésor. – Carrasco vide lui aussi sa tasse, la pose par terre, à côté de lui, et met les mains sur les accoudoirs du fauteuil ; Melchor repense à un vieux guerrier, ou à un samouraï. – Mattson est un prédateur sexuel, alors vous pouvez imaginer ce qu'il conserve là-dedans. Photos, vidéos, papiers, trophées de ses victimes…

— Trophées ?

— Bien sûr, sous-vêtements, bracelets, boucles d'oreilles, poils pubiens, vieux chewing-gums, tout. Il se peut aussi qu'il y ait des parties de corps conservées dans du formol, des lobes d'oreilles, des dents ou des tétons… Enfin, tout ce dont un prédateur a besoin pour revivre le moment où il a abusé de ses victimes. – Carrasco passe à nouveau les jointures de sa main droite sur le bout de son nez. – Il faut donc pénétrer dans cette chambre, prendre le disque dur de l'ordinateur dans lequel Mattson conserve les photos et les vidéos et, si possible, photographier le reste. Ensuite, il faut rendre tout ça public, que tout le monde sache quel genre d'individu est Mattson. – Carrasco enlève les mains des accoudoirs et, presque sans bruit, les repose. – Voilà comment en finir une bonne fois pour toutes avec cet homme.

Carrasco scrute Melchor comme s'il essayait de lire sur son visage l'effet de ses explications, ou comme s'il attendait sa réaction ; mais Melchor ne réagit pas, et son silence s'ajoute au silence de la maison et de la forêt qui l'entoure. Puis, soudain, Carrasco se lève du fauteuil, arrache une feuille du cahier qui repose sur la table en merisier, prend un stylo-bille et écrit quelque chose.

— Réfléchissez bien. – L'ancien *guardia civil* plie le papier en deux et le lui tend. – Rendez-moi ce service. Si vous décidez de me donner un coup de main, vous avez là mon numéro de téléphone. Appelez-moi et on en reparle. Ça fait longtemps que j'attends cette occasion. – Carrasco lui met le papier dans la main et la referme dessus. – À vous de décider si ce type doit continuer à faire des siennes. Mais n'oubliez pas ce que je vous ai dit : vous ne récupérerez pas votre fille sans détruire Mattson.

À peine Melchor a-t-il mis un pied en dehors de la maison qu'il appelle Paca Poch.

— Cosette a essayé de nous embobiner, affirme la sergente. Elle n'était pas à Milan quand tu as reçu le WhatsApp.

— Tu es sûre que c'est elle qui l'a envoyé ? réplique Melchor, les paroles de Carrasco résonnant encore dans ses oreilles tandis que les aiguilles de pin qui tapissent le jardin de Can Sucrer crissent sous ses pieds. Elle était où ?

— À Pollença. Près de Pollença, en fait.

— À Formentor ?

— Comment tu le sais ?

— Je te raconterai plus tard.

Il ouvre la barrière de la ferme.

— Dis-moi, son portable est connecté ?

— Là maintenant, je ne sais pas, mais il y a cinq minutes il ne l'était pas. Plus exactement, la dernière fois qu'elle l'a allumé, c'était pour t'envoyer un WhatsApp. Elle l'a fait depuis Formentor.

— Merci mille fois, Paca.

— Autre chose, poursuit la sergente.

Melchor ouvre la portière de la Mazda et s'assoit au volant.

— Tu voulais savoir, pour ce type, Damián Carrasco. Je t'ai envoyé un mail avec des infos sur lui.

— Vas-y, annonce.

— Un sacré numéro. Il y a neuf ans, il était chef de la Guardia Civil au poste de Pollença. Jusque-là, il avait un dossier impeccable. Plus qu'impeccable, en fait. Il avait passé pas mal d'années à l'USI.

— L'Unité spéciale d'intervention ?

— Exact. Un dur à cuire. Mais la douceur des îles, ou autre chose, l'a ramolli. Bref, il s'est fait choper avec une sacrée quantité de drogue chez lui. Apparemment, il collaborait avec un cartel de narcos qui opérait partout dans les Baléares. Il s'est pris un paquet d'années de taule. La disparition de Cosette a quelque chose à voir avec ce bordel ?

— Peut-être, avance Melchor.

Il démarre la voiture et reprend :

— Ça aussi, je te raconterai plus tard. Maintenant, tu vas me rendre un autre service. Tu sais qui est Rafael Mattson, n'est-ce pas ?

— Qui ne le sait pas ?

— Il a une maison à Formentor. Cherche-la et envoie-moi son adresse.

— Ça roule. Putain, ne me dis pas que Cosette est là-bas.

— C'est bien ce que je compte chercher à savoir tout de suite.

Melchor raccroche, appelle Blai et, en même temps qu'il conduit, remarque que le volant oppose une résistance, ce qu'il attribue au fait qu'il roule sur un chemin de terre.

— T'as vu le mail de Cortabarría ? commence par demander le chef du commissariat de la Terra Alta.

— Non.

— Regarde-le. Il vient de l'envoyer. Il a identifié la fille qui sortait de la boîte de nuit avec Cosette. Elle s'appelle Diana Roger.

Melchor dit à son ami qu'il le savait déjà et lui rapporte la conversation qu'il vient d'avoir avec Carrasco quand, dans un virage, juste après avoir rejoint la route de la Vall de Colonya, il remarque que la voiture l'entraîne vers le fossé.

— Putain de merde, jure-t-il en freinant. Je crois que j'ai crevé. Attends une minute, Blai.

Il raccroche, descend de son véhicule et constate qu'en effet, le pneu avant droit est tout aplati entre la jante et l'asphalte, comme un reptile écrasé. Melchor s'apprête à changer le pneu en continuant de pester quand une voiture s'arrête derrière la Mazda, bloquant quasiment la route. Un homme et une femme, jeunes, en descendent ; ils s'approchent de lui en souriant.

— Vous avez besoin d'aide ?

Il se réveille étendu face à une grande fenêtre donnant sur la mer. Une douleur intense occupe toute sa tête et se diffuse, compacte et vibrante, dans son corps, comme si quelqu'un avait manipulé une perceuse silencieuse à l'intérieur de son cerveau. Le jour tombe à l'horizon. Plus près, à quelques centimètres à peine, ses yeux distinguent tout juste, entre deux clignements, la surface brillante d'un parquet et le revêtement usé d'un tapis de gymnastique mauve.

Dans un effort lancinant, Melchor se redresse légèrement et appuie les omoplates contre un espalier. Au même instant, on lui présente devant la bouche un verre d'eau et une tablette contenant deux comprimés ; Melchor lève le regard : une femme aux traits latino-américains, en tenue de domestique, se penche vers lui :

— Avalez ça, murmure-t-elle dans un espagnol chantant en l'encourageant à prendre les comprimés. Ça vous fera du bien.

Melchor lit sur la tablette le nom Gelocatil, extrait les deux comprimés, les avale avec de l'eau et, tandis qu'il essaie de surmonter sa migraine, il se rend compte que l'endroit où il se trouve est un gymnase : vélos d'appartement et elliptiques, tapis roulants, haltères en tous genres et de toutes les tailles, roues abdominales, rameurs, stimulateurs musculaires, barres de traction et ballons de Pilates. Il ne comprend pas ce qu'il fabrique là, et il a beau faire, il n'a aucun souvenir de ce qui s'est passé après que les deux jeunes lui ont offert leur aide à la sortie de Can Sucrer.

Vingt-cinq minutes plus tard, quand la douleur n'est plus qu'un écho lointain dans sa tête et qu'il a réalisé qu'il lui est impossible de sortir de cet espace rectangulaire éclairé par de petits points de lumière encastrés dans le plafond (à l'horizon, de l'autre côté de la fenêtre, un résidu de lumière violette flotte encore), une des portes s'ouvre et apparaît dans la salle un homme que Melchor reconnaît immédiatement, non pas parce que les médias diffusent son image depuis des années, mais parce que cet après-midi même il a vu son visage multiplié jusqu'au délire sur les murs du grenier de Can Sucrer.

— Bienvenue chez moi, monsieur Marín, le salue joyeusement l'homme en ouvrant les bras dans un geste hospitalier. Vous ne pouvez pas imaginer combien je regrette ce malentendu.

Soudain, alors qu'il semblait sur le point de serrer les mains de Melchor, l'homme s'arrête net, à un mètre et demi de lui, comme s'il redoutait d'attraper une maladie contagieuse. Mattson, en chair et en os, affiche ce sourire resplendissant et aimable et cet air cardinalice qu'il arbore sur tant de photographies, même si, comme sur tant de photographies, ses vêtements semblent ceux d'un professeur émérite de Harvard en vacances : chaussures de sport, pantalon beige à pinces et pull angora violet, avec un col en V d'où sort une chemise d'un blanc immaculé. Ses traits sont lisses, comme érodés par l'âge et, derrière les verres allongés de ses lunettes à monture rouge, que les médias ont rendues iconiques, dans ses yeux d'un bleu intense perce un soupçon d'inquiétude.

— Dites-moi, comment vous sentez-vous ? s'enquiert-il, prévenant. Alexandra m'a dit que vous aviez très mal à la tête. Ce n'est pas étonnant, avec le coup que ces énergumènes vous ont donné… Alexandra est la gouvernante de cette maison, sans elle rien ne marche. Vous avez pris les analgésiques qu'elle vous a proposés ? Vous vous sentez déjà mieux ?

Melchor répond à ces deux questions par une troisième :

— Où est ma fille ?

Mattson affiche un air étonné.

— Votre fille ? Elle n'est pas ici, c'est sûr. Je crois qu'elle est partie hier soir. Ou peut-être ce matin. Je n'étais pas là… – L'homme troque son étonnement contre une sorte d'ironie bienveillante. – Ah, alors c'est vrai que vous avez vu le *guardia civil*… Quel cauchemar, mon Dieu. – Il n'y a plus d'ironie dans sa voix, sur son visage non plus ; juste un mélange de contrariété et de peine. – Je ne sais pas quelles atrocités il a pu vous raconter mais, croyez-moi, ce pauvre homme n'a pas toute sa tête. Je vous prie de ne pas le prendre au sérieux.

— Où est ma fille ? répète Melchor.

— Vous voyez ? Il vous a déjà monté contre moi… Dites-moi, qui vous a parlé de lui ? Comment avez-vous appris où il vivait ?

— Je vous ai posé une question.

— Et moi, je vous en ai posé deux.

À présent, Mattson sourit, une lueur espiègle dans le regard, comme si l'échange d'exigences l'avait amusé, et sur son visage lisse des rides envahissent son front et la commissure de ses lèvres ; aussitôt, sans se départir de son sourire, il retrouve son sérieux.

— Écoutez, comportons-nous comme des personnes raisonnables, vous voulez bien ?

— Dites-moi si ma fille est ici ou non.

Mattson soupire et, faisant mine de s'armer de stoïcisme, bouge la tête d'un côté et de l'autre.

— Bien sûr que non. Elle était là, mais elle n'y est plus. Quand est-elle arrivée ? Mardi, mercredi ? Je ne me souviens plus. Elle a débarqué avec une copine… La pauvre. Elle était un peu stressée, un peu perdue. C'est ce qui arrive à tant d'adolescentes, j'ai des filles moi-même, savez-vous ?… Elle nous a dit qu'elle s'était retrouvée seule, que la copine avec qui elle était venue à Majorque était partie et qu'elle n'avait pas d'argent pour payer l'hôtel. Alors on l'a accueillie du mieux que l'on a pu. C'est ce que je fais avec beaucoup de filles dans sa situation. Je les aide. Je leur donne une chance. Je parie que ça, le *guardia civil* ne vous l'avait pas dit.

— Où est-elle, maintenant ?

— Votre fille ? Je ne le sais pas. Ici non, certainement pas. Je crois qu'elle est partie hier soir. Ou peut-être ce matin. Je n'étais pas là et… Vous avez perdu votre portable ? Tenez, appelez-la avec le mien.

Melchor prend le téléphone que Mattson lui tend et appelle Cosette. Son portable est toujours éteint.

— Elle ne répond pas ? demande Mattson. Je vous l'ai dit, elle est un peu perdue. Je connais peu votre fille, mais elle m'a semblé une fille merveilleuse. Et si vous essayiez de l'appeler à son hôtel ? Vous êtes descendu dans le même, n'est-ce pas ?

Melchor utilise la connexion internet du téléphone de Mattson pour chercher le numéro de téléphone de l'hôtel Borràs.

— Je suis sûr qu'elle y est, vous verrez, reprend le magnat suédois. Savez-vous pourquoi je vous ai fait venir ici ? Pour vous présenter des excuses. Même si, à vrai dire, ce n'est pas ma faute, ce qui s'est passé... Non, vraiment, vous amener de force, quelle folie... Mais vous pouvez imaginer ça, il y a toujours des gens qui ont terriblement envie de me faire plaisir et parfois ils en font trop.

— Vous parlez de Benavides ?

Mattson hausse les sourcils d'un air interrogatif tandis que Melchor, qui vient de composer le numéro de l'hôtel Borràs, attend que l'on prenne son appel le téléphone collé à l'oreille.

— L'autre *guardia civil*, précise Melchor. Ils sont avec vous, ceux qui m'ont séquestré ?

Mattson plisse les yeux, acquiesçant avec résignation.

— Allez savoir ce qu'il avait en tête, se lamente-t-il. Sans doute une bêtise, il me semble que cet homme n'est pas très futé... En réalité, dès que j'ai appris ce qui s'est passé, j'ai exigé qu'on vous relâche et je vous ai fait venir ici, pour vous présenter personnellement des excuses. C'est la moindre des choses.

— Votre fille est revenue, annonce le gérant de l'hôtel Borràs à Melchor dès que celui-ci s'est présenté. Je l'ai emmenée dans votre chambre.

— Elle va bien ? s'enquiert Melchor.

— Je ne sais pas. Oui, je suppose.

— Vous supposez ?

— Je ne suis pas médecin. Elle semble fatiguée, ça oui. Mais elle n'est pas blessée et elle ne se plaint de rien.

— Ne laissez personne entrer dans cette chambre, lui demande Melchor. Mettez un serveur à la porte et attendez-moi à l'entrée de l'hôtel. J'arrive.

— Vous voyez ? Je vous l'avais dit qu'elle se trouvait là. – Mattson reprend son téléphone des mains de Melchor. – La preuve que ce malheureux ne raconte que des idioties ! Et, dites-moi : comment va votre fille ?

Se dirigeant vers la porte par laquelle Mattson est entré, Melchor ne répond à aucune de ses questions. Il l'ouvre pour sortir du gymnase, mais deux malabars impassibles lui barrent le passage.

— Non, non, s'il vous plaît, intervient Mattson derrière Melchor, pendant que celui-ci cloue son regard sur les deux inconnus.

Partez, si c'est ce que vous souhaitez, monsieur Marín. Vraiment. Vous êtes mon invité. Je voulais juste vous présenter des excuses et échanger quelques mots avec vous, on vient de me parler de vous et, croyez-moi, je suis très admiratif de ce que vous avez fait. Je pense à l'événement de Cambrils, bien sûr… Tuer quatre terroristes d'un coup n'est pas à la portée de tout le monde. Savez-vous combien de vies vous avez ainsi sauvées ? Je suppose qu'on vous l'a demandé plein de fois, mais…

— Dites à vos deux brutes que, s'ils ne me laissent pas passer tout de suite, je leur casse la gueule.

Derrière Melchor, Mattson lâche un rire affable, et les deux gardes du corps libèrent la porte.

— Vous êtes comme on vous a décrit.

Il ajoute :

— Pouvez-vous m'accorder une seconde, maintenant que, grâce à moi, vous avez déjà retrouvé votre fille, ou est-ce trop vous demander ?

Melchor se retourne. Mattson s'est approché de lui, mais sans enfreindre la distance de sécurité ; il tient encore dans la main le portable que Melchor vient de lui rendre.

— Écoutez, toutes sortes de légendes circulent sur moi, les unes plus absurdes que les autres. Vous le savez, n'est-ce pas ? Je veux dire que, à l'exception de l'attaque contre les tours jumelles, on m'a accusé de tout… – Une pause : à nouveau, fugacement, son sourire espiègle. – Quoique, maintenant que j'y pense, on m'a accusé de ça aussi… Enfin, ce que je veux dire, c'est que les gens s'ennuient beaucoup et, pour se distraire, ils ont besoin d'inventer des choses. Pour se distraire et pour donner du sens à ce qui n'en a pas, et surtout pour soulager leurs propres frustrations. Dans ce sens, je suis la cible idéale… Des gens comme moi, il en existe depuis que l'humanité existe, on nous appelle des boucs émissaires. On est faits pour que les autres nous accusent de tous les maux, évitant ainsi d'assumer leur part de responsabilité. Regardez par exemple ce qui arrive à cet homme, ce *guardia civil*… Comment s'appelle-t-il, déjà ?

— Carrasco.

— Carrasco, c'est ça, j'oublie toujours… Prenez son exemple et dites-moi : est-ce ma faute si sa vie a mal tourné ? Qui lui a demandé d'aller fréquenter les narcos ? Ça, il ne vous l'a pas dit, pas vrai ? Il ne vous a pas non plus raconté qu'il a passé je ne sais combien de temps en prison pour trafic de stupéfiants ? Ou alors, s'il vous l'a dit, sûrement qu'il m'en tient aussi pour responsable… C'est grotesque. Ce brave homme s'obstine à croire que je suis le démon et que cette maison est l'enfer, et il n'y a pas moyen de lui enlever cette idée de la tête. Il est convaincu que toutes les filles qui disparaissent sur l'île se trouvent ici. Vous ne vous rendez pas compte que c'est pure folie ?

Mattson fait une nouvelle pause, mais il ne quitte pas Melchor du regard. Dans son dos, la nuit a transformé la fenêtre qui donne sur la mer en un rectangle parfaitement noir.

— Je ne suis pas comme cet homme me décrit, continue Mattson. Comme lui me décrit et comme tant d'autres comme lui me décrivent… Je suis juste un homme qui a eu beaucoup de chance dans la vie et qui essaie d'aider ceux qui n'en ont pas eu autant. Je sais que ce n'est pas très original, mais c'est la vérité, et la vérité est souvent ennuyeuse… Dites-moi, croyez-vous que le monstre sadique que Carrasco vous a décrit investirait des millions de dollars tous les ans pour sauver les enfants qui souffrent de maladies et de malnutrition un peu partout dans le monde et risquent d'en mourir ? Ou bien Loving Children se consacre aussi à violer des filles égarées ? Pour l'amour de Dieu, réfléchissez-y un peu et vous comprendrez que c'est n'importe quoi.

— Je peux partir, maintenant ?

En une seconde, le visage de Mattson passe de la frustration à la résignation.

— Bien sûr, lâche-t-il. Mais promettez-moi de ne pas prendre au sérieux les films que se fait Carrasco.

— Bien sûr, répète Melchor. Si vous me dites qui a écrit le WhatsApp.

— Quel WhatsApp ?

— Celui qu'on m'a envoyé ce matin depuis le portable de ma fille. Il est parti d'ici. On voulait que je croie ma fille à Milan. Ça aussi, c'était Benavides ?

À présent, Mattson affiche une expression d'ignorance totale.

— Je ne sais rien à propos de ce WhatsApp. Je vous répète qu'aujourd'hui, je suis resté presque toute la journée dehors. Mais peu importe. – Il retrouve le sourire aimable et l'attitude hospitalière du début. – Je vois que je n'arriverai pas à vous convaincre que cet homme s'acharne sur moi et qu'il ne raconte que des salades à mon propos, comme tant d'autres… Bon, vous vous convaincrez vous-même. Quand vous le ferez, appelez-moi. Venez me voir, on discutera tranquillement. J'aimerais vraiment pouvoir vous aider, vous et votre fille. Ce soir, je dois partir, mais chaque fois que je le peux, je m'échappe et je viens ici, j'adore venir à Majorque, c'est le seul endroit où je peux oublier tout ce qui me préoccupe et me détendre un peu… – Il élargit son sourire et ouvre les bras dans un geste abbatial. – Enfin, je ne veux pas vous retenir plus longtemps. Mais, j'insiste, venez me voir et on discutera. Je suis sûr que je pourrai vous être utile.

En dix minutes à peine, Melchor parcourt le trajet qui sépare Formentor de Port de Pollença, les pneus de la Mazda crissant dans les virages des falaises surplombant la mer qui, à cette heure, est une grande toile sombre parsemée çà et là de petites lumières tremblotantes. Il gare la voiture sur la place Miquel Capllonch et, alors qu'il s'approche de l'hôtel Borràs, aperçoit à l'entrée, derrière la terrasse bondée, le gérant qui sautille comme s'il avait froid ou une envie pressante.

— Enfin, vous êtes là, lui dit l'homme en guise de salut et en lui ouvrant la porte. Votre fille est en haut.

— Elle va bien ?

— J'ai l'impression. Je crois qu'elle dort.

Melchor gravit les marches à la hâte, le gérant sur ses talons.

— Je vous ai téléphoné plusieurs fois, mais vous ne répondiez pas.

L'homme essaie de reprendre son souffle, peinant à suivre Melchor.

— Une voiture l'a laissée sur le trottoir, prostrée. C'est ce qu'on m'a dit. Je n'étais pas là. La pauvre… Je ne sais pas ce qui lui est arrivé, mais il lui est arrivé quelque chose.

Une fille est assise sur la dernière marche, absorbée par l'écran de son portable, mais en entendant Melchor et le gérant, elle bondit sur ses pieds et les laisse passer. Melchor pousse la porte de la chambre, qui se trouve pratiquement dans le noir, et allume la lumière. Cosette est allongée sur le lit, de dos, en position fœtale. Elle se retourne juste un peu, suffisamment pour distinguer Melchor dans la pénombre. Celui-ci s'assied précautionneusement près d'elle. Cosette reste une seconde à le regarder, les yeux mi-clos, comme si elle venait de se réveiller ou comme si elle ne le reconnaissait pas ; puis elle se redresse, se jette à son cou et murmure :

— Papa.

TROISIÈME PARTIE

TERRA ALTA

Cosette venait d'avoir dix-sept ans la seconde fois qu'elle eut honte de son père. Sauf que cette fois, non seulement elle en eut honte, mais elle le méprisa, elle eut le sentiment de s'être fait berner.

Tout avait commencé au début de sa dernière année de lycée, quelques mois avant le voyage à Majorque avec Elisa Climent, quand une nouvelle professeure de sciences physiques était arrivée à l'Institut Terra Alta. En réalité, la professeure n'était pas nouvelle : elle avait été titularisée à ce poste plusieurs années auparavant, mais était en congé depuis plus de cinq ans ; et elle ne faisait pas cours à Cosette qui, bien qu'ayant les sciences physiques comme matière, était dans un groupe dont une autre professeure avait la charge. Toujours est-il qu'un soir d'automne, alors que Cosette sortait de l'Institut en compagnie de deux copines, elle la croisa et, quand la professeure fut suffisamment loin, l'une des filles demanda à Cosette si elle savait qui était cette femme. Elle répondit que oui, évidemment : la nouvelle professeure de sciences physiques. La copine demanda si c'était tout ce qu'elle savait d'elle.

— Qu'est-ce que je devrais savoir d'autre ? répondit Cosette.

Son interlocutrice fit une grimace étrange, de perplexité ou de contrariété (comme si elle avait perçu une mauvaise odeur), regarda l'autre copine, se tourna vers Cosette, jeta un coup d'œil à droite et à gauche comme pour s'assurer qu'on ne les écoutait pas et, baissant la voix, elle développa :

— Son père était policier. Il a été condamné dans l'affaire Adell et il est resté des années en prison.

— Et c'est quoi, le rapport avec moi ?

— C'était un ami de ton père, argua la copine. C'est à cause de ton père qu'il a fini en prison. Ton père l'a dénoncé. Apparemment,

il avait aidé le meurtrier, ou celui qui a payé pour les meurtres. Tu ne le savais vraiment pas ?

Cosette s'empressa de mentir : elle dit que si, elle le savait, qu'elle avait fait semblant de ne pas le savoir pour déterminer ce qu'elles savaient, elle tint des propos un peu confus et, quand elle prit congé de ses copines, elle comprit que celles-ci ne l'avaient pas crue. "Cherche sur internet, lui dirent-elles à la fin. Tout y est."

Cosette ne chercha pas, ou pas immédiatement. De fait, immédiatement elle ne fit rien : elle n'osa même pas essayer d'évacuer le doute en interrogeant Rosa Adell sur cette affaire, encore moins son père ; elle n'en parla à personne. Elle s'efforça seulement d'oublier cette conversation, de faire comme si elle n'avait jamais eu lieu. Cependant, quelques semaines plus tard, après s'être convaincue sans arguments valables que ses copines n'avaient pas pu inventer cette histoire et que tout le monde autour d'elle la connaissait, Cosette recroisa la nouvelle professeure à l'Institut. Elles ne se saluèrent pas, mais Cosette eut la certitude que la femme savait qui elle était, parce qu'elles échangèrent un de ces regards qui ne disent rien et qui disent tout. Cette nuit-là, Cosette décida de découvrir la vérité.

Elle ne tarda pas à constater que ses copines avaient raison : tout ce qu'elle avait besoin de savoir se trouvait sur internet. La professeure, Claudia Salom, était la fille d'Ernest Salom, un policier qui avait passé un certain temps en prison en lien avec l'affaire Adell. Comme tout un chacun en Terra Alta, Cosette avait entendu parler de l'assassinat de l'entrepreneur le plus important de la comarque et de celui de sa femme, les parents de Rosa Adell, un double crime qui avait ébranlé le pays quatorze ans plus tôt, quand elle avait à peine trois ans. Ce que Cosette avait surtout entendu à ce sujet, c'étaient des hypothèses saugrenues, des théories du complot, des légendes ridicules, des demi-vérités ou des mensonges, tout simplement ; l'explication de cette nébuleuse d'inventions est que, le temps passant, l'affaire Adell avait cessé d'être un simple fait de la chronique criminelle et de la vie sociale et politique de la Terra Alta pour devenir une sorte de mythe, le point où convergeaient précisément tous les démons de l'histoire récente de la comarque et le coagulant ou l'un des coagulants qui avaient doté celle-ci d'une identité qui, par ailleurs, avait toujours été faible et précaire, extrêmement fragile (pour ne pas dire créée de toutes pièces). Pourtant, cet épisode n'avait jamais piqué la curiosité de Cosette : l'idée d'interroger son père à ce propos ne lui était jamais venue à l'esprit, bien qu'elle sût qu'il y avait été impliqué ; encore moins d'interroger Rosa qui, pour des raisons évidentes (c'est ce que Cosette se disait), n'avait probablement pas la moindre envie de revenir sur le massacre qui avait scellé dans le sang sa vie adulte.

Et donc, plusieurs jours durant, Cosette s'immergea secrètement dans l'océan d'informations que l'affaire Adell avait généré durant quinze années, au début simplement curieuse d'établir les faits avec la plus grande exactitude – surtout la participation de son père et son lien avec le père de la professeure Salom –, puis très vite, fascinée par l'affaire en tant que telle et par le labyrinthe inextricable d'hypothèses, conjectures et spéculations qu'avaient tissé autour d'elle le journalisme conventionnel, internet, les réseaux sociaux et la fantaisie populaire. Puis une nuit, elle tomba par hasard, dans une base de données jurisprudentielle du nom de Iberley, sur la décision rendue par le tribunal. Jusqu'alors, elle savait déjà ou croyait savoir l'essentiel : qu'Albert Ferrer, le mari de Rosa Adell, avait payé des hommes de main pour torturer et assassiner les parents de Rosa (hommes de main qui avaient aussi assassiné la domestique roumaine) ; qu'Ernest Salom, ami d'enfance de Ferrer, caporal du commissariat de la Terra Alta et collègue de son père à l'unité d'investigation, avait partagé avec le mari de Rosa la responsabilité du crime et ensuite tenté d'en effacer les traces ; qu'en plus d'être collègue de son père, Salom était aussi son ami, ce qui n'avait pas empêché Melchor d'avoir contribué à révéler son rôle dans le triple assassinat, même si le premier responsable de cette révélation avait été le sergent Blai, également ami de son père et actuel chef du commissariat de la Terra Alta, qui à cette époque commandait l'unité d'investigation du commissariat en question ; que Ferrer avait été condamné pour incitation à l'assassinat et Salom pour complicité et dissimulation des faits… Avant de découvrir le jugement, tout cela, aux yeux de Cosette, était déjà ou semblait être des faits essentiels et irréfutables de l'affaire Adell ; la lecture du jugement lui permit d'en avoir confirmation, mais s'y ajouta un autre fait, bien plus essentiel, non pas pour l'affaire Adell mais pour elle-même, et c'est qu'Albert Ferrer avait lui aussi été condamné pour homicide : le tribunal considéra comme prouvé que l'inculpé, inquiet de l'acharnement de Melchor à poursuivre l'enquête alors que l'affaire avait été provisoirement classée, avait essayé de l'intimider en renversant son épouse avec une voiture de location, avenue de Catalunya à Gandesa, collision qui causa chez la victime une fracture du crâne, et entraîna son décès.

Cosette dut lire par trois fois cette information incroyable, et durant plusieurs semaines elle s'efforça de l'assimiler. Elle n'y parvint pas. Soudain, le fait que son père ait fait mettre ou contribué à faire mettre en prison durant plusieurs années le père de la professeure de sciences physiques – fait qu'apparemment tout le monde, en Terra Alta, connaissait sauf elle – lui parut anecdotique. Depuis son enfance, elle avait toujours cru que sa mère avait été victime d'un accident non intentionnel, un malheur à l'issue duquel elle avait trouvé la mort ; et à présent, alors qu'elle était déjà adolescente, elle découvrait que ce n'était pas vrai, que toute sa vie avait été bâtie sur une fiction : la mort de sa mère n'avait pas été accidentelle mais délibérée ; sa mère n'était pas décédée : on l'avait tuée. Ça aussi, tout le monde le savait en Terra Alta ? Tout le monde, sauf elle ? Est-ce que tout le monde savait, aussi, que le responsable de la mort de sa mère n'était pas seulement l'homme au volant de la voiture qui l'avait renversée, l'ex-mari de Rosa, mais aussi, ou surtout, son père ? Car de toute évidence, si son père ne s'était pas obstiné à continuer d'enquêter sur une affaire classée – une enquête, par ailleurs, en grande partie inutile puisqu'elle ne pouvait pas ressusciter les morts –, et s'il ne s'était pas laissé aveugler par son esprit justicier de chevalier à l'armure étincelante ou de héros de roman d'aventures ou de shérif ou de pistolero de western, personne n'aurait renversé sa mère, et elle serait toujours en vie. Ça aussi, tout le monde le savait sauf elle ? Et, quand bien même personne ne l'aurait su, pourquoi avait-elle dû l'apprendre de cette manière, quatorze ans après les événements ? Pourquoi tout le monde le lui avait-il caché ? Pourquoi, surtout, son père le lui avait-il caché ?

Comme si ses jambes s'étaient dérobées sous elle, Cosette éprouva une sensation de vertige ; elle eut la sensation, aussi, que cette révélation n'avait pas seulement le pouvoir de déterminer l'avenir, mais aussi celui d'affecter le passé, en donnant à une part déterminante du sien un sens différent. Cosette crut comprendre, par exemple, que son père n'était pas froid, évasif, renfermé et un peu absent parce que les héros sont ainsi, mais parce qu'il se sentait coupable de la mort de sa mère. Elle crut également comprendre que, chaque fois que son père la regardait en cherchant sa mère décédée, il ne trouvait pas une version rudimentaire et dévaluée d'elle (comme elle l'avait toujours cru), mais une version accusatrice, qui lui rappelait sa part à lui de responsabilité dans cette mort. Le problème n'était pas seulement qu'il lui avait caché la vérité sur la cause de la disparition de sa mère, songeait maintenant Cosette ; le problème était qu'il la lui avait occultée par lâcheté : pour ne pas se voir contraint de porter devant elle le poids terrible de son erreur. Soudain, elle eut l'impression que tout ce qu'elle croyait savoir sur son père, en définitive, était faux, et que toutes les valeurs que son père avait incarnées jusqu'alors à ses yeux – les valeurs qu'elle associait depuis son enfance aux chevaliers à l'armure étincelante ou aux héros des romans d'aventures ou aux shérifs ou aux pistoleros des westerns – étaient toxiques, erronées : pour preuve, si son père n'avait pas été guidé par celles-ci, sa mère serait encore de ce monde. Soudain, elle eut l'impression que tout n'était qu'une immense supercherie.

Au cours des semaines suivantes, elle ne révéla sa découverte à personne. Elle ne savait qu'en faire. Elle essaya de la garder en elle, mais celle-ci la consumait comme une brûlure. Pour en finir avec ce supplice, elle s'adonna à la bière et à la marijuana, et il y eut deux soirs où elle vomit en rentrant à la maison. Elle délaissa ses études. Elle échoua à ses examens. Avec son père, elle se montrait bourrue et distante, et quand il voulait savoir s'il lui arrivait quelque chose, elle répondait que non et lui demandait de la laisser tranquille. Un jour, son père parla avec Elisa Climent, qui lui dit qu'en effet, quelque chose se passait avec Cosette mais elle ne savait pas de quoi il s'agissait, et elle lui raconta que son amie lui avait avoué qu'à la rentrée, elle ne pensait pas aller étudier à Barcelone, comme elle l'envisageait depuis des années, et qu'elle n'était même pas sûre de se présenter au bac, condition sine qua non pour entamer ses études supérieures. Après cette conversation, son père demanda à Rosa Adell de parler avec Cosette.

— Je ne sais pas comment m'y prendre, reconnut-il. J'ai l'impression qu'elle me déteste. Qu'elle me déteste et que je ne la connais pas.

— Les adolescents sont comme des princes malades, trancha Rosa, qui avait vécu avec quatre d'entre eux. Mais ils finissent par guérir, et alors, leur maladie te manque.

Elle ajouta :

— Ne t'inquiète pas, je lui parlerai.

Elle le fit. Ou du moins elle essaya.

— Elisa a raison : il arrive quelque chose à Cosette, dit-elle à Melchor quelques jours plus tard. Mais je ne sais pas ce que c'est. Elle n'a pas lâché le morceau. Ce qui est sûr, c'est qu'elle est en colère.

— En colère contre qui ? voulut savoir Melchor.

— Je ne sais pas, admit Rosa. Contre toi. Contre le lycée. Contre ses copains. Contre la terre entière. Probablement contre elle-même. C'est normal : elle a dix-sept ans. À dix-sept ans, on est parfois en colère contre tout.

Son père ne se souvenait pas ou ne voulut pas se souvenir comment il était lui-même à cet âge-là, mais il accepta sans discussion le diagnostic de Rosa.

— Laisse-la tranquille, ajouta celle-ci. Quand elle voudra te raconter ce qui se passe, elle le fera.

Une nuit, presque une semaine avant son départ pour Majorque avec Elisa, Cosette rentra à la maison à trois heures et demie du matin. Son père l'attendait dans le salon en lisant un roman de Tourgueniev intitulé À la veille, mais Cosette n'alla pas le saluer et se dirigea droit dans sa chambre. C'était un samedi, les Coca-Cola qu'il avait ingurgités après le dîner lui avaient ôté toute envie de dormir et il n'avait pas à se lever de bonne heure le lendemain, si bien que, rassuré par le retour de sa fille, il décida de finir le chapitre qu'il était en train de lire. Au bout de quelques minutes, Cosette ouvrit d'un coup la porte du salon.

— T'es un menteur, lui lança-t-elle à brûle-pourpoint.

Elle était pieds nus et portait un pyjama bleu à motifs blancs ; elle haletait légèrement, avait le regard agressif et la bouche pâteuse. Son père eut immédiatement le pressentiment que le moment annoncé par Rosa était venu, et il espérait que, quoi que sa fille ait ingurgité cette nuit-là, cela l'aiderait à l'affronter.

— Quoi ? demanda-t-il.

— Maman, c'était pas un accident, cracha Cosette. On l'a tuée. Et le responsable, c'est toi.

Debout face à lui sur le seuil du salon, Cosette dit à son père ce qu'elle avait découvert sur l'affaire Adell, ou plutôt, ce qu'elle avait découvert quant au rôle qu'il y avait joué. Elle parlait *précipitamment, avec de grands gestes, et il la laissa se défouler. Il ne la corrigea pas : il ne lui dit pas que, en réalité, c'était lui et non pas Blai qui avait résolu l'affaire, lui qui avait démasqué Salom et qui l'avait envoyé en prison ; il ne lui révéla pas non plus qui avait été le véritable responsable du crime, ni pourquoi il l'avait commis. Il ne nia même pas que la mère de Cosette était morte à cause de son entêtement suicidaire à continuer d'enquêter sur l'affaire Adell. Il accepta en silence le châtiment de sa fille, plus ou moins comme un gladiateur qui accepte sans se battre les blessures mortelles que ses adversaires lui infligent dans l'arène, au milieu des hurlements de la foule et de l'odeur fétide du sang.*

— Je suis désolé, fut la seule chose qu'il réussit à articuler quand Cosette finit par se taire, toujours furieuse. J'ai commis une erreur.

Cosette sourit en affichant une moue sarcastique.

— C'est tout ce que t'as à dire ? demanda-t-elle. Tu ne peux même pas m'expliquer pourquoi tu n'as pas eu le courage de me dire la vérité, pourquoi pendant toutes ces années tu m'as caché la vérité ? Et d'ailleurs, tu m'as menti sur quoi d'autre encore ? Ou plutôt, et comme ça on en parle plus : est-ce que tu m'as raconté une seule chose qui soit vraie ?

Melchor garda le silence : il lui sembla incroyable de ne pas avoir prévu que ce moment allait arriver tôt ou tard, de ne pas s'être préparé à l'affronter. Il ne trouvait pas de réponses aux questions de sa fille. Il ne savait pas quoi dire, et il se souvint d'une nuit lointaine à Barcelone, quand, après avoir passé tous les deux la soirée avec le Français, Cosette lui avait demandé d'où il connaissait l'ancien bibliothécaire et qu'il n'avait pas osé lui raconter la vérité, n'avait pas été capable de lui parler de sa mère prostituée, de son enfance sauvage dans le quartier de Sant Roc, de son père absent, de son adolescence agitée d'orphelin, de son passage par des maisons de redressement et de son boulot de dealer et d'homme de main pour un cartel colombien, de son arrestation et de son procès, de son incarcération dans la prison de Quatre Camins et de son amitié avec le Français et de sa découverte des Misérables *et de sa vocation de policier. Il regretta de ne pas lui avoir raconté tout ça alors (ou de lui avoir raconté à peine un mensonge tissé de vérités), parce qu'il aurait eu maintenant bien moins de mal à le lui expliquer et n'aurait pas l'impression paralysante qu'il était déjà trop tard.*

L'était-ce ? Cosette attendit quelques secondes, dévisageant son père d'un air rageur puis elle bredouilla quelque chose qu'il ne comprit pas et repartit dans sa chambre.

Ils n'en reparlèrent pas de toute la semaine et s'adressèrent à peine la parole. Son père rapporta cette conversation à Rosa qui lui conseilla d'attendre que Cosette revienne de Majorque pour lui donner une explication ; Cosette, en revanche, ne mentionna l'événement à personne, pas même à Elisa Climent.

Le vendredi matin, les deux amies prirent le premier bus pour Barcelone, et peu après midi elles atterrirent à Majorque.

1

Les jours qui suivent le retour de Melchor et de Cosette en Terra Alta sont cauchemardesques, ou du moins est-ce ainsi que Melchor en conservera le souvenir.

Passé les vacances de Pâques, les cours reprennent à l'Institut Terra Alta, mais Cosette n'y assiste pas. Elle ne sort pas non plus de la maison et ne voit pas ses amies, dont certaines essaient de lui rendre visite sans y parvenir, Cosette prévenant son père qu'elle ne souhaite pas les voir ; Elisa Climent tente sa chance à trois reprises, en vain. De fait, Cosette passe des journées entières enfermée dans sa chambre, allongée sur son lit, la plupart du temps à dormir ou à fixer le plafond ou recroquevillée en position fœtale, comme lorsque Melchor l'avait trouvée dans sa chambre de l'hôtel Borràs après son passage dans la villa de Rafael Mattson, lisant ou envoyant quelques WhatsApp ou regardant des émissions ou des séries sur sa tablette. Elle mange peu et mal, et semble en proie à un épuisement permanent et une tristesse insondable, de plus en plus maigre, de plus en plus pâle et de plus en plus repliée sur elle-même.

Son hermétisme est absolu. Le lendemain des retrouvailles entre le père et la fille, lors du voyage de retour dans un vol que la mère d'Elisa Climent avait réussi à leur réserver à la demande de Rosa Adell et qu'ils ont pris à la dernière minute, Melchor a tout fait pour que sa fille lui raconte ce qui s'était passé durant les deux journées et demie où elle avait disparu, mais tout ce qu'il a pu tirer au clair, c'est que, en effet, elle était restée chez Mattson ; mais il avait été impossible de lui extirper un seul mot sur ce qui s'y était passé. Après ce premier échec, Melchor a essayé à plusieurs reprises de la faire parler, obtenant le même résultat. Curieusement, il n'a pas l'impression que sa fille refuse de communiquer avec lui ou qu'elle le déteste ou le méprise ou le rejette, ce qu'il croyait avant ses vacances à Majorque ; il s'agit d'autre chose : c'est comme si quelqu'un avait élevé un mur d'une épaisseur insensée entre eux, au point que, en dépit des efforts qu'elle fournit, Cosette n'est pas en mesure d'entendre ce qu'il lui dit, ou elle l'entend mais n'est pas en mesure de le comprendre. À cette première impression s'en ajoute une autre, plus étrange et plus déconcertante : l'impression qu'il n'a jamais aimé sa fille autant que maintenant, ou que ce n'est que maintenant qu'il commence à l'aimer vraiment.

Finalement, Melchor demande à nouveau à Rosa Adell de parler avec Cosette, et une fois sa mission accomplie, Rosa lui dit plus ou moins ce qu'elle lui avait déjà dit plusieurs semaines auparavant, la première fois qu'elles avaient eu une conversation : il lui arrive quelque chose, mais elle ignore ce que c'est. Et elle ajoute :

— À ta place, je l'emmènerais chez un psychologue.

Rosa lui recommande une spécialiste de Reus, qui a aidé deux de ses filles des années plus tôt. Melchor suit son conseil et, après un âpre bras de fer avec Cosette, qui dure deux jours, il obtient gain de cause et elle accepte de se rendre chez la psychologue. Le cabinet se trouve dans un immeuble de la promenade Jaume I de Reus, tout près de la gare routière. Melchor y accompagne Cosette et, pendant une demi-heure, le père et la fille parlent avec cette femme et répondent à ses questions, dont aucune n'est en lien avec ce qui s'est passé à Majorque. La psychologue, une vieille dame très maigre et souriante du nom de Roser Pallissa, aux cheveux blancs ramassés dans un chignon et à la voix suave, demande alors à Melchor de la laisser seule avec sa fille et de revenir la chercher au bout d'une heure. Melchor obéit et, à sa surprise, Cosette sort plutôt contente de cet entretien en tête à tête avec la psychologue, même si pendant le trajet de retour pour la Terra Alta elle ne parvient pas à déterminer pour quelle raison. Deux jours plus tard, ils ont à nouveau rendez-vous, mais cette fois Melchor n'entre pas dans le cabinet et passe l'heure que dure la consultation dans un café voisin, buvant un expresso après l'autre. Le troisième rendez-vous concerne uniquement Melchor, à la demande de la psychologue.

— Votre fille souffre d'une dépression provoquée par un épisode d'abus sexuels, conclut la femme – elle n'a pas perdu son sourire du premier jour, mais celui-ci alterne avec un rictus de circonstance qui la rajeunit. – Et elle souffre d'anémie.

À peine entend-il le diagnostic que Melchor comprend qu'il s'attendait à cela. À cela ou à quelque chose de similaire.

— Elle a été violée ? demande-t-il.

— Ça dépend de ce que vous entendez par viol, répond la psychologue. Il n'y a pas eu de violence, si c'est ce à quoi vous pensez. Mais pendant deux jours et demi elle a été soumise à des abus et des humiliations.

— C'est elle qui vous l'a dit ?

— Plus ou moins. En réalité, elle ne sait pas exactement ce qui lui est arrivé. Mais c'est ce qui s'est produit. Je n'ai pas le moindre doute là-dessus. Plusieurs hommes ont abusé d'elle. Et pas une, mais plusieurs fois. Heureusement, il ne s'agissait pas de sa première expérience sexuelle, mais quoi qu'il se soit passé exactement dans cette maison, elle est en état de choc.

La psychologue se tait et attend la réaction de Melchor. Il n'en a pas : il ne bouge pas, il ne pose pas de questions, il ne dit rien ; l'angoisse lui serre la gorge. Devant le mutisme de son interlocuteur, la psychologue fait glisser jusqu'à lui une carte de visite sur la surface de la table qui les sépare.

— Il serait souhaitable que Cosette passe un certain temps dans cet endroit, dit-elle tandis que Melchor lit sur la carte un nom ("Clinique Mercadal") et, en dessous, une adresse postale à Vallvidrera, une adresse mail et deux numéros de téléphone. C'est un établissement qui soigne surtout des personnes souffrant de dépression et de troubles neurologiques par suite de mauvais traitements ou d'abus sexuels. C'est cher, mais ils sont vraiment bien. Si vous pouvez vous le permettre, amenez-y votre fille. Là-bas, on l'aidera.

— Le problème, c'est que je ne peux pas me le permettre, se plaint Melchor, qui vient de résumer à Rosa sa conversation avec la psychologue et l'appel téléphonique qu'il vient de passer à la clinique pour connaître les conditions tarifaires d'une éventuelle admission. Je vais devoir demander un crédit.

C'est le milieu de la matinée et ils se trouvent dans le bureau de Melchor, à la bibliothèque, où Rosa vient de faire son entrée chargée de deux cappuccinos dans des gobelets en carton et de quelques minicroissants fourrés à la crème, au chocolat et au fromage achetés à Can Pujol.

— Ne dis pas n'importe quoi, répond-elle, affalée dans l'unique fauteuil de la pièce, les jambes croisées. Tu veux enrichir les banquiers encore davantage ? La clinique, c'est moi qui la paie. Tu me rembourseras quand tu pourras.

Melchor refuse catégoriquement et Rosa accepte son refus sans discuter, mais cette même matinée elle effectue un virement de vingt mille euros sur le compte du bibliothécaire. Trois jours plus tard, après que la psychologue de Reus s'est entretenue avec les responsables de la clinique Mercadal et qu'elle a convaincu Cosette avec une facilité surprenante qu'elle doit séjourner dans cet établissement, Melchor conduit sa fille à Vallvidrera.

La clinique Mercadal se trouve être un joli pavillon moderniste doté d'un parc bien entretenu et arboré, situé au cœur de la sierra de Collserola et dirigé par le docteur Mercadal, un psychologue et psychiatre spécialisé dans le traitement des patients souffrant de dépressions et de troubles neurologiques provoqués par des accidents, des mauvais traitements et des traumatismes divers, mais aussi d'anorexie, d'alcoolisme et de toxicomanie. C'est le directeur lui-même – un sexagénaire aux manières oxoniennes, nœud papillon, bretelles et crinière à la Beethoven – qui les reçoit dans son bureau, leur décrit dans le détail le fonctionnement de la clinique et leur fait visiter les lieux. Au terme de leur visite, il leur présente la docteure Ibarz, une femme jeune, souriante, de petite taille et aux lunettes d'intellectuelle, qui, leur explique le médecin, sera chargée de suivre l'évolution de Cosette jour après jour. La docteure ne dit que le strict nécessaire et emmène aussitôt Cosette dans sa chambre, pendant que Mercadal raccompagne Melchor jusqu'à la sortie de la clinique, où il prend congé de lui.

— Vous pouvez être tranquille, lui dit-il à la porte en lui serrant la main. Revenez dans une semaine, nous vous raconterons.

Melchor n'est pas tranquille, mais au bout d'une semaine il retourne à la clinique Mercadal et trouve Cosette en meilleure forme, un peu moins triste et un peu moins pâle. Ou c'est ce qu'il veut croire. Pendant une heure exactement, le père et la fille discutent sans sortir de l'enceinte de l'établissement, foulant des sentiers de gravier flanqués de haies de buis ; puis ils s'assoient sur un banc de pierre, à l'autre bout du parc. Cosette raconte à Melchor la vie qu'elle mène dans la clinique, où elle se couche et se lève très tôt, fait beaucoup d'exercice, mange à heures régulières et parle avec plein de gens, patients, médecins et malades. Elle lui demande des nouvelles de ses amies et de Rosa.

— Tout le monde va bien, répond Melchor. Elles t'attendent.

— Elles savent ce qui m'arrive ?

— Comment veux-tu qu'elles le sachent, si toi-même tu ne le sais pas ?

Tous deux s'envoient un regard en coin et Cosette a un faible sourire : c'est la première fois depuis longtemps que Melchor la voit sourire. Sa fille s'est fait couper les cheveux, elle a des sabots blancs aux pieds et elle est vêtue d'un pantalon de survêtement et d'une chemise de flanelle dont les pans dépassent d'un pull marron.

— Je te fais beaucoup souffrir, pas vrai ? demande Cosette.

— Ça, c'est une question de roman à l'eau de rose, répond Melchor. Et toi, tu n'aimes pas les romans à l'eau de rose.

Cosette sourit à nouveau, cette fois pour elle-même. Ils ont le regard rivé devant eux, sur le massif de bougainvilliers qui pousse de l'autre côté du sentier qui les a amenés jusqu'à cet endroit. C'est le printemps, mais le soleil de cette matinée est vigoureux, presque estival ; un chêne à l'abondante frondaison jette son ombre sur le banc.

— Ce que tu dois faire, c'est guérir le plus tôt possible, ajoute Melchor.

Cosette acquiesce.

— Tu n'as pas répondu à ma question, dit-elle ensuite.

— Souffrir ne nous rend pas meilleurs, répond Melchor. En plus, ça ne sert à rien. Alors, j'essaie de souffrir le moins possible. Je n'y arrive pas toujours mais…

Quand arrive l'heure du repas, il laisse Cosette et se dirige vers le bureau du directeur, qui le reçoit aussitôt et lui offre un café en attendant la docteure Ibarz. Celle-ci arrive peu de temps après, munie d'un carnet de notes, et ils entrent tout de suite dans le vif du sujet, les deux spécialistes assis en face de Melchor, sur le canapé du salon de cuir qui trône dans cet espace éclairé par une grande fenêtre donnant sur le parc.

— Nous n'avons toujours pas réussi à reconstituer ce qui s'est passé exactement durant ces deux jours et demi, dit la docteure Ibarz, les mains sur le carnet fermé qui repose sur ses genoux. Nous savons que Cosette s'est rendue chez Rafael Mattson et qu'on a abusé d'elle, mais nous n'en savons pas beaucoup plus. En réalité, Cosette ne le sait pas non plus. Ou elle ne se le rappelle pas.

— C'est ce que la docteure Pallissa m'a dit, intervient Melchor.

— Cosette a des flashes, elle se souvient de certaines choses, de certaines scènes, continue la docteure Ibarz. Mais rien de plus, elle n'est pas en possession de l'histoire complète. Qu'elle ait été victime d'abus, j'insiste, c'est indéniable, mais on ne sait pas en quoi cela a consisté. Actuellement, notre impression, c'est que, au cours de ces journées où elle a été enfermée, Cosette s'est forgé grâce à son imagination une réalité parallèle pour se protéger de ce qu'elle endurait, elle a choisi d'y vivre et a enterré la véritable réalité au plus profond d'elle-même. Et c'est là où demeure ce qui s'est vraiment passé, comme si elle avait peur ou honte de le faire remonter à la surface. Ou comme si elle n'était pas capable de le déterrer.

— Il faut commencer par ça, assure le docteur Mercadal. Déterrer ce qui s'est produit, obtenir de Cosette qu'elle en prenne conscience, qu'elle comprenne qu'elle a été victime d'abus gravissimes, et pas autre chose. C'est notre première tâche, et ce sera tout sauf facile de faire en sorte que votre fille y parvienne.

Le docteur passe la main dans sa crinière grise et désordonnée, se redresse et s'assoit au bord du canapé, les mains croisées sur les jambes écartées. Puis il dit :

— Écoutez, face à une situation comme celle qu'elle a vécue, Cosette n'avait que trois possibilités : la fuite, l'affrontement et le blocage. Étant donné les circonstances, entourée comme elle l'était d'inconnus et isolée dans la maison d'un multimillionnaire, les deux premières solutions étaient à écarter. Heureusement qu'elle les a écartées, d'ailleurs, parce que si elle avait opté pour l'affrontement, les conséquences auraient pu être bien pires… Elle a donc choisi ce qui était le plus sensé, le blocage. C'est un mécanisme ancestral de survie dont les êtres humains disposent devant une situation critique. Et c'est ce que votre fille a fait : pour supporter la violence à laquelle elle était exposée, elle s'est renfermée sur elle-même, elle s'est immobilisée, elle s'est dissociée.

— Dissociée ? demande Melchor.

— Elle s'est séparée d'elle-même, elle s'est évadée, répond la docteure Ibarz. La douleur était si grande que l'esprit est parti dans une direction et le corps dans l'autre ; plus précisément, l'esprit a abandonné le corps à son destin, pour que le corps souffre tout seul, comme si l'esprit s'était déconnecté du corps pour ne pas avoir à souffrir avec lui… C'est la forme extrême de blocage. Ici, des cas pareils, on en connaît.

La docteure étire un bras vers le plafond, ouvre la main et fait comme si celle-ci était une caméra qu'elle braquait sur elle-même…

— Il y a des femmes qui nous disent que, pendant qu'elles sont en train de subir des mauvais traitements, elles se voient d'en haut, depuis un point de vue aérien, comme si ce n'étaient pas elles que l'on maltraite mais quelqu'un d'autre.

La docteure baisse la main jusqu'au carnet, son bras retrouvant sa position naturelle. Puis elle continue :

— C'est ce qu'on appelle la dissociation. Et c'est probablement ce qui est arrivé à votre fille : le traumatisme l'a dissociée. Il l'a transformée en deux personnes. Ce qui était une bonne chose à ce moment-là, ça l'a protégée, peut-être même sauvée… Mais maintenant elle doit se rassembler, redevenir une seule personne, elle doit se réconcilier avec elle-même, avec son propre corps, qui lui n'a rien oublié et qui continue de souffrir.

— Oui, mais nous n'en sommes pas encore à cette phase, prévient le docteur Mercadal. L'intégration viendra plus tard, et ce sera un processus lent et douloureux. Quand il sera achevé, votre fille sera guérie. Entre-temps, ce qu'il convient de faire est beaucoup plus simple. Il s'agit pour elle de savoir ce qui lui est arrivé. D'en prendre conscience. D'ici à ce qu'elle le comprenne, le digère et en guérisse, le chemin est long, très long… Mais il faut commencer par ça afin d'aller plus loin. C'est un processus à la fois complexe et très simple. Je le dis toujours à nos patients : si vous savez ce qui vous est arrivé et si vous le comprenez, vous pouvez le dominer ; si vous ne le savez pas et vous ne le comprenez pas, alors c'est ça qui vous domine. Et ça vous dévore de l'intérieur.

La docteure Ibarz reprend la parole.

— C'est ce qui arrive à Cosette. Cette terrible expérience est en train de la dévorer. Il y a d'autres choses qui peuvent y contribuer, mais…

— D'autres choses ? demande Melchor.

— Le fait que vous lui ayez caché ce qui est arrivé à sa mère, dit la docteure. Cosette m'en a tout de suite parlé, pour éviter d'aborder l'autre sujet, je crois… Vous savez ? Votre fille a une très très haute idée de vous, il est possible qu'elle redoute de ne pas être à votre hauteur, ou à la hauteur que vous attendez d'elle.

— Je n'attends d'elle qu'elle soit à la hauteur de rien du tout.

— Peut-être, mais Cosette ne le ressent pas ainsi, objecte la docteure. C'est un sentiment que certains adolescents éprouvent envers leurs parents : ils ont l'impression qu'ils ne pourront pas répondre à toutes les attentes qu'on a déposées en eux, qu'ils ne seront pas capables de leur rendre tout ce qu'ils leur ont offert, et cela peut se manifester de diverses manières, certaines très destructives, ou plutôt autodestructives… Mais, dans le cas de votre fille, cela s'est mêlé à sa déception d'apprendre que vous lui aviez menti, et que vous lui aviez menti sur un point essentiel pour elle.

— Elle a eu l'impression que je l'avais laissée tomber.

— Exact, approuve la docteure avec emphase. Et maintenant, il est possible qu'elle ait l'impression que c'est elle qui vous a laissé tomber.

— Vous voulez dire qu'elle se sent responsable de ce qui lui est arrivé à Majorque ?

La docteure Ibarz a la réponse sur ses lèvres, mais elle se tourne vers le docteur Mercadal, qui a suivi l'échange de nouveau calé contre le dossier du canapé, et se retient, comme s'ils étaient sur le point de découvrir la solution du problème et qu'elle ne s'estimait pas autorisée à la révéler. Le docteur se redresse.

— Il est très possible qu'elle se sente coupable, en effet, tranche Mercadal, à nouveau au bord du canapé. Vous l'avez laissée tomber et elle vous a laissé tomber. En résumé, tout son monde s'est écroulé et maintenant elle doit le reconstruire. Peut-être… C'est ce que nous devons découvrir… En tout cas, le plus important c'est cette autre chose, ce qui s'est passé à Majorque. C'est cela, l'expérience que votre fille doit assimiler pour pouvoir aller de l'avant et que celle-ci ne la détruise pas, ou ne soit pas un poids pour elle toute sa vie. Et de ça aussi, elle se sent coupable, probablement. Elle a sans doute honte de ce qui s'est passé, en fin de compte elle s'est rendue chez Mattson de plein gré, et il est fort possible qu'elle pense ne pas en avoir suffisamment fait pour que ça s'arrête, ou qu'elle a été naïve, ou qu'elle ne s'est pas opposée et qu'elle s'est laissée faire… Enfin, elle doit le déterrer, comme vous le disait la docteure Ibarz. S'y confronter. Affronter ce qui a eu lieu afin de pouvoir se réconcilier avec elle-même et avec son propre corps, se réintégrer, redevenir qui elle était… Au début, ce sera difficile, il est fort possible qu'elle le vive mal, mais cela ne durera pas, en tout cas elle n'a pas le choix si elle veut vraiment le surmonter… Et ici, c'est l'endroit idéal, nous allons l'aider… De toute façon, je ne voudrais pas vous donner l'impression d'être pessimiste. Nous ne le sommes pas, ni la docteure ni moi-même. Cosette est plus forte que vous ne le croyez, et cela la rendra encore plus forte. Ça prendra plus ou moins de temps, mais elle s'en sortira. Je n'en ai pas le moindre doute.

À côté du médecin, la docteure Ibarz acquiesce.

2

Pendant le trajet de retour, Melchor ne cesse de ressasser la conversation qu'il a eue avec Cosette et ce que le docteur Mercadal et la docteure Ibarz lui ont dit, et en quittant l'autoroute de Tarragona pour prendre la route conduisant à la Terra Alta, il se demande s'il doit porter plainte contre Rafael Mattson.

C'est la première fois qu'il se pose cette question. Lorsqu'il était rentré de Majorque, il était trop préoccupé par le trouble dont souffrait Cosette, trop soucieux de trouver comment l'aider à sortir de la paralysie pour se la poser ; par ailleurs, à ce moment-là il n'avait même pas la certitude que Mattson ou un proche de Mattson ait abusé de sa fille. À présent, en revanche, il l'a, ou du moins il a le témoignage de Cosette, ou du moins il pourra l'obtenir quand Cosette sera remise et en mesure de le livrer. Voudra-t-elle le faire ? Cela servirait-il à quelque chose ? Quelles preuves tangibles de mauvais traitements pourrait présenter Cosette, qui s'est rendue chez Mattson de son propre gré et à qui Mattson, et probablement quelqu'un d'autre, a bien pris soin de ne pas infliger une seule égratignure ? Devant un tribunal de justice, la parole de Cosette pèserait-elle plus que celle de Mattson, et le témoignage des médecins qui suivent sa fille davantage que celui des éventuels témoins du magnat ? Et où Melchor déposerait-il sa plainte ? Au poste de la Guardia Civil de Pollença, endroit le plus logique pour le faire, afin que Benavides la déchire en mille morceaux ou la mette dans un carton ? Aux tribunaux d'Inca ? À ceux de Palma de Majorque ? Carrasco avait-il raison en prétendant que toutes ces instances protègent l'impunité de Mattson ? Et même, en supposant que la vérité arrive à se frayer un chemin et que, grâce à sa plainte, la justice puisse poursuivre Mattson, combien de temps cela prendrait ? Combien d'obstacles s'élèveraient devant lui et combien de peines et d'humiliations devrait endurer Cosette avant d'y parvenir ? Est-il prêt à laisser sa fille en passer par là, sans la moindre garantie que la justice finisse par s'imposer et condamne Mattson ? Cela vaut-il la peine que sa fille en passe par là ? À l'issue de ce calvaire, est-ce que la jeunesse de Cosette, si ce n'est sa vie entière, ne sera pas détruite ? Et qu'en est-il de la vie des autres filles dont Mattson et les amis de Mattson avaient abusé ? Avait-elle été détruite, elle aussi ? Parce que si Cosette avait subi des mauvais traitements dans la villa de Mattson, ce qui ne fait plus l'ombre d'un doute pour lui, il n'y avait pas lieu non plus de douter de la véracité du récit de Carrasco, et que, par conséquent, des dizaines ou des centaines de filles avaient été victimes de Mattson, des dizaines ou des centaines de filles pourraient l'être à l'avenir, des dizaines ou des centaines de parents avaient souffert ou souffriraient pour leurs filles comme lui-même était en train de souffrir pour Cosette. Melchor se souvient des mots de Carrasco, à Can Sucrer. "Cette maison est un trou noir." Et aussi : "Mattson tient un tas de gens par les couilles. Sur cette île et au-delà de cette île." Carrasco avait-il aussi raison, quand il avait prédit qu'il ne récupérerait vraiment sa fille que lorsqu'il en aurait fini avec Mattson ? Cosette pourrait-elle redevenir celle qu'elle était sans que Mattson paie pour ses actes ? L'idée d'en finir avec Mattson en faisant appel aux tribunaux lui semble peu vraisemblable ou impossible, ou trop onéreuse, mais *quid* de cette idée d'en finir avec lui d'une autre façon, comme l'avait proposé Carrasco ? N'était-ce pas une idée encore plus absurde, impossible à réaliser, une idée qui ne pouvait être que le produit désespéré d'une imagination malade ?

Melchor tente de ne plus y penser.

Mais il n'y parvient pas. Cette nuit-là, quand Rosa lui téléphone depuis Córdoba, en Argentine – où elle s'est rendue pour visiter la filiale que les Cartonneries Adell possèdent depuis des années dans ce pays –, Melchor ne lui en parle pas, mais il passe ensuite les premières heures du jour éveillé, à se retourner dans son lit et se renseigner sur Carrasco sur internet. Il ne trouve pas beaucoup d'informations, pas plus en tout cas que ce que Paca Poch lui a envoyé par mail quand il lui en a demandé depuis Pollença, et qu'il a à peine lu pour le moment. À présent, il lit le tout attentivement. Pour l'essentiel, ces informations se divisent en deux séquences : celle consacrée à son arrestation et son procès à Majorque, assez maigre, et celle relative à sa vie antérieure, plus maigre encore. De fait, ce que Melchor trouve sur le périple de Carrasco avant sa disgrâce est, en substance, qu'il est né en 1978 dans le quartier madrilène de Vallecas – il a donc cinquante-sept ans –, qu'à dix-huit ans, il a intégré l'Académie d'officiers de la Guardia Civil, située à Aranjuez, que cinq ans plus tard il a obtenu son diplôme et a été troisième de sa promotion, et qu'à la sortie de l'Académie il a été envoyé à plusieurs endroits – Madrid, La Línea de La Concepción, Bruxelles – avant d'atterrir à l'Unité spéciale d'intervention, moment où on perd la trace de ses activités. On ne la retrouve que quinze ans plus tard, quand il est muté à la caserne de La Salve, à Bilbao, où il reste trois ans avant d'être affecté à la direction du poste de Pollença. Carrasco a alors quarante-sept ans, et son parcours professionnel est jalonné de voyages de formation, de stages spécialisés et de promotions ; marqué aussi, ou surtout, par l'attribution des plus hautes médailles et décorations du corps, dont toutes correspondent à la période assez longue de son appartenance à l'USI. En lisant ces dates et ces données, Melchor constate que rien ne dément l'autobiographie que Carrasco a improvisée pour lui dans le grenier secret de Can Sucrer ; il constate également qu'au cours de ce récit, si Carrasco n'a pas caché ses torts, il a tu ses mérites, et il se dit qu'un homme qui tait ses mérites ne peut être qu'un homme de confiance. Le récit de Carrasco ne dément pas non plus les informations que Melchor trouve sur son arrestation et son procès, mais uniquement parce qu'il les lit à la lumière du récit de l'ancien *guardia civil* : en effet, seules les révélations que Carrasco lui a faites expliquent, selon Melchor, sa condamnation à huit ans de prison pour prévarication, appartenance à une organisation criminelle et trafic de stupéfiants (en plus d'être révoqué et dépossédé de toutes ses distinctions) avec pour seul témoignage contre lui celui de deux narcos et pour seule preuve accusatrice la découverte à son domicile de deux cents grammes de cocaïne et trois cent mille euros, surtout en tenant compte du fait que, Carrasco, contre l'avis de sa défense, a refusé un accord avec l'accusation et continué de proclamer jusqu'à la fin du procès qu'il était innocent et qu'il avait été victime d'un complot orchestré par Rafael Mattson afin d'empêcher une enquête sur les méfaits sexuels dont le magnat était l'auteur.

Cette nuit-là, Melchor dort à peine deux heures, et il ne fait pas encore jour qu'il est déjà debout et cherche le numéro de téléphone de Carrasco. Il n'arrive pas à mettre la main dessus, ni dans ses papiers ni dans ses vêtements, et sur internet non plus, aussi demande-t-il à Blai, tandis qu'ils prennent leur café matinal chez Hiroyuki avant que chacun se dirige vers son travail, de le lui trouver. L'inspecteur veut savoir qui est Damián Carrasco et Melchor lui répond que c'est un vieil ami dont il a perdu la trace.

— C'est ça, et moi je suis Mahatma Gandhi. Arrête tes conneries, réplique Blai. Qu'est-ce que tu trames, raconte-moi un peu.

— Rien, répond Melchor, et il comprend au même instant qu'il n'aurait pas dû demander ce service à Blai mais à Paca Poch, qui a déjà localisé Carrasco. Laisse tomber : pas besoin que tu le cherches.

— Pas besoin non plus que tu prennes la mouche pour une petite blague, putain, rétorque Blai. Tu veux ça pour quand ?

— Le plus tôt possible.

— Tu l'auras aujourd'hui. À propos, comment tu as trouvé Cosette, hier ?

Blai sait que Cosette a été admise dans une clinique près de Barcelone pour une dépression, mais il ne connaît pas la raison de cette dépression ; il ne sait rien non plus de ce qui s'est passé à Pollença : l'explication que lui en a donnée Melchor est vague et confuse mais, hormis Rosa Adell, qui a exigé la vérité et l'a obtenue (du moins une partie de la vérité), personne n'a cherché à en savoir davantage. Blindé par son expérience de père de deux filles, Blai, quant à lui, est convaincu que la dépression a été la cause de la disparition de Cosette, et non sa conséquence.

— Bien, répond Melchor sans mentir. Elle sera bientôt de retour à la maison.

Un peu avant midi, Melchor reçoit un WhatsApp de Blai avec le numéro de Damián Carrasco, auquel il répond par un émoji en forme de poing jaune au pouce levé. Une heure plus tard, il ferme la bibliothèque au public et appelle Carrasco depuis le téléphone de son bureau. L'ancien *guardia civil* ne répond pas, et Melchor rappelle, obtenant le même résultat. Il est sur le point de sortir de la bibliothèque quand le téléphone sonne ; il regagne son bureau et répond.

— Ici Carrasco, dit une voix pressante. C'est qui ?

— Melchor Marín, se hâte-t-il de préciser. Je ne sais pas si vous vous rappelez. Je suis venu vous rendre visite il y a un mois. Ma fille avait disparu à Pollença et on m'avait dit d'aller vous voir.

Carrasco reste silencieux, comme s'il ne comprenait pas de quoi il est question ou comme s'il fournissait un effort de mémoire, et le bibliothécaire entend sa respiration à l'autre bout de la ligne.

— Sûr que vous vous souvenez de moi, insiste Melchor, étonné. On a parlé un bon moment ensemble.

— Vous avez eu de la chance, dit enfin Carrasco ; sa voix est redevenue lente et rauque, méfiante. Je ne réponds jamais aux coups de fil quand je ne sais pas qui appelle.

— Vous vous souvenez de moi, n'est-ce pas ?

— Bien sûr que je me souviens de vous, reconnaît Carrasco. J'ai entendu dire que votre fille avait réapparu.

— C'est vrai. Comment vous l'avez su ?

— C'est un village ici, tout se sait.

Melchor ne s'attendait pas que Carrasco réponde à son appel avec autant d'indifférence ; qu'il essaie de le tromper non plus. Près de vingt ans plus tôt, quand il était arrivé en Terra Alta comme un citadin revendiqué, il avait souvent entendu dire que dans les villages, tout se sait ; désormais il sait que c'est faux : il n'y a pas de village, aussi petit soit-il, où tout se sait ; sans compter que la disparition de Cosette à Pollença a duré moins de soixante-douze heures, que les médias ne l'ont pas mentionnée et que très peu de gens en ont eu vent. Comment Carrasco a-t-il appris sa réapparition ?

— Dites, vous appelez à quel sujet ? demande l'ancien *guardia civil*.

— Qu'est-ce que vous croyez ? rétorque Melchor, conscient qu'il s'est passé quelque chose et que l'homme avec qui il est en train de parler n'est plus tout à fait celui qu'il a rencontré à Can Sucrer quelques semaines plus tôt. Je vous appelle au sujet de ce que vous m'avez dit chez vous, évidemment. Vous ne vous en souvenez pas non plus ? On parlait de Rafael Mattson. Vous m'avez raconté que…

— Je me souviens parfaitement de ce que je vous ai raconté, le coupe Carrasco. Mais je n'en reviens pas que vous ayez avalé ça. Est-ce possible que vous soyez si naïf ?

— Pardon ?

— Vous m'avez très bien entendu.

Carrasco a retrouvé l'assurance expéditive du début, mais il l'a corrigée et augmentée.

— Je n'en reviens pas que vous ayez cru ce que je vous ai raconté l'autre jour. Bon Dieu, c'était des conneries, purement et simplement ! Et vous ne vous en êtes pas rendu compte ?

Carrasco marque une pause, peut-être pour donner à Melchor le temps de répondre à la question ; mais Melchor ne sait pas quoi répondre et ne répond rien.

— Écoutez, rendez-moi un service, d'accord ? Oubliez tout ce qu'on s'est dit. Rafael Mattson est un type décent, tout le monde le sait, et moi, je suis un pauvre gars qui s'est pourri la vie tout seul et qui perd parfois les pédales… C'est ce qui m'est arrivé quand vous étiez ici. Il faut que je vous demande pardon ? Alors je vous demande pardon. Quoi qu'il en soit, vous n'auriez pas dû prêter attention à ce que je racontais. Ce que je vous ai raconté n'a ni queue ni tête. J'ai tout inventé.

— Mais enfin, écoutez…

— Non, c'est vous qui allez m'écouter. Je vous répète que Mattson est quelqu'un de bien, un de ces rares hommes qui font de ce monde un endroit moins horrible qu'il ne l'est. Je sais que je ne vous apprends rien, tout le monde le sait, en fin de compte, on le voit tous les jours à la télé et dans les journaux, mais moi je vous le dis d'après ma propre expérience… Bien qu'il y en ait plein qui détestent Mattson précisément pour ce qu'il est. Pour ça et parce que, grâce à ses efforts et son talent, il est arrivé là où il est. Ça ne se pardonne pas, ça, encore moins dans notre pays, où le succès est mal perçu. Alors, veuillez m'excuser pour ce que je vous ai dit sur lui et prenez-le comme un défoulement inoffensif de la part d'un homme éternellement aigri à cause de ses propres erreurs… Oubliez ça, s'il vous plaît, foutez la paix à Mattson, prenez soin de votre fille et faites comme si on ne s'était jamais vus. Et maintenant, veuillez m'excuser, je dois raccrocher.

Le combiné dans la main, Melchor scrute l'objet deux ou trois secondes comme s'il ne s'agissait pas d'un téléphone mais d'une énigme indéchiffrable ou comme s'il allait prendre vie, puis il lève le regard, le fixe sur ce qu'il trouve en premier, et c'est une affiche de la Foire du livre ancien de Barcelone où l'on peut voir une Rambla bouillonnante de fleurs et de livres et, tout au fond, la statue de Christophe Colomb l'index pointé vers, en théorie, l'Amérique. Il n'arrive pas à croire ce qu'il vient d'entendre. Alors c'était faux, tout ce que Carrasco lui avait raconté à Can Sucrer ? Et quel pouvait être le sens de tous ces mensonges ? Pourquoi l'ancien *guardia civil* les lui avait-il racontés ? Pour rendre son échec plus supportable en faisant porter le chapeau à un autre, comme l'avait dit Mattson, transformant celui-ci en bouc émissaire et l'accusant d'être responsable de sa disgrâce ? Il ne pouvait pas le croire. D'autre part, si Carrasco n'avait raconté que des mensonges, pourquoi un fonctionnaire du tribunal aurait-il pris la peine de lui donner ses coordonnées et de le diriger vers lui, prenant ainsi un risque qu'il n'avait pas à prendre ? Quel sens cela avait si le fonctionnaire n'était pas certain que l'ancien *guardia civil* ne mentait pas – “Ce que Carrasco vous dira pourra vous sembler complètement fou, mais c'est la vérité, lui avait-il écrit. Écoutez-le attentivement” – et qu'il pouvait l'aider à retrouver sa fille ? Ainsi donc ce n'était pas vrai, que Mattson ou quelqu'un de l'entourage de Mattson avait abusé de sa fille ? Cette agression était-elle un épisode isolé ou faisait-elle partie d'une série d'agressions ? Les horreurs que Carrasco lui avait racontées à Can Sucrer sur Mattson n'avaient-elles pas sonné à ses oreilles avec ce tintement caractéristique de la vérité, et n'avait-il pas reconnu le non moins caractéristique bruit métallique du mensonge dans l'hagiographie dont Carrasco avait affublé Mattson, et qui était l'exact négatif de tout ceci ? Et d'ailleurs, *quid* du grenier de Can Sucrer et de ses archives sur Mattson, de ses murs couverts de photos, de documents, de notes et de schémas au sujet du magnat ? Sans doute le témoignage d'une obsession durable, mais de quelle sorte d'obsession ? Une obsession surgie de la lucidité ou sécrétée par la folie ? Quand il était monté dans ce grenier, il n'avait pas su laquelle des deux options choisir. Le savait-il davantage à présent ?

— Je ne vois pas pourquoi Carrasco mentirait, avance Rosa à son retour de Córdoba, après que Melchor lui a rapporté, lors du dîner chez elle, sa conversation avec l'ancien *guardia civil*. Il n'a aucune raison de le faire.

— Et quelle raison avait-il de me mentir, avant ?

— Ne te l'a-t-il pas dit lui-même ? N'a-t-il pas dit que c'étaient les mensonges d'un homme aigri ? N'a-t-il pas reconnu qu'il perdait parfois les pédales ? Il y a des gens comme ça : ils deviennent dingues puis ils se ressaisissent. Et l'échec, il n'y a rien qui rende plus dingue… Enfin, je n'ai rien voulu te dire quand tu m'as parlé de lui, mais en fait, pour moi il y a quelque chose qui clochait dans son récit.

— Qu'est-ce qui clochait, pour toi ?

— Qu'un homme ait agressé sexuellement autant de filles pendant autant d'années sans que personne porte plainte contre lui. Qui plus est, un homme aussi connu que Mattson.

— C'est justement parce qu'il est si connu que personne n'a porté plainte contre lui. Je l'ai fait, moi ?

— Non, mais tu le feras dès que Cosette sera remise.

Melchor regarde Rosa, étonné.

— Et tu sais ça comment ?

— Parce que c'est ce que je ferais, moi aussi. Et parce que je te connais.

— Moi, tu vois, je n'en suis pas si sûr. Dis, quel prix va devoir payer Cosette si une plainte est déposée contre Mattson ? Je vais lui imposer ce calvaire alors qu'elle vient juste de sortir d'un autre ? Et quelles garanties on a que, même à ce prix, le type sera condamné ?

— Je ne sais pas. C'est toi le flic.

— Alors, je vais te le dire, même si je ne suis plus flic : aucune. Ça a l'air incroyable que Mattson passe autant d'années à abuser de filles sans que personne s'en prenne à lui ? Bien sûr que non, ce n'est pas incroyable… D'abord, parce que ce n'est pas vrai que personne n'a porté plainte contre lui. Ça s'est produit plusieurs fois, sauf qu'après, les plaintes ont été retirées. Devine pourquoi. Et ensuite, et surtout, parce que Mattson a suffisamment d'argent pour acheter, intimider et extorquer qui il veut. D'ailleurs, c'est ce que Carrasco m'a raconté la première fois. Et ça, c'est vraisemblable, et comment ! Mattson a tellement d'argent qu'il peut acheter toute l'île de Majorque, alors acheter des témoins, des policiers et quelques juges, ce n'est rien, pour lui… Non. Carrasco est peut-être fou, mais ce qu'il m'a raconté se tient parfaitement, surtout quand on sait ce qui est arrivé à Cosette. Ce qui est invraisemblable, c'est plutôt qu'un fou récupère la raison.

— C'est arrivé à don Quichotte.

— Don Quichotte n'était pas fou.

Rosa lui offre un sourire délicieux.

— Tu n'as pas lu le *Quichotte*, Melchor.

— Non, mais ce n'est pas la peine de le lire pour savoir que don Quichotte n'est pas fou. Il fait juste semblant d'être fou. Si ça se trouve, Carrasco est pareil.

Rosa hausse les épaules.

— Peut-être. Quoi qu'il en soit, cet homme dit vrai sur un point, et c'est que le plus raisonnable, pour toi, maintenant, c'est d'oublier Mattson. Mattson et Carrasco… Le plus important, maintenant, c'est que Cosette se rétablisse. Après, on verra si on porte plainte contre Mattson ou pas.

Melchor la remercie mentalement pour le pluriel.

3

Les jours suivants, Melchor essaie de suivre le conseil de Rosa et d'oublier Carrasco et Mattson. Contre toute attente, il y parvient. Il dort chez Rosa trois nuits d'affilée, ce qu'il n'avait jamais fait auparavant, et à un moment donné il se demande s'il a besoin de compenser l'absence de Cosette par la présence de Rosa ; à un autre moment, il se demande pourquoi, chaque fois que Rosa lui a proposé de déménager avec Cosette au mas, où il y a largement la place pour eux trois, il ne s'est pas autorisé à accepter l'invitation. Il n'a pas de réponse claire à la première question ; à la seconde non plus : persuadé que Rosa et Cosette seraient ravies de vivre sous le même toit, il lui arrive de penser qu'il ne veut pas vivre avec Rosa de peur de la décevoir, ou qu'il ne veut pas le faire parce qu'il est sûr de ne pouvoir retrouver à ses côtés la plénitude qu'il a connue aux côtés d'Olga. En tout cas, ce refus renouvelé lui semble d'autant plus incompréhensible que ces trois nuits et les trois jours qui les accompagnent lui donnent un aperçu heureux de ce que pourrait être la vie avec Rosa.

Le quatrième jour, tandis qu'il étudie la possibilité de proposer à Cosette de déménager chez Rosa, avec l'espoir que ce changement agisse comme un stimulant et accélère son rétablissement, Melchor reçoit à la bibliothèque une lettre sans expéditeur, avec son nom écrit à la main et un cachet de Palma de Majorque. Il ne se rappelle plus la dernière fois qu'il a reçu une lettre personnelle, et la curiosité le pousse à l'ouvrir sans attendre.

C'est une lettre de Damián Carrasco. Écrite à la main, elle aussi, et d'une écriture claire et sans ratures, comme si c'était le résultat final de plusieurs brouillons. Elle consiste en cinq feuillets recto verso et commence ainsi : "Cher Monsieur Marín, avant tout, je vous prie de bien vouloir m'excuser pour notre conversation téléphonique de l'autre jour. Votre appel m'a vraiment réjoui, mais je n'avais d'autre choix que de me comporter comme je l'ai fait et de cacher ma joie sous un tissu de mensonges. Je vais vous expliquer pourquoi." Carrasco raconte que le lendemain de leur entrevue à Can Sucrer, des tueurs à gages envoyés par Mattson sont venus. Le terme "tueur à gages" est de Carrasco, qui ajoute : "Ils m'ont pris au dépourvu mais, croyez-moi, ça ne se répétera pas, la prochaine fois je les attendrai. Le fait est que, si certains sont rentrés chez eux bien amochés, ils m'ont donné une bonne raclée, ils ont mis à sac Can Sucrer, et avant de partir ils m'ont dit que si je vous reparlais de Mattson, ils nous tueraient tous les deux. Je sais comment ces gens-là opèrent et je suis sûr qu'ils parlaient sérieusement. Quoi qu'il en soit, j'ai eu de la chance, c'est sûr. J'ai juste passé quelques jours à l'hôpital d'Inca et quand je suis rentré chez moi, mon ami Biel March m'a aidé à récupérer et à retaper Can Sucrer. J'ai aussi eu de la chance sur un autre point. Vous vous souvenez des archives sur Mattson que je vous ai montrées ? Les tueurs à gages ne sont pas tombés dessus. Sinon, ça se serait peut-être passé autrement.

"Bon, je vous raconte tout ça pour que vous compreniez pourquoi je vous ai répondu comme ça l'autre jour. Et pour vous demander de ne plus m'appeler à ce numéro. C'est important. Il est plus que probable que les gens de Mattson aient mis ce téléphone sur écoute, le vôtre aussi peut-être, mais le mien sûrement. Et il ne faut pas non plus exclure la possibilité qu'ils vous surveillent comme ils le font avec moi, alors faites gaffe, Mattson a le bras long, il peut agir n'importe où, y compris en Terra Alta." Carrasco demande ensuite à Melchor de l'appeler, dorénavant, à un numéro qu'il utilisera uniquement pour communiquer avec lui, et il lui suggère de s'acheter lui aussi un téléphone qu'il utilisera de la même manière, uniquement pour les communications entre eux. Il lui donne son nouveau numéro et le prie, quand il répondra à sa lettre, de lui envoyer son nouveau numéro. Il écrit ensuite : "Pour l'instant on va communiquer comme ça, par voie postale, et juste pour le strict nécessaire, c'est ce qu'il y a de plus sûr. En cas d'urgence, on a WhatsApp ou les SMS. On utilisera le téléphone seulement pour ce qui est indispensable. Ça vous paraîtra excessif, mais croyez-moi ça ne l'est pas, deux précautions valent mieux qu'une."

"Mais maintenant, le plus important, continue Carrasco. Je vous ai dit que votre appel m'avait réjoui, même si j'ai dû cacher ma joie. Eh bien, c'est peu dire, en réalité votre appel m'a rendu euphorique. Je suppose que ce n'est pas la peine de vous expliquer pourquoi, je vous ai déjà dit que j'attendais cette occasion depuis des années, l'occasion d'en finir avec Mattson, et votre appel, pour moi, signifie que ce moment est venu. Vous ne savez pas à quel point j'en suis heureux. J'imagine qu'en parlant avec votre fille, vous aurez compris que tout ce que je vous ai raconté était vrai et qu'il ne s'agit pas seulement de m'aider à régler son compte à Mattson, au fond, ça, peu importe, et puis ça ne concerne que moi. En réalité il y a quelque chose de bien plus important, et c'est que votre fille et toutes les filles qui ont été victimes de Mattson ont besoin que justice leur soit rendue, ne serait-ce que pour empêcher que d'autres filles tombent entre ses mains. Il s'agit de cela, de justice et non pas de vengeance, c'est de ça que l'on parle, vous qui avez été policier comme moi je suis sûr que vous le comprenez mieux que quiconque. Les filles qui ont été victimes méritent la justice, et les filles qui seront victimes ne méritent pas d'être victimes. Et vous et moi, nous pouvons empêcher que ça se produise.

"Mais, bien sûr, votre appel m'a aussi rendu euphorique pour une autre raison, car il signifie que vous avez compris que la seule manière d'en finir avec Mattson est de procéder comme je vous l'ai expliqué. Il n'y en a pas d'autre, croyez-moi, après toutes ces années à cogiter là-dessus je suis certain que toute tentative de porter plainte contre Mattson est vouée à l'échec. Je ne sais pas si je vous l'ai dit l'autre jour, mais c'est comme ça, je peux vous le garantir. Et la raison, c'est qu'à Majorque, Mattson est protégé, hyper protégé, n'en ayez pas le moindre doute, je le sais par expérience, ça aussi je vous l'ai raconté." Ensuite, la prose de la lettre emprunte parfois un ton académique ou pseudo-académique dont Carrasco use pour ébaucher une digression historico-politique quelque peu confuse, dont Melchor ignore tout d'abord ce qu'elle vient faire là, dont il lit des passages en diagonale, et qui lui fait douter une nouvelle fois de l'équilibre mental de l'ancien *guardia civil.* Il commence en affirmant qu'à Majorque, deux sociétés vivent pour ainsi dire dos à dos, comme si elles habitaient deux mondes parallèles, indépendants et presque opposés : celle des étrangers et celles des Marjorquins. Pour les étrangers, prétend Carrasco, Majorque est un endroit paradisiaque : sûr, bon marché et cosmopolite, avec une mer omniprésente et accueillante, un climat doux, de bons hôpitaux et bien relié au reste du monde. "Que demander de plus ? écrit Carrasco. Pour les Majorquins, en revanche, ce n'est pas pareil." Selon l'ancien *guardia civil,* la société majorquine a toujours été une société renfermée sur elle-même, un peu claustrophobe, pour ne pas dire asphyxiante. C'est une île, rappelle-t-il. Et cela imprime un caractère à toute chose." Carrasco décrit un groupe humain très conservateur, hiérarchisé et endogame, un monde dominé par les propriétaires terriens, une société demeurée siècle après siècle, jusqu'à il y a deux générations, quasiment comme au Moyen Âge, immobilisée dans le temps. "Cette structure traditionnelle, tyrannique, détermine la caractéristique qui définit le mieux la société majorquine, signale Carrasco. La corruption. Cet endroit s'y est habitué, depuis huit cents ans la corruption n'est pas considérée comme une chose exceptionnelle, c'est la forme naturelle de vie, les Majorquins ont toujours cohabité avec. Et ça explique bien des choses."

"Où est-ce que je veux en venir ? poursuit Carrasco juste au moment où Melchor commence à le deviner. Je veux en venir au fait que Majorque est l'endroit idéal pour que Mattson agisse à sa guise sans que personne lui mette des bâtons dans les roues. Si ça se trouve, c'est pour cela qu'il a choisi l'île, je ne sais pas, c'est possible, en fin de compte il la connaît depuis tout gosse, et je doute fort qu'il ose faire la même chose dans son pays ou aux États-Unis. Ou peut-être que si, je n'en sais rien et ça ne m'intéresse pas. Bref. L'autre jour, je vous ai dit qu'il n'y a rien de plus vrai que le cliché selon lequel tout le monde a un prix, vous vous souvenez ? Ce que je ne vous ai pas dit, c'est qu'à Majorque c'est une vérité ancestrale, c'est inscrit dans les mentalités, et que tout le monde est habitué à vivre avec. Cerise sur le gâteau, Pollença est un endroit tout petit et isolé dans un coin de l'île, avec un poste de la Guardia Civil tout petit et isolé qui dépend d'un tribunal tout petit et isolé… En résumé, un jeu d'enfants pour Mattson.

"Voilà pourquoi je vous disais que cet homme, ici, est archiprotégé. Il est très possible qu'en dehors d'ici il le soit aussi, je vous l'ai dit, plein de gens très importants passent par cette maison, et Mattson les filme tous, il est donc probable qu'il puisse tous les faire chanter. C'est presque sûr. Mais ici, à Majorque, il est en sécurité, et c'est à ça que nous devons mettre fin."

Après quoi Carrasco rappelle à Melchor ce qu'il lui a déjà raconté à Can Sucrer : comment percer la cuirasse de Mattson et en finir avec lui. L'idée consiste à s'infiltrer dans la villa de Formentor, d'entrer dans ses archives de prédateur sexuel – ce que Carrasco appelle la "chambre du trésor" –, de saisir le plus d'éléments possible et de diffuser tout ça aux quatre vents. Il insiste ensuite, comme lorsqu'ils se sont vus à Can Sucrer, sur le fait qu'une fois la décision prise, seules trois choses sont indispensables : du temps, des gens et de l'argent. "Le temps, j'en fais mon affaire, c'est moi qui le gère, parce que c'est moi qui conçois le plan et qui dis quand et comment le mettre à exécution, écrit-il. Alors ça, vous pouvez l'oublier, je m'en occupe, le moment venu je vous expliquerai tout. Mais le reste, c'est vous qui vous en chargez, je ne dispose ni d'argent ni de gens, bon, sauf une personne qui sera essentielle pour nous, et que je vous présenterai en temps et en heure. En dehors de ça, tout le reste est de votre ressort." Pour mener à bien l'opération, explique Carrasco, ils ont besoin de sept personnes supplémentaires, en plus d'eux deux et de celle dont il a parlé : dix, au total. "Tous doivent être des professionnels. Si vous avez encore des amis dans la police, d'anciens camarades qui souhaitent vous aider, c'est parfait, mais, attention, on doit avoir totalement confiance en eux. Sinon, vous devrez vous débrouiller et engager quelqu'un. Ce n'est pas idéal, je suppose que vous en êtes conscient, mais vous n'aurez peut-être pas le choix, vous serez obligé de faire appel à une entreprise de sécurité, sur internet il y en a des tas et beaucoup acceptent ce genre de boulot. Il y a aussi la possibilité d'aller sur le darknet. Là, avec de l'argent, on peut tout avoir." Carrasco énumère ensuite l'équipement et les armes dont ils auront besoin : la liste comprend des pistolets, des pistolets-mitrailleurs, des munitions, des chargeurs, des gilets pare-balles, des viseurs laser, des menottes, des lampes-torches, des baudriers, des cagoules, deux voitures, un brouilleur de fréquences, des tronçonneuses, des téléphones portables, des plaques d'immatriculation et des faux papiers. "Il faut de l'argent pour acheter tout ça, précise Carrasco. Combien ? Je ne sais pas exactement, vous le découvrirez quand vous vous occuperez des préparatifs, et n'oubliez pas qu'en plus de recruter des professionnels, à supposer qu'il faille les recruter, et obtenir l'armement et l'équipement, vous devrez acheter des billets d'avion et de ferry aller-retour pour Majorque, il faudra louer des appartements, des voitures, etc. Ce n'est pas rien." Carrasco demande à Melchor s'il peut obtenir tout cela et s'il est prêt à mener cette opération jusqu'au bout. "Si la réponse est oui, dites-le-moi le plus tôt possible, envoyez-moi un WhatsApp avec la phrase : « Alors la Terre est tienne », comme ça je saurai que vous êtes prêt, je finirai de tout planifier et je déterminerai le moment idéal. Quel peut-il être ? Je ne sais pas. Bientôt, le plus tôt possible, mais je ne voudrais pas non plus me précipiter, le plus important, comme je vous l'ai dit, c'est de trouver le bon moment. J'ai deux ou trois idées, mais peut-être que je mettrai du temps à le déterminer, il faut être certain que ce soit le bon pour ne pas courir le risque d'échouer. Quoi qu'il en soit, si vous vous engagez, il faudra vous lancer dans les préparatifs dès que vous me donnerez le coup d'envoi. Si jamais, pour une raison ou une autre, l'affaire devait être retardée, ce n'est pas grave, au contraire, tout sera prêt. Quoi qu'il en soit, je vous dis aussi que, plus tôt on s'en occupera, mieux ce sera. Vraiment… Pensez à votre fille. Rappelez-vous ce qui se joue là. Rappelez-vous qu'il ne s'agit pas de vengeance, mais de justice. Et rappelez-vous surtout qu'il n'y aura qu'une seule opportunité. Si on échoue, il n'y en aura pas d'autre, vous pouvez en être sûr, et alors ce fils de pute s'en tirera comme si de rien n'était. Réfléchissez bien. Et quand vous serez prêt, écrivez-moi. Et n'oubliez pas : « Alors la Terre est tienne. » Comme vous pouvez l'imaginer, j'attendrai avec beaucoup d'impatience.

Salutations cordiales."

Melchor lit très lentement la lettre de Carrasco, comme si elle était écrite dans une langue qu'il ne comprend pas. Puis il la relit. Au bout de la troisième lecture, il la met dans une poche arrière de son pantalon, et de toute la journée il ne parvient pas à penser à autre chose. De temps en temps, il en relit des passages, mais le soir, il évite d'en parler à Rosa.

Le lendemain matin, Rosa et lui partent chacun de son côté pour Barcelone : elle, pour passer le week-end avec ses filles ; Melchor, pour rendre visite à Cosette. Il a bon espoir que sa fille aille mieux depuis le samedi précédent, et son espoir semble se confirmer quand il la voit dans le hall de la clinique Mercadal. Mais une fois dans le parc et lorsqu'ils entament une promenade, cependant, il se rend compte qu'en réalité, son état a empiré de façon alarmante : elle n'a pas si mauvaise mine, mais elle a le regard perdu, l'air absent et parle à peine ; et pourtant, quand il lui demande s'il s'est passé quelque chose, elle répond que non. Le jour s'est levé aussi ombrageux que sa fille. Un vent désagréable agite les branches des arbres, mais ne parvient pas à balayer les nuages du ciel de Collserola, qui défilent au-dessus de leurs têtes tel un cortège funèbre. Bien qu'il fasse un peu froid, le père et la fille s'assoient sur le même banc de pierre que la première fois, en face du massif de bougainvilliers, et, sentant l'épaisseur de la lettre de Carrasco dans la poche de son pantalon, Melchor se met à parler de la Terra Alta : des gens qui demandent comment elle va, de son travail à la bibliothèque, d'une nouvelle de Tourgueniev qui lui a beaucoup plu – elle s'intitule *Un rêve* et a pour personnage principal quelqu'un qui ignore s'il est vivant ou mort –, d'un nouveau curé qui vient d'arriver à la paroisse, un jeune prêtre latino-américain, de Colombie ou de Bolivie ou de Panama, qui rouvre des églises fermées dans toute la comarque pour y prononcer des messes. Il lui parle aussi de Rosa et lui raconte que, en son absence, il a dormi toute la semaine chez elle. Puis il hésite. Il reprend :

— Je me disais… – Autour d'eux on entend seulement des voix lointaines et indiscernables, et le gémissement du vent dans les arbres. – Je ne sais pas, j'ai pensé qu'on pouvait aller vivre avec elle. Avec Rosa, je veux dire… Pas maintenant, bien sûr. Quand tu seras rentrée. Quand on en aura envie. Sa maison est très grande, il y aurait largement de la place pour tout le monde, et elle en serait ravie. Ça te plairait ?

Cosette ne dit pas un mot. Melchor réitère la question, se tournant vers sa fille, qui finit par avoir un geste d'indifférence. Elle a les bras croisés et les avant-bras enserrés entre ses mains, comme pour se réchauffer ; son père lui demande si elle a froid et elle fait non de la tête, les yeux perdus dans le massif de bougainvilliers secoué par le vent, le regard en elle-même. Affolé par le mutisme de sa fille, Melchor est sur le point de lui redemander s'il s'est passé quelque chose durant la semaine quand il s'aperçoit qu'elle remue les lèvres et laisse entendre un murmure.

— Quoi ? s'empresse-t-il de demander.

Cosette ne semble pas l'entendre et elle ne répond pas, ne le regarde même pas. Au bout de quelques secondes, pourtant, elle murmure à nouveau, comme si elle parlait dans son sommeil. Melchor croit comprendre le mot "loups", mais il se dit ensuite qu'en réalité le mot était "fous" et demande à Cosette si elle a eu des ennuis avec les autres pensionnaires. De plus en plus enfoncée en elle-même, Cosette ne répond toujours pas. Melchor a alors l'impression de se souvenir, vaguement, d'informations ou de rumeurs sur la présence de loups dans la sierra de Collserola, et il demande à sa fille, en parcourant du regard le parc autour d'eux comme s'il cherchait des canidés entre les arbres, si c'est vrai qu'il y a des loups dans le coin. Cosette se tourne alors vers son père et le regarde comme si elle ne le reconnaissait pas, et Melchor croit distinguer dans les yeux de sa fille quelque chose qu'il n'a jamais vu et qu'au début il n'identifie pas. Ensuite, si : de la terreur.

— Ça ne va pas ?

Alarmé, Melchor lui passe un bras autour de l'épaule et lui prend la main. Celle-ci est gelée.

— De quoi tu as peur ? Quelqu'un t'a fait quelque chose ? Tu ne te sens pas bien ici ? On ne te traite pas bien ? Tu veux qu'on parte ? Si tu veux, on s'en va tout de suite… Dis-moi ce qui t'arrive, s'il te plaît.

Cosette baisse la tête et la remue d'un côté à l'autre sans rien dire, comme si elle disait non ou comme si quelque chose l'empêchait de parler, et aussitôt ses yeux s'emplissent de larmes et elle se met à pleurer sans bruit, levant le regard vers le massif de bougainvilliers. Impuissant, la gorge nouée et une écume froide envahissant son ventre, Melchor serre fort contre lui Cosette, qui appuie sa tête sur son épaule et cache son visage dans son cou. Un certain temps s'écoule, durant lequel il se demande s'il doit monter dans la chambre de Cosette, prendre ses affaires et la ramener à la maison ou s'il doit continuer à faire confiance à la clinique. Pour finir, il décide de s'entretenir avec le docteur Mercadal et d'agir en conséquence. Au loin, quelques pensionnaires et membres de leurs familles commencent à monter le perron du pavillon. L'heure de visite est terminée.

4

La secrétaire du docteur Mercadal lui dit que son chef ne peut pas le recevoir car il est en rendez-vous.

— Ce n'est pas grave, dit Melchor. Je peux attendre.

— Il en a un autre juste après, insiste la secrétaire.

Melchor rétorque qu'il attendra que le docteur trouve un créneau pour le recevoir, et la secrétaire – une femme d'un certain âge et bien en chair, vêtue d'un uniforme blanc d'infirmière – acquiesce avec une moue sceptique avant de lui indiquer une rangée de chaises. Melchor prend place et, quand il voit sortir une femme du bureau du médecin, il profite de ce que la secrétaire soit occupée avec elle pour s'y faufiler. À quelque distance de la porte, le docteur est debout, en train de contempler le parc à travers la fenêtre qui s'ouvre de l'autre côté de sa table de travail. Melchor perçoit la voix irritée de la secrétaire dans son dos :

— Écoutez.

Le docteur Mercadal se retourne pour faire face à Melchor et à la femme, qui est entrée dans le bureau à sa suite.

Melchor s'empresse de s'excuser.

— Je veux juste vous parler un instant, dit-il. C'est urgent.

Le docteur demande à sa secrétaire si le prochain rendez-vous est déjà arrivé ; la secrétaire répond que non et le docteur lui demande de le prévenir quand il sera là.

— Asseyez-vous.

Il montre à Melchor une chaise devant son bureau.

— Et pardonnez-nous, les jours de visite, c'est toujours compliqué.

Melchor ne s'assoit pas.

— Je ne vais pas vous retenir longtemps, répète-t-il. Juste un instant, c'est tout.

Mercadal demeure debout lui aussi.

— Je suis inquiet, lui avoue Melchor.

— Si c'est à cause de Cosette, vous ne devriez pas l'être.

— Je viens de la voir, et son état a vraiment empiré depuis la semaine dernière.

— C'est ce qu'il semble, mais ce n'est pas le cas. – Le docteur esquisse un sourire rassurant. – Au contraire, elle va beaucoup mieux.

Melchor l'observe, perplexe, dans l'expectative. Mercadal contourne son bureau tout en balayant de son front une mèche échappée de sa crinière.

— Vous vous souvenez de ce que la docteure Ibarz et moi nous vous avons dit l'autre jour ? Que Cosette devait faire sortir ce qu'elle a en elle, qu'elle devait déterrer ce qu'elle y a enfoui… Voilà, c'est précisément ce qu'elle est en train de faire : se confronter à la réalité de ce qui a eu lieu chez Mattson. Et, pour tout vous dire, elle le fait avec une rapidité qui nous étonne. Votre fille est très courageuse.

— Elle a pleuré.

— Et ce n'est pas bien ? – Le docteur met les mains dans les poches de son pantalon et son sourire semble plus large et plus assuré. – Je vous réponds : aucunement. Au contraire… Je comprends que cela vous ait inquiété, mais il ne faut pas. N'avions-nous pas dit que le processus serait douloureux ? Quand elle est arrivée ici, votre fille était déprimée. Elle l'est encore, mais la dépression a émergé, elle s'est transformée en pulsion irrépressible, en désir d'autodestruction… Son auto-estime est au plus bas, son corps la dégoûte, lui semble repoussant, elle a envie de se mortifier, elle a probablement des idées suicidaires. Mais, rassurez-vous, elle est bien ici, constamment sous surveillance, et il ne lui arrivera rien… Au contraire. Tout cela veut dire qu'elle est entrée en contact avec la douleur, avec sa souffrance, avec ce qui lui est arrivé chez Mattson… C'est quelque chose qui la dépasse encore, qu'elle n'est pas capable de digérer, et c'est pour cette raison qu'elle pleure. C'est normal. C'est bien. Cela veut dire qu'elle reprend contact avec son corps, que le processus réparateur a commencé... Viendra ensuite le moment de comprendre ce qui s'est produit, mais pour l'instant, c'est suffisant.

— Vous en êtes sûr ?

— Complètement. Comme je vous ai dit l'autre jour : si on sait ce qui nous arrive et si on le comprend, on peut le gérer ; sinon, c'est ça qui nous gère... Jusqu'à présent, Cosette ne savait pas ce qui lui était arrivé, parce qu'elle se l'était caché à elle-même et l'avait enfermé sous le sceau du secret. Maintenant, elle est en train de le découvrir. C'est un processus difficile et douloureux, et c'est normal qu'il en soit ainsi, je vous avais prévenu... Tout comme je vous avais prévenu que c'est indispensable, qu'elle devait en passer par là. De fait, j'irai presque jusqu'à dire que, plus c'est douloureux maintenant, moins ça le sera plus tard, parce qu'elle sera en mesure de mieux le gérer. Et plus vite elle en sera guérie. C'est comme une blessure. – Le docteur sort les mains de ses poches et frotte avec force l'index de sa main droite sur le dessus de la main gauche, comme s'il essayait d'effacer quelque chose écrit dessus. – Pour qu'elle puisse cicatriser, il faut nettoyer, soigner et recoudre. Et cela fait mal... Dites-moi, Cosette vous a-t-elle parlé des loups ?

Melchor ne répond pas, mais son interlocuteur déduit de son silence que la réponse est oui. À ce moment-là, la secrétaire les interrompt : le rendez-vous est arrivé, annonce-t-elle ; Mercadal indique qu'il sera disponible dans un instant, et la secrétaire se retire à nouveau. Le docteur reprend son explication.

— C'est l'une des choses que nous savons avec certitude, ça aussi. Ce n'est pas un seul homme qui a abusé d'elle. Mais plusieurs. Elle les appelle les loups... Nous ne savons pas encore exactement ce qu'il s'est passé, ce qu'ils lui ont fait ou, plutôt, ce qu'ils l'ont obligée à faire, mais nous savons qu'elle en est terrorisée et que c'est ainsi qu'elle les appelle. Les loups... Cosette avait enterré cela aussi, et très profondément, elle ne voulait pas que ça réapparaisse, mais il ne fallait pas le lui arracher aux forceps, elle l'a fait elle-même... Vous a-t-elle dit qu'elle avait été enfermée dans une cave ou dans un sous-sol, ce genre d'endroit, comme un animal dans une cage ?

— Non.

— C'est ce qui s'est passé. Un jour, elle vous le racontera à vous aussi… Ou pas. En réalité, il suffit qu'elle se le raconte à elle-même, il suffit qu'elle assume totalement ce qui s'est passé et pourquoi cela s'est passé. Et qu'elle comprenne qu'elle n'est en rien coupable, qu'elle a fait ce qu'elle devait faire pour se protéger, et que ce sont les autres qui ont fait tout le mal. Que ces hommes sont les bourreaux, et elle la victime… Enfin, voilà où on en est. Mais on a besoin de temps. Et votre fille aussi. De temps et de calme. Ce sont les deux choses dont votre fille a le plus besoin. Et c'est ce que vous pouvez lui donner de mieux en ce moment.

On frappe à nouveau à la porte et, bien que cette fois la secrétaire n'entre pas dans le bureau et ne prononce pas un seul mot, le docteur Mercadal repasse une main dans sa crinière, saisit Melchor par l'épaule et l'accompagne vers la sortie.

— De toute façon, je vous répète ce que je vous ai déjà dit. Vous pouvez être tranquille. Je sais que ça semble difficile à croire, mais Cosette s'en sortira. Je vous le garantis.

Avant d'ouvrir la porte du bureau, il s'arrête et, sans ôter sa main de l'épaule de Melchor, il cherche ses yeux :

— Votre fille m'a dit que vous aimiez les romans. Comment s'appelait celui-là, déjà ? *Ce qui ne te tue pas te rend plus fort*, c'est cela ? Ou bien était-ce un film ? Ou une chanson ? Peu importe. En réalité, la phrase est de Nietzsche, et c'est vrai. Une vérité gravée dans le marbre… Ce que j'essaie de vous dire, c'est que ce qui est arrivé à Cosette est horrible, mais ça ne va pas la tuer. Certaines femmes meurent pour beaucoup moins, elles le gardent en elles-mêmes et ça les détruit, ça les handicape à vie. Cela n'arrivera pas à Cosette. Parce que vous avez réagi rapidement. Et surtout parce que c'est elle… Alors voici mon conseil : ayez confiance en votre fille.

Melchor sort de la clinique Mercadal pétri d'angoisse, et plusieurs kilomètres durant, il conduit sa voiture sans savoir exactement où il va. Quand il sort de Barcelone, le jour ne semble plus le même : le vent est en train de disperser les nuages et d'ouvrir le ciel à un soleil qui l'aveugle par moments. Il a la gorge sèche et une envie folle de s'arrêter n'importe où, d'acheter une bouteille de whisky et de la boire entièrement ; il a aussi envie de pleurer. Il ne s'arrête nulle part. Il ne verse pas une seule larme. Mais il lui revient à la mémoire la dernière fois qu'il a pleuré, quatorze ans plus tôt, alors qu'il nageait au point du jour au large de la plage de la Barceloneta après avoir passé la nuit dans une suite de l'hôtel Arts et résolu l'affaire Adell. Il pleurait alors pour sa femme et pour sa mère, mortes toutes les deux, et il se dit maintenant que dans les deux cas, les assassins avaient fini par payer pour ce qu'ils avaient fait : les uns, presque immédiatement ; les autres, des années plus tard ; les uns en faisant de la prison, et les autres de leur vie. Quoi qu'il en soit, ces deux crimes ne sont pas restés impunis. Et le crime de Mattson, le restera-t-il ? se demande Melchor. Cet homme va-t-il payer pour ce qu'il a fait à Cosette ? Est-ce qu'il paiera s'ils portent plainte tous les deux contre lui ? Pendant qu'il conduit, Melchor sent l'épaisseur de la lettre de Carrasco contre le siège et il se demande si le projet de l'ancien *guardia civil* est viable. En réalité, il ne le connaît pas dans le détail, parce que Carrasco ne le lui a pas expliqué, ou il connaît seulement l'essentiel. Pourtant, il sait que cet homme est un policier avec de l'expérience et non pas un fou, qu'il prépare cette opération depuis des années et que personne n'a autant intérêt que lui à la mener à bien. Qu'est-ce qui est le plus vraisemblable, alors ? se demande Melchor. Qu'une police et une justice ligotées par Mattson fassent leur travail et condamnent le magnat, ou qu'un groupe de professionnels résolus réalisent le plan de Carrasco ? Est-il en mesure de l'aider et d'aller avec lui jusqu'au bout ? Est-il prêt à essayer ?

Melchor s'arrête pour faire le plein dans une station-service d'El Mèdol, peu avant d'emprunter la route de la Terra Alta. Il entre ensuite dans la cafétéria et commande un sandwich au fromage et un Coca-Cola. Pendant qu'il se restaure assis à une table d'où il domine l'autoroute, il continue de ruminer le projet de Carrasco. Il ne sait pas si Rosa lui prêterait l'argent nécessaire pour le réaliser, mais il sait qu'il pourrait la duper en lui assurant qu'il en a besoin pour autre chose ; il sait également que, si Blai acceptait de participer, le budget serait plus raisonnable : après tout, en tant que chef du commissariat de la Terra Alta, son ami a à sa disposition une quantité considérable d'armement et d'équipement (et il pourrait facilement avoir accès à davantage). Blai accepterait-il de se joindre à l'équipe ? Melchor n'y croit pas. En tout cas, certainement pas au début. À moins de se sentir dans l'obligation de le faire et de n'avoir d'autre choix que d'accepter. Dans sa lettre, Carrasco lui laissait entendre une évidence, et c'est que, pour donner l'assaut à la villa de Mattson, l'idéal serait que Melchor recrute certains de ses anciens camarades. Existe-t-il la moindre possibilité que quelqu'un accepte de l'accompagner ? Le premier nom qui lui vient à l'esprit est celui de Vàzquez, son ancien chef à l'Unité centrale des enlèvements et extorsions d'Egara, actuellement retiré à La Seu d'Urgell ; le second nom, celui de Paca Poch.

Toujours assis à la table de la cafétéria, Melchor téléphone à la sergente.

— Tiens, tiens, tu te souviens de la petite seulement quand ça chauffe, bibliothécaire, dit Paca Poch sitôt après avoir décroché. Qu'est-ce qui t'arrive, maintenant ?

— Rien, répond Melchor. Ça te dirait de prendre un verre ?

— Que tu en doutes m'offense, dit la sergente. On se retrouve où ?

— Tu es chez toi ?

— Oui.

— Je suis en train de manger à l'aire de repos d'El Mèdol. Donne-moi ton adresse et je serai chez toi dans pas longtemps.

Melchor finit son sandwich en rejoignant sa voiture, il entre les coordonnées de Paca Poch dans le GPS, et une heure et dix minutes plus tard il pénètre dans le parking souterrain de la place Alfons XII, dans la vieille ville de Tortosa. De là, il marche vers l'immeuble de la rue Argentina où vit la sergente ; elle répond à l'interphone, déclenche l'ouverture du portail et l'attend appuyée contre le chambranle de la porte de son appartement.

— À quoi doit-on tant d'honneur ? dit-elle en guise de salut.

Melchor lui annonce qu'il vient de rendre visite à Cosette à Barcelone ; Paca Poch veut savoir comment va sa fille et il lui apprend qu'elle va bien : elle sera bientôt de retour à la maison.

L'appartement de la sergente est minuscule et impersonnel, comme si sa locataire n'envisageait pas de s'y éterniser, mais il dispose d'un grand séjour-cuisine, divisé en deux espaces par un comptoir américain et éclairé par une grande fenêtre qui donne sur la rivière et laisse se répandre la clarté de l'après-midi. Au milieu, il y a une table accompagnée de plusieurs chaises, et plus loin un poste de télévision éteint et un canapé en cuir blanc où s'élèvent deux piles de vêtements propres et récemment pliés ; entre le canapé et le poste de télévision, il y a une planche à repasser sur laquelle est posé un fer à vapeur.

— Aujourd'hui, c'est ménage de printemps, explique Paca Poch en prenant une grande brassée de vêtements. Donne-moi une minute et je suis à toi.

Tandis que la sergente met de l'ordre dans le salon, faisant des allers-retours dans sa chambre (elle porte un tee-shirt blanc et ample, un pantalon de survêtement et des baskets usées ; des pinces à écaille lui retiennent les cheveux sur la nuque, formant un chignon chaotique), Melchor va à la fenêtre et reste quelques secondes à contempler le scintillement du soleil sur les remous de la rivière et sur les façades de la rive opposée. Plus tard, il parcourt du regard les étagères, où il ne découvre que deux romans : *Terra Alta* et *Indépendance*, de Javier Cercas.

— Je suis descendue au supermarché acheter du Coca et du whisky, entend-il dans son dos. Le whisky pour moi et le Coca pour toi… Avec ou sans glaçons ?

Paca Poch sort d'une armoire deux verres, en remplit un de glaçons et de Coca-Cola et le tend à Melchor ; dans l'autre verre, elle se sert deux doigts de Famous Grouse, hume le whisky et, épiant Melchor par-dessus le bord du verre, l'interroge :

— C'est vrai que si tu bois, tu perds la tête ?

— Qui dit ça ?

Melchor montre l'étagère avec son verre rempli à ras bord de Coca-Cola et demande :

— Cercas ?

La sergente jette un regard à l'étagère.

— Tu l'as lu ?

Melchor fait non de la tête.

— Je devrais ?

Paca Poch hausse les épaules. Elle élève ensuite son verre de whisky vers lui :

— À la santé de Cosette.

Le reste de la soirée, ils discutent assis dans le salon pendant que la lumière du jour s'éteint peu à peu de l'autre côté de la fenêtre. La conversation dissout l'angoisse de Melchor, qui ne trouve pas ou ne cherche pas le moment pour ou la manière de parler de Mattson et de présenter à la sergente le projet de Carrasco, en partie parce qu'il craint son refus, en partie parce qu'il redoute, en s'entendant lui-même parler du plan de Carrasco, d'y voir là une folie irréalisable. À un moment donné, la sergente lui demande pourquoi il a quitté la police.

— C'est simple, répond Melchor. Parce que je préfère mille fois vivre parmi les livres que parmi les flics et les voyous. Et toi ?

— Pourquoi je suis devenue flic ? Ça, c'est encore plus simple, dit Paca Poch en lui décochant un clin d'œil. Parce que j'adore les flics.

— Et les voyous ?

— Encore plus.

À un autre moment, alors que Paca Poch a déjà deux whiskys à son actif, elle le questionne sur les attentats de Cambrils, ou plutôt sur son rôle dans les attentats de Cambrils. Il essaie d'éluder le sujet, mais la sergente insiste :

— Dis-moi juste une chose. Tu as eu peur ?

La question surprend Melchor, peut-être parce que lui-même ne se l'est jamais posée, ce qui le surprend encore davantage.

— Je ne sais pas, dit-il. Je ne me rappelle pas.

— T'es un menteur, bibliothécaire, sourit Paca Poch. Allez, dis-moi la vérité.

Melchor s'efforce de revivre cet instant qui a changé sa vie. Il a eu lieu dix-sept ans plus tôt, mais soudain il se rend compte que c'est comme s'il avait eu lieu la veille ; davantage que surpris, il en est déconcerté.

— Je ne sais pas, répète-t-il.

Peut-être de façon contradictoire, il ajoute :

— Tout s'est passé si vite que je crois que je n'ai pas eu le temps d'avoir peur.

— Tu parles d'un lieu commun, se moque Paca Poch.

Melchor réfléchit quelques instants : pour ne pas décevoir la sergente, il cherche une meilleure réponse. Mais il ne la trouve pas, alors il hausse les épaules.

— Je ne sais pas, dit-il pour la troisième fois. Peut-être que les lieux communs sont des lieux communs parce qu'ils sont vrais.

Vers vingt heures, alors que la nuit tombe, Paca Poch propose qu'ils aillent regarder un match de foot avec des amis.

— Quel match ? demande Melchor.

— Quel match ça peut être ? répond la sergente. Le Barça contre la Juve. La demi-finale de la Champions League. Le gagnant sera en finale contre Madrid.

L'ancien policier garde le silence. Paca Poch demande :

— T'aimes pas le foot ?

— Pas trop.

— Ce match va te plaire. Tu verras.

Melchor, que même l'enthousiasme de Cosette pour le football, lorsqu'elle était enfant, n'a pas réussi à l'intéresser à ce sport, décline la proposition et annonce qu'il rentre chez lui.

— Rosa t'attend ? demande Paca Poch.

— Non, répond Melchor. Elle est à Barcelone.

Le visage de la sergente s'éclaire comme si une lampe s'était allumée en elle.

— Alors, pourquoi tu es pressé ? demande-t-elle et, avant que Melchor puisse répondre, elle se lève du canapé et propose : Reste ici cette nuit. On va bien se marrer, mes potes vont te plaire. Et si le Barça gagne, on ira danser. S'il perd aussi, pour noyer notre chagrin. Cette ville n'est pas grand-chose, mais il y a deux ou trois chouettes troquets. Dis-moi la vérité, ça fait combien de temps que tu n'as pas fait une teuf digne de ce nom ?

Melchor ne répond pas, mais en cet instant, il sent que ces quelques heures de conversation, le Coca-Cola et le whisky ont fait de Paca Poch une amie et que le moment qu'il cherchait est arrivé. Avec un soupir, il détourne le regard vers la fenêtre : les lumières, sur la rive d'en face, tremblent dans l'eau de la rivière.

— Je t'ai menti tout à l'heure, reconnaît-il en regardant à nouveau la sergente. En fait, j'ai un problème.

Paca Poch se rassoit sur le canapé ; la lampe en elle s'est éteinte, et ses traits expriment une sorte de déception teintée de moquerie.

— Je me disais bien. Quel genre de problème ?

— En réalité, ce n'est pas un problème. C'est quelque chose que je dois te demander.

— C'est important ?

— Oui.

— Accordé.

Melchor fronce les sourcils.

— Je ne t'ai pas encore dit ce que c'est.

— Peu importe. Accordé.

— C'est dangereux.

— Tant mieux.

— Dangereux et illégal, aussi.

— Tu commences à m'exciter.

Melchor sourit ; il montre alors la bouteille de Famous Grouse à moitié vide. Paca Poch la lui passe.

— Celui qui perd la tête quand il boit, c'est toi, l'avertit-elle. Pas moi.

Melchor ne la contredit pas, et sort de sa poche la lettre de Carrasco, la déplie et la lui tend, puis entreprend de lui raconter ce qui est arrivé à Cosette dans la villa de Mattson, ou ce qu'il en sait. Paca Poch écoute attentivement, puis elle lit la lettre et pose à Melchor trois ou quatre questions très concrètes sur Carrasco, sur ce qu'il sait du plan de Carrasco, sur Mattson et sur ce qui s'est produit à Pollença, des questions auxquelles il répond avec toute la précision dont il est capable. Ensuite la sergente plie la lettre et, souriant comme si la lampe s'était allumée une nouvelle fois en elle, elle la rend à Melchor et lui demande :

— Alors, quand est-ce qu'on va à Pollença ?

5

Melchor passe la nuit sur le canapé de Paca Poch, et le lendemain matin, avant de partir de chez elle, il met un peu d'ordre dans le salon, se douche, s'habille, prend un café et laisse sur le comptoir américain un mot à la sergente, qui continue de dormir à poings fermés dans sa chambre. "Merci pour tout", écrit-il. Il a déjà la main sur la poignée de la porte de l'appartement quand il se rappelle que la veille, une fois qu'ils avaient pris la décision de sortir dîner, son hôtesse avait disparu et, au bout d'un quart d'heure, elle était revenue fraîchement douchée et maquillée, ses cheveux mouillés lui tombant sur les épaules, chaussée de talons hauts et vêtue d'un jean moulant, d'une veste en cuir et d'un tee-shirt qui soulignait ses seins. "T'en dis quoi ?" lui avait-elle demandé, les mains sur la taille, le regard provocant et le sourire aguicheur. "Pas vrai que je suis une bombe ?" À présent, Melchor fait demi-tour et revient vers le comptoir américain. "Au fait, ajoute-t-il sur la note. C'est vrai : tu es une bombe."

Il récupère sa voiture dans le parking souterrain, entre une adresse de La Seu d'Urgell dans le GPS, émerge place Alfons XII et, au lieu de prendre la route de Xerta en direction de la Terra Alta pour retourner chez lui, il s'éloigne en direction de Tarragona. Il fait un temps magnifique, le ciel est bleu clair et le soleil printanier, et sur l'autoroute de la Méditerranée le trafic est rare à cette heure du dimanche. Peu après avoir pris la sortie 35 et la route de Reus, il appelle Rosa, avec qui il a parlé un moment au téléphone la veille, depuis la taverne irlandaise du centre-ville où Paca Poch l'avait invité à manger un burger.

— Alors, cette bringue ? demande Rosa.

— Super, répond Melchor. J'ai dormi trois heures.
— Chez Paca ?
— Bien sûr. C'est une bonne recrue.
— Je dois être jalouse ?

Melchor ne répond même pas à la question : il lui parle de la taverne irlandaise où Paca Poch semblait connaître tous les habitués et où ils ont dîné en suivant la victoire du Barça contre la Juventus en demi-finale de la Champions ; il lui parle aussi d'une boîte de nuit située à quelques kilomètres d'Amposta et où, apparemment, la sergente a l'habitude de se rendre le week-end ("Tu connais l'adage : Le samedi, c'est permis, on se lâche avec panache"), un établissement qui, de l'extérieur, évoque un transatlantique échoué, mais qui à l'intérieur se trouve être un immense garage délabré et fourmillant, percé par des lames de lumières stroboscopiques. Il demande ensuite à Rosa comment s'est passé son week-end à Barcelone. Elle le résume en deux ou trois phrases avant de lui apprendre qu'un imprévu a surgi et que, si ça ne le dérange pas et contrairement à leur projet initial de dîner chez elle, elle aimerait rester à Barcelone, avec ses filles, ses petits-enfants et ses gendres.

— Ça ne me dérange pas du tout, lui assure-t-il. D'ailleurs, j'allais te dire que moi non plus, je ne peux pas être là pour le dîner.

— Ah bon ?

Melchor est tenté de raconter à Rosa où il se rend, de lui parler de la lettre de Carrasco et du soutien sans réserve de Paca Poch à son plan ; mais il se dit que c'est un peu prématuré et que les choses seront peut-être plus claires en fin de journée. En outre, il se souvient de l'avertissement de Carrasco, selon lequel il est possible que son téléphone soit sur écoute ("Et il ne faut pas non plus exclure la possibilité qu'ils vous surveillent comme ils le font avec moi, alors faites gaffe"), et il se dit que, quoi qu'il en soit, il est préférable d'expliquer tout cela à Rosa de vive voix.

— Je te raconte ça demain.

Deux heures et quinze minutes plus tard, après avoir laissé derrière lui Tàrrega, Cervera et Guissona, Melchor arrive à La Seu d'Urgell et, suivant les indications du GPS, il s'arrête pour faire le plein dans une station-service qu'il trouve à la sortie de la ville, déjà sur la route de Puigcerdà. Pendant qu'il règle à la caisse, il demande à l'employée si elle connaît le chenil nommé Canis.

— C'est tout près, répond-elle, et elle lui donne quelques indications succinctes avant d'ajouter : Impossible de le rater.

Suivant les directives de la caissière, Melchor reprend la route et conduit deux kilomètres en direction de Puigcerdà, puis il bifurque à droite sur un chemin de terre, traverse un pont qui enjambe un ruisseau, s'enfonce dans un bois de chênes verts, passe devant une grappe de maisons et au bout de deux kilomètres se gare sur une esplanade qui s'étend en face d'une vieille ferme, à côté d'un panneau en bois enfoncé dans la terre et indiquant le nom du chenil.

Melchor coupe le moteur de sa voiture : les aboiements proches de quelques chiens sont les seuls bruits qu'il perçoit autour de lui, dans la quiétude immaculée de la vallée. La porte de la ferme est entrouverte ; en la poussant, il entrevoit une sorte de grand vestibule plongé dans la pénombre sur lequel donnent plusieurs portes fermées et, au fond, un escalier qui monte au premier étage. La voix de Melchor résonne dans le vide :

— Il y a quelqu'un ?

Il attend quelques secondes, et comme il ne reçoit pas de réponse, il contourne la maison et découvre à l'arrière un portail qui mène à une cour ; une kyrielle de cages occupées par des chiens s'alignent là, à sa gauche. Dès qu'il franchit le portail, le ton et l'intensité des aboiements augmentent extraordinairement et de l'une des cages émerge, en se tenant courbé, un homme avec un seau métallique dans une main. En apercevant Melchor qui s'avance vers lui, il s'essuie le front avec l'avant-bras et le scrute en plissant les yeux.

— Faut le voir pour le croire, marmonne l'ancien sergent Vàzquez. Le héros de Cambrils en chair et en os.

Melchor s'arrête à un mètre de Vàzquez et les deux hommes restent quelques instants face à face, à s'observer au milieu du brouhaha assourdissant des chiens. Puis l'ancien sergent pose le seau sur le sol de la cour et se précipite pour donner l'accolade à son ancien camarade. Pendant qu'il sent le corps de Vàzquez contre lui, dur comme la pierre sous ses vêtements qui dégagent une odeur d'aliments pour chiens, le cerveau de Melchor lui envoie deux souvenirs fulgurants, ou plutôt deux images.

Toutes deux sont lointaines. Melchor a fait la connaissance de Vàzquez peu après la mort de la femme de celui-ci, quand il s'était éloigné un certain temps de la Terra Alta pour fuir ces images empoisonnées et avait fini par être envoyé à l'Unité centrale des enlèvements et extorsions d'Egara, dans la banlieue de Barcelone. Vàzquez, qui était alors un quadragénaire au crâne rasé, tout en muscles et hyperactif, avec un air de bouledogue et une réputation de policier bagarreur mais droit dans ses bottes, dirigeait l'unité. Melchor avait travaillé deux années sous ses ordres ; puis, peu avant son retour en Terra Alta, l'unité avait été désintégrée à la suite d'un épisode au terme duquel Vàzquez avait été hospitalisé durant une semaine avant d'être muté, à sa propre demande, au commissariat de La Seu d'Urgell, d'où il est originaire. L'épisode en question avait débuté avec l'enlèvement de la fille d'un narcotrafiquant vénézuélien par un gang rival. Pendant des mois, l'unité au grand complet avait travaillé sur ce dossier, avec Vàzquez comme négociateur principal entre les narcotrafiquants. Cela avait été une négociation âpre, complexe et tendue, durant laquelle le Vénézuélien avait reçu chez lui, l'un après l'autre, trois petits doigts coupés de sa fille, qui venait de fêter ses cinq ans. À la fin, quand il avait cru avoir localisé la fillette dans un entrepôt de la banlieue de Molins de Rei, Vàzquez avait monté un dispositif d'intervention de quatre-vingts personnes, comprenant des membres de la Guardia Civil et des agents de la police nationale. L'opération échoua. Il y eut trois arrestations et un mort, mais les policiers ne purent sauver la fille du narco, et le souvenir le plus fort que Melchor conservait de ce jour funeste était celui de Vàzquez assis dans une flaque de sang à même le sol de ciment de l'entrepôt, la tête sectionnée de la fillette sur les genoux et les yeux exorbités, en train de trembler et de hurler comme un possédé.

C'est la première image de l'ancien sergent qui lui vient à l'esprit, pendant qu'ils se donnent l'accolade au milieu de la cour de la ferme. La seconde date de trois ans plus tard, quand Melchor avait intégré pour quelques jours la même unité afin d'apporter son aide dans une affaire de tentative de chantage sexuel dont était victime la maire de Barcelone ; il l'avait fait à la demande de Blai, qui dirigeait à Egara le Département central des enquêtes sur les personnes disparues, et il avait retrouvé Vàzquez, de retour à son poste. Il avait alors travaillé aux ordres du sergent pendant deux semaines dont il garde également un souvenir très marquant qu'il ressuscite à présent malgré lui : l'image de Vàzquez en train de sangloter dans ses bras, comme un enfant sale, fébrile et sentant mauvais, dans le séjour obscur de son appartement de divorcé à Cerdanyola, le matin où Melchor avait découvert que depuis des années, le type le plus dur qu'il connaissait souffrait de troubles bipolaires qui le plongeaient tour à tour dans des phases d'euphorie et de dépression, et qui l'anéantissaient en tant que policier et en tant qu'individu.

Une fois que les deux hommes ont desserré leur accolade, Vàzquez demande à Melchor ce qui l'amène ici. Melchor sourit et hausse les épaules ; ensuite, il demande des nouvelles de Verónica.

— Elle est allée faire des courses au village, répond Vàzquez, qui reprend le seau et ajoute : Allez, accompagne-moi, on va donner à manger à cette bande.

Dans les cages grouillent des dizaines de chiens de races diverses et variées, la plupart très jeunes, au comble de l'excitation quand Vàzquez entre dans leur box et leur jette la nourriture. L'ancien sergent traite ses animaux avec une familiarité dénuée de simagrées, leur donnant des ordres et les grondant en même temps qu'il parle d'eux à Melchor. Sept ans plus tôt, quand il était encore en poste à Egara, Vàzquez n'était pas parvenu à repousser un nouvel assaut de sa maladie et s'était vu obligé de mettre un terme à sa carrière de policier. À l'époque, cela faisait déjà un moment qu'il sortait avec Verónica Planas, qui exerçait alors la fonction d'attachée de presse des *mossos d'esquadra*. Verónica l'avait aidé à vaincre la dépression et elle avait abandonné son travail à Barcelone pour s'installer avec lui à La Seu d'Urgell, où ils s'étaient mariés au bout d'un certain temps. Les deux amis ne s'étaient pas revus depuis le jour du mariage, cinq ans auparavant.

Vàzquez continue de jeter de la nourriture aux chiens, mais, répondant aux questions de Melchor, cesse de parler d'eux pour évoquer la propriété où il vit et où il a monté son affaire.

— C'était à ma mère, raconte-t-il sans interrompre sa tâche. Enfin, à la famille de ma mère… Mon père n'était pas de la région. Il était *guardia civil.* De Badajoz. Mais il a été muté ici, il y a rencontré ma mère, et il est resté ici.

Vàzquez demande des nouvelles de Cosette, de Rosa et de Blai ; Melchor dit la vérité sur les deux derniers, mais pas sur la première. Quand Vàzquez sort du dernier box et le referme, les deux hommes entrent dans la maison par une ancienne écurie où l'ex-sergent se déshabille le haut du corps et se lave les mains, le visage et le torse à l'eau froide de l'abreuvoir. Melchor remarque ses abdominaux sans une once de graisse, et Vàzquez devine sa pensée.

— T'imaginais quoi ?

Il sourit d'un air goguenard, se frappant le torse avec les poings serrés.

— Que je suis devenu un vioque ramolli ? Putain, non… Je sors courir tous les jours, je fais des haltères, du vélo, la totale. Modestie à part, je suis comme un taureau.

— Je vois ça.

— Il faut être préparé, mon gars. On ne sait jamais quand il faudra retourner à la guerre.

Tout en séchant son cou et son crâne rasé à l'aide d'une serviette, il ajoute :

— Tu sais quoi ? Je lis aussi des romans.

Melchor fronce les sourcils, intrigué.

— C'est Verónica qui me force.

Vàzquez se compose une expression à la fois résignée et malicieuse, comme s'il venait d'avouer une espièglerie.

— Elle dit que les gens qui ne lisent pas finissent avec le cerveau plein de toiles d'araignée. Elle dit aussi que moins je lis, plus je ressemble à mes chiens. Comme si c'était une mauvaise chose, merde… À propos, tu devineras jamais ce que je viens de lire…

Sans attendre la réponse de Melchor, Vàzquez l'invite à le suivre à l'intérieur de la maison.

— Un indice, dit-il. Ce n'est pas *Les Misérables.*

Melchor ne se souvient pas d'avoir parlé une seule fois littérature avec Vàzquez, et il se demande comment celui-ci a découvert que, pendant des années, le roman de Victor Hugo a été son livre de chevet. En passant par le grand et sombre vestibule qu'il a entrevu un moment plus tôt, quand il s'était présenté à l'entrée, Vàzquez s'arrête et clame haut et fort :

— Les romans de Cercas.

Melchor l'observe sans curiosité.

— J'ai lu le deuxième parce que Verónica m'avait dit que j'étais dedans, explique Vàzquez. *Indépendance*, c'est le titre… Après, j'ai lu le premier. Et tu sais quoi ? – Sur son visage, la résignation et la malice ont laissé place au scepticisme. – C'est pas mauvais. Au moins, c'est divertissant, pas comme les autres trucs rasoirs que j'ai dû me coltiner… Après, c'est vrai que le mec, il invente tout. Bon, presque tout : je te garantis que cet enfoiré s'est bien informé, en tout cas pour le deuxième il a dû parler avec des gens d'Egara qui lui ont raconté des trucs… Après, quand il faut mettre un petit coup d'imagination, là, il n'a besoin de personne, le mec. Tu sais ce qu'il dit, pour le coup du chantage ?

— Non, mais je l'imagine.

— Je parie tout ce que tu veux que non… Je veux dire qu'il ne dit pas ce que dit tout le monde, c'est-à-dire que c'est la maire qui a fait buter les trois ténors et Hematomas… Il dit que c'est toi qui les as zigouillés, parce que tu as découvert qu'ils avaient tué ta mère.

Dans la pénombre du vestibule, Vàzquez sourit de toutes ses dents, ouvrant de grands yeux et secouant la tête :

— Pas mal, hein ?… Tu vois, Verónica dit toujours ça : les mensonges, ça vend mieux que la vérité, parce que ça a plus de gueule et c'est plus facile à raconter.

— Blai dit la même chose.

Vàzquez, qui s'était remis à marcher, s'arrête à nouveau.

— Oui, mais Verónica en sait plus que Blai sur ce sujet, signale-t-il à Melchor tout en le frappant dans la poitrine avec un index d'avertissement. Et pas seulement sur ça, sur tout le reste aussi.

La femme de Vàzquez apparaît peu de temps après, chargée de deux sacs et un journal sous le bras, et elle les trouve attablés dans la cuisine, en train de prendre un apéritif.

— Je me demandais à qui pouvait bien être la voiture à l'entrée.

Sans refréner sa joie, elle laisse les sacs et le journal sur le plan de travail en marbre et se jette au cou de Melchor pour lui coller deux baisers.

— On peut savoir quel bon vent t'amène ?

Melchor répond sans répondre, comme il l'a fait un peu plus tôt avec Vàzquez, mais ses amis n'insistent pas et ils se mettent à préparer ensemble le déjeuner. Ensuite, tandis qu'ils mangent une salade de tomates avec du thon, des gnocchis au pistou et un gâteau aux pommes, Verónica explique à Melchor qu'après avoir consacré des années à la communication *corporate*, elle a renoué avec le métier de journaliste et est ravie de travailler en tant qu'indépendante pour plusieurs journaux et de passer trois jours par semaine à Barcelone, où elle conserve un pied-à-terre.

— Comme ça je peux voir mes amis, aller au cinéma, au théâtre et au concert, énumère-t-elle. Pour tout te dire, je suis au courant de tout, mon gars.

Montrant Vàzquez avec la fourchette, elle ajoute :

— Pas comme ce ballot, qui est un asocial.

Vàzquez rit joyeusement, cherchant avec sa bouche celle de Verónica, qui le repousse en éclatant de rire elle aussi. Ils sont mariés depuis déjà cinq ans, mais ils donnent l'impression de l'être depuis peu, même si Melchor sait que Vàzquez a dû redoubler d'efforts pour conquérir Verónica.

En réalité, Melchor connaît la femme de Vàzquez depuis plus longtemps que son ami. Quand les attentats djihadistes avaient eu lieu en 2017, Verónica était déjà l'attachée de presse des *mossos d'esquadra*, et peu de temps après elle avait proposé à Melchor qu'il raconte, sans révéler son identité, son expérience du 17 août à Cambrils devant les caméras de la télévision catalane, qui préparait un reportage sur cet épisode. Verónica, que Vàzquez n'avait alors croisée qu'en de rares occasions, avait avancé que la présence de Melchor dans le reportage permettrait de remonter le moral de ses compagnons, au plus bas depuis que le chef du corps, le major Trapero, avait été démis de son poste à cause de son rôle dans la tentative sécessionniste de l'automne de cette même année, quand le gouvernement autonome catalan avait décrété de manière unilatérale la séparation de la Catalogne du reste de l'Espagne. Melchor avait refusé la proposition de Verónica. Pourtant, des années plus tard, à l'époque où il était affecté à Barcelone et qu'il se trouvait sous les ordres de Vàzquez, Verónica avait réitéré sa proposition avec l'appât supplémentaire d'un documentaire réalisé par un cinéaste prestigieux. C'est à la même période, ou peu après, alors que l'attachée de presse voulait à tout prix rendre visite à Melchor en Terra Alta pour essayer de le convaincre, que Vàzquez était tombé follement amoureux d'elle et avait demandé à son ami d'accéder à la requête de Verónica à condition que lui aussi l'accompagne. Melchor avait accepté. Et même si ces visites en Terra Alta n'avaient pas aidé Verónica à persuader Melchor, elles avaient néanmoins aidé Vàzquez à séduire Verónica.

— J'ai aussi le projet d'écrire un best-seller, plaisante celle-ci en s'adressant à Melchor. Tu veux connaître le titre ?

— Ça sera quoi ? se précipite Vàzquez, avec un regard extatique pour sa femme.

Verónica passe une main devant son visage, dans une sorte de *floreo* flamenco et annonce :

— *J'ai épousé l'homme de Cro-Magnon.*

Vàzquez éclate de rire et donne un coup de poing sur la table.

— On va s'en mettre plein les poches, prédit-il.

À la fin du repas, Verónica annonce :

— Moi, si vous le permettez, je vais faire une sieste. Tu fais la sieste, Melchor ?

Melchor répond par la négative.

— Ce sauvage non plus.

Elle montre Vàzquez avec le pouce.

— Tant pis pour vous. La sieste, c'est important. C'est une bonne coutume qu'on avait dans ce pays et qu'on est en train de perdre. La sieste, c'est bon pour tout. Tous les médecins le disent. Elle devrait être obligatoire, et on devrait envoyer en prison ceux qui ne la font pas… Ne riez pas. Je parle sérieusement. En tout cas, les gens qui travaillent beaucoup, comme moi, ne peuvent pas s'offrir le luxe de ne pas la faire. Voilà, c'est dit.

Les deux hommes débarrassent la table et lavent la vaisselle ; quand ils ont fini, ils sortent faire un tour. Ils suivent d'abord le chemin de la ferme, mais celui-ci s'achève au bout de quelques mètres pour devenir un large sentier de montagne bordé de pins.

Pendant un moment, ils marchent en silence, entendant seulement les bruits de la forêt et celui de leurs pas sur le sol. L'air de la vallée est transparent, on ne peut plus limpide. L'après-midi est encore agréable, le soleil est doux et le ciel sans nuages. Ils marchent déjà depuis un bon moment quand Vàzquez se met à parler.

— Dis-moi, Melchor. T'es pas venu seulement pour nous rendre visite, pas vrai ?

Melchor s'arrête au milieu du sentier.

— Non, dit-il. – Vàzquez s'arrête un peu plus loin et se retourne pour le regarder. – Je suis venu te demander un service.

6

Le lundi à la première heure, tandis qu'il prend son café avec Blai au bar d'Hiroyuki ("Çomment ça va, l'Empire du Soleil levant ?" a lancé l'inspecteur au Japonais), Melchor ne raconte pas à son ami qu'il se trouvait la veille à La Seu d'Urgell avec Vàzquez, ni qu'il est resté dormir à Tortosa, chez Paca Poch, samedi soir, et il se borne à l'écouter d'une oreille distraite tout en cherchant la manière de le convaincre de se joindre à l'opération. Il ne la trouve pas. Vingt ans d'amitié ou presque lui suffisent pour deviner que, dans un cas pareil, Blai refusera de lui offrir son soutien à moins d'un concours de circonstances très spéciales et qu'il ait le sentiment de ne pas avoir le choix.

Avant d'aller travailler, Melchor entre dans un magasin de téléphones portables de l'avenue de València, achète un appareil au nom de Cosette et, pendant qu'il s'achemine d'un pas pressé vers la bibliothèque, il envoie un WhatsApp à Carrasco. "Alors la Terre est tienne", est-il écrit. Comme si l'ancien *guardia civil* attendait son message avec impatience, Melchor reçoit une réponse immédiate. "Alléluia. On y va ? Tout est prêt ?" "J'y travaille", répond à son tour Melchor, se rendant compte que Carrasco le tutoie désormais, contrairement à ce qu'il faisait jusqu'à présent ; il lui rend la pareille : "En attendant, occupe-toi du reste. Quand tu auras décidé du jour, préviens-moi. J'espère être prêt à ce moment-là." "Tu dois l'être", insiste Carrasco. "Je le serai", dit Melchor, sans savoir s'il le sera. La réponse de Carrasco est un émoji qui représente une main jaune avec deux doigts levés en signe de victoire.

Melchor passe le restant de sa journée de travail à dérober du temps à ses obligations pour naviguer sur internet à la recherche d'informations sur des professionnels, l'armement et l'équipement nécessaires pour pénétrer chez le magnat. Surtout les informations sur les professionnels, sujet qui le préoccupe le plus. Selon les estimations de l'ancien *guardia civil*, ils ont besoin de dix personnes en tout, en comptant Carrasco lui-même, Melchor et la personne que Carrasco amènera ; si à eux trois on ajoute Paca Poch et Vàzquez, qui se sont déjà engagés à prendre part à l'opération, il manque encore cinq personnes pour compléter l'équipe. Melchor va sur le site de plusieurs entreprises de sécurité espagnoles, il étudie leurs caractéristiques, téléphone à trois d'entre elles (Segur, Security Services et Virela) et, usant d'euphémismes et à mots couverts, il décrit le type d'opération pour laquelle il a besoin de professionnels ("pénétration dans un domicile sans couverture légale" est la formule qu'il utilise). Toutes trois lui répondent qu'elles ne proposent pas ce type de services, mais un responsable de la dernière l'appelle un peu plus tard depuis un autre téléphone, insinue qu'ils pourraient le faire et lui suggère de venir leur rendre visite à leur siège, situé à Alcalá de Henares. Quand Melchor demande combien cela coûterait d'engager un de leurs professionnels pour un ou deux jours, la réponse est :

— Ça dépend de la complexité de l'opération et du risque que ça implique.

— Supposons que l'opération est complexe et le risque élevé.

— Soixante mille euros. Peut-être un peu moins.

Melchor décide alors de recourir au darknet, auquel il accède de manière anonyme via le moteur de recherche Tor. C'est la première fois qu'il le fait depuis qu'il a quitté la police, cinq ans plus tôt, et il est stupéfait de la croissance monstrueuse qu'a connue entre-temps l'internet des profondeurs ; mais pas de l'impertinence totale avec laquelle le consommateur se voit proposer une formidable profusion de biens et de services, depuis des lots d'armes lourdes jusqu'à des tireurs d'élite spécialisés en assassinat ciblé. Malgré tout cela, il a beau chercher, il ne trouve aucun site où un professionnel accepterait ce genre d'opération à risque pour moins de trente mille euros. Ce qui signifie, calcule-t-il, que le coût de l'assaut s'élèverait, ne serait-ce qu'en matériel humain, à cent cinquante mille euros au moins ; il faudrait ajouter à cela, également dans le meilleur des cas, trente ou quarante mille euros en matériel technique, armement et autres frais. Soit un total d'environ deux cent mille euros. En même temps, se dit Melchor, il est vrai qu'une fois l'opération terminée (et même en cas d'échec), l'armement et le matériel technique pourraient être revendus sur le même darknet, mais il est tout aussi vrai que, du moins au début, la somme dont il faudrait disposer est exorbitante. Peut-il la réunir ? Il ne sait pas si Rosa la lui donnerait, encore moins pour les dépenses qu'il envisage de faire, mais il écarte l'idée de le lui demander. Comment obtenir cette somme, alors ? Il n'a pas fini de formuler cette question qu'il se fait à nouveau la réflexion que si Blai se joint à l'opération, le budget sera beaucoup moins élevé et son succès bien plus plausible, et il pense à quelque chose qui, se dit-il, pourrait le convaincre de se joindre à l'opération, du moins l'obliger à considérer sérieusement cette hypothèse.

À dix-sept heures trente, une fois qu'il a fini son service à la bibliothèque et que Dolors est arrivée pour prendre le relais, Melchor rentre chez lui, se met au volant de sa voiture et quitte Gandesa par la route du cimetière, en direction de Vilalba dels Arcs. Dix minutes plus tard, il parvient au village, s'y introduit sans croiser âme qui vive et, au niveau d'un terrain de foot, tourne à droite et emprunte la rue de la Bassa Bona. Juste avant que le village se désintègre et devienne un terrain vague, il se gare devant un tracteur, à côté d'un trottoir délabré. Melchor descend de son véhicule, rebrousse chemin sur quelques mètres et frappe à la porte d'une vieille maison rafraîchie, dont le balcon en façade comporte un panneau où l'on peut lire : CAN SALVI. TOURISME RURAL. Le coup du heurtoir en fer contre le bois résonne dans le calme vespéral des confins du village. C'est un après-midi sans vent, les éoliennes se profilent sur le bleu cobalt du ciel, immobiles tels de gigantesques insectes endormis.

Il est sur le point de frapper à nouveau quand la porte s'ouvre sur Salom. Les deux hommes se dévisagent durant quelques secondes éternelles, comme s'ils ne se reconnaissaient pas. Melchor ne s'est pas trouvé à cette distance de l'ancien caporal depuis près de quinze ans, quand ils se côtoyaient pratiquement tous les jours, et il est persuadé que la dernière fois que Salom l'a vu, c'est la nuit où il avait résolu l'affaire Adell en découvrant que son camarade était impliqué dans le triple assassinat, l'avait sorti de chez lui et obligé à se rendre à Blai, qui l'attendait au commissariat. Et les voilà à présent face à face, ne sachant que dire. Salom se décide enfin à parler.

— Tu veux entrer ? demande-t-il.

L'ancien caporal précède en silence Melchor dans un vestibule et une salle à manger plongés dans la pénombre, qui sentent le propre et sont meublés de manière assez impersonnelle. Ils accèdent, au bout d'un long couloir, à une cuisine éclairée par une fenêtre et une porte vitrée qui donnent sur une cour intérieure ; dans la cuisine, qui semble fraîchement refaite, il y a une petite table ronde couverte d'une toile cirée à carreaux, entourée de tabourets et de chaises Ikea, sur l'une desquelles est assise Mireia, la cadette des deux filles de Salom, une femme d'une trentaine d'années qui se redresse dès que Melchor apparaît et le regarde avec une expression aigrie, stupéfaite. Melchor et elle se connaissent depuis des années, mais cela fait également des années qu'ils ne se voient plus. Ou, s'ils se voient, ils s'évitent. Ou plutôt est-ce Mireia qui évite Melchor, de même que Claudia, l'aînée de Salom.

— On était en train de faire des comptes, explique l'ex-caporal, simulant une désinvolture qui lui a toujours fait défaut. Tu te souviens de Mireia ?

— Bien sûr, répond Melchor, et, s'adressant à elle : Comment ça va ?

La fille de Salom est grande et brune, elle a d'immenses yeux sombres et est vêtue d'une robe bleue. Tandis qu'il attend qu'on lui retourne le bonjour, Melchor regrette de ne pas avoir téléphoné à son ancien camarade avant d'essayer de s'entretenir avec lui. Pour en finir avec le silence, Salom s'enquiert :

— Tu veux un café ?

— Je ne veux pas déranger, dit Melchor.

— Ça ne dérange pas, assure Salom.

— Si, ça dérange, intervient Mireia.

Ses paroles éclatent dans la cuisine comme un coup de fouet. Mireia observe Melchor sans la moindre émotion, le visage un peu défait ; ses lèvres, fines et endurcies par la stupéfaction (ou par le mépris), semblent deux couteaux.

— Pourquoi tu es venu ? demande-t-elle.

— Mireia, s'il te plaît, intervient Salom.

— Tu ne sais pas que tu n'es pas le bienvenu chez nous ? demande alors Mireia, ignorant son père. Pourtant, tu devrais le savoir.

— Ne l'écoute pas, Melchor.

— Tais-toi, papa. – La fille de Salom ne détache pas de Melchor son regard glacial. – Pourquoi tu es ici ? répète-t-elle. Tu as détruit notre vie une fois, ça ne te suffit pas ? Qu'est-ce que tu veux ? La détruire encore une fois ?

Avant que Salom tente d'intercéder à nouveau, Melchor le freine d'un geste.

— Non, dit-il. Ta fille a raison. J'ai fait une erreur, je n'aurais pas dû venir.

Il se fend rapidement d'une excuse et, sans rien ajouter, fait demitour et s'en va. Salom ne l'accompagne pas jusqu'à la sortie.

Durant le voyage de retour à Gandesa, Melchor se demande s'il ne devrait pas se faire à l'idée que le projet de Carrasco dépasse ses possibilités et s'il ne ferait pas mieux d'envoyer un message à l'ancien *guardia civil* pour lui annoncer qu'il faut annuler.

En arrivant chez lui, il se dit que non et replonge dans le darknet. Une heure et demie plus tard, il parvient à la même conclusion que celle à laquelle il était parvenu en début d'aprèsmidi : pour faire ce qu'il veut faire, il a besoin de deux cent mille euros. Presque aussitôt, il reçoit un WhatsApp de Rosa, qui lui annonce qu'un problème est survenu et qu'elle ne pourra pas être chez elle à vingt et une heure, comme ils étaient convenus. Melchor, qui préfère presque ne pas dîner avec elle, pour ne pas céder à la tentation de tout lui raconter et de solliciter son aide, lui demande si le problème est grave. “Non, répond Rosa. Mais je vais finir tard. Un jour, je vais mettre la clé sous la porte de cette maudite entreprise et je vais me faire la malle avec toi à Bora Bora. Ça te va ?” Melchor répond par un émoji qui montre un poing avec le pouce levé. “Ana nous a préparé le dîner, continue Rosa. Mange, j'arriverai quand j'aurai terminé.” “T'inquiète, répond Melchor. Je suis chez moi, j'ai la flemme de sortir. On se voit demain." Rosa est d'accord, et Melchor se prépare une salade avec de l'avocat, du fromage frais, des tomates cerises, des noix et du vinaigre balsamique, qu'il mange debout dans la salle à manger en regardant par la fenêtre qui donne sur la rue Costumà, enveloppée à cette heure dans la lumière jaunâtre des lampadaires. Il essaie ensuite de se distraire en lisant un livre de Tourgueniev intitulé *Nid de gentilhomme*, mais il ne va pas au-delà du premier chapitre, qui lui plaît beaucoup mais qui, pour une raison qu'il ignore, lui rappelle Mattson, si bien qu'il délaisse le livre, prend son portable et va à nouveau à la pêche aux informations sur le magnat. C'est seulement alors qu'il se rend compte que, malgré la quantité considérable d'informations sur Mattson répertoriées sur internet, il est à peine fait mention de la villa de Majorque, et il n'arrive même pas à en trouver une seule image. Melchor y voit là une nouvelle confirmation que Carrasco ne se trompe pas : Mattson s'est fait construire à Formentor un refuge secret ou presque secret où il peut s'adonner discrètement à ses plaisirs et accueillir chaleureusement ses invités en même temps qu'il les filme pour pouvoir ensuite les faire chanter.

Cette nuit-là, il est plus de deux heures lorsqu'il va se coucher, et il met encore du temps à trouver le sommeil. Avant d'y parvenir, il prend la décision d'appeler sa banque le lendemain matin pour demander un crédit de deux cent mille euros.

Le lendemain, en arrivant à la bibliothèque après avoir pris un café avec Blai au bar de la place, Melchor trouve Salom qui l'attend à la porte. Le bibliothécaire s'arrête devant l'ancien caporal, qui cligne des yeux, comme ébloui par le soleil.

— Je suis venu m'excuser pour hier, dit Salom.

— Tu n'as pas à t'excuser, réplique Melchor. Mireia avait parfaitement raison.

Les deux hommes se taisent ; Melchor entend dans son dos les rares voitures qui circulent sur l'avenue de Catalunya.

— Tu veux entrer ?

Salom ne dit pas non et Melchor ouvre la porte de la bibliothèque et l'invite à passer. Pendant qu'il examine les notes que Dolors lui a laissées sur le comptoir d'accueil et continue la routine quotidienne afin que le lieu soit prêt à recevoir les usagers, Salom jette un coup d'œil à la salle de lecture, un vaste rectangle très haut de plafond, rempli d'étagères et éclairé par la baie vitrée qui occupe toute la façade.

— Tu sais que c'est la première fois que je viens ici ? demande Salom.

— C'est pas bien, ça, répond-il. L'autre jour, j'ai entendu un ami dire que celui qui ne lit pas finit par avoir des toiles d'araignée dans le cerveau.

Salom opine sans conviction, examinant les dos des livres qui s'alignent sur une étagère. Melchor ouvre la bibliothèque au public sans cesser d'épier son ancien compagnon. Celui-ci a seulement deux ans de plus que Blai, mais il a toujours paru plus âgé. Et il continue de le paraître : il arbore la même barbe broussailleuse et veinée de gris qu'il y a quinze ans, mais il a perdu des cheveux et le peu qui lui reste a blanchi ; il a toujours ses lunettes d'écaille, grandes et démodées, il bouge avec sa lenteur habituelle, et de toute évidence il ne fait pas de sport et mange trop, car il a pris du poids.

— C'est ici que tu as rencontré Olga, n'est-ce pas ? demande Salom.

Melchor acquiesce et, alors que la bibliothèque est ouverte depuis seulement cinq minutes, le premier usager franchit le seuil, un vieil homme du nom d'Antoni Bes, qui a pour habitude de venir lire la presse, interrompre parfois Melchor et somnoler un moment dans un fauteuil. Salom salue le nouveau venu et, pendant que Melchor écoute la rumeur de la conversation entre les deux hommes, il les observe du coin de l'œil et croit parfois reconnaître chez l'ancien prisonnier l'ami lent, prudent, austère, pusillanime et accueillant qu'il était pour lui durant ses quatre premières années en Terra Alta.

Quand Salom s'éloigne de Bes et s'approche du comptoir de la bibliothèque, Melchor décide de retenter sa chance.

— Viens, lui dit-il. Je vais te montrer quelque chose.

Ils entrent dans son bureau et, une fois que Melchor a refermé la porte derrière lui, il va droit au but et parle à Salom du voyage de Cosette à Majorque, du sergent Benavides, du tribunal d'Inca, de Mattson et de Carrasco. Salom l'écoute debout, sans l'interrompre ni faire le moindre commentaire ; derrière les épais carreaux de ses lunettes, ses yeux passent de la confusion à l'inquiétude et de l'inquiétude à l'effroi. Melchor ne lui a pas encore raconté toute l'histoire quand il montre à Salom la lettre de Carrasco, la laisse sur son bureau, parmi les factures et les bons de livraison, et invite l'ancien caporal à s'asseoir.

— Lis ça, s'il te plaît. Après on en parle.

Melchor laisse son ancien camarade et retourne dans la salle de lecture. Salom prend plus de temps que Melchor l'escomptait pour lire la lettre, du moins pour sortir du bureau. Quand il sort enfin, il tient la lettre à la main et son regard est à nouveau perplexe ; avant qu'il puisse dire quoi que ce soit, Melchor le reconduit à son bureau et referme la porte. Salom demande :

— Qu'est-ce que ça veut dire ?

— Ça veut dire que je suis en train de recruter des gens pour entrer chez Mattson, répond Melchor. Pour l'instant, j'ai deux camarades. Deux sergents. L'un est en activité, l'autre non. Je ne crois pas que tu les connaisses. Des bons, tous les deux.

Il fait une pause et ajoute :

— Je peux compter sur toi ?

Les yeux de Salom scrutent Melchor en même temps que ses lèvres s'étirent dans un sourire incrédule.

— C'est une blague, pas vrai ?

Melchor répond par une autre question :

— Tu crois que je vais blaguer sur un sujet pareil ?

Melchor voit le sourire de Salom se figer sur ses lèvres, il voit l'ancien caporal détourner le regard pour le promener dans tout le bureau, comme à la recherche d'une réponse dans ce fatras de livres entassés et de cartons, certains ouverts et d'autres à ouvrir.

— Je sais ce que tu es en train de penser, dit Melchor. – Salom le regarde. – Tu penses que je suis un fils de pute. Qu'à cause de moi tu as fait sept ans de prison et le jour où je daigne te parler, c'est pour te demander un service.

— Et demi, le corrige Salom. Sept ans et demi. Et ce n'était pas ta faute.

— C'est vrai, concède Melchor. Mais sans moi, il ne te serait rien arrivé. Ça aussi, c'est vrai… Alors, j'ai peut-être été un fils de pute, j'aurais probablement dû fermer ma gueule. C'est possible.

Quand tu veux on en discute. Je ne sais pas ce que ça peut nous apporter, mais je suis prêt… Quoi qu'il en soit, la question n'est pas là. La question, c'est qu'il y a un type qui est encore plus fils de pute que moi. Bien plus. Et qu'il faut en finir avec lui. Coûte que coûte. La question est simple : vas-tu m'aider à le faire ?

Salom semble réfléchir un moment. Puis il fait claquer sa langue et, de manière presque imperceptible, il remue la tête de gauche à droite.

— Et Cosette ? Comment elle va ?

— Comment veux-tu qu'elle aille ? répond Melchor. Actuellement, elle fait un séjour dans une clinique. Je répète : tu vas m'aider, oui ou non ?

Le hochement de Salom est plus marqué, mais il ressemble de moins en moins à un refus et de plus en plus à un geste de pitié ou de résignation.

— Tu es fou. – Il laisse la lettre de Carrasco sur le bureau et, sans la regarder, il pose le doigt dessus. – Ce type est fou et toi, tu es encore plus fou que lui… Écoute, je suis vraiment désolé pour ce qui est arrivé à Cosette. Vraiment, vraiment désolé. Et, si c'est Mattson le responsable, qu'il en prenne pour son grade.

Il s'écarte du bureau et fait un pas vers Melchor.

— Je comprends que tu sois mal, mais tu ferais mieux de dénoncer tout de suite ce qui s'est passé et laisser la justice faire son travail.

— Dénoncer Mattson ne servirait à rien. – Melchor montre lui aussi la lettre. – Tu n'as pas lu ce que dit Carrasco ? Je ne t'ai pas raconté ce qui m'est arrivé au poste de la Guardia Civil ? Carrasco a raison : ce type est intouchable, ça ne servirait à rien… Et même. T'as déjà oublié comment ça marche dans les tribunaux ? Tu crois que je vais faire vivre ce calvaire à Cosette pendant plusieurs années pour qu'à la fin Mattson soit acquitté ? Tu mettrais tes filles dans un truc pareil ?… Non, Carrasco est parfaitement lucide, je le confirme parce que j'ai parlé avec lui, et ça fait presque dix ans qu'il s'y prépare. Si lui ne sait pas comment en finir avec Mattson, alors personne ne le sait. Moi, je veux voir s'il le sait ou pas. Seulement ça. Et je veux aussi savoir si tu vas m'aider à le savoir.

— Si je pouvais t'aider, je le ferais. Crois-moi. Mais ce que tu me proposes, c'est de la folie.

— Ce n'est pas de la folie, pas du tout. Et détrompe-toi : bien sûr que tu peux m'aider. Et pas qu'un peu. Tu as de l'expérience. Tu es flic.

— Je l'étais. Mais je ne le suis plus. Toi non plus.

— Ce n'est pas vrai. Quand on est flic, on le reste à jamais.

Salom balaie l'air de sa main, comme s'il se débarrassait d'une mouche.

— C'est une phrase à la Blai, Melchor, dit-il. Pas de toi.

— C'est possible, mais elle est vraie.

— Foutaises.

Melchor sait que Salom a raison, mais il soutient son regard comme si ce n'était pas le cas. Puis il décide de jouer le tout pour le tout.

— En plus, dit-il, si tu cherchais une opportunité pour redresser le tort que tu as fait, la voilà.

Salom regarde à présent Melchor avec une véritable curiosité. Le silence dans le bureau est devenu plus compact, plus dense.

— Ça aussi, c'est Blai qui te l'a dit ?

— Ça, c'est moi qui le dis.

Salom se tient à un mètre de Melchor ; ça fait un moment que le sourire s'est effacé de ses lèvres, remplacé par une grimace de contrariété.

— Tu vois que tu es fou ? Cette histoire de rédemption, c'est du grand n'importe quoi. Je ne sais pas comme ça se passe dans ces romans qui t'enlèvent les toiles d'araignée du cerveau, mais dans la réalité, c'est comme ça. Tu te trompes une fois et tu paies pour cette erreur toute ta vie. Ça s'appelle du remords, Melchor. Je suppose que tu sais de quoi je parle.

Melchor pense à sa mère, il pense à sa femme, il pense à Cosette ; mais il ne dit rien et, comme si se taire était une forme d'assentiment, Salom sourit et s'éloigne de lui pour s'arrêter devant une affiche de la Foire du livre d'occasion de Barcelone, avec sa Rambla remplie de fleurs et de livres et la statue de Colomb. Il reste à l'examiner pendant que Melchor observe sa chevelure rare, blanchie et coupée au bol qui, au sommet du crâne, forme comme une tonsure ; au bout de quelques secondes, pendant lesquelles

Melchor cherche en vain un argument capable de rompre la résistance de Salom, celui-ci se tourne vers lui.

— Dis-moi, Melchor. – Le ton de sa voix a changé. – Pourquoi tu me proposes ça ?

— Je te l'ai déjà dit, répond Melchor. Parce que j'ai besoin de toi. Parce que je crois que tu peux le faire.

— Tu en es sûr ?

Melchor détecte dans les yeux de Salom une petite lueur sarcastique ; l'ancien caporal demande :

— Tu penses que je suis né de la dernière pluie ou quoi ?

— Je ne te comprends pas.

— Bien sûr que tu me comprends. – Salom se rapproche de Melchor, qui voit une petite poignée de poils dépasser de ses narines. – La clé de cette histoire, c'est Blai. Tu sais que si Blai se joint à l'affaire, ça se fera, parce que Blai c'est Blai, et surtout c'est le chef du commissariat et il a des moyens et des gens pour le faire. Je ne sais pas qui sont ces deux sergents qui ont déjà accepté, mais tu penses qu'ils ne sont pas suffisants pour convaincre Blai, j'en suis sûr. Alors tu t'es dit que j'étais le poids dont tu avais besoin pour que la balance penche de ton côté et que, si j'y vais, Blai suivra. Je me trompe ou pas ?

Salom ne se trompe pas, du moins pas pour l'essentiel, mais Melchor n'a aucune intention de l'admettre, et la question de son ancien camarade flotte encore dans le silence du bureau quand quelques petits coups providentiels frappés contre la porte épargnent à Melchor d'y répondre : c'est une professeure d'histoire de l'Institut Terra Alta qui, dit-elle, cherche un livre d'Eric Hobsbawm et n'arrive pas à mettre la main dessus.

— Attends un moment, dit Melchor à Salom.

Et il accompagne la professeure jusqu'à l'étagère où le livre est censé se trouver. En effet, il n'y est pas. Melchor le cherche en vain dans le registre des livres prêtés et dans le chariot des livres rendus qu'il n'a pas encore eu le temps de remettre à leur place, et au bout d'un moment il localise le volume sur une étagère voisine de celle qui lui correspond, où quelqu'un l'a laissé par erreur. Melchor enregistre le livre dans le logiciel de prêts, désactive le système d'antivol et le remet à la professeure.

Quand il regagne son bureau, Salom est déjà parti.

7

Se faisant à l'idée qu'il ne pourra compter ni sur Blai ni sur Salom, à treize heures, après avoir fermé la bibliothèque, Melchor s'enferme dans son bureau, appelle depuis le téléphone fixe la seule agence de sa banque qui a encore ses bureaux en Terra Alta et demande à parler avec le directeur, un type du nom de Martí Descarrega qui vit à Batea et a un fils de l'âge de Cosette. Il doit patienter un peu avant de pouvoir lui parler, mais il finit par y réussir et il lui demande sans détour s'il croit que la banque lui concéderait un crédit de deux cent mille euros.

— Ouf, répond le directeur. C'est beaucoup d'argent. Et puis, ça dépend.

— Ça dépend de quoi ?

— De qui se portera garant.

— J'ai un salaire et un appartement. Ce n'est pas une garantie suffisante ?

— Telles que sont les choses actuellement, je ne sais pas. Peut-être, ou peut-être pas. Si vous l'aviez demandé il y a cinq ou dix ans, pour ne pas dire quinze, on vous l'aurait accordé immédiatement et sans hésiter. Maintenant, ce n'est plus pareil… Mais, enfin, ce n'est pas impossible non plus. Il faudrait étudier le dossier.

— Cela vous prendrait combien de temps ?

— Quelques jours.

— Et combien de temps, pour obtenir l'argent ?

— Je ne sais pas. Quatre ou cinq semaines.

— Pas moins ?

— Je pourrais essayer. Mais ce n'est pas si facile… En supposant qu'on puisse vous l'accorder, en plus de l'examen du dossier, il y a aussi les démarches, la paperasse, enfin, vous savez comment c'est. Mais j'insiste : ce serait bien plus simple si quelqu'un de solvable pouvait se porter garant. Et plus rapide aussi.

Melchor sait à qui le directeur fait allusion, mais il ne dit rien.

— Quoi qu'il en soit, continue le directeur, si vous me dites que je peux y aller et si je m'y mets aujourd'hui, je pourrai vous confirmer ça dans une semaine au plus tard. Entre-temps, pensez au garant.

Melchor lui dit qu'il peut y aller.

La nuit tombe lorsqu'il arrive chez Rosa. Il se gare sur l'étendue de terre gravillonnée qui se trouve devant la maison, à côté de la voiture de la propriétaire, monte au premier étage et entre dans la cuisine, où Ana Elena coupe des légumes sur le plan de travail en marbre.

— Madame est sur la terrasse, annonce-t-elle.

Melchor trouve Rosa étendue sur un canapé, contemplant le crépuscule un verre de vin à la main. Le canapé est en cuir blanc, il est placé sous un store de toile beige. Rosa réclame Melchor à ses côtés en assenant une tape sur le siège et lui montre le coucher de soleil.

— Viens. Regarde.

Melchor s'assoit auprès d'elle. Face au canapé, les rochers de la montagne de Cavalls dévorent les derniers restes d'un soleil énorme, rond et rougeâtre, qui pigmente le ciel d'une douce nuance de grenat.

— Tu crois que Bora Bora, c'est mieux que ça ? demande Melchor.

Rosa accorde à Melchor un sourire fatigué et, tout en finissant son verre, lui fait le récit des deux derniers jours : ceux-ci, visiblement, n'ont pas été faciles, essentiellement en raison d'un problème d'approvisionnement en carton à l'usine de Timişoara, qui a failli obliger Rosa à se rendre en urgence en Roumanie. Quand elle a fini d'en parler, ou quand elle s'est lassée de le faire, il ne reste dans le ciel qu'un peu de lumière violette et la nuit commence à rassembler des ombres autour d'eux. C'était une journée aux températures estivales, mais la tombée de la nuit a rafraîchi l'air et la propriétaire des Cartonneries Adell a couvert ses épaules d'un cardigan.

— Enfin, moi, je n'écarte pas encore l'option Bora Bora, dit-elle. En attendant, ce soir je vais me soûler.

Elle élève son verre vide vers Melchor et demande :

— Pourquoi n'agis-tu pas comme un gentleman et ne m'en apportes-tu pas un autre ?

— Bien sûr.

Melchor se met debout et, sortant d'une poche arrière de son pantalon la lettre de Carrasco, la tend à Rosa.

— Pendant ce temps, lis ça.

En regagnant la maison, il chasse l'obscurité qui a envahi la terrasse en appuyant sur un interrupteur qui allume deux globes de lumière blanche encastrés dans un mur. Une fois dans la cuisine, pendant qu'Ana Elena lui sert un Coca-Cola avec des glaçons dans un verre de cristal, Melchor remplit le verre de Rosa et lui demande des nouvelles de ses enfants. Ana Elena répond sans cesser de s'activer et, après avoir conversé quelques minutes avec elle, Melchor retourne sur la terrasse. Plusieurs feuillets couverts de l'écriture de Carrasco sont dépliés sur le canapé, mais Rosa n'a pas fini de lire la lettre, ou peut-être la lit-elle pour la deuxième fois. Melchor s'arrête devant elle, qui murmure :

— Je savais que j'allais entendre reparler de cet homme.

Il lui tend le verre plein, laisse son verre de Coca-Cola déjà entamé par terre, ramasse les feuillets, les plie et les remet dans l'enveloppe. Puis il se rassoit à côté de Rosa, qui boit un peu de vin et dit :

— Je suppose que ce n'est pas la peine d'essayer de te convaincre de ne pas le faire.

La réponse de Melchor consiste à prendre une gorgée de Coca-Cola. Rosa se redresse un peu et demande :

— Tu lui as déjà répondu oui ?

Melchor opine du chef. Rosa sourit et s'appuie à nouveau contre le dossier du canapé. Au-delà de la terrasse illuminée, une masse impénétrable d'obscurité a remplacé le spectacle changeant du crépuscule. La propriétaire des Cartonneries Adell boit une autre gorgée de vin et enveloppe ensuite le verre de ses deux mains pour le caler entre ses seins, comme si elle voulait l'y cacher ou comme si c'était un bébé. Elle vient directement de son bureau et elle n'a pas eu le temps ou l'envie de se changer : bien que déchaussée, elle porte un tailleur violet sur un chemisier blanc à col rond.

— Ce que je ne comprends pas, c'est pourquoi tu me le dis, murmure-t-elle.

— Parce que je ne veux pas te le cacher, répond Melchor. Et parce que j'ai un service à te demander.

— Si c'est pour ça, tu ferais mieux de ne pas me le demander.

Ignorant l'avertissement de Rosa, Melchor lui rapporte la conversation qu'il a eue cet après-midi avec le directeur de l'agence bancaire. Rosa l'écoute d'un air concentré, sans le regarder.

— J'ai besoin que tu te portes garante, pour le crédit, conclut-il. Seulement ça. Dans le pire des cas, si ça se précipite, je te demanderai de m'avancer l'argent quelques jours. Pas plus. Dès que la banque m'accorde le prêt, je te rembourse.

— Vous allez le faire si rapidement ?

— Je ne sais pas… Ça dépend de Carrasco. C'est à lui de choisir le jour. Ça pourrait prendre du temps, mais je veux avoir tout mis en place le plus tôt possible. Au cas où les choses se précipiteraient.

Rosa arrondit les lèvres et, sans cesser de fixer l'obscurité, acquiesce. À en juger par son expression, les explications de Melchor lui semblent convaincantes ; la réalité est tout autre.

— C'est de la folie, déclare-t-elle.

— Pas du tout, la corrige Melchor. C'est juste qu'il faut le faire. Si ça avait été fait il y a un moment, Cosette ne serait pas là où elle est. Et toutes ces filles n'auraient pas souffert ce qu'elles ont souffert.

— Et comme personne ne l'a fait, c'est toi qui vas t'y coller.

— Quelqu'un doit le faire, non ?… Et puis – il se redresse un peu et, avec sa main libre, palpe la lettre de Carrasco dans la poche arrière de son pantalon –, je ne serai pas tout seul, je serai avec le type le mieux placé pour le faire. Et c'est pour ça que j'ai besoin d'argent : pour y parvenir. Et c'est pour ça que ce n'est pas dangereux. Le pire qui puisse nous arriver, c'est de devoir rentrer à la maison les mains vides.

— Et si on vous attrape ?

— On ne nous attrapera pas.

— Comment le sais-tu ?

Melchor ne le sait pas, mais il répond :

— Je le sais, c'est tout.

Sans cesser d'opiner, Rosa lève le verre de vin et le contemple tandis qu'elle remue le liquide à la lumière laiteuse de la terrasse, comme si elle y cherchait quelque chose ; elle avale ensuite une autre gorgée et se tourne vers Melchor en appuyant son genou sur le canapé et le verre sur le genou.

— L'autre jour, tu n'as pas répondu à une question.

— Quelle question ?

— Tu as couché avec Paca Poch ?

Melchor ne répond pas tout de suite, alors Rosa repose la question.

— Qu'est-ce que tu crois ? demande Melchor.

— Ce que je crois n'a pas d'importance, répond Rosa. Tu as couché avec elle, oui ou non ?

— Bien sûr que non. Si j'avais couché avec elle, je te l'aurais dit.

— Vraiment ?

— Vraiment.

Rosa reste une seconde à regarder Melchor ; ensuite elle sourit, lève le verre, l'entrechoque avec le verre de Coca-Cola et boit une longue gorgée de vin. Melchor lui explique alors pourquoi il s'est rendu à Tortosa le samedi, et le dimanche à La Seu d'Urgell, et les réponses que lui ont données Paca Poch et Vàzquez. S'animant soudain, comme si l'alcool avait mis un terme à sa fatigue initiale, Rosa s'enquiert :

— Et Blai ?

— Quoi, Blai ?

— Tu lui en as parlé ?

— Non.

— Et pourquoi pas ?

— Parce que je sais que je ne vais pas le convaincre.

— Ça veut dire que ce que tu vas faire, c'est de la folie.

— Ça veut dire que Blai est comme il est. C'est tout.

Il ne vient même pas à l'esprit de Melchor de dire à Rosa que, notamment pour convaincre Blai, il a aussi essayé de convaincre

Salom : même si l'ancien caporal était ami avec Rosa bien avant qu'il ait fait leur connaissance à tous les deux, lui raconter qu'il a également tenté de recruter celui qui a passé des années en prison pour complicité dans le meurtre de ses parents ne lui paraît pas une bonne idée.

— Quoi qu'il en soit, si tu sais comment le convaincre, dis-le-moi.

— Je n'en sais rien. Mais puisque tu vas le faire, il faut que tu puisses compter sur lui.

Melchor acquiesce, et au même instant Ana Elena apparaît sur la terrasse en annonçant que le dîner est prêt. Rosa dit qu'ils arrivent tout de suite, vide son verre et se lève du canapé ; Melchor demeure assis. Seul le chant d'un grillon perturbe le silence de la terrasse.

— Bon, demande Melchor en se levant à son tour. Tu en dis quoi ?

Rosa glisse ses bras autour du cou de Melchor ; elle a les yeux brillants et son haleine sent la menthe et le vin.

— Ce que j'en dis, c'est que tu es fou, répond-elle, mais moi, je suis encore plus folle.

Le lendemain, à l'heure d'ouverture de l'agence bancaire, Melchor téléphone au directeur pour lui annoncer que Rosa Adell se porte garante.

— Parfait, lui dit le directeur. Vous pouvez compter sur le crédit. Quand les papiers seront prêts, je vous appellerai tous les deux pour la signature.

Peu après, Melchor prend son café avec Blai au bar d'Hiroyuki, comme tous les matins, et en arrivant à la bibliothèque, il reçoit un appel de Salom, qui lui lance à brûle-pourpoint qu'il se joint à l'équipe. Melchor n'est pas encore remis de sa surprise qu'il songe soudain à Carrasco et se fait la réflexion que si son téléphone est peut-être sur écoute, celui de la bibliothèque aussi.

— Excuse-moi, Salom, répond-il en prenant note du numéro qui s'affiche sur l'écran. Je ne peux pas te parler, là. Je te rappelle.

Sans plus d'explications, il raccroche, prend le portable qu'il a acheté au nom de Cosette et rappelle son ancien collègue.

— Salom ? C'est moi, Melchor. Pardon d'avoir raccroché. C'était par précaution. Carrasco pense que mon téléphone peut être sur écoute… Je ne sais pas si c'est vrai, mais lorsque tu veux me parler de Majorque, appelle-moi à ce numéro, c'est mieux. Je ne l'utilise que pour ça.

— D'accord. Moi aussi, j'achèterai un téléphone.

— Ce serait mieux. Garde la facture, je te rembourserai.

— Ce n'est pas nécessaire. Dis-moi, tu veux que je parle à Blai ?

Melchor réfléchit quelques secondes.

— Laisse-moi d'abord essayer, répond-il ensuite. Si je n'arrive pas à le convaincre, je te le dirai. Comme ça, ça nous laisse deux chances au lieu d'une.

— Et si on n'arrive pas à le convaincre, ni toi ni moi ?

— On fera sans lui.

À l'autre bout de la ligne, un silence s'installe. Durant un bref laps de temps, Melchor pense que la communication est coupée.

— Salom ?

— Dis-moi, réagit l'ancien caporal. On fait ça quand ?

— Je ne sais pas. Quand Carrasco aura déterminé le moment.

— Et toi ? Tout est prêt ?

— Presque. J'ai les deux sergents dont je t'ai parlé. Je t'ai toi. Je sais où je peux trouver l'équipement et les gens dont on a besoin… Et bientôt, j'aurai l'argent pour ça.

— Si Blai nous rejoint, tu n'en auras peut-être pas besoin.

— Pour ça, il faut faire en sorte qu'il nous rejoigne. Je vais essayer de le voir aujourd'hui.

Et il y parvient. À peine raccroche-t-il qu'il envoie un WhatsApp à l'inspecteur pour l'inviter à déjeuner à la maison. "Je peux pas, je suis pris", répond celui-ci. Comme ils se sont vus il y a une heure à peine, il ajoute : "Il s'est passé quelque chose ?" "Oui, répond Melchor. Il faut qu'on se parle." "C'est si urgent que ça ? Tu peux pas attendre jusqu'à demain ?" demande encore Blai. "Il ne vaut mieux pas", répond à présent Melchor. Blai lui fait une proposition : "Si tu veux, je passe à la bibliothèque après le déjeuner. À seize heures ?" Melchor accepte. Un peu plus tard, pourtant, il se rappelle que Salom se trouvait à la bibliothèque la veille et il se dit que toutes ces allées et venues d'anciens collègues sur son lieu de travail peuvent attirer l'attention. Alors, songeant qu'en un pareil moment il est nécessaire de prendre toutes les précautions, il appelle Dolors et lui propose d'échanger leurs services de l'après-midi : qu'elle soit à la bibliothèque de seize à dix-huit heures et lui de dix-huit à vingt heures. Dolors accepte et Melchor réécrit à Blai. "On se retrouve chez moi plutôt qu'à la bibliothèque. On y sera plus tranquilles." Blai répond : "OK".

8

— Hé, Melchor, dit Blai, assis à la table de la cuisine de son ami, la lettre de Carrasco dans une main et ses lunettes de lecture dans l'autre, ce condé est complètement cinglé, pas vrai ?

Il est seize heures trente et Melchor a eu le temps de retracer dans les grandes lignes pour le chef du commissariat de la Terra Alta la véritable aventure de Cosette à Majorque et, plus en détail, la sienne. Il lui a ensuite parlé de la clinique Mercadal et de l'état de santé de sa fille, et après cela il lui a remis la lettre de l'ancien *guardia civil.* À présent, pendant qu'il finit de préparer le second café, comme s'il n'avait pas entendu le commentaire de Blai, il lui explique qu'il a accepté le plan de Carrasco, qu'il est en train d'achever les préparatifs pour le mener à bien, qu'il s'est entretenu avec Paca Poch, Vàzquez et Salom, et que les trois se sont montrés prêts à l'aider. Blai l'écoute depuis près d'une demi-heure, allant de surprise en surprise, sans interrompre son discours si ce n'est pour lui reprocher de temps en temps de ne pas lui avoir raconté la vérité dès le début, mais maintenant il le coupe net :

— Tu en as parlé à Salom ?

Melchor fait un signe affirmatif de la tête.

— Il a répondu oui, lui aussi, insiste-t-il.

— Je n'arrive pas à y croire.

Melchor écarte la lettre de Carrasco, remplit la tasse de Blai et, la sienne dans sa main, s'installe en face de lui.

— Je lui ai expliqué de quoi il retourne et il l'a compris. De même que Vàzquez et Paca. Et j'espère que toi aussi, tu vas le comprendre. Il y a des choses qui nous ont séparés, Salom et moi, mais celle-là va nous unir. Je souhaite seulement que ce ne soit pas le contraire avec toi.

— C'est quoi, ça ? Du chantage ?

— Je te dis les choses comme elles sont. Mais si après presque vingt ans d'amitié tu n'es pas capable de comprendre ce que même Salom comprend, alors notre amitié n'était pas ce que je croyais.

Bouche bée, l'inspecteur ne semble même pas avoir remarqué la tasse que Melchor a posée devant lui.

— Voyons voir si j'ai tout saisi, dit-il, clouant ses yeux bleus dans les yeux de l'ex-policier. Tu es en train de me dire que tu as l'intention de braquer un des hommes les plus riches au monde ? Et que tu penses le faire avec un cinglé, un ex-taulard, un malade et une nymphomane ? C'est ça, que tu es en train de me dire ?

— Trois ex-taulards, le corrige Melchor. Carrasco a fait de la prison, lui aussi.

— Va te faire foutre, l'Espagnolard.

Melchor répond en montrant la tasse de Blai :

— Ton café va refroidir.

Le chef du commissariat de la Terra Alta jette ses lunettes sur la table, se lève, et se met à arpenter la cuisine en pestant.

— Toi aussi, t'es cinglé, Melchor, se plaint-il. Ce putain de *guardia civil* t'a complètement lavé le cerveau… Comment tu peux avoir une idée pareille ? Tu te rends pas compte que c'est n'importe quoi ? Ce que tu devrais faire, c'est porter plainte contre ce gros fils de pute de Mattson et laisser la Guardia Civil et les juges faire leur boulot… Sérieux, Melchor, tu te prends pour qui ? Superman ?

— Je ne me prends pour personne, Blai, répond Melchor. Et ce qu'on va faire, ce n'est pas n'importe quoi. Je répète ce que j'ai dit hier à Rosa : il faut le faire, c'est tout. Point barre. Si quelqu'un d'autre l'avait fait avant, Cosette ne serait pas là où elle est maintenant. Et toutes ces filles n'auraient pas souffert ce qu'elles ont souffert. D'ailleurs, Rosa va m'aider, elle aussi.

Blai s'arrête net.

— Je ne te crois pas.

Melchor a un infime geste affirmatif.

— Vous êtes tous devenus fous, grommelle Blai en reprenant ses allées et venues. Et moi, je devrais te coffrer illico. C'est ça que je devrais faire.

— Blai.

— Quoi ?

— Assieds-toi, s'il te plaît. Et bois ton café.

Furieux et essoufflé, Blai se rassied. Personne n'a mis de sucre dans son café, mais il le remue avec vigueur.

— Laisse-moi te dire quelque chose, dit Melchor.

Avant qu'il puisse continuer, Blai le pointe avec sa cuillère.

— N'essaie même pas de me faire du chantage.

Melchor lève légèrement les mains, montrant ses paumes vides.

— Rassure-toi, dit-il. Je ne le ferai pas. Je me rends, j'accepte ton refus. T'es content ?

Blai ne semble pas content. Il avale son café d'une traite.

— Laisse-moi te dire ce que je voulais te dire, répète Melchor en baissant les mains. Tu sais ce que ce type a fait à Cosette ?

— Ça m'est égal ce qu'il a pu lui faire, répond Blai. La question n'est pas là. Et toi, tu le sais.

— D'accord, mais tu me laisses te le raconter ?

Blai le dévisage sans bouger, sans cesser de souffler. Alors, avec une froideur dépourvue d'inflexions et sans verser dans le tragique, Melchor évoque ses dialogues avec la psychologue de Reus, le docteur Mercadal et la docteure Ibarz, il évoque des séquestrations, des massages, des fellations et des viols, il fait allusion aux loups. À l'autre bout de la table de cuisine, l'inspecteur l'écoute, le visage de plus en plus sombre, en tripotant ses lunettes de lecture ; il a desserré la cravate de son uniforme et a déboutonné le col de sa chemise, comme s'il ne parvenait pas à respirer correctement.

— Voilà ce qu'on sait pour le moment, conclut Melchor. Les médecins disent qu'on finira par apprendre le reste, mais pour ce qui nous concerne, c'est pareil. Tu en dis quoi ?

Il marque une pause ; Blai ne répond pas.

— Dix-sept ans, c'est l'âge de Cosette. Dix-sept… Une gamine. Et moi je me demande : combien de filles ont dû subir ça, chez Mattson ? Des dizaines ? Des centaines ?

Une autre pause.

— Et maintenant, dis-moi, tu aurais réagi comment, toi, si on avait fait la même chose à tes filles ? À Glòria, à Raquel. T'aurais fait quoi, hein ?

Blai lève le regard vers Melchor.

— J'en sais rien, dit-il sur un ton différent, plus calme. Si je te disais que je le sais, je mentirais… Mais je sais ce que je devrais faire. Porter plainte auprès de la Guardia Civil.

— Et si la Guardia Civil ne veut pas t'écouter, comme ça a été le cas pour moi ?

— Maintenant si, ils t'écouteront.

— Ah bon ? Pourquoi ? Et qu'est-ce qui te fait dire ça ? Qu'est-ce qui te fait dire que Mattson ne contrôle pas la moitié de l'île, comme le prétend Carrasco ? Parce que c'est exactement l'impression que j'ai eue…

Maintenant c'est Melchor qui parle avec une pointe d'emphase, presque avec véhémence.

— Blai, s'il te plaît, tu sais comment ça marche, tu sais que ce que Carrasco raconte est vraisemblable. Plus que vraisemblable, en réalité je n'ai pas un seul élément qui me permette de penser que ce qu'il dit soit faux ou qu'il soit fou, ou quelque chose de ce genre. Mais bon, supposons que Carrasco mente ou exagère, et qu'à Pollença je n'ai pas eu de chance et que, cette fois, la Guardia Civil et le tribunal vont faire leur boulot et qu'on arrive à faire traduire Mattson en justice… Dis-moi, le juge, il va croire qui ? Une gamine de dix-sept ans, fille d'un putain de bibliothécaire de la Terra Alta, ou Rafael Mattson ? Tu crois que le témoignage de Cosette peut tenir face aux ruses des meilleurs avocats du monde, qui sont ceux qui vont défendre Mattson ? Comment tu sais que je ne vais pas faire vivre un enfer à ma fille, encore un, sauf que celui-là sera pire que le premier, si terrible qu'elle ne s'en remettra peut-être jamais ? C'est ça que tu ferais, toi, avec tes filles ?

La kyrielle de questions reste à flotter dans le silence de la cuisine comme un gaz toxique ou comme une odeur pestilentielle. Blai a le regard perdu dans le fond de sa tasse et le visage grave ; Melchor entend sa respiration.

— Non, reconnaît l'inspecteur. Je suppose que non. Mais ce n'est pas de cette manière qu'on règle les choses.

— D'accord, accepte Melchor aussitôt. Si tu en connais une autre, je suis preneur.

Blai se tait.

— Il n'y en a pas, assure Melchor. C'est la seule. À prendre ou à laisser. Et si on prend, il y a une possibilité pour que Mattson paie pour ce qu'il a fait. Si on laisse tomber, il n'y en a aucune, ou bien celle qui existe est si minime que c'est comme si elle n'existait pas. Voilà où nous en sommes. C'est ce que Salom a compris. Et ce que Vàzquez et Paca ont compris. Et Rosa. Et c'est ce que toi aussi tu devrais comprendre, toi mieux que quiconque… Regarde-moi, Blai.

L'inspecteur le regarde. Melchor appuie ses coudes sur la table et avance la tête vers lui.

— Je ne dis pas que le plan de Carrasco soit infaillible. Ce que je dis, c'est qu'on n'en a pas d'autre. Je ne dis pas non plus qu'on doive le suivre au pied de la lettre… Ce que je dis, c'est ça : cet homme n'est pas un baratineur, je te le promets, jette un œil sur internet et tu verras qu'il a été policier, et un vrai. Au passage, tu verras aussi comment se comporte Mattson avec les gens qui ne le caressent pas dans le sens du poil. C'est pour ça que Carrasco a fait de la taule, ils se sont débarrassés de lui en l'accusant d'être lié à un cartel de narcos… Mais je m'éloigne de mon histoire. Depuis des années, Carrasco cherche comment en finir avec Mattson, personne n'a plus intérêt que lui à le faire payer. Alors, il faut l'écouter, suivre ses instructions pour les préparatifs, aller à Pollença. Et si une fois sur le terrain on trouve une meilleure façon de le faire, on y va, à notre manière. Et même, je te vais te dire : si on arrive à la conclusion que tout ça, c'est de la folie, comme tu le dis, on laisse tout simplement tomber. Je te donne ma parole d'honneur… Tu me connais, Blai. Je ne suis pas fou. Je ne suis pas un kamikaze. Mais si on fait comme je te dis, au moins on ne pourra pas se reprocher de ne pas avoir tout essayé. Voilà ce que je te demande. Qu'on essaie.

Blai a suivi l'explication presque sans cligner des yeux et, quand Melchor se tait, il détourne le regard et le promène dans la cuisine : l'évier, l'égouttoir avec deux assiettes et plusieurs couverts récemment lavés, le micro-ondes, les éléments, la machine à café Nespresso, l'horloge en forme de pomme accrochée au mur. L'inspecteur plisse le front et, comme cela lui arrive parfois quand il réfléchit, il serre si fort la mâchoire que son menton tremble. Quand son regard revient sur l'ex-policier, celui-ci le supplie :

— Réfléchis-y, s'il te plaît.

Blai soupire et se met debout presque au ralenti en glissant ses lunettes dans la poche de sa chemise, juste sous l'insigne du corps de police. Avant qu'il prononce le moindre mot, Melchor devine quelle sera sa réponse.

— J'ai rien à réfléchir, dit-il, en effet, et il ajuste sa cravate sans boutonner le col de sa chemise. Ce que tu vas faire, c'est n'importe quoi, je te l'ai déjà dit, et je n'ai pas l'intention d'y prendre part. Je ne vais pas non plus essayer de te convaincre de ne pas continuer. Pas la peine, t'as déjà pris ta décision… Mais tu peux être tranquille : tu es mon ami, je vais pas porter plainte contre toi, ce que je devrais être en train de faire. C'est à toi de savoir ce que tu fais, t'es majeur et vacciné. Je dis la même chose des autres, y compris cette imbécile de Paca : si elle veut risquer sa carrière, c'est son affaire. Mais que je n'apprenne pas qu'elle essaie de recruter quelqu'un de son équipe. De son équipe ou d'une autre. Tu peux lui dire de ma part.

— Blai…

— N'insiste pas, la discussion est close, je n'ai rien à ajouter. Sauf une chose. Ne me parle plus jamais de cette affaire, s'il te plaît. Je ne veux plus rien savoir. Pas un mot. Pas un message. Rien. C'est comme si, aujourd'hui, toi et moi, on ne s'était pas parlé. C'est clair ?

Blai est on ne peut plus clair, mais Melchor ne lâche pas le morceau : pour quelque obscure raison, maintenant plus que jamais il a la certitude que le soutien du chef du commissariat de la Terra Alta peut être décisif pour le succès de l'opération et, bien qu'il n'ait détecté aucune faille dans son refus, il n'a pour l'instant pas la moindre intention de s'y résoudre, aussi décide-t-il de tout faire pour essayer de le faire changer d'avis. Ce même après-midi, il téléphone à Salom, lui relate la scène et lui demande de tenter de convaincre son ancien compagnon. Salom s'y engage.

Le lendemain, Blai ne vient pas prendre son café au bar de la place.

— Ton ami te laisse seul toi ? demande Hiroyuki. Malade ? Les deux amis de Terra Alta fâchés ? Plus amis ?

Melchor fait une réponse vague à l'employé japonais, et durant la matinée il envoie à l'inspecteur trois ou quatre WhatsApp auxquels celui-ci ne daigne même pas répondre. Peu après le déjeuner, c'est Salom qui l'appelle.

— Je viens de parler avec Blai, dit-il. C'est foutu : il ne veut même pas entendre parler de l'affaire. Je crois qu'on va devoir se passer de lui.

— On ne peut pas se passer de lui.

— Eh bien il faudra.

Heureux de la détermination de Salom, Melchor se met immédiatement en contact avec Vàzquez et lui demande la même chose qu'il a demandée à l'ancien caporal.

— Pas moyen, lui raconte un peu plus tard l'ancien chef de l'Unité centrale des enlèvements et extorsions d'Egara après s'être entretenu avec l'inspecteur. Trop content de m'entendre, trop content de m'entendre, mais à la fin il m'a envoyé bouler. Il n'a pas changé : une sacrée tête de mule. Franchement, je ne crois pas qu'on puisse le convaincre.

Melchor écarte l'option de recourir à Paca Poch pour faire pression sur Blai, quasiment sûr que ce serait contre-productif. Et il commence à se faire à l'idée qu'ils ne pourront pas compter sur son ami quand il reçoit un coup de téléphone de Carrasco. L'appel le fait sursauter : l'ancien *guardia civil* l'avait averti qu'il le contacterait seulement s'il avait quelque chose d'urgent à lui communiquer ; ce que lui rappelle immédiatement Melchor.

— C'est urgent, en effet, réplique Carrasco. Ça y est, on a le jour J.

— Déjà ?

— Le plus tôt sera le mieux. Tu n'es pas très foot, tu m'as dit, c'est ça ?

Melchor confirme. Carrasco insiste :

— Mais tu sais quand même que cette année, la finale de la Champions se jouera entre Madrid et le Barça.

— J'ai vu Barça-Juve en demi-finale.

— Ah, je suis heureux de voir que je vais risquer ma vie avec quelqu'un qui ne vit pas en dehors de ce monde. Dis-moi, tu l'as trouvé comment ?

— Le match ?

— Évidemment.

La question déconcerte Melchor. Ils vont se mettre à parler football ? Il avance la première réponse qui lui vient à l'esprit :

— La Juve méritait de gagner.

— Tu te trompes. C'est le Barça qui méritait de gagner. Ça me fait chier de le reconnaître, mais c'est comme ça. C'est ça qui est bien, avec le foot : ça n'a absolument rien à voir avec la vie. Au foot, c'est toujours le meilleur qui gagne, même si parfois on ne dirait pas.

— On va le faire le jour de la finale ?

— Bingo. Le jour de la finale, et à l'heure de la finale. Je m'étais presque décidé pour le soir de la Saint-Jean, à cause de la fête, mais j'ai changé d'avis. Ce soir-là, c'est encore mieux. Tu te rends compte ?… Une chose pareille ne s'est jamais produite dans l'histoire. C'est un événement unique. Tout le monde sera devant la télé, le pays entier sera paralysé, la terre entière. Une occasion comme celle-ci ne se présentera pas deux fois. Ce n'est pas ce samedi, mais le suivant. Ça, c'est notre jour. Tout est prêt ?

— Plus ou moins, ment Melchor en songeant qu'il doit immédiatement demander à Rosa de lui avancer les deux cent mille euros du crédit. À quelques détails près…

— T'inquiète. Il reste encore neuf jours. Tu crois que ce sera suffisant ?

— Je l'espère.

— J'ai déjà parlé avec les personnes dont on a besoin ici, à Majorque. En réalité, il n'y en a qu'une, le moment venu je vous la présenterai… Autre chose. Comme je te l'ai dit, Mattson me fait surveiller, alors il est préférable que ce soit toi qui loues les apparts dont vous aurez besoin. C'est très facile, jette un œil sur le site d'Airbnb et tu trouveras plein d'apparts pas chers pour une nuit. Une nuit, ça suffira. Mais il ne faut pas tous les louer au même endroit, pour ne pas éveiller les soupçons. Pour les voitures, c'est encore plus facile, peut-être que le mieux c'est de les louer là-bas et de venir ici en ferry avec, même si l'idéal serait que certains viennent en ferry et les autres en avion… Enfin, tout cela relève du bon sens. La discrétion est de rigueur, personne ne doit soupçonner que vous venez ensemble, à toi de voir comment faire. Si tu me donnes une adresse mail sûre, je t'envoie tout ça par écrit avec une liste complète de l'armement et de l'équipement nécessaires, pour que tu n'oublies rien.

— J'ai la liste. Tu me l'as envoyée dans ta lettre.

— Ah, j'avais oublié. J'imagine que tu as déjà les hommes qu'il te faut… Tu as confiance en eux ?

— Ceux que j'ai pour l'instant, oui. Ce sont des collègues. Bon, des ex-collègues.

— Tu en as combien ?

— Quatre, répond Melchor en se comptant. Peut-être qu'il faudra engager les autres, mais je sais où les trouver.

— Fantastique. À ta place, je les réunirais le plus tôt possible. Ceux dont tu disposes déjà, je veux dire. Pour qu'ils fassent connaissance, s'ils ne se connaissent pas déjà, et pour leur dire l'essentiel, si tu ne l'as pas déjà fait. Je vous donnerai tous les détails quand on se verra.

— Tu ne peux pas me les donner maintenant ?

— J'aime autant pas. Ce n'est pas bon, de parler de ça au téléphone. On ne sait jamais. En fait, entre nous tous, moins on utilisera le téléphone ou WhatsApp et mieux ce sera… Et il y a aussi deux ou trois éléments très importants dont je ne suis pas en mesure de te parler, il faut un spécialiste pour ça, c'est la personne que j'ai évoquée, tu feras sa connaissance en temps voulu. Quoi qu'il en soit, je peux t'assurer que l'opération est complexe, mais pas difficile à exécuter, toi et tes amis, vous pouvez être tranquilles, j'ai tout préparé au millimètre près. Mais il faut faire ça bien pour éviter que ça ne dégénère. Et pour ça, le groupe doit être soudé, du moins son noyau dur, et c'est pour ça qu'il faut que tu les réunisses le plus tôt possible. Demain, ce sera mieux qu'après-demain… Vous n'aurez pas à rester longtemps à Pollença, deux jours ça suffira. L'idéal, ce serait que vous arriviez le vendredi midi. On vous donnera tous les détails de l'opération vendredi après-midi, et on passera à l'action le lendemain dans la soirée. Vous devriez être de retour à Barcelone dimanche matin.

— Parfait.

— Autre chose. Les éléments qu'on va récupérer chez Mattson : les photos, les vidéos, tout ce qui peut servir à l'incriminer.

— Eh bien ?

— Il faut le rendre public. Et peut-être que ce n'est pas si facile que ça… Je veux dire qu'il est plus que probable que les médias d'ici n'osent pas le diffuser. Ceux de Majorque, c'est sûr que non, je t'ai déjà dit que Mattson tient par les couilles un tas de gens. Moi, je me méfierais même du reste de l'Espagne, voire des médias en Europe et aux États-Unis.

— Tu n'exagères pas un peu, là ? Ce qui fait vivre les médias, où qu'ils soient, c'est de remuer la merde, et cette merde-là, ils ne pourront pas la refuser. N'importe qui voudra l'acheter.

— Tu es optimiste, Melchor. Quand il s'agit de Mattson, on n'exagère jamais. Tu oublies à qui on a affaire. Tu crois que c'est facile de s'en prendre à cet homme ?… Enfin, pourvu que tu aies raison. Moi, je commencerais à réfléchir à ça, on ne sait jamais… De toute façon, c'est un problème important, mais pas primordial. Quand on aura tout le matos, c'est nous qui tiendrons Mattson par les couilles. Et on pourra discuter. En attendant, au boulot !

QUATRIÈME PARTIE

POLLENÇA

Le soir de sa disparition, Cosette était aussi désorientée qu'une petite fille perdue dans la forêt.

Elle avait passé des heures à se dorer sur la plage et à déambuler sur le port. À la tombée de la nuit, elle rentra à l'hôtel Borràs, monta dans la chambre qu'elle avait jusqu'alors partagée avec Elisa Climent et qui était maintenant toute à elle, alla aux toilettes, prit une douche, s'habilla et descendit dîner au milieu de l'agitation vespérale de la terrasse. À un moment donné, alors qu'elle regardait les photos qu'elle avait mises sur son Instagram depuis son atterrissage à Majorque et mangeait un sandwich qu'elle accompagnait d'une canette de 7 Up, son père lui téléphona. Elle attendait son appel, mais elle ne répondit pas. Au bout de quelques secondes, elle écouta le message sur le répondeur. "Cosette, disait-il. C'est papa. Je suis à la gare avec Elisa. Elle vient d'arriver. Appelle-moi, s'il te plaît." Cosette avait longuement réfléchi à sa réponse ; mais même ainsi, elle mit du temps à l'écrire : "Papa, ne m'appelle pas, s'il te plaît. Je ne veux pas te parler. Je vais bien. Ne t'inquiète pas et laisse-moi respirer un peu." La réponse de son père mit elle aussi du temps à lui parvenir. Contrairement à ce qu'elle pensait, ce ne fut pas un autre appel ; pas même un message lui intimant de rentrer : juste une simple question. "Tu as de l'argent ?" disait-il. "Oui, mentit Cosette. Je rentrerai quand je n'en aurai plus." Le dernier WhatsApp de son père lui parvint dans la foulée et il l'étonna davantage que le précédent : il se limitait à un émoji montrant un poing jaune avec le pouce levé.

Elle reprit le sandwich, le porta à sa bouche et, en en mastiquant un morceau, elle se dit qu'Elisa s'était sans doute montrée très convaincante avec son père. Tout d'un coup, elle eut le sentiment de s'être trompée : elle n'aurait pas dû rester à Pollença ; elle aurait dû rentrer chez elle avec son amie ; elle devait immédiatement parler avec son père, se défouler sur lui, clarifier la situation. C'était vrai que son père avait commis une grave erreur – lui avoir menti pendant toute sa vie était plus que grave – et c'était logique qu'elle soit furieuse contre lui, mais la moindre des choses, c'était de lui laisser une opportunité de s'expliquer, de demander pardon, d'essayer de réparer son erreur.

Elle n'appela pas son père, elle ne lui envoya pas de WhatsApp. Soudainement soulagée, elle se désintéressa des photos d'Instagram et entreprit de chercher des billets d'avion Majorque-Barcelone et les horaires de bus pour aller de Port de Pollença à Palma et de Palma à l'aéroport. Elle venait de les trouver quand le soulagement disparut, aussi brusquement qu'il était apparu : elle sut alors qu'elle ne pouvait pas rentrer à la maison. Pas encore. Elle n'aurait pas su dire exactement pourquoi, mais elle ne pouvait pas. Elle était trop blessée, trop angoissée, trop perdue. Elle ne se sentait pas encore prête à pardonner à son père, ni à écouter ses explications, à supposer qu'il veuille ou puisse lui en donner. Non : elle avait décidé de passer quelques jours supplémentaires sur l'île et elle allait le faire. Jamais elle ne s'était sentie aussi seule et jamais elle n'avait eu autant besoin de l'être. Elle avait besoin d'apaisement. Elle avait besoin de réfléchir. C'était mieux qu'elle reste.

Elle fit mettre sa consommation sur son compte à l'hôtel, monta dans sa chambre, se brossa les dents, se mit en pyjama, alluma la télé et s'allongea sur le lit sans le défaire. Elle zappa pendant un moment, mais elle ne trouva rien qui attire suffisamment son attention, éteignit la télévision et prit le roman d'Angela Carter qu'elle avait apporté. Il s'intitulait Bien malin qui connaît son père *et, même si elle l'aimait beaucoup, elle n'arriva pas à se concentrer sur sa lecture, aussi le laissa-t-elle sur la table de chevet et éteignit-elle la lumière. Des rires, des bruits de couverts et de conversations s'élevaient depuis la place Miquel Capllonch et, au milieu d'une obscurité seulement brisée par les rais de lumière qui s'introduisaient par les persiennes entrouvertes, un tourbillon d'idées ou de bribes d'idées tournait dans sa tête sans qu'elle puisse le maîtriser. Elle comprit vite qu'elle n'allait pas s'endormir, alors elle alluma une lampe, se leva, se rhabilla et descendit dans la rue.*

Il était vingt-deux heures trente, les terrasses étaient encore bondées de touristes et, sous les arbres qui poussaient au milieu de la place, les jeunes commençaient à se rassembler, comme chaque soir, pour faire la fête et boire. Elle se dirigea vers la promenade maritime et se mit à marcher vers la droite, en parallèle à la mer, illuminée à cette heure par l'éclat animé de la côte et une pleine lune qui laissait deviner, de l'autre côté de la baie, le profil de la péninsule de Cap de Pinar qui était dans l'ombre. La nuit était chaude, et à cet endroit les terrasses des cafés, des hôtels et des restaurants grouillaient également de monde ; certaines boutiques demeuraient même ouvertes, comme si on se trouvait en plein cœur de la saison touristique et non au tout début. Chez un glacier, elle s'acheta un cornet à deux boules – l'une à la fraise, l'autre à la noix de coco – et elle les lécha jusqu'à ce que, à la hauteur d'une petite place arborée qui s'ouvrait sur le sable de la plage, la glace finisse par fondre dans ses mains, et alors elle fit demi-tour et rebroussa chemin. Elle essayait de ne pas penser, elle tentait de se fatiguer après une journée de loisirs sédentaires afin de pouvoir trouver le sommeil ; mais, en arrivant devant la porte de l'hôtel Borràs, elle se sentit plus réveillée encore que lorsqu'elle était sortie. Il était près de minuit, les jeunes étaient de plus en plus nombreux au milieu de la place et elle s'engouffra dans une rue qui faisait l'angle avec l'hôtel, puis elle s'arrêta devant un établissement où trônait une enseigne lumineuse : CHIVAS.

Le videur, un gaillard qui avait les cheveux ramassés dans une sorte de chignon et portait une boucle d'oreille, la salua, lui demanda ce qu'elle avait fait de son amie et, sans attendre la réponse, la laissa entrer. Elle descendit un escalier menant à une piste de danse où résonnait du reguetón ; la piste était vide : du fait de son expérience des nuits précédentes, Cosette savait que l'endroit ne commençait à se remplir que très tard dans la nuit, quand les jeunes qui buvaient dehors se dispersaient, les cafés du port fermaient et la place Miquel Capllonch et la promenade maritime étaient complètement désertes. Elle n'aimait pas le reguetón, ou pas beaucoup, mais elle se mit à bouger à son rythme au milieu de la piste. Elle le faisait paupières serrées, absorbée par la musique, comme s'il s'agissait de s'y fondre ou de s'y dissoudre. Elle resta comme cela un bon moment, dansant sur toutes les musiques qui passaient et s'apercevant qu'autour d'elle, peu à peu, la boîte de nuit s'animait. Puis, alors qu'une chanson venait chevaucher la précédente, quelqu'un lui toucha l'épaule. Elle ouvrit les yeux : à la lumière épileptique des projecteurs, elle distingua une fille qui lui souriait comme si elles étaient amies.

— Tu ne te souviens pas de moi ? demanda l'inconnue en lui criant à l'oreille tandis que la musique reprenait à plein volume sur la piste.

Elle avait dix ou douze ans de plus que Cosette, des cheveux foncés mi-longs, et une robe à motifs, à la coupe évasée ; un sourire insistant éclairait son visage. Soudain, Cosette se souvint d'elle.

— Bien sûr, lui cria-t-elle à son tour à l'oreille.

Cela lui parut une coïncidence incroyable. Elle l'avait croisée trois nuits plus tôt, à Tito's, une discothèque emblématique de Palma ; c'était la fille qui avait convaincu Cosette et Elisa d'abandonner leur projet initial de passer à Magaluf les deux derniers jours de leurs vacances et de remplacer cette destination par celle de Pollença. "Magaluf est un trou minable pour étrangers, les avait-elle averties. Celui qui n'a pas vu Pollença n'a pas vu Majorque."

— Comme quoi, vous avez fini par suivre mon conseil, dit-elle. – Cosette acquiesça, contente que quelqu'un l'ait reconnue, comme si on l'avait retrouvée dans l'obscurité de la forêt. – Où est ton amie ?

Cosette répondit qu'Elisa était rentrée chez elle. Sans cesser de sourire, la fille eut l'air surpris.

— Et toi ? demanda-t-elle.

Cette fois, sa réponse consista à hausser les épaules. L'autre fille continua de l'observer d'un œil interrogateur et Cosette se vit obligée de donner une explication qui n'en était pas une.

— Je vais rester quelques jours de plus, dit-elle.

Moins surprise qu'intéressée, la fille acquiesça. Puis elle dit quelque chose que Cosette ne comprit pas et, la prenant par le bras, elle la conduisit jusqu'au comptoir et lui demanda ce qu'elle voulait boire.

— Rien, répondit Cosette. Je n'ai pas d'argent.

La fille l'interrogea avec un regard sans équivoque. "Alors, comment ça se fait que tu sois restée ?" voulait dire ce regard. Cosette haussa les épaules, de nouveau. La fille lâcha un rire inaudible et, quand la serveuse apparut derrière le comptoir, elle lui demanda quelque chose. Un peu plus tard, la serveuse réapparut avec deux cocktails ; sur le conseil de la fille, Cosette prit l'un des deux et le goûta : c'était une vodka-orange. Elles trinquèrent et burent une gorgée. Puis la fille dit :

— Attends une seconde. Je reviens tout de suite.

Cosette la vit sortir dans la rue et revenir au bout de quelques minutes. La fille prit une autre gorgée et, s'approchant de son oreille, elle demanda :

— Tu veux gagner cinq cents euros ?

— Quoi ?

— Est-ce que tu veux gagner cinq cents euros cette nuit ?

Et elle ajouta :

— Avec cet argent, tu peux rester encore quelques jours.

La fille s'écarta un peu de Cosette et la regarda dans les yeux. Pendant une seconde, Cosette pensa qu'elle blaguait ; la seconde suivante, elle sut qu'elle ne blaguait pas.

— Tu as entendu parler de Rafael Mattson ? demanda la fille.

Cosette ferma légèrement les yeux et sourit vaguement, comme pour dire : "Comme tout le monde."

— Il a une maison tout près, à Formentor, expliqua la fille. Cette nuit il fait une fête. Tu veux qu'on y aille ?

— Là, maintenant ?

L'autre acquiesça. Cosette n'en revenait pas.

— C'est un ami à toi ?

— Oui. Et c'est aussi un mec génial. Très normal. Très sympa. La première fois que j'ai été chez lui, je lui ai parlé d'une amie à moi qui faisait ses études à Barcelone, et il l'a fait venir en avion privé le soir même.

La fille s'éloigna un peu pour juger l'effet de l'anecdote sur son interlocutrice.

— Tu vas adorer, tu vas voir.

Elle lui tendit une main et montra d'un signe de tête l'entrée de la boîte de nuit :

— Si tu veux, on y va tout de suite.

Cosette fronça les sourcils et s'approcha d'elle pour lui parler à l'oreille.

— On va me payer cinq cents euros juste pour aller à une fête ?

— Exact, insista la fille. Il n'y aura que des vieux croûtons. Des hommes politiques, des hommes d'affaires, tu vois le genre. Ils veulent des filles jeunes, tu sais, pour mettre l'ambiance, sinon entre eux ils s'ennuient… Tu n'as rien de spécial à faire. Juste être là. Prendre un verre. Tchatcher. Après, si tu leur plais, ils vont peut-être t'aider.

Mattson l'a fait pour plein de filles. À certaines, il leur a payé les études. Il est comme ça, c'est un mec génial, tu verras...

Elle lui tendit à nouveau la main, mais cette fois elle n'attendit pas que Cosette réagisse.

— Allez, on y va, dit-elle en la prenant par le bras. La villa est à un quart d'heure.

La voiture de la fille, une Ford Escort, était garée tout près de la boîte de nuit, à l'angle, quasiment, de l'hôtel Borràs. Avant d'y grimper, Cosette, puisqu'elles allaient à une fête, réclama une minute pour faire un saut dans sa chambre afin de se changer, mais l'autre lui assura que ce n'était pas nécessaire, qu'elle était très bien comme ça, et elles montèrent dans la voiture, sortirent du village et prirent une route sur la droite en direction de Cap de Formentor. Celle-ci devint très vite une côte, puis une route de montagne qui zigzaguait entre la mer et une masse d'ombre à laquelle les phares de la voiture arrachaient de grands blocs de pierre, des pins et des palmiers nains. Pendant qu'elle conduisait, la fille continuait de parler de Rafael Mattson, de luxe et de générosité et de jovialité et d'extravagances ; de temps en temps, elles croisaient une voiture qui descendait. Quelques minutes plus tard, après avoir atteint le sommet du promontoire, la descente fut abrupte. Maintenant les virages devenaient inextricables, la mer se trouvait au-dessous ou à leur gauche, et à leur droite l'obscurité devenait de plus en plus compacte et lourde. La fille avait arrêté de parler, la route absorbant visiblement toute son attention ; à l'intérieur de la voiture on n'entendait que le bruit de l'air déplaçant le vent et, de temps à autre, la rumeur de la mer qui s'écrasait contre les rochers. À un moment donné, Cosette demanda si c'était encore loin et la fille lui répondit qu'elles étaient presque arrivées.

— Au fait, ajouta-t-elle. Je m'appelle Diana.

Cosette dit son nom.

— Tu es française ? demanda Diana.

Cosette répondit que non, mais n'expliqua pas pourquoi elle avait un prénom français sans être française – la fille ne le demanda pas non plus – et, sans savoir pourquoi, elle sentit à ce moment-là qu'elle n'aurait pas dû accepter cette invitation. Pourtant, elle n'osa pas demander à sa nouvelle amie de faire demi-tour et de la ramener à Port de Pollença. Mais elle décida que, même si elle se rendait à la fête et passait quelques minutes là-bas, elle en repartirait dès que l'occasion se présentait.

Elles se trouvèrent bientôt au pied de la montagne, et les phares éclairèrent plusieurs panneaux qui annonçaient : CAP DE FORMENTOR *et* FORMENTOR. *Elles suivirent la seconde direction, laissèrent sur leur droite une plage argentée par la lune, qui s'étendait au-delà d'une petite pinède, empruntèrent un sentier goudronné qui circulait entre des murs végétaux et passèrent à côté d'un grand édifice piqueté de lumières, qui relança le babillage de la fille : tandis qu'elle conduisait sur un chemin de terre qui grimpait sur une colline, la mer à leur droite, elle expliqua que le bâtiment devant lequel elles venaient de passer était l'hôtel Formentor, qu'il s'agissait d'un établissement historique où avaient logé de nombreuses célébrités, elle cita Charles Chaplin et Grace Kelly. Enfin, juste après un virage, le sentier sembla mourir devant un grand portail en bois et métal.*

— C'est ici, annonça Diana, qui avait retrouvé la vivacité du début.

Sans couper le moteur, elle prit son portable et, tout en tapant un message, ajouta :

— On va nous ouvrir tout de suite.

Au bout de quelques secondes, en effet, le portail commença à s'ouvrir lentement. Quand il se fut entièrement ouvert, elles descendirent une rampe illuminée par la double rangée de spots qui dépassaient à peine d'une bordure, au-delà de laquelle on devinait une vaste pelouse qui glissait vers la mer. Plus loin se dressait la villa : énorme, sombre, érigée au bord de la falaise, avec des murs blancs et de grandes fenêtres, un peu spectrale. Elles garèrent la voiture près d'une esplanade vide. Il régnait alentour un silence si profond que, n'était la proche rumeur du ressac qui se brisait contre les rochers, on aurait cru la maison plongée dans le puits d'une mine.

— Tu es sûre que c'est ici, la fête ? demanda Cosette.

Au même instant, une lumière éclaira l'entrée d'une aile latérale de l'édifice ; une seconde plus tard, la porte s'ouvrait et une silhouette féminine se découpa dans l'encadrement.

— Regarde, dit Diana. Ça, c'est Alexandra.

— C'est qui, Alexandra ? demanda Cosette.

— La gouvernante de Mattson. – Diana s'arrangeait les cheveux dans le miroir du rétroviseur. – Elle vit ici toute l'année, avec son mari, ils sont chiliens tous les deux.

En actionnant l'ouverture de la portière pour sortir du véhicule, elle ajouta :

— Tu verras. On va bien s'amuser.

1

Le dimanche, six jours avant la soirée fixée pour l'assaut de la villa de Rafael Mattson à Majorque, Melchor organise une réunion chez lui. Celle-ci se tiendra à quinze heures trente ; les personnes convoquées sont Paca Poch, Vàzquez et Salom. Il manque encore quatre personnes pour compléter l'équipe que Carrasco juge nécessaire afin de réaliser l'opération et, bien que Melchor ignore si ses trois compagnons connaissent quelqu'un qui puisse se joindre à eux, il consacre une grande partie de la journée du vendredi à essayer de recruter quatre professionnels expérimentés dans les profondeurs du darknet. Pour finir, après avoir échangé plusieurs messages avec des personnes qui vantent leurs talents cachés derrière des noms vraisemblablement inventés, Melchor donne rendez-vous dans un local de la Zone franche de Barcelone à quatre mercenaires qui se proposent d'exécuter la mission moyennant la somme de soixante-dix mille euros, hors frais. Le rendez-vous est prévu pour le mercredi, jour où il est censé déposer sur le compte de ces professionnels six mille euros au titre d'avance. Melchor a convoqué un autre rendez-vous plus tard la même journée, cette fois dans un appartement de Nou Barris, avec un type au nom allemand qui, en échange de vingt-cinq mille euros, s'engage à lui fournir presque tout le matériel et l'armement dont ils ont besoin. Melchor loue également deux voitures à l'aéroport de Palma de Majorque, deux appartements à Pollença et trois autres à Port de Pollença. Quant aux billets de ferry et d'avion indispensables pour le déplacement du groupe à Majorque, de même que du reste de l'équipement, il préfère attendre la réunion du dimanche pour voir cela dans le détail.

Le samedi matin, il rend visite à Cosette à la clinique Mercadal. Melchor a l'impression que sa fille se porte mieux que la semaine précédente – elle a meilleure mine, est moins triste et plus communicative, elle ne pleure à aucun moment –, mais il n'est pas certain que ce rétablissement apparent traduise une véritable amélioration, d'autant qu'il ne parvient à parler ni avec le docteur Mercadal ni avec la docteure Ibarz. Ce soir-là, il dîne chez Rosa et lui raconte par le menu les préparatifs dont il se charge (la seule omission étant, comme toujours, la participation de Salom). Il le fait, non pas parce qu'elle le lui demande, mais parce que, surtout depuis qu'elle lui a avancé les deux cent mille euros du crédit, il la considère comme un membre du groupe à part entière, ayant le même droit que les autres d'être informée. Rosa l'écoute attentivement, comme si tous ses doutes et objections s'étaient dissipés mais, quand Melchor énumère les participants de la réunion du lendemain, elle l'interrompt pour s'assurer que Blai n'en fera pas partie.

— Je n'ai pas pu le convaincre, se plaint Melchor. J'étais sûr que j'y arriverais, mais je n'ai pas réussi. Et ça m'ennuie vraiment. En même temps, je le comprends. De toute façon, ce n'est pas grave : on fera sans lui.

À la surprise de Melchor, Rosa ne déplore pas l'absence de Blai et se borne à lui offrir sa maison pour le rendez-vous du lendemain.

— Ce sera plus discret, ajoute-t-elle. Et vous serez plus à l'aise que chez toi. Je libère Ana pour la journée et on n'en parle plus. D'ailleurs, je peux vous donner un coup de main, si ça se trouve. Après tout, quatre têtes pensent plus que trois.

— Merci, mais non, dit Melchor en songeant à nouveau à Salom. Je préfère qu'on fasse ça chez moi. Et que tu restes à l'écart de tout ça. Peut-être qu'on aura besoin de toi pour d'autres choses. Non, pas peut-être – certainement.

Melchor fait allusion à l'inquiétude de Carrasco quant à la manière de diffuser les éléments compromettants qu'ils sont supposés saisir dans la résidence de Mattson. Rosa demande :

— Ce n'est pas mieux d'attendre de les avoir pour y réfléchir ? Tu n'as pas l'impression que vous vous précipitez un peu ?

— C'est possible, répond Melchor. Mais Carrasco insiste sur le fait qu'il faut déjà le prévoir. Et il a peut-être raison… On ne peut pas juste mettre l'info sur internet, pour Mattson ce serait trop facile de la neutraliser, de faire passer ça pour l'une de ces fausses rumeurs qui circulent sur lui. Celui qui va révéler ce qu'on aura récupéré doit disposer d'un moyen de communication autorisé, et je ne suis pas sûr qu'en Espagne beaucoup soient prêts à sortir un scandale pareil concernant Mattson. Carrasco prétend que non. Ni en Espagne ni en Europe. Aux États-Unis non plus. Mattson a des intérêts partout dans le monde.

— C'est vrai, mais personne ne peut contrôler tout le monde, tout le temps et partout. Même pas Mattson. Personne n'osera donc révéler ça ?

— Tu penses à quelqu'un ?

— Là tout de suite, non. Mais laisse-moi réfléchir.

Le lendemain matin, alors qu'ils prennent le petit-déjeuner sur la terrasse, Rosa demande à Melchor :

— Tu as entendu parler de Gonzalo Córdoba ?

— Non.

— C'est le PDG de Caracol Televisión, la chaîne la plus importante de Colombie. Tu te souviens du week-end que j'ai passé à La Inés, la propriété de mon ami Héctor Abad, l'écrivain ? Je t'avais dit qu'on était là-bas avec des amis à lui, tu te rappelles ?... Eh bien, Gonzalo était l'un d'eux. On a sympathisé, après on s'est même rencontrés deux ou trois fois. Il n'est certes pas propriétaire de Caracol Televisión, mais il a les mains libres pour faire ce qu'il veut et c'est un homme courageux et honnête. Je te dis ça à propos de ce dont on a parlé hier soir : s'il faut déballer le linge sale de Mattson, il peut être notre homme. Il ne se dégonflera pas.

Ce même jour, Vàzquez arrive à quatorze heures trente chez Melchor, qui a préparé pour eux deux une salade de tomates aux anchois et des spaghettis à la carbonara. Ils mangent dans la cuisine, et parlent de Blai, du refus de Blai de se joindre au groupe et des répercussions qu'aura son absence sur le dispositif qu'ils sont en train de monter ; Vàzquez ne cache pas son scepticisme, voire sa méfiance, à la perspective de devoir agir aux côtés de mercenaires.

— Moi non plus, l'idée ne m'emballe pas, en convient Melchor. Mais on a une autre option ?

Après que l'ancien sergent suggère sans grande conviction deux noms d'anciens collègues qu'il pourrait tenter de recruter pour remplacer les mercenaires, Melchor continue d'hésiter :

— Je ne sais pas. On va voir ce que Salom et Paca en pensent. De toute façon, mercredi je vais rencontrer ces types, on saura à quoi s'en tenir.

Ils changent ensuite de sujet et Melchor demande à Vàzquez si sa femme est au courant de leurs plans.

— T'es fou ou quoi ? répond Vàzquez. Si Verónica apprend cette histoire, elle va me pendre par les couilles. Toi non plus, tu n'y échapperas pas, d'ailleurs. Je lui ai dit que j'étais avec un ami à Prades, dans le sud de la France, pour un concours de chiens de bergers. Et que le week-end prochain, j'irais avec toi et Blai à Majorque, pour se rappeler le bon vieux temps, ce genre de trucs… La pauvre, elle gobe tout.

Peu avant l'heure convenue, alors que les deux hommes sont encore en train de mettre les assiettes et les verres du déjeuner dans le lave-vaisselle, Paca Poch les rejoint ; Salom le fait un peu plus tard. Aucun des trois amis de Melchor ne connaît personnellement les deux autres, mais ils ont tous entendu parler les uns des autres. L'hôte fait les présentations et, avec l'aide de Salom, prépare le café. Ils n'ont pas terminé de le servir que la sonnerie de l'interphone retentit ; les trois paires d'yeux convergent vers Melchor.

— Il manque quelqu'un ? demande Paca Poch.

Melchor répond par une moue négative, mais en se dirigeant vers le vestibule, il se fait la réflexion que Rosa a dû décider de se joindre à la réunion. Il se trompe : la caméra de l'interphone cadre la silhouette baraquée de Blai, habillé en civil.

— Ouvre, Melchor.

Le chef du commissariat de la Terra Alta apparaît sur le palier de l'escalier, incontestablement en rogne.

— Qu'est-ce qu'il s'est passé ? demande Melchor.

Blai attend d'avoir refermé la porte pour répondre.

— Qu'est-ce qu'il peut se passer ? – L'inspecteur cloue un index accusateur sur le sternum de son ami. – Toute la matinée, j'ai écouté Rosa pleurnicher. Voilà ce qui se passe. Je peux te demander un service ?

— Tout ce que tu veux.
— Vire-moi ce petit sourire de ta bouche, allez.
Deux très longues secondes de silence accueillent l'arrivée de Blai dans le séjour, où Vàzquez, Salom et Paca Poch se tournent vers lui avec divers degrés de perplexité sur le visage. L'inspecteur les regarde un à un en secouant la tête.
— Jolie bande d'abrutis, murmure-t-il.
Blai donne l'accolade à Salom, puis à Vàzquez qu'il n'a pas vu, se souvient-il à haute voix, depuis le jour de son mariage avec Verónica. Quant à Paca Poch, il la montre simplement du doigt, celui qu'il vient d'appuyer sur la poitrine de l'hôte.
— Toi et moi, il faut qu'on se parle, sergent.
— Quand vous voulez, patron.
— Ne m'appelle pas patron. Et au cas où, ferme plutôt le bec.
— À vos ordres, patron.
Vàzquez rit et Paca Poch lui décoche un clin d'œil, et dans la foulée ils se mettent tous les quatre à parler en même temps, pendant que Melchor, réprimant un élan d'euphorie, termine de servir le café. Un peu plus tard, ils sont assis autour de la table du séjour, Blai et Paca Poch en face du propriétaire de l'appartement, Vàzquez à sa gauche et Salom à sa droite. Afin de tous les mettre en situation, Melchor récapitule : il parle de Cosette, de Benavides, de Carrasco, de Mattson. Quand il finit de résumer le dialogue qu'il a eu avec l'ancien *guardia civil* à Can Sucrer, Blai admet :
— Il est possible que ce que ce type raconte soit fondé.
— Comment ça, putain, intervient Vàzquez. Bien sûr que c'est fondé. Pourquoi tu crois qu'on est tous là ?
Melchor demande à Blai de s'expliquer.
— Tu te souviens de l'ami dont je t'ai parlé ? demande l'inspecteur en s'adressant à lui. Le policier qui travaille à Palma, celui qui nous a aidés à obtenir les images de la boîte de nuit… – Melchor acquiesce. – Je lui ai téléphoné hier. Je lui ai demandé pour Mattson, je lui ai dit que des rumeurs couraient sur des choses qui se sont passées à la villa de Formentor et il m'a fait comprendre que c'était mieux de ne pas toucher à ça. Que je passe mon chemin. Je vous le dis franchement : ça sent le roussi.
Songeant que les plaintes de Rosa n'ont peut-être pas motivé, à elles seules, le revirement de Blai, Melchor continue de leur

retracer dans les grandes lignes le plan de Carrasco, ou plutôt ce qu'il connaît du plan de Carrasco, il leur explique que l'ancien *guardia civil* donnera les détails de l'opération la veille de l'assaut, au cours d'une réunion qui aura lieu à Pollença, il révèle la date et l'heure choisies ainsi que les raisons de ce choix et il essaie de les rassurer en répétant ce qu'il a dit quelques jours plus tôt à Blai : s'ils vont en principe suivre le plan de Carrasco, si une fois à Pollença sa proposition ne leur plaît pas ou ne les convainc pas ou s'ils l'estiment téméraire ou insatisfaisante, que ce soit dans son ensemble ou dans ses détails, ils mèneront l'opération comme bon leur semble ; en définitive, la décision ultime leur appartiendra.

— Dans le pire des cas, termine Melchor qui cherche, avec ses mots, à rassurer pleinement ses compagnons et à balayer le moindre doute ou la moindre inquiétude qu'ils seraient susceptibles de nourrir, si jamais on arrive à la conclusion que la chose n'est pas claire, ou pas mûrement réfléchie, ou je ne sais quoi, on annule l'opération et on rentre à la maison. Pour ça, il sera toujours temps.

— Moi je n'ai absolument pas l'intention de rentrer bredouille, les avertit Vàzquez.

— Moi non plus, le soutient Paca Poch.

— Toi, tu te tais, dit Blai.

— Qui a parlé de rentrer bredouille ? s'interpose Melchor. L'important, c'est que ce soit un succès, même s'il ne se produit pas du premier coup. Parfois il faut échouer un peu pour pouvoir réussir ensuite.

— C'est vrai, ça, dit Salom.

Il y a un silence tendu. Melchor demande :

— On est d'accord ?

Son regard passe de l'un à l'autre en quête de signes d'assentiment. Tous acquiescent, avec divers degrés de conviction. Melchor aborde ensuite la question de l'équipement, de l'armement et des hommes nécessaires et, quand il mentionne les deux réunions qu'il a fixées le mercredi à Barcelone, Blai lui coupe la parole. Melchor s'attendait à être interrompu, mais pas au ton catégorique de son ami.

— Tu peux les annuler, dit-il. Et rendre l'argent à Rosa.

— L'argent ? demande Vàzquez à qui Melchor n'a rien dit du prêt bancaire que Rosa lui a avancé, comme il n'a rien dit non plus aux autres. Quel argent ?

— Aucun. – Blai montre Melchor d'un mouvement de la tête. – Une vraie crapule, celui-là.

Puis il continue :

— Les pistolets-mitrailleurs, les pistolets, les chargeurs, les menottes, les cagoules, les sangles et les munitions, on va les sortir du bunker. Personne ne s'en rendra compte, surtout un week-end. Les torches, on peut les trouver dans n'importe quel supermarché, et les tronçonneuses au premier Bauhaus ou Leroy Merlin.

— Et pourquoi on a besoin de trois putains de tronçonneuses ? demande encore Vàzquez.

— Qu'est-ce qui manque ? demande Blai.

— Neuf gilets pare-balles, neuf viseurs laser, un brouilleur de fréquences et des fausses immatriculations, énumère Melchor.

— Cortabarría peut nous prêter ça, assure Vàzquez qui fut le chef immédiat de l'homme en question à l'époque où il était à la tête de l'Unité centrale des enlèvements et extorsions. C'est lui qui s'occupe des personnes disparues, à Egara.

— J'avais pensé à lui, admet Blai. Pour Cosette, il nous a prêté main-forte.

— Et pas qu'une, lance Paca Poch. Les deux.

— Il me doit quelques faveurs, explique Vàzquez. Alors vous pouvez déjà compter sur lui.

— On devrait lui demander des voitures aussi, ajoute Blai. Pour exécuter un truc pareil, je ne roulerai pas dans une épave. Et, si ça se fait, je ne me baladerai pas non plus sans faux papiers.

— Tout ça, Cortabarría peut nous le fournir, insiste Vàzquez.

— Tu vois ? – Maintenant, Blai s'adresse à Melchor. – Le matos et les armes, ce n'est pas un problème. Le problème, c'est les gens.

— On est cinq, comptabilise Vàzquez. Plus les deux de Pollença, sept. Il en manque trois.

— Mercredi, je vous l'ai dit, j'ai rendez-vous dans la Zone franche, dit Melchor. On m'a promis quatre professionnels de premier ordre. Au lieu d'en recruter quatre, j'en recruterai trois.

— Et moi, je t'ai déjà dit que je me méfie de ces gens-là, rétorque Vàzquez. Un mercenaire reste un mercenaire.

— Outch, grogne Paca Poch. Avec des blancs-becs pareils, je n'irais même pas faire une promenade dans le parc.

Melchor lit dans les yeux de Blai et Salom qu'ils ne sont ni l'un ni l'autre en désaccord avec le scepticisme ou le refus manifeste qu'ils viennent d'entendre. Rasséréné, il lance :

— Toutes les idées sont bienvenues.

Vàzquez avance une nouvelle fois les noms des deux collègues qu'il a mentionnés pendant le déjeuner, avec le même manque d'enthousiasme, cependant, que plus tôt. Et quand Melchor s'apprête à sonder Paca Poch sur les membres de son unité, il se souvient que Blai s'oppose catégoriquement à ce que la sergente mêle à l'opération qui que ce soit du personnel sous sa responsabilité, si bien qu'il ravale sa question. L'inspecteur intervient de nouveau.

— Si ça se trouve, on n'a besoin de personne d'autre, suppose-t-il. Sept personnes qui s'entendent bien, c'est pas suffisant pour braquer cette maison ?

— Faut voir comment elle est, la maison, raisonne Paca Poch.

— Ce que font dix, sept peuvent le faire aussi, tente Blai.

— Peut-être, en convient Melchor. Mais Carrasco est le seul à le savoir. Il est le seul à connaître la villa, ses systèmes de sécurité, les gens qui la protègent et tout le reste. Alors il faut lui faire confiance, du moins pour l'instant. Si Carrasco dit qu'on doit être dix au minimum, il vaut mieux trouver trois autres personnes.

— Mais non, persévère Blai. On n'avait pas dit qu'on le ferait à notre façon, et pas à celle de Carrasco ? Et puis, plus on est, plus il y a de probabilités que quelqu'un ouvre sa bouche et que ça merde. Moi, j'ai confiance en ceux qui sont ici avec moi. Pour les autres, je sais pas.

— Ça, c'est vrai, Melchor, opine Salom. On va vraiment risquer notre peau aux côtés de gens qu'on ne connaît pas ?

— Moi, non, dit Paca Poch.

— Moi non plus, dit Vàzquez.

— Ça me semble plus risqué de le faire avec ces types, aussi bons soient-ils, argumente Salom, que de le faire nous tous seuls, même si on est moins nombreux que ce que Carrasco aimerait. S'il veut le faire avec notre effectif, on le fait ; s'il ne le veut pas, on ne le fait pas… Mais après avoir attendu si longtemps une occasion pareille, je parie qu'il sera d'accord. Il a tout intérêt à l'être.

Melchor observe l'ancien caporal sans bouger. Puis il regarde Blai, qui lui montre les paumes de ses mains dans un geste interrogateur et conclusif à la fois.

— Il me semble que là-dessus, on est tous les quatre d'accord, constate-t-il. Sauf toi.

Melchor prend un temps de réflexion.

— C'est bon, accepte-t-il. On le fera sans personne d'autre.

La réunion s'achève un peu avant dix-neuf heures, une fois que les décisions les plus importantes qui permettront de mener à bien l'opération ont été prises, ou celles que, à ce moment-là, sans avoir connaissance encore des détails que Carrasco doit leur révéler à Majorque, ils considèrent comme les plus importantes. Au terme de la réunion, Blai résume ce qui a été dit et Melchor insiste sur un point sur lequel, lui semble-t-il soudain, il n'a pas suffisamment insisté. Il rappelle à tout le monde qu'il est possible que son portable ait été mis sur écoute par les hommes de Mattson, celui de Carrasco l'étant déjà, et il leur demande de toujours communiquer via des lignes sûres, de limiter les appels aux cas d'extrême urgence et de réduire au strict minimum la communication entre eux. Paca Poch les ayant persuadés qu'il est plus sûr de s'écrire par Telegram que par WhatsApp, Melchor leur demande de privilégier Telegram s'ils ont besoin d'échanger des messages.

Quand Melchor finit de parler, Blai intervient encore une fois :

— Des questions ? Des commentaires ?

Ils s'interrogent entre eux du regard, mais personne ne dit mot. Ils restent assis à la table du séjour, tous sauf Paca Poch, qui s'est levée à plusieurs reprises pendant la réunion et se tient debout, appuyée contre l'encadrement d'une fenêtre qui donne sur la rue Costumà et par où pénètre une lumière déclinante. Sur la table règne un désordre de débandade : deux bouteilles d'eau minérale vides, cinq tasses à café vides, cinq verres vides, trois stylos-billes et un carnet à couverture bleue duquel plusieurs feuilles à carreaux ont été arrachées et sur lesquelles Melchor, Paca Poch et Salom ont pris des notes ou fait des dessins.

Personne ne fume, mais après être restés trois heures d'affilée enfermés, le séjour a besoin d'être aéré.

— Bon, conclut Blai en prenant appui sur la table pour se lever, s'il n'y a rien d'autre…

Melchor le saisit par le bras.

— Juste une chose, dit-il.

Blai se tourne vers lui.

— Quoi donc ?

Melchor détache son regard du chef du commissariat de la Terra Alta et le pose sur Salom, puis il regarde Vàzquez et Paca Poch ; pour finir, il se tourne vers Blai. Alors il dit :

— Merci.

2

Le lundi matin, Hiroyuki accueille Blai au bar de la place avec des sauts de joie.

— Comment ça va, mec ?

Le Japonais interpelle le chef du commissariat, montre Melchor et se protège le visage comme un boxeur sur un ring.

— Deux amis de Terra Alta plus fâchés ? Je demande pour toi ton ami. Il t'a dit ? Où tu t'es mis ? Malade ?

— Où veux-tu que je me mette, Jap ? – Blai pose sur l'épaule d'Hiroyuki une main pacificatrice. – J'étais en train de traquer tes amis yakuzas. Histoire qu'ils ne te transforment pas en burgers.

Plus tard dans la matinée, depuis la bibliothèque, Melchor annule le crédit bancaire de deux cent mille euros, de même que la réservation d'une des deux voitures qu'il a louées pour le week-end à l'aéroport de Majorque et deux des cinq appartements où il pensait loger l'équipe, l'un à Pollença et l'autre à Port de Pollença. Il annule aussi le rendez-vous avec le trafiquant d'armes allemand qui devait se tenir dans l'appartement de Nou Barris et la rencontre, dans le local de la Zone franche, avec les quatre mercenaires (ce qui signifie qu'il perdra les six mille euros d'avance, mais ça ne le dérange pas outre mesure). Dans l'après-midi, Vàzquez lui communique par Telegram qu'il vient de parler avec Cortabarría, ainsi qu'ils étaient convenus la veille, et que celui-ci s'est engagé à obtenir le matériel dont ils ont besoin et à le remettre à Blai et à Melchor jeudi soir au central d'Egara. "Je ne lui ai pas dit pourquoi on en avait besoin, conclut-il. Et il ne me l'a pas demandé non plus. Je vous avais prévenu, c'est un type réglo." "Parfait", le félicite Melchor. "Il m'a dit qu'il nous préparerait une voiture, continue Vàzquez. Et il a demandé qu'on lui envoie une photo d'identité de chacun. Il en a besoin pour les papiers. En attendant, il m'a donné cinq faux noms et cinq numéros de passeport, comme ça tu peux déjà acheter les billets." Dans le dernier message, Vàzquez affirme qu'il se chargera personnellement de demander une photo à chacun et de les faire parvenir à Cortabarría, et il ajoute la liste des faux noms et des numéros. Dès qu'il la reçoit, Melchor commence à chercher des billets. Lors de la réunion de la veille, ils ont décidé que, le vendredi matin, Vàzquez, Paca Poch, Salom et lui-même prendraient des vols différents depuis Barcelone pour se rendre à Palma de Majorque, seulement Melchor découvre que cette première demi-journée-là, il n'y a que trois vols directs Barcelone-Palma et il décide que Paca Poch et lui voyageront dans le dernier. Quant à Blai, Melchor lui réserve un aller, véhicule compris, sur le ferry qui appareille du port de Barcelone à la première heure le vendredi, et un retour sur le ferry partant le dimanche en tout début d'après-midi du port de Palma. Une fois les quatre billets obtenus, tous des allers-retours, il les envoie par mail à leurs bénéficiaires respectifs.

L'après-midi, Melchor se rend en voiture jusqu'au Bauhaus qui se trouve au kilomètre quatre de l'autoroute entre Reus et Tarragona, où il achète deux tronçonneuses Husqvarna, puis il continue vers Tortosa. Là-bas, il achète une autre tronçonneuse de la même marque au Leroy Merlin de l'avenue de la Generalitat et, au Lidl de l'avenue de Catalunya, un lot de huit lampes-torches à piles ; puis il se fait faire quatre photos d'identité dans un studio du nom de Gerard Fotògraf. Plus tard, en arrivant chez Rosa à l'heure du dîner, il scanne les photos et les envoie par mail à Vàzquez.

Au cours du repas, il ne tombe pas dans l'hypocrisie de reprocher à Rosa d'être intervenue en sa faveur auprès de Blai, mais il ne la remercie pas non plus. Il se contente de lui résumer les décisions qui ont été prises dimanche et celles qu'ils ont commencé à mettre en application aujourd'hui. Rosa pose quelques questions, auxquelles Melchor essaie de répondre, et elle exprime quelques doutes, craintes ou préoccupations, que Melchor essaie de dissiper. Puis il demande :

— Tu as parlé avec tes amis colombiens ?

— J'ai parlé avec Héctor Abad, répond Rosa. Je lui ai seulement dit que je pourrais peut-être obtenir des éléments qui prouvent que Mattson est un prédateur sexuel.

— Et ?

— Il m'a garanti que, si je les avais, Gonzalo Córdoba serait enchanté de pourrir la vie à ce salopard. Lui aussi d'ailleurs.

Le lendemain à la première heure, Melchor téléphone à la clinique Mercadal et demande à parler au directeur, mais on lui répond qu'il est occupé et qu'il faut rappeler dans dix minutes. Il utilise cinq de ces dix minutes pour appeler Dolors, son assistante. Il lui explique qu'un imprévu est survenu et qu'il ne pourra pas tenir la bibliothèque vendredi, devant se rendre à Barcelone.

— Cosette ne va pas bien ? s'inquiète la jeune femme.

— Ce n'est pas ça, répond-il.

Et, comme s'il formulait un souhait, il affirme :

— Cosette va mieux. Petit à petit, mais elle va mieux.

Après quoi il justifie son absence du vendredi en prétextant des affaires à gérer, sans donner davantage de précisions. Puis il ajoute :

— Tu pourras me remplacer ?

Dolors accepte et Melchor rappelle la clinique. Cette fois, on lui passe immédiatement le docteur Mercadal, à qui Melchor s'empresse de faire un compte rendu plein d'espoir de sa visite du samedi.

— Elle va mieux, confirme le thérapeute. Je vous avais bien dit que vous deviez avoir confiance en votre fille. Et qu'elle s'en sortirait.

Le docteur Mercadal énumère certains progrès que Cosette est en train de réaliser et il insiste sur le fait que le plus important est qu'elle ait pu faire remonter à la surface les événements qui avaient eu lieu chez Mattson, ce qui lui permettra de les affronter et de les comprendre.

— C'est une jeune fille très courageuse, répète Mercadal. Et c'est pour cette raison qu'elle se remet beaucoup plus vite qu'on ne l'aurait cru. Je ne voudrais pas pécher par optimisme mais, si les choses continuent comme ces derniers jours, vous pourrez l'avoir à la maison dans deux ou trois semaines. Nous pouvons parler de tout ça samedi, la docteure Ibarz a également des choses à vous raconter.

— C'est justement pour ça que je vous appelle, dit Melchor, heureux d'entendre ces bonnes nouvelles. Samedi, je suis pris. Je ne pourrais pas vous voir, vous et Cosette, vendredi matin ?

— Impossible, regrette le docteur. Les règles de cette maison sont ce qu'elles sont, et elles sont là pour être respectées. Les respecter est précisément ce qui a permis à Cosette d'aller mieux. On ne va pas les enfreindre maintenant… Vous le comprenez, n'est-ce pas ? Si vous voulez, vous pouvez l'appeler vendredi, mais seulement entre douze et treize heures.

Melchor n'insiste pas, il saisit au vol la seconde option que le docteur lui offre et prend congé de lui. Il consacre le reste de la journée à vérifier les préparatifs de l'assaut, une vérification qui comprend un échange de messages, vraiment nécessaires, avec Vàzquez, Paca Poch et Salom ; il n'a pas besoin d'écrire à Blai, il le voit tous les matins au bar d'Hiroyuki. Finalement, à la tombée du jour, il envoie un message à Carrasco. "Ici, tout est prêt", dit-il. "Ici aussi, répond Carrasco. Quand peut-on tous se réunir à Pollença ?" Melchor réfléchit quelques secondes. "Vendredi à 19 heures ?" tape-t-il. "Parfait, répond Carrasco. Envoie-moi les adresses des appartements où vous logerez." Melchor obtempère. "Seulement trois ?" demande encore Carrasco. Melchor n'a aucune intention de révéler maintenant à l'ancien *guardia civil* que ce ne sont pas sept mais quatre personnes qui voyageront avec lui depuis Barcelone, aussi se contente-t-il de répondre : "T'inquiète. Ça suffira." Peu après, il reçoit le dernier message de son interlocuteur. "OK. On se voit vendredi à 19 heures dans l'appartement de la rue Sant Sebastià", lit Melchor, qui en déduit que Carrasco ne souhaite pas que la réunion préalable à l'assaut se déroule à Can Sucrer. "C'est au centre-ville de Pollença. Demande à tout le monde d'être ponctuel."

Le lendemain matin, mercredi, Melchor et Blai se séparent pour la journée place de la Farola, après avoir pris leur café chez Hiroyuki. Melchor passe la matinée et la moitié de l'après-midi concentré sur son travail à la bibliothèque, qu'il a presque entièrement mis de côté durant la semaine et, en arrivant chez lui après avoir fait ses heures, il finit *Nid de gentilhomme*, le roman de Tourgueniev qu'il lisait ces jours derniers. Plus tard, après avoir dîné et mis en marche le lave-vaisselle, il commence à lire les *Mémoires d'un chasseur*, également de Tourgueniev, qui lui plaisent plus que le roman et qui parviennent à l'absorber entièrement. Vers minuit, il sort de chez lui, monte dans sa voiture, se dirige vers Zaragoza et, au niveau de la bifurcation qui mène à la zone industrielle La Plana, où les Cartonneries Adell ont leurs bureaux et leur usine principale, il tourne à droite, roule sur une route goudronnée puis sur un chemin de terre qui disparaît dans un terrain vague. Il y arrête la voiture et coupe le moteur, mais demeure assis au volant. Autour de lui, le silence est compact et l'obscurité presque totale : une lune en forme de sabre brille à peine dans le ciel, et au loin, sur les collines invisibles de la montagne de La Fatarella, les petites lumières rouges des éoliennes clignotent. Pendant vingt minutes, Melchor ne met pas la radio, n'écoute pas de musique, ne bouge pas de son siège et, au bout de ce laps de temps, deux taches diffuses de lumière argentée émergent dans le miroir du rétroviseur et s'approchent jusqu'à devenir les phares d'un véhicule qui se gare à côté du sien. Melchor descend et, pendant qu'il aide Blai et Paca Poch à transférer dans le coffre les pistolets-mitrailleurs, pistolets, chargeurs, menottes, sangles, cagoules et boîtes de munitions qu'ils viennent de prendre au commissariat, il demande :

— Tout est en ordre ?

— Tout est en ordre, répond Blai. Tant qu'il ne se passe rien ce week-end et que personne n'a besoin de cet arsenal, bien entendu.

— Tu sais la première chose que Salom m'a dite quand je suis arrivé en Terra Alta ? dit Melchor à Paca Poch.

— Quoi donc ? demande la sergente.

— "T'inquiète, se rappelle Melchor. Ici, en Terra Alta, il ne se passe jamais rien."

Paca Poch rit.

— Il avait raison.

— Bien sûr, murmure Blai. Il ne se passe jamais rien. Jusqu'à ce qu'il se passe quelque chose.

Melchor et Blai partent pour Barcelone le lendemain à la tombée du jour. Ils voyagent dans la voiture du premier, chargés de l'armement et de l'équipement, et durant le trajet parlent de tout et de rien, comme si c'était une journée comme une autre et qu'ils se trouvaient sur la terrasse du bar d'Hiroyuki, autour d'un café ; ils parlent aussi de Cortabarría, qui les attend au central d'Egara et que ni l'un ni l'autre n'a vu ces dix dernières années.

Peu avant vingt-trois heures, ils s'arrêtent à l'entrée d'Egara, qui se situe entre Sabadell et Terrassa, à proximité de Barcelone et, après avoir décliné leur identité à l'agent qui monte la garde, un collègue leur apprend que le sergent Cortabarría les attend dans le garage. Melchor et Blai traversent l'esplanade qui se trouve devant le complexe, où à cette heure de la nuit il ne reste que quelques voitures, longent le bâtiment principal, descendent dans le garage et, sans sortir de la voiture, commencent à chercher le sergent à la lumière blafarde des néons, puis aperçoivent un grand type costaud qui leur fait signe en s'avançant vers eux depuis le fond du sous-sol.

— Le 7e régiment de la cavalerie de la Terra Alta, blague Cortabarría lorsqu'ils descendent du véhicule. Bienvenue à la maison.

Le sergent serre la main de Blai et donne l'accolade à Melchor. Il a peu changé physiquement – il a toujours la même chevelure blonde ébouriffée, le même regard franc, le même aspect vigorexique – mais il s'est laissé pousser une moustache qui cache presque complètement son bec-de-lièvre. Il porte des baskets flambant neuves, un jean et une veste en cuir usés. Les trois hommes se dirigent vers une extrémité du garage tandis que Cortabarría leur apprend, en réponse aux questions de Blai, qu'il a épousé deux ans plus tôt une caporale et qu'ils viennent d'avoir des jumeaux. Dès qu'ils remarquent une Audi Q7 noire, le sergent pointe un doigt vers elle.

— C'est ça, la voiture, annonce-t-il. Elle est à moi. À l'unité des personnes disparues, je veux dire. On l'a confisquée à un narco, on lui a mis une plaque d'immatriculation réservée et on l'utilise pour nos enquêtes. Mais là, elle a une plaque falsifiée, c'est celle que le narco utilisait, je l'ai remise. Comme ça, personne ne peut faire le rapprochement avec vous ni avec nous.

Cortabarría ouvre une portière du véhicule et leur montre l'intérieur : elle est vide et vient d'être nettoyée ; elle sent vaguement le citron vert.

— Et le matos ? demande Blai.

Le chef des personnes disparues les conduit jusqu'au coffre de la voiture et l'ouvre. Celui-ci est très grand, mais il est aussi vide que le reste de la voiture. Un éclat moqueur brille dans les pupilles de Cortabarría quand Melchor et Blai se tournent vers lui sans comprendre. Le sergent disparaît alors et, au bout de quelques secondes, le moteur de la voiture se met en route, et le clignotant gauche et les feux de position s'allument en même temps que le dossier de la banquette arrière s'ouvre et révèle un double fond, aussi profond qu'une grotte, où Melchor repère immédiatement plusieurs gilets pare-balles.

— Absolument indétectable, dit Cortabarría de retour à leurs côtés, le véhicule toujours en marche. Quand le dossier est à sa place, tu le touches et ça ne sonne pas creux. Le narco s'en servait pour transporter la drogue, même les chiens ne sentaient rien.

— Comment tu l'as ouvert ? demande Blai.

Melchor tente une réponse :

— En déclenchant la marche arrière et en allumant le clignotant gauche ?

— Ni plus ni moins, répond le sergent. Enfin, si vous devez aller à Majorque en ferry avec toute l'artillerie, je crois que c'est ça qu'il vous faut.

Les trois hommes admirent pendant un moment la cachette de la voiture.

— Putain, Cortabarría, t'es un as, dit Blai.

— Vous trouverez dedans ce que Vàzquez m'a demandé, continue le premier, imperméable à l'éloge. Neuf gilets pare-balles, neuf viseurs laser, un brouilleur de fréquences et deux fausses immatriculations… Ah, autre chose.

Maintenant il signale une sorte de routeur, doté d'une antenne et d'une manette.

— Le brouilleur de fréquences. Un truc puissant, le plus puissant sur le marché. À tel point qu'il arrive à annuler un antibrouilleur. Mais mieux vaut rester vigilant.

— Ça veut dire que nous ne pouvons pas être sûrs qu'il nous protège entièrement ?

— Ça veut dire qu'il faut rester vigilant, répète Cortabarría. – Après quoi il sort des poches de sa veste un jeu de cinq passeports et les donne à l'inspecteur. – Vos papiers. C'est un ami de la documentoscopie qui les a préparés. Il a un contact à la police nationale de Canillas. Lui, c'est vraiment un as.

Tandis que Blai examine un à un les faux passeports, Melchor se rend à sa voiture, la conduit jusqu'à l'endroit où se trouve l'Audi Q7 et, en deux temps trois mouvements, les hommes transfèrent dans le double fond les armes et l'équipement provenant du commissariat de la Terra Alta et remettent en place le dossier de la banquette arrière, laissant à nouveau le coffre vide à la vue.

— Bon, dit Cortabarría en agitant les mains. Maintenant, vous allez m'excuser : il faut que je rentre fissa, ma femme est de garde cette nuit et la baby-sitter ne me couvre que jusqu'à minuit.

Melchor quitte Egara au volant de sa voiture et Blai le suit dans l'Audi Q7 du narco, et cette même nuit, après avoir mangé un maigre sandwich dans un café près de la Rambla, ils dorment dans l'appartement que Rosa possède rue Pau Claris, à deux pas de la place Urquinaona. Le lendemain matin, quand Melchor se réveille, Blai a disparu depuis un moment déjà : le ferry pour Palma part à neuf heures tapantes et l'inspecteur avait rendez-vous avec Vàzquez juste avant d'embarquer, afin de lui remettre son faux passeport, celui de Salom et celui de Paca Poch, de façon que les trois disposent des papiers nécessaires pour monter dans leurs avions respectifs ce matin. Plus tard, Melchor prend son petit-déjeuner dans un Caffè di Roma, en feuilletant *La Vanguardia*, et vers onze heures il se rend à l'aéroport, où il arrive une heure et demie avant le départ de son avion. Il laisse la voiture sur le parking du terminal 1, franchit les contrôles de sécurité, repère la porte d'embarquement de son vol et se poste à une distance prudente.

De là, à midi pile, l'heure indiquée par le docteur Mercadal, il appelle Cosette. Par mesure de précaution, il le fait depuis le téléphone qu'il utilise pour communiquer avec Carrasco et les autres, et sa fille commence par lui demander pourquoi il ne viendra pas la voir samedi. La question n'est pas posée sur le ton de la plainte, mais plutôt d'une voix éveillée, presque joyeuse, et à cet instant Melchor prend une décision irrationnelle, à sa propre surprise : raconter la vérité à Cosette. Il lui avoue alors qu'il se trouve à l'aéroport, sur le point de décoller en direction de Majorque : il lui parle de Carrasco, de Rosa, de Blai, de Salom, de Vàzquez, de Paca Poch ; il lui explique le projet qu'ils ont en tête. Cosette écoute dans un silence si épais que Melchor doit s'assurer à plusieurs reprises que la communication n'est pas interrompue. Entre-temps, les hôtesses sont arrivées à la porte d'embarquement et Melchor voit s'allonger peu à peu la file de passagers, parmi lesquels il reconnaît Paca Poch, qui passe devant lui sans même le regarder, cachée derrière des grandes lunettes de soleil, portant un top échancré de couleurs vives, un pantalon on ne peut plus moulant et des sandales à très haut talon. Quand il achève son explication, Melchor se demande si, à l'autre bout du téléphone, Cosette est en train de pleurer. Ensuite, il lui pose la question et elle lui répond que non et, contre toute attente, au lieu de l'interroger ou de lui adresser un reproche ou un commentaire, elle se met à lui raconter ce qu'elle a fait pendant la semaine. Melchor, déconcerté, l'écoute, sans savoir que penser. Face à lui, la porte d'embarquement s'ouvre et commence à engloutir les premiers passagers ; quand c'est le tour des derniers, Melchor prend congé de Cosette, lui promet d'aller la voir le samedi suivant. Il est sur le point de raccrocher quand il entend :

— Papa.

Utilisant sa main libre pour remettre le billet d'embarquement à l'une des hôtesses, Melchor demande :

— Quoi donc ?

— Je peux te demander une chose ?

— Bien sûr.

Cosette tarde une seconde à répondre :

— Démolissez-le.

3

Peu après son atterrissage à l'aéroport de Palma, Melchor monte dans un bus qui le conduit jusqu'à la capitale. Paca Poch s'y trouve aussi. Vingt minutes plus tard, il descend à la station Intermodal, place d'Espagne, achète un billet pour le prochain bus en direction de Pollença et, en attendant que son départ soit annoncé, il commande un sandwich au thon au comptoir du café de la gare, qu'il mange en le faisant descendre à l'aide d'un Coca-Cola pendant qu'à une certaine distance de lui, à l'autre bout de l'établissement, Paca Poch consomme quelques tapas et un verre de vin rouge assise à une table. Quand il finit de manger, Melchor demande un double expresso, et à ce moment-là, un type soigneusement coiffé, qui a tout du bellâtre latino, prend place à côté de Paca Poch. Les espionnant du coin de l'œil, Melchor voit l'homme draguer la sergente et celle-ci mordant à l'hameçon ou faisant semblant de mordre à l'hameçon. Elle lui parle, flirte, rit avec coquetterie et fait des simagrées, puis soudain, le type se tait, reste parfaitement immobile et sérieux, tandis que le sang semble fuir de son visage et ses traits se décomposer. Quelques secondes plus tard, sans même prendre congé de Paca Poch, il se lève et s'en va.

Au bout de vingt minutes, le bus part pour Pollença. Melchor prend un siège au dernier rang ; Paca Poch, trois rangs devant lui. La saison bat déjà son plein, le véhicule est pratiquement bondé et Melchor s'endort très vite, le profil dentelé du massif de Tramuntana sectionnant à sa gauche le bleu métallique de l'horizon. Il se réveille une demi-heure plus tard, quand l'autobus fait son premier arrêt, à Inca ; il s'arrête une seconde fois dans la même localité, et plus tard à Crestatx, et enfin, au premier arrêt de Pollença, Melchor descend avec une poignée de voyageurs, dont Paca Poch. Surpris, Melchor se demande pourquoi son amie descend à cet endroit-là quand en principe elle devrait le faire deux arrêts plus loin, à Port de Pollença, où il a loué pour elle quelques jours plus tôt un appartement ; puis il se rend compte qu'il reste à peine une heure et demie avant la réunion avec Carrasco à Pollença et comprend que la sergente considère qu'elle ne dispose pas de suffisamment de temps pour aller au port et retourner presque aussitôt au village.

Suivant les indications du GPS de son portable, Melchor oublie Paca Poch et entre dans la vieille ville de Pollença, un inextricable labyrinthe moyenâgeux de ruelles pavées, laisse derrière lui le cloître Sant Domingo, traverse la place principale et emprunte à droite la rue Major, marche parmi les boutiques pour touristes et des grandes maisons seigneuriales aux murs de pierre marron, aux volets verts et aux balcons en fer forgé, et, avant d'atteindre la place de Sant Jordi, il bifurque à gauche rue Sant Sebastià et appuie sur une sonnette. Salom, arrivé à Pollença dans la matinée, lui répond.

— Tout va bien ? demande Melchor.

— Tout va parfaitement bien. Les autres ne vont pas tarder.

Le logement est un petit appartement qui dispose de deux chambres, une salle de bains, un séjour et une cuisine, meublé avec un pragmatisme sobre ; la lumière naturelle est presque partout présente, sauf dans la salle de bains et la cuisine, mais le séjour est éclairé par une grande fenêtre qui donne sur la rue Sant Sebastià. Les autres commencent à arriver plus tôt que prévu. Paca Poch est la première ; le deuxième, Vàzquez. Peu après apparaît Carrasco, en costume-cravate, rasé de frais et les cheveux coupés à ras. L'ancien *guardia civil* salue Melchor et le laisse lui présenter ses amis ; il lui demande ensuite s'il a réussi à se procurer l'équipement et l'armement qu'il lui avait demandé et, quand Melchor lui donne une réponse affirmative, il s'installe à la table du salon et sort un carnet et plusieurs cartes de la sacoche qu'il portait en bandoulière. En l'observant, Melchor ne pense plus à un vieux guerrier ou à un samouraï, comme lors de leur première entrevue ; maintenant, il lui évoque un grand patron ou un tueur à gages.

La sixième personne qui entre dans l'appartement les déconcerte quelque peu, sauf Carrasco, qui la présente comme étant une ancienne subordonnée désormais rattachée à une entreprise de sécurité (il ne précise pas le nom de l'entreprise ni l'endroit où elle a son siège). Catalina, c'est son prénom, est une femme de petite taille, très maigre, brune et compacte, qui possède un visage d'enfant et un regard nerveux et qui, en moins de temps qu'il ne faut pour le dire, scanne l'appartement et tous ceux qui s'y trouvent ; elle ne doit pas être beaucoup plus âgée que Paca Poch, mais en termes d'ossature et de volume, elle représente la moitié. Carrasco, qui l'appelle Caty, lui demande de prendre place à ses côtés et ils se mettent à parler entre eux. Puis, quelques minutes après dix-neuf heures, l'inspecteur Blai fait irruption dans l'appartement. Son premier commentaire ne semble s'adresser à personne en particulier :

— Je n'ai pas vu autant de drapeaux anarchistes depuis l'époque où mon père m'amenait aux rassemblements de la CNT.

— Ce n'est pas le drapeau anarchiste, lui explique Carrasco en lui serrant la main après que Melchor les a présentés. C'est le drapeau de Pollença.

Le deuxième commentaire de Blai est un reproche et concerne exclusivement Paca Poch.

— Tu aurais pu t'habiller de manière plus discrète, Paca.

— Pour ne pas attirer l'attention, il faut attirer l'attention, patron, répond la sergente.

Blai arrivé, Melchor s'assoit en face de Carrasco et lui dit :

— On peut commencer quand tu veux.

L'ancien *guardia civil* le regarde sans comprendre. Blai et Salom prennent place en face de lui, de part et d'autre de Melchor ; Paca Poch se met à sa gauche et Vàzquez à la droite de Caty. Carrasco les observe un à un avant de se tourner vers Melchor :

— Et les autres ?

— On est tous là, répond-il.

— Je t'ai dit qu'on devait être dix, lui rappelle Carrasco. Je ne vois que sept personnes.

— Je n'ai réussi à avoir personne d'autre, reconnaît Melchor. On devra se débrouiller avec ce qu'on a.

Carrasco le regarde, sourcils froncés. Il a soigneusement noué sa cravate et il porte une chemise immaculée et un costume impeccablement repassé, comme s'il s'était habillé pour une cérémonie. Soudain, il a un léger sourire, son front redevient lisse et, l'espace d'un instant, son expression dure de boxeur ou de mineur se détend un peu.

— Apparemment, je me suis mal expliqué, dit-il en s'adressant seulement à Melchor. Si je t'ai dit qu'on avait besoin de dix personnes, c'est parce qu'on en a besoin de dix. Quelques-unes de plus ne seraient pas de trop, mais avec moins, c'est trop risqué.

— Si c'est trop risqué, on laisse tomber, intervient Blai.

— Je ne laisse rien tomber, s'empresse d'avertir Paca Poch.

— Toi, tu te tais, Paca, dit l'inspecteur.

— Je suis d'accord avec elle, dit Vàzquez en signalant la sergente. Je ne suis pas venu jusqu'ici pour me dégonfler maintenant.

— Melchor, qu'est-ce qu'on a dit l'autre jour ? demande Blai.

Melchor ne répond pas. Assis à sa droite, Salom garde également le silence, de même que Caty.

— Trop risqué, répète l'ancien *guardia civil*. La maison de Mattson est une forteresse. On a besoin de dix personnes au minimum. C'est la seule façon, si on veut assurer le succès de l'opération. Je te l'ai bien dit.

— Tu m'as aussi dit qu'il n'y avait qu'une seule opportunité de le faire, lui rappelle Melchor.

Il embrasse ses compagnons d'un mouvement quasi imperceptible de la tête et il ajoute :

— Ben voilà, elle est là, l'opportunité. On a tout : le matériel qu'il faut, le jour qu'il faut, les gens qu'il faut. Moins que ce que tu voulais, certes, mais on a des gens.

Il se tourne légèrement vers sa gauche.

— Toi-même, tu l'as dit l'autre jour, Blai : ce que font dix personnes sept peuvent le faire tout aussi bien.

Et, à Carrasco :

— Et je suis sûr qu'on peut trouver la façon d'y arriver. Nous tous seuls. Je peux t'assurer une chose : chacune de ces personnes en vaut deux.

— Putain non, dit Paca Poch. Moi, j'en vaux trois.

Vàzquez rit. Mais il est le seul à le faire.

— Elle est là, notre opportunité, répète Melchor. Tu crois vraiment qu'une autre se présentera ?

Carrasco ne détourne pas le regard, comme s'il méditait sa réponse.

— Je te l'ai déjà dit, Melchor, insiste Blai. C'est trop dangereux. Fini, la plaisanterie. On est ici parce que tu nous as dit que ce type préparait ça depuis je ne sais combien d'années et qu'il savait comment le faire et que, si on le faisait comme il disait, tout se passerait bien. Parfait… Mais maintenant, il s'avère que le gars arrive et nous dit que non, que c'est impossible, que c'est trop dangereux et qu'il faut laisser tomber. Alors, on suit son conseil et point barre, on l'aurait fait de toute façon. C'est ce qu'il y a de plus logique… On s'est aussi dit que, si on arrivait à la conclusion que tout ça n'était qu'une folie, on laisserait tomber et on n'en parlerait plus. Bon, ce n'est pas nous qui sommes arrivés à cette conclusion. C'est lui.

— Je n'ai pas dit que c'était impossible, le corrige Carrasco. Ni que c'était une folie. J'ai seulement dit que c'était trop dangereux.

— C'est du pareil au même, s'obstine Blai. Arrêtons ces conneries, Melchor. Tu nous as aussi dit que tu n'étais ni un aliéné ni un kamikaze. Alors prouve-le. Présente une plainte en bonne et due forme contre Mattson et on se casse tous à la maison. C'est ce qu'il faut faire… Laisse la justice s'occuper de lui.

— La justice ne va pas s'occuper de Mattson, le corrige Carrasco une nouvelle fois. Retournez chez vous si vous voulez, mais ça, il faut l'oublier.

Ce dernier commentaire de l'ancien *guardia civil* déclenche une discussion entre Blai, Vàzquez et Paca Poch ; Salom et Caty la suivent sans s'immiscer, alors que Melchor se demande si Blai ne s'est pas joint à la dernière minute à l'opération non pas pour aider à sa réalisation mais pour la saboter (il se demande même si ce n'est pas précisément cela que Rosa lui a demandé). Face à lui, Carrasco écoute la discussion d'un air las, ou comme si, même s'il a les yeux ouverts, il était endormi et en train de rêver ; puis il semble cesser de s'y intéresser, déploie la carte qu'il a laissée auparavant sur la table et se met à l'examiner d'un air absent.

Jusqu'à ce qu'un commentaire de Blai paraisse l'arracher de son absence, ou de son découragement.

— En plus, je me méfie de ce type. – L'inspecteur montre l'ancien *guardia civil.* – Et je ne comprends pas pourquoi vous lui faites confiance... Dis, combien de fois tu as parlé avec lui, Melchor ? Comment tu sais qu'il n'est pas en train de nous embobiner ? Comment on peut être sûrs que ce n'est pas un cinglé ?

Blai et Carrasco s'observent les yeux dans les yeux.

— Ne le prends pas mal, dit l'inspecteur à Carrasco. Personnellement, je n'ai rien contre toi. Mais je suis sûr qu'à ma place, tu penserais la même chose. Tu comprends, n'est-ce pas ?

Un silence écrasant succède à cette dernière question ; seul l'interpellé ose le rompre.

— Parfaitement, dit-il, sans écarter le regard de l'inspecteur. Et tu as raison : moi, à ta place, je penserais la même chose.

Il hausse les épaules, commence à replier la carte et il ajoute :

— Enfin, une autre fois peut-être.

— Le capitaine n'est pas un cinglé, s'interpose alors Caty. Et il ne vous embobine pas.

C'est la première fois que l'inconnue intervient dans la discussion. Elle l'a fait avec une voix aiguë, autoritaire, et à présent tous, à la fois curieux et perplexes, cherchent son regard ; tous sauf Carrasco qui, comme s'il ne l'avait pas entendue, finit de plier la carte et de la mettre dans sa sacoche.

— Je connais le capitaine Carrasco depuis des années, explique Caty ; sa lèvre supérieure tremble légèrement. J'ai travaillé sous ses ordres. Et je sais que si quelqu'un mérite qu'on lui fasse confiance, c'est bien lui.

— Bravo, la félicite Blai. Nous, en revanche, on ne le sait pas. Et c'est pour ça qu'on va rentrer à la maison.

— Vous êtes en train de commettre une erreur, insiste la femme.

— Caty, s'il te plaît, murmure Carrasco avec un geste de fatigue. C'est fini, cette histoire.

À ce moment-là, la femme s'aperçoit que l'ancien *guardia civil* est en train de ranger ses affaires dans la sacoche, et son regard commence à bondir de Melchor à Blai et de Blai à Melchor.

— Vous vous souvenez des diplomates espagnols réfugiés à l'ambassade brésilienne de Guinée ? demande-t-elle.

— Allez, tais-toi, Caty, souffle Carrasco.

— Non, c'est vous qui devriez vous taire, mon capitaine, réplique Caty. Vous vous en souvenez ou pas ?

Melchor s'en souvient. De fait, tous ceux qui sont là s'en souviennent certainement aussi ; l'épisode a eu lieu onze ans plus tôt, mais il est resté à la une de tous les journaux et dans tous les JT durant des mois. Les événements se sont déroulés juste après la révolution islamiste qui avait renversé Santiago Nsue Mangue en Guinée équatoriale, quand les insurgés avaient accusé le gouvernement espagnol d'avoir conspiré pour maintenir le dictateur et son épouse au pouvoir et que la foule en colère avait pénétré dans l'ambassade, lynché plusieurs diplomates et retenu les autres quatre mois durant. Six fonctionnaires, pourtant, avaient réussi à fuir et à se réfugier à l'ambassade brésilienne, où ils étaient restés plusieurs semaines tandis que les nouvelles autorités guinéennes les réclamaient en les accusant de délit aggravé. À la fin, ils avaient été exfiltrés du pays et ramenés sains et saufs en Espagne.

— Ce sont les Brésiliens qui se sont attribué le mérite d'avoir organisé la fuite, dit Caty après avoir évoqué les faits. Mais celui qui était derrière tout ça, c'est le capitaine.

— Ne faites pas attention, demande Carrasco, qui a écouté la femme la tête basse et un sourire affligé aux lèvres. Caty est quelqu'un de bien, mais elle a toujours été très fantaisiste.

— Ce que j'ai raconté est vrai, se rebiffe Caty. Croyez-moi. Le capitaine s'est rendu seul en Guinée, il est entré dans l'ambassade et il a sorti ces gens du pays. Le gouvernement espagnol a dit qu'il n'avait rien eu à voir avec cette affaire et que c'étaient les Brésiliens parce qu'il ne voulait pas envenimer davantage les rapports avec les Guinéens, et surtout parce qu'il restait encore plusieurs otages dans l'ambassade.

— Comment tu sais que c'était Carrasco ? demande Paca Poch.

— Je travaillais sous ses ordres à l'UEI et c'est moi qui l'ai aidé depuis Madrid, répond Caty ; sa lèvre supérieure a cessé de trembler. Je vous ai raconté ça parce que tout le monde se souvient de l'événement, mais je pourrais vous en raconter d'autres, comme ça… Je n'essaie pas de vous baratiner. Vous êtes policiers, demandez à mes collègues. Le capitaine était une légende dans la Guardia Civil.

— Toi aussi, tu as été révoquée ? demande Vàzquez.

— Non, répond Caty. C'est moi qui suis partie. Quand on a accusé le capitaine de toute cette merde, quand on l'a jugé et on l'a mis en prison, je me suis cassée. Moi et deux autres qui travaillions avec lui. Tous les trois, on a décidé que, puisqu'il n'y avait pas de place pour cet homme dans la Guardia Civil, il n'y en aurait pas pour nous non plus.

Elle fait une pause durant laquelle elle promène son regard sur l'auditoire, puis le pose sur Melchor :

— C'est tout ce que je voulais dire. Si le capitaine dit qu'on peut faire quelque chose, c'est parce qu'on peut le faire.

Quand l'ancienne *guardia civil* termine son plaidoyer, Melchor sent qu'elle a réussi à semer le doute parmi ceux qui hésitaient, y compris Carrasco, qui, en face de lui, ne bouge pas de sa chaise, sa sacoche sur les genoux. Blai est de nouveau le premier à réagir.

— Le problème, c'est que lui-même a dit que ça ne pouvait pas se faire, argumente-t-il en montrant Carrasco.

Vàzquez revient à la charge.

— Ce n'est pas ce qu'il a dit. Il a juste dit que c'est dangereux, pas que ça ne pouvait pas se faire. Et Melchor a raison. Il n'y aura pas d'autre opportunité.

— C'est maintenant ou jamais, le soutient Paca Poch.

— Alors jamais, dit Blai.

La discussion s'engage une nouvelle fois entre les trois. Cela ne dure que quelques secondes mais, sentant que Vàzquez et Paca Poch sont en train de l'acculer, Blai cherche un allié.

— T'en penses quoi, toi, Salom ? l'exhorte-t-il. J'ai raison ou pas ?

L'ancien caporal est la seule des personnes présentes à ne pas s'être encore prononcée, et c'est peut-être pour cette raison que les autres le regardent avec intérêt, surtout Carrasco et Caty, qui semblent ne pas avoir aperçu sa présence jusqu'alors. Loin de se sentir gêné par l'attention qu'il suscite, Salom prend son temps pour répondre. Il ôte d'abord ses lunettes puis, pendant qu'il nettoie les verres avec un mouchoir plié, paraît réfléchir, sa barbe poivre et sel laissant voir ses lèvres rouge pâle, ses yeux myopes perdus par-delà la tête de Paca Poch.

— Oui et non, Blai, répond-il en remettant ses lunettes et en s'adressant à l'inspecteur. Je crois que, puisqu'on est ici, la moindre des choses, c'est d'écouter ce que cet homme a à nous dire. – Il pointe Carrasco. – Le laisser nous raconter son plan… Ensuite, s'il nous paraît valable, on continue. Sinon, on rentre chez nous. À vrai dire, on est d'accord là-dessus depuis le début, non ?

La question s'adresse à Melchor qui commence par acquiescer et se tourne ensuite vers Blai. Celui-ci laisse passer quelques secondes, et finalement, avec un geste de résignation ou de lassitude, il accepte la proposition de Salom. Puis le regard de Melchor glisse sur tous les autres, avant de s'arrêter sur Carrasco.

— D'accord ? demande-t-il.

La sacoche toujours sur les genoux, l'ancien *guardia civil* reste un moment à observer Melchor ; ensuite, après un profond soupir, il fixe son regard sur la table, comme s'il cherchait quelque chose sur cette surface sur laquelle la lumière déclinante de la fenêtre semble se réverbérer. Avant que quiconque puisse dire quoi que ce soit, Carrasco lève les yeux. La mine sévère, il demande :

— Qui d'entre vous est supporteur du Barça ?

La question déstabilise tout le monde, ils échangent des regards sans comprendre. Carrasco répète ce qu'il vient de dire.

— C'est une blague ? demande Blai.

— Je parle sérieusement, répond Carrasco. Demain, c'est la finale. Quelqu'un parmi vous soutient le Barça, oui ou non ?

Visiblement impatient de sortir de ce point mort, Paca Poch est la première à lever la main ; Vàzquez l'imite ; puis, moins convaincus qu'intrigués, Blai et Salom la lèvent aussi. Paca Poch exhorte Melchor :

— Lève la main, enfoiré.

Melchor lève la main. Alors Carrasco se penche vers Caty et lui chuchote quelques mots à l'oreille, que Melchor n'arrive pas à déchiffrer mais qui réussissent à arracher à la femme le premier sourire de l'après-midi.

— Bon alors, soupire de nouveau l'ancien *guardia civil*, en rouvrant sa sacoche. Je sors le grand jeu. Quand le vin est tiré…

4

— La villa de Mattson est ici, à Punta Conill, commence Carrasco en posant le bout de son index sur un point de la carte tout juste dépliée sur la table, au-dessus de laquelle pend une lampe qui vient d'être allumée.

L'ancien *guardia civil* est toujours assis sur sa chaise, concentré sur la carte, de même que Melchor, Blai et Caty ; quant à Salom, Paca Poch et Vàzquez, ils se sont redressés un peu, les bras ou les coudes appuyés sur la table, pour mieux voir la carte et suivre les explications.

— Là, c'est la péninsule de Formentor, à environ vingt minutes en voiture d'ici. Une zone très huppée. Les voisins de Mattson font partie des gens les plus riches au monde.

Carrasco explique que la villa de Mattson est assez isolée. À tel point que le seul chemin qui y mène part de l'hôtel Formentor, un établissement de luxe ouvert il y a plus d'un siècle, où une foule de célébrités ont séjourné. Un kilomètre à peu près sépare l'hôtel de la villa du magnat, dit-il, une distance où l'on ne trouve que six ou sept propriétés, toutes somptueuses, toutes vides actuellement ; plus loin, il n'y a qu'une autre maison, abandonnée et à moitié en ruines.

— Celle de Mattson est spectaculaire, continue Carrasco. Je ne sais pas à combien elle est estimée, maintenant. – Il se tourne vers Caty. – Soixante-quinze millions d'euros ? Cent ?

L'ancienne *guardia civil* plisse les yeux et arque les lèvres.

— Dans ces eaux-là.

Puis, aux autres, elle explique :

— Au cours de la construction, ils ont plus ou moins enfreint la loi, on les a accusés de commettre un délit environnemental. D'ailleurs, il y a eu un procès.

Carrasco prend la relève.

— Comme on pouvait s'y attendre, Mattson s'en est sorti. Le juge lui a donné raison et la villa est restée telle quelle. Mais au moins, il y a eu procès, ce qui est, s'agissant de Mattson, un véritable exploit. Quoi qu'il en soit, le délit environnemental reste comme une vérité gravée dans le marbre.

Replongeant dans la carte, Carrasco décrit les alentours de la villa qui, d'un côté, donne sur la mer, et, de l'autre, sur une montagne broussailleuse et escarpée connue sous le nom de Na Blanca, un affleurement rocheux envahi par la garrigue et les pins, et il souligne que, hormis par la mer, il n'y a qu'une seule façon d'entrer et de sortir de la propriété, ledit chemin qui, en outre, se termine peu après.

— Pour nous, c'est un avantage, prétend Carrasco. Mais ça pourrait également être un inconvénient.

— Bien sûr, en déduit Vàzquez. Si les choses se compliquent, on pourrait se retrouver coincés là-bas.

— Exact, confirme Carrasco.

— Et alors ? demande Melchor.

— Alors on serait obligés de fuir par Na Blanca, répond Carrasco. Ce n'est pas facile, et encore moins la nuit, dans le noir, mais on peut le faire. Je connais cette montagne comme ma poche. Et au pire, on pourrait rester là-bas, se cacher toute la nuit et s'échapper le lendemain... Mais ce n'est pas idéal, évidemment. L'idéal serait qu'on fasse tout en quelques minutes seulement. Qu'on entre et sorte de la maison sans que personne s'en aperçoive et qu'on dégage par le même chemin que celui par lequel on est arrivés. Il faut donc éviter que les choses se compliquent. Et pour ça, mieux vaut prendre des précautions extrêmes.

Carrasco saisit sa sacoche, commence à en sortir des téléphones portables et à les distribuer aux uns et aux autres.

— Encore des portables ? demande Paca Poch.

— Je les ai achetés aux Gitans, à Son Banya, dit Carrasco en remettant à Caty le sien. On les utilisera seulement demain soir. Ensuite, on les jette et on n'en parle plus. Vous avez le numéro de chacun et celui des autres écrits sur un papier collé au dos du portable.

— On passe trop facilement du conditionnel au futur, constate Blai en recevant son appareil et le retournant dans tous les sens. Et je vous rappelle qu'on n'a encore rien décidé.

— Inutile de vous dire qu'il s'agit de téléphones trafiqués, continue Carrasco, ignorant le commentaire de Blai. Les vôtres doivent rester éteints là où vous logez. Pour qu'il soit impossible de les détecter.

— Nos portables sont restés chez nous, intervient Salom. Ceux que nous utilisons ici, ce sont d'autres appareils.

— Peu importe, dit Carrasco. Ceux-ci seront encore plus sûrs.

Une fois la distribution finie, l'ancien *guardia civil* leur explique concrètement la façon dont, le lendemain soir, ils s'approcheront de la villa de Mattson.

— Le match commence à vingt et une heures trente et, s'il n'y a pas de prolongations, il finira à vingt-trois heures trente, rappelle-t-il. Pour nous, ces deux heures sont un cadeau du ciel. Un match Barça-Madrid en finale de la Champions, imaginez un peu : devant un événement pareil, la planète entière va s'arrêter de tourner, les rues seront vides, les gens retiendront leur souffle, il y aura un silence sidéral. Enfin, c'est la moindre des choses… Ça, ce sera à partir de vingt et une heures, mais nous, on démarrerait un peu avant.

Après avoir posé quelques questions précises, Carrasco prévoit ceci : à vingt et une heure quinze, Blai, au volant de l'Audi Q7 chargée de l'armement et l'équipement, prendrait Melchor et Salom à l'arrêt de bus de Pollença, et tous les trois passeraient ensuite le chercher à l'entrée du port, au rond-point où se dresse la sculpture métallique d'un hydravion. Entre-temps, au volant de la voiture louée à l'aéroport de Palma, Vàzquez récupérerait Paca devant le portail de l'immeuble où elle est logée, également à Port de Pollença, à côté du restaurant La Vall. Les deux voitures se retrouveraient à la sortie de la ville et, séparées par une distance raisonnable, se dirigeraient vers Formentor.

— Et elle ? demande à ce stade Blai, en montrant Caty.

Carrasco répond que pour le moment, il faut l'oublier, puis, glissant son index sur la carte, il dessine une route qui, précise-t-il, passe devant un aérodrome militaire et grimpe en serpentant sur le versant d'une montagne, avec la mer à droite et les rochers recouverts de pins et de palmiers nains à gauche, puis atteint le sommet du promontoire et commence à descendre en direction de la plage de Formentor et file tout droit jusqu'à l'hôtel.

— Vous avez de la chance, commente Caty. Maintenant, on peut passer par ce chemin sans problème. Avant non, c'était impossible de se rendre à l'hôtel sans y séjourner ou sans avoir sa propre maison tout près. Le chemin était public mais un vigile empêchait le passage.

— Les riches, c'est comme ça, râle Carrasco. Depuis toujours ils font ce qu'ils veulent.

L'ancien *guardia civil* explique ensuite que le cortège devra traverser le parking de l'hôtel Formentor, prendre le chemin menant à la villa de Mattson et s'arrêter à une centaine de mètres, avant un virage où se niche un transformateur haute tension, avec la montagne de Na Blanca à gauche et la mer à droite.

— C'est l'endroit où ça deviendrait rock and roll, dit Carrasco. Il faudrait alors, immédiatement, descendre des voitures, s'équiper et distribuer les armes. Ensuite, la première voiture monterait jusqu'à la maison alors que la seconde resterait dans le virage, pour garantir la sécurité du périmètre pendant l'opération.

— Comment ? s'empresse de demander Vàzquez.

— Imaginons le pire, répond Carrasco en étirant le cou pour localiser l'ancien sergent à la droite de Caty. Supposons que les choses tournent mal et que, pendant qu'on est sur la propriété de Mattson, ses gens appellent les flics. Dans ce cas, en un rien de temps, on aurait là-bas Benavides et ses hommes, qu'il faudrait freiner. Comment ? – Il montre le virage sur la carte. – En abattant deux arbres et en les plaçant là, au milieu du chemin, pour qu'ils ne se jettent pas sur nous et qu'on ait le temps de fuir par la montagne. – Carrasco cherche Melchor du regard. – Tu m'as dit qu'on avait les tronçonneuses que je t'ai demandées, pas vrai ?

— Les trois, oui, confirme Melchor. Des Husqvarna.

— On en a une de trop. Seuls deux d'entre nous pourront rester là-bas, sur le chemin, pour abattre les arbres pendant que les autres pénètrent dans la maison. Trois personnes, ç'aurait été bien plus sûr, mais… Les deux qui attendront seront obligés de couper les troncs très vite, de les placer d'un côté du chemin et de commencer ensuite à prier pour ne pas avoir de nouvelles de ceux qui seront dans la villa, parce que ça voudrait dire qu'on nous a découverts et que la sonnette d'alarme a été tirée. Si ça arrive, si on nous découvre, ceux qui sont à l'intérieur préviendront ceux qui sont à l'extérieur, c'est-à-dire ceux qui ont abattu les arbres, et alors ils devront placer les troncs sur le chemin et partir à pleins gaz nous rejoindre pour qu'on fuie ensuite par la montagne.

— Et si ceux qui sont à l'intérieur ne préviennent pas ceux qui sont dehors ? s'enquiert Paca Poch.

— Alors ça voudrait dire que tout s'est bien passé, répond l'ancien *guardia civil.* Ceux qui sont dehors n'auront qu'à attendre les autres au virage. Après ça, on sort tous ensemble de cette souricière.

— Et à pleins gaz, conjecture Blai.

— Voilà, confirme Carrasco. Demain, on devra tout faire à pleins gaz. Tout comme il faut, et à pleins gaz.

— Devra non, devrait, nuance à nouveau Blai. *Devrait.* On n'a toujours rien décidé.

— J'ai une question. – Salom regarde Carrasco qui lui retourne le regard. – Tu connais la zone, mais pas nous. S'il faut entrer dans la maison, ce ne serait pas une bonne chose d'y jeter un coup d'œil de l'extérieur, pour se faire une idée ?… De la maison et des alentours.

— Ce serait pas mal, en effet, répond Carrasco. En fait, ça me paraît même très bien, à condition que vous preniez toutes les précautions. Ça serait bien, surtout, pour les deux chauffeurs.

— Je pourrais être l'un des deux, se propose Salom.

— Adjugé, dit Carrasco. Il faudrait que ce soit toi et non Blai qui conduises la première voiture depuis Pollença, celle de tête. Ceux qui sont supposés infiltrer la maison monteront avec toi… Moi, plus deux autres. Si tu y vas demain matin, regarde bien l'entrée. C'est un grand portail, une porte coulissante blindée avec un revêtement en bois, il y a deux caméras de surveillance et une petite porte de service à côté. Près de la porte, tu verras un interphone et une autre caméra de surveillance. C'est par là que nous entrerions, et toi, tu devrais profiter de ce qu'on est à l'intérieur pour faire demi-tour sur l'esplanade d'en face et laisser la voiture prête pour qu'on file par où on est arrivés. Et il faudrait le faire dans un silence total et dans le noir, mais bon, avec les phares éteints, la lune demain sera presque pleine… Ça aussi, c'est un avantage et un inconvénient. Mais, pour toi, à ce moment-là ce sera un avantage.

Carrasco demande qui va se charger d'abattre les arbres.

— Vous êtes tous flics, ajoute-t-il. Ou vous l'avez été. Alors, inutile de vous dire que l'idéal serait que chacun de nous s'occupe d'une seule tâche. Une et seulement une. Mais comme on n'est pas nombreux, l'un des deux bûcherons devra se dédoubler et conduire une voiture.

Comme il l'a déjà laissé entendre, l'ancien *guardia civil* exclut d'abattre les arbres et se compte parmi ceux qui entreraient chez Mattson, entre autres, affirme-t-il, parce qu'il connaît sa maison par cœur, même s'il n'y a jamais mis les pieds.

— Moi aussi, j'entrerai, se hâte de dire Melchor.

— Et moi, dit Paca Poch.

— Moi, ça m'est égal, reconnaît Vàzquez. Dans ma putain de vie, je n'ai jamais abattu un seul arbre, mais je ne crois pas que ce soit sorcier.

— Avec la tronçonneuse, non, dit Carrasco. Tu t'en es déjà servi ?

— Bien sûr, dit Vàzquez. Fastoche. Le problème, c'est : et le bruit ?

— Les Husqvarna sont très silencieuses, dit Carrasco. En plus, vous serez loin de la maison. Personne ne vous entendra.

— C'est dans la poche alors, dit Vàzquez. Et je peux aussi conduire.

— Toi et moi, on reste sur le chemin, tranche Blai en montrant Vàzquez. On resterait, je veux dire.

— Parfait, approuve Carrasco. Demain matin, quand vous inspecterez les lieux, jetez un coup d'œil au virage… Vous le reconnaîtrez au transformateur. Quelques mètres avant, on s'arrêtera pour mettre l'équipement, prendre les armes et tout le reste. Toi, dit-il en s'adressant à Blai, tu n'es pas obligé de remonter dans la voiture : tu prends la tronçonneuse et tu commences à tronçonner. Et toi, dit-il à l'attention de Vàzquez, tu te mets au volant de la seconde voiture, tu nous suis jusqu'au virage et là, tu fais un demi-tour, tu reviens là où tu as laissé ton pote et tu te mets toi aussi à tronçonner. Entre les deux endroits, il y a trente ou quarante mètres, pas plus. Et il y a plein d'arbres au bord du chemin. Calculez que vous devez couper deux arbres en moins de dix minutes ; si c'est cinq, c'est encore mieux. Et n'oubliez pas l'essentiel : vous devez bloquer le chemin avec les arbres uniquement en cas d'extrême nécessité. Et seulement si nous vous le disons.

— Vous, c'est toi, Melchor et Paca ? demande Vàzquez.

— Si c'est ceux qui entrent, oui, répond Carrasco. Et nous, on ne vous demandera de couper le chemin que si on se rend compte qu'on ne va pas pouvoir sortir par où on est arrivés. Si on ne vous envoie pas de message ou si on ne vous téléphone pas, attendez avec les arbres coupés dans le fossé, mais ne faites rien, ne les mettez pas sur le chemin. Quoi qu'il arrive… C'est important que ce soit clair.

Vàzquez et Blai acquiescent. Ensuite, le second demande :

— Combien de personnes protègent la maison ?

En guise de réponse, Carrasco sort de sa sacoche une chemise en carton noire, et de la chemise un plan qu'il étale sur la carte. C'est le plan d'une maison, net et précis, réalisé à l'encre et dont certaines parties sont coloriées en bleu, jaune, vert.

— J'allais y venir, dit-il. Ça, c'est la maison de Mattson. Une forteresse, comme je vous le disais. Et toute l'année, en plus, que Mattson y soit ou pas.

Melchor et Paca Poch demandent à l'unisson si le lendemain, le magnat se trouvera dans sa villa.

— Non, répond Carrasco. Il n'est pas à Pollença. Et c'est un autre avantage pour nous. Quand Mattson arrive, les mesures de sécurité sont renforcées. Mais s'il n'est pas là, la maison est toujours blindée, surtout cette partie, qui est celle qui nous intéresse. – Carrasco encercle avec un geste de la main le rectangle colorié en bleu et séparé du reste de la maison par une espèce d'isthme. – Les gens de la maison l'appellent la zone de détente. En réalité, c'est là que Mattson et ses invités font la bringue.

Ensuite, glissant l'index sur cette partie du plan, il énumère :

— Ça, c'est le gymnase, ici la piscine climatisée, à cet endroit ils ont le sauna, la salle de massage et le reste, tout ça, ce sont des chambres…

— Et ça ?

Paca Poch indique un carré et un hexagone, situés à une certaine distance l'un de l'autre et entourés de plusieurs cercles rouges.

— Qu'est-ce qu'il y a, là ?

Carrasco déplace son index sur le plan jusqu'à frôler le bord du carré.

— Là, c'est le centre névralgique de la maison, affirme-t-il. Tout le système de sécurité est contrôlé depuis cette pièce. Dedans, il y a toujours deux personnes armées. À toute heure… Le reste de la propriété est surveillé par deux autres personnes, armées elles aussi, qui font la ronde jour et nuit, mais ces deux-là ne bougent pas de cette pièce.

— Il y a quelqu'un d'autre, dans la maison ? demande Melchor.

— En permanence, un homme et une femme, répond Carrasco. Un couple d'immigrés chiliens qui travaillent pour Mattson et qu'il a ramenés de là-bas. Il a toute confiance en eux. Ils s'occupent de l'entretien de la maison, de s'assurer qu'elle est toujours prête, de recruter les gens nécessaires quand Mattson arrive. Bref…

Légèrement incliné sur le plan, Carrasco fait une pause, comme s'il avait perdu le fil de son exposé ou comme s'il avait découvert une erreur ou une faille dans son plan ; mais aussitôt il redresse le torse, se penche en arrière sur sa chaise et continue :

— Le système de sécurité est très sophistiqué. Caty est bien placée pour le savoir, parce que c'est la boîte où elle travaille qui l'a installé.

Il se tourne vers son ancienne subordonnée.

— Caty ?

— Ce système n'est pas sophistiqué, il est parfait. – S'appuyant sur l'accoudoir gauche de sa chaise, c'est maintenant l'ancienne *guardia civil* qui se penche sur la carte. – Du moins en théorie.

Elle prend aussitôt la relève et entreprend d'exposer avec une rigueur toute professionnelle les mécanismes de surveillance qui protègent la villa et les points stratégiques où ils se trouvent : elle affirme que toutes les fenêtres de la villa sont équipées d'une alarme traditionnelle, elle situe sur la carte les douze caméras de surveillance et les dix portes de sécurité en acier, elle décrit le fonctionnement des alarmes antiagression, le système de blindage contre d'éventuelles intrusions, celui d'évacuation et celui de sécurité contre les incendies, de même que celui des détecteurs de mouvements.

— Dès qu'une de ces alarmes se déclenche, poursuit Caty en indiquant sur le plan le carré avec le cercle rouge, les personnes qui se trouvent dans cette pièce sont averties. Et donc, comme le dit le capitaine, de là on contrôle tout le système de surveillance de la maison, toutes les alarmes sont reliées à cette pièce... Plus précisément, elles dépendent d'un programme qui s'appelle Odín et qui les contrôle toutes.

— J'ai déjà entendu parler de ça, intervient Paca Poch. Il a été créé il y a trois ou quatre ans. Il paraît que c'est celui qui protège la Chambre des députés et le palais de la Moncloa.

— "Il paraît", non, dit Caty. C'est vrai.

— Et pourquoi Mattson voudrait-il un système de sécurité aussi sophistiqué ? demande Carrasco sur un ton rhétorique.

— Je leur ai déjà expliqué, répond Melchor en esquissant un geste qui prétend englober tous ses amis.

Sans prêter attention à lui, Carrasco se concentre à nouveau sur le plan.

— Uniquement pour protéger cette chambre, répond pour lui-même l'ancien *guardia civil*, déplaçant son index jusqu'à l'hexagone encerclé par le rouge. C'est là que notre homme garde son coffre du trésor, l'objectif de notre opération, c'est là que se trouve ce qu'on doit saisir.

Il fait une nouvelle pause durant laquelle son regard se pose sur chaque visage des personnes présentes qui attendent en silence qu'il continue.

— Malheureusement, on ne pourra pas prendre tout ce qu'il y a dedans, je veux dire qu'on ne pourra pas prendre, par exemple, les trophées que ce type garde de ses victimes, objets personnels, parties de leur corps, des choses comme ça... Mattson, et je suppose que Melchor vous l'a également raconté, est un prédateur sexuel et, comme vous le savez déjà, ces gens-là conservent ce genre de choses. Ce serait génial de les photographier, mais on n'aura probablement pas le temps de le faire. J'avais prévu que ce soient deux personnes qui entrent dans cette pièce, mais il n'y en aura qu'une seule, alors il faudra faire avec. D'ailleurs, ce n'est pas le plus important.

Selon Carrasco, la chambre contient un ordinateur où, au fil des ans, ont été versés des milliers de photos, de documents et de vidéos qui témoignent des méfaits sexuels de Mattson et de ses invités ; bien entendu, la plupart de ces derniers en ignorent l'existence, ils l'apprennent seulement quand le magnat décide de les faire chanter, si jamais il en décide ainsi. En tout état de cause, l'ordinateur en question possède un disque dur doté d'une mémoire de vingt térabytes, c'est suffisant pour ne pas avoir à se connecter au cloud et rester à l'abri des incursions des hackers.

— C'est le coffre du trésor, poursuit Carrasco. Si toute la maison est blindée, c'est pour le protéger. Ou, pour être plus précis, si toute la maison est blindée, c'est pour protéger le disque dur logé dans la tour de l'ordinateur.

Il lève à nouveau le regard, mais cette fois il le fixe sur Melchor, Blai et Salom, assis à l'autre bout de la table.

— Il y a là suffisamment d'éléments pour détruire Mattson. En récupérant ça, on le démasque et c'en est fini de lui.

— Sortir le disque de la tour, c'est facile, assure Caty. C'est une vieille tour, pour plus de sécurité, mais il suffit d'ouvrir le boîtier avec un tournevis.

— Un jeu d'enfants, confirme Paca Poch. Le plus difficile, ça doit être d'entrer dans la pièce.

Carrasco lui donne raison :

— Plus que tu ne le crois. Parce que pour entrer, il ne faut pas seulement déjouer le système de sécurité de la maison. Il faut aussi passer par un système de reconnaissance de l'iris qui n'identifie que celui de Mattson.

Cette dernière information génère un silence épais. Paca Poch et Vàzquez observent Melchor comme s'ils n'arrivaient pas à croire ce qu'ils viennent d'entendre, ou comme si ce qu'ils viennent d'entendre changeait tout. À l'autre bout de la table, les yeux inquiets de Caty semblent espionner la réaction des personnes réunies. Le premier à parler est Blai.

— Voyons si j'ai bien compris, dit-il sur un ton à la fois patient et sarcastique, comme quelqu'un qui vient d'atteindre le bout de la rue. Ce que vous proposez, c'est qu'on pénètre une forteresse blindée et remplie de tueurs armés jusqu'aux dents, une forteresse qui, en plus, est protégée par le système de sécurité le plus sophistiqué du monde… Ou par l'un des plus sophistiqués. Mais attention, ce n'est pas tout. Parce qu'il s'avère qu'en plus, à supposer qu'on arrive à y pénétrer, on est censés entrer dans une chambre dans laquelle, matériellement, on ne peut entrer que si on est Rafael Mattson, c'est-à-dire, que si on a les yeux de Rafael Mattson… C'est ça que vous êtes en train de dire ? Ou j'ai raté un truc ? Et si je n'ai rien raté, vous pouvez m'expliquer comment on peut faire tout ça, à moins d'être le grand Houdini, mais à l'envers ?

En théorie, Blai pose la question à tout le monde, mais dans les faits seul Carrasco est visé. Ce n'est pas celui-ci qui lui répond, mais Caty.

— Pas besoin d'être Houdini, répond l'ancienne *guardia civil.* Il suffit de tromper le système, de lui faire croire qu'il a commis une erreur… Et de lui montrer que, comme je vous l'ai dit avant, il n'est parfait que sur le papier.

5

— Dans le fond, le système cybernétique le plus sophistiqué est aussi simple que le système le plus simple, réfléchit Caty à voix haute.

Autour d'elle, le groupe semble à présent emprisonné par le cercle vieil or projeté par la lampe suspendue au-dessus de la table ; c'est la seule source de lumière dans le séjour : à travers la fenêtre, la clarté exsangue de la soirée entre à peine.

— Ça, par exemple.

La femme pose la main sur le téléphone portable que Carrasco vient de lui confier et le montre aux autres :

— Ça nous est arrivé à tous : de temps en temps, sans qu'on sache pourquoi, le portable s'éteint et il faut le redémarrer. Il ne s'arrête pas toujours à cause d'une défaillance du système, ou pas exactement. Parfois, c'est une mesure de sécurité du système lui-même. Ou ça peut être pour n'importe quelle autre raison… Parfois il s'éteint même sans raison, juste comme ça.

Caty laisse le téléphone sur la table, devant elle.

— C'est la même chose pour les systèmes les plus sophistiqués. La seule différence, c'est qu'Odín est si sophistiqué qu'il n'a pas besoin d'être redémarré, il le fait tout seul, sans que personne le lui ordonne… Il le fait en sept minutes. En exactement sept minutes : pas une de plus pas une de moins. Pendant ce temps, toute la sécurité de la maison de Mattson resterait bloquée, suspendue. Ça veut dire que les caméras de surveillance, les alarmes, le système de reconnaissance de l'iris ne fonctionneraient plus. Rien ne marcherait. Pendant sept minutes, la villa entière serait totalement exposée, sans la moindre protection. Sans défense.

On pourrait alors y entrer et s'y balader comme chez soi… Pour le système, c'est un point aveugle, son talon d'Achille.

— Et pour nous, une fenêtre de tir providentielle, dit Carrasco.

Caty acquiesce et reprend le téléphone, mais elle le relâche aussitôt comme s'il l'avait brûlée.

— Au bout de ces sept minutes, tout reprendrait son cours normal, continue l'ancienne *guardia civil*, son regard sautant de Melchor à Blai et de Blai à Salom, assis en face d'elle. Le système s'activerait à nouveau et se remettrait à fonctionner comme si rien ne s'était passé. Mais Odín est Odín et, si cet arrêt n'a pas été une simple erreur du système lui-même, s'il n'a pas été spontané, si quelqu'un l'a provoqué, il sait que quelque chose d'étrange s'est produit. C'est-à-dire, à la fin de cette parenthèse de sept minutes, le système se rend compte que l'erreur n'est pas de son fait, que quelqu'un l'a obligé à redémarrer, qu'on l'a trompé et qu'en réalité il a été victime d'une cyberattaque. – Elle cherche des yeux Vàzquez et Paca Poch, situés de part et d'autre de la table. – Donc, il agit en conséquence et, pour se protéger, il blinde la maison, ferme les portes et les fenêtres et déclenche des jets de fumée pour aveugler les intrus et les empêcher de s'échapper… Et là, impossible de sortir du coffre du trésor. De là-bas comme de toute la maison, qui se ferme à double tour, hermétiquement.

Elle fait une pause et ajoute :

— Autrement dit, en théorie, l'arrêt du système vous donnerait sept minutes pour entrer dans la maison, parvenir au coffre du trésor, prendre le disque dur et ressortir.

— Et en pratique ? demande Melchor.

— Seulement trois, s'interpose Carrasco. L'idéal serait qu'on fasse tout dans ces trois minutes.

— Et c'est possible ? redemande Melchor.

— Non, reconnaît Carrasco. Pas la peine de vous mentir. C'est presque impossible. Mais ce serait l'idéal.

— Pour une raison très simple, enchaîne Caty, tellement en phase avec son ancien supérieur qu'ils donnent l'impression d'avoir répété leur exposé avant, ou que ce n'est pas la première fois qu'ils le font. Au bout de trois minutes à partir du moment où le système a commencé à redémarrer en automatique, une alerte se déclenche dans la salle de contrôle. C'est là que commenceraient les problèmes pour vous… Ce ne sont pas des problèmes insurmontables, bien sûr, parce que l'alerte n'est pas, en soi, quelque chose d'exceptionnel, ça arrive plus ou moins régulièrement, les vigiles doivent être assez habitués à batailler avec ça. En réalité, l'alerte est juste le signal que, pour une raison quelconque, une raison qui peut être parfaitement naturelle, le système se réinitialise ou qu'il s'est produit une erreur que le système peut corriger seul, voire qu'il est déjà en train de corriger… Sûrement que ceux qui se trouvent dans la pièce ont vu plus d'une fois des avertissements de ce type, je vous l'ai dit, ce sont des choses qui arrivent, ceux qui connaissent le système et travaillent avec, en général, ne s'en affolent pas pour autant. Malgré tout, dans des circonstances normales, la logique voudrait qu'à ce moment-là, trois minutes après que le système s'est arrêté, les vigiles prennent la peine de sortir de la pièce et d'aller voir ce qui se passe, ou de prévenir quelqu'un pour qu'il aille voir.

— Ça, c'est dans des circonstances normales, dit Carrasco en reprenant son discours afin d'en modifier ensuite le développement. Mais souvenez-vous qu'un Barça-Madrid, en finale de la Champions, c'est la circonstance la moins normale du monde, en tout cas la moins normale pour l'histoire du football.

— Je vois où vous voulez en venir, anticipe Blai. Mais si les vigiles sont aussi amateurs de foot que Melchor ?

— Je vais faire comme si je n'avais jamais entendu une bêtise pareille, répond Carrasco sans regarder l'inspecteur. Demain soir, même ceux qui se fichent complètement du foot seront collés à la télé, y compris ceux qui sont obligés de rester enfermés dans un bunker, comme c'est le cas ici… D'ailleurs, tu n'as pas vu la demi-finale contre la Juve, Melchor ? – À l'étonnement de Blai, Melchor dit que oui et Paca Poch lui adresse un clin d'œil. – Bref, continue Carrasco, espérons que le match soit alors bien disputé et que les vigiles décident que ça ne vaut pas la peine d'abandonner la télé pour une broutille pareille… En définitive, béni soit le pouvoir aliénant du football, et faisons-lui confiance.

— Moi, je lui fais confiance, déclare Caty. Mais ce pouvoir ne règle pas tout. Parce que, en supposant que ça se passe comme on l'espère et que les vigiles ne bougent pas de la pièce, ça donnerait à ceux qui s'y trouvent deux minutes supplémentaires. Au bout de ce délai, une autre alarme se déclencherait, et alors là, ils pourront avoir la certitude qu'il se passe vraiment quelque chose. Et, finale de la Champions ou pas, l'un des deux vigiles irait vérifier. C'est sûr.

— Ça veut dire, en déduit Melchor, qu'on aurait au maximum sept minutes pour entrer dans la maison, voler le disque dur de l'ordinateur et filer. J'ai bien compris ?

— Parfaitement, répond Caty.

— Mais idéalement, il faudrait le faire en moins de cinq minutes, continue Melchor. Et dans ce cas, quand ceux qui se trouvent là-dedans voudraient réagir, on serait déjà sortis de la maison. En revanche, si notre opération dure plus de cinq minutes, on pourrait avoir des ennuis.

— Exact, approuve Carrasco. Pour commencer, comme le disait Caty, au bout de cinq minutes l'un des deux vigiles essaierait de sortir de la pièce pour aller inspecter, et naturellement, il faudrait l'en empêcher à tout prix. Et quand je dis à tout prix, je veux dire à tout prix. C'est pour cela qu'on a intérêt à laisser deux personnes là-bas, pour surveiller la porte pendant que celui qui se trouve dans le coffre du trésor prend le disque dur de l'ordinateur et sort avec… Mon plan, c'était que deux personnes entrent là-bas, une pour faire des photos ct l'autre pour prendre le disque dur. Mais maintenant, une seule pourra entrer. Alors on devra se contenter de prendre le disque.

— Si vous voulez, c'est moi qui entre, propose Paca Poch en exhibant ses doigts de pianiste et en les remuant rapidement. Je suis capable de sortir le disque de la tour en trente secondes.

— En vingt, ce serait encore mieux, dit Carrasco. En tout cas, Melchor et moi, on essaiera de te rendre la tâche aussi facile que possible. Ou plutôt le moins difficile possible.

— On pourrait faire tout ça en cinq minutes ? demande Melchor.

— C'est la question à un million, répond Carrasco.

— Pour moi, c'est impossible, soutient Caty. Ou quasi impossible. Matériellement, il n'y a pas le temps.

— Il faudrait au moins essayer, argue Carrasco. Si ça ne peut pas être fait en cinq, que ce soit en sept.

Regardant alternativement Paca Poch et Melchor, il continue :

— Comme je vous le disais, je ne suis jamais allé dans cette maison, mais je la connais par cœur, alors quand on y entrera, vous n'aurez qu'à me suivre. J'avais prévu de laisser une personne à la porte de la propriété, pour couvrir notre fuite en cas de problèmes, parce qu'il peut y en avoir. Mais ça non plus, on ne peut pas le faire… – Il se tourne vers Salom. – Une chose importante : la voiture, on ne la laisserait pas devant l'entrée, parce que les caméras de sécurité nous détecteraient. Il faudrait s'arrêter un peu avant, juste après le virage où se trouve le transformateur.

Il s'adresse à nouveau à Melchor et à Paca :

— Le trajet depuis la voiture jusqu'à la salle de contrôle, après avoir ouvert la petite porte de service, peut se faire en moins de deux minutes à pas de course. Melchor, je te laisserais dans un tournant du couloir, d'où on peut voir la porte de la chambre, et j'irais ensuite avec Paca jusqu'à l'entrée du coffre du trésor, je la laisserais là et je retournerais avec toi.

— Et comment j'ouvre la porte du coffre, moi ? demande Paca Poch.

— Ça, ce n'est pas un problème, répond Carrasco. Le mécanisme de reconnaissance de l'iris désactivé par l'arrêt du système, la porte s'ouvre comme une porte tout ce qu'il y a de plus banale. Donc, tu entres, tu prends le disque dur de l'ordinateur, tu nous rejoins et tous les trois on fout le camp le plus vite possible… On peut le faire en sept minutes. Et peut-être en cinq aussi. Mais en sept, sûrement. Tout dépend de nous. Tu es d'accord ou pas, Caty ?

Celle-ci acquiesce. Melchor remarque que le léger tremblement de sa lèvre supérieure a repris.

— D'ailleurs, avant d'entrer dans la maison, il est important d'activer le brouilleur de fréquences, pour éviter que le personnel à l'intérieur avertisse Benavides et ses hommes. Je suppose que vous l'avez apporté.

— Il est dans le double fond de la voiture de Blai, avec tout le reste, répond Melchor. Apparemment, l'appareil est très bon. Mais on nous a prévenus qu'il n'était pas complètement sûr.

— Aucun brouilleur n'est complètement sûr, affirme Caty. Et encore moins contre les antibrouilleurs dont on dispose chez Mattson.

— Complètement sûr, non, confirme Carrasco. Mais au moins, il nous protégera pendant un moment. Et c'est exactement ce dont on a besoin.

— C'est vrai, reconnaît Caty.

— Tout ce que vous dites me semble très bien, intervient alors Vàzquez. Mais il y a un truc que je ne comprends pas.

— Et c'est ? demande Carrasco.

— Comment est-ce qu'on va tromper le système ? répond Vàzquez. Je veux dire, comment on va provoquer l'arrêt qui nous permettra d'entrer à la maison ?

— Vous n'avez pas à vous en inquiéter, répond Caty. – Melchor remarque qu'elle a réussi à dominer le tremblement de la lèvre et à le remplacer par un mince sourire. – Je m'en occupe. Et ne vous fatiguez pas à me demander comment je ferai, parce que je ne vous le dirai pas… C'est de l'ordre du secret-défense. Je dirai juste une chose : quoi qu'il arrive, si quiconque essayait de retracer l'attaque, il croirait qu'elle a été lancée depuis Lahore, au Pakistan. Qu'ils aillent me chercher là-bas s'ils veulent.

Après avoir prononcé ces mots, l'ancienne *guardia civil* regarde Carrasco en silence, ouvre les bras et montre les paumes de ses mains dans un geste que Melchor traduit ainsi : "En ce qui me concerne, j'ai fini."

— Bien, conclut Carrasco. Voilà le plan, plus ou moins.

— Ça me paraît parfaitement réalisable, déclare immédiatement Paca Poch.

— À moi aussi, la soutient Vàzquez.

Melchor saisit un avant-bras de Blai, comme s'il voulait le retenir et, se tournant vers sa droite, il demande :

— Salom ?

Le caporal lève le regard du plan de la maison de Mattson et hausse les épaules.

— Quant à moi, rien à objecter.

Tous les regards convergent alors vers Blai.

— Tu as entendu, lui dit Melchor en lâchant son bras. On va le faire avec ou sans toi. C'est toi qui décides.

L'inspecteur a lui aussi les yeux incrustés sur le plan ; la réflexion durcit ses lèvres et fait trembler son menton. À la lumière de la lampe, son crâne rasé luit comme un hémisphère de cuir fraîchement verni.

— Pourquoi tu me demandes ça ? – Il se tourne vers Melchor. – Vous avez déjà décidé pour moi, pas vrai ?

— Bravo, patron, dit Paca Poch.

— Toi et moi, on en reparlera plus tard au commissariat, murmure Blai, qui se lève de son siège et demande une trêve en cognant la paume de sa main gauche avec le bout des doigts de la droite. Je vais aux toilettes.

Paca Poch, Salom et Vàzquez se lèvent aussi pour s'étirer les jambes. Face à Melchor, Caty chuchote quelque chose à l'oreille de Carrasco, dont l'expression ne traduit pas la moindre émotion. Quand tout le monde se rassoit, l'ancien *guardia civil* reprend la parole.

— Il reste un sujet important. – Il s'adresse à Melchor. – Toi et moi, on en a déjà parlé, je ne sais pas si tu l'as raconté aux autres… Je pense à ce qu'on va faire avec ce qu'on prendra chez Mattson.

— J'y ai déjà pensé, dit Melchor.

Il résume alors les échanges qu'il a eus avec Rosa Adell à ce sujet : il expose ce qu'elle lui a raconté sur Héctor Abad, Gonzalo Córdoba et Caracol Televisión.

— Ça me semble une excellente idée, admet Carrasco quand Melchor se tait. Mais nous on gardera les originaux, ces gens-là auront des copies. Au cas où ça coincerait ou qu'il faille chercher une autre solution, évidemment… Mais celle-ci me semble, en principe, excellente, surtout si les Colombiens diffusent rapidement les images. Il ne faut pas donner à Mattson le temps de réagir. Il faut profiter de l'effet de surprise. La vitesse, ici, est primordiale… D'autres questions ?

Ils échangent tous des regards entre eux, mais personne n'intervient.

— Très bien.

Carrasco déploie à nouveau le plan de la péninsule de Formentor sur le plan de la maison de Mattson.

— On reprend.

Durant l'heure et demie suivante, ils récapitulent les lieux, le timing, les endroits et les heures de rendez-vous, et surtout le rôle que chacun doit jouer et comment il doit le faire. S'ensuit une brève série de questions et de réponses. Au terme de celle-ci, Caty est la première à prendre congé du groupe. Suivie aussitôt de Carrasco. Melchor vérifie l'heure : un peu plus de vingt-trois heures. Il se rend à la salle de bains, urine, se lave le visage et se mouille le cou, se regarde dans le miroir et passe ses doigts mouillés dans ses cheveux. En sortant, il voit ses amis toujours dans le séjour, comme s'ils l'attendaient. L'ambiance ne dénote pas l'inquiétude, mais ce n'est pas l'euphorie non plus.

— Bon, je me casse, annonce alors Blai en prenant sa veste. Je crève la dalle. Et ne faites pas ces tronches, merde, tout va bien se passer.

À Vàzquez, il lance :

— Je t'attends dans la voiture.

L'inspecteur n'a pas encore enfilé sa veste que Salom, affalé sur le canapé, le regard perdu dans la nuit rectangulaire de la fenêtre, murmure :

— Je paierais cher pour savoir ce qu'il a chuchoté à la fille.

Peut-être surpris d'avoir parlé à haute voix, il tourne vers eux son visage barbu et chaussé de lunettes, et s'explique :

— Carrasco, je veux dire... Je parlais de ce qu'il a dit à la fille avant qu'il accepte de nous expliquer son plan. Quand on lui a dit pour quelle équipe on était.

Quelques heures auparavant, Melchor s'était posé la même question, mais il se garde bien de l'avouer. Il y a un silence.

— Moi, je l'ai lu sur ses lèvres, finit par révéler Paca Poch.

Tout le monde se tourne vers elle.

— Et alors ? demande Salom.

La bouche de la sergente se tord en un sourire sardonique.

— Mieux vaut que tu ne le saches pas, dit-elle.

Maintenant, c'est la sergente qui regarde tout le monde, un à un ; à mesure qu'elle le fait, son sourire s'estompe.

— C'était juste une blague, plaide-t-elle.

Personne ne moufte. Paca Poch fait claquer sa langue et se résigne.

— Il a dit ça : "Quelle merde ! Je vais me faire tuer avec une bande de supporteurs du Barça."

Le lendemain, quand Melchor se réveille, Salom est dans la salle de bains, prenant sa douche. Dans la cuisine, il trouve du pain, du café moulu et du fromage et, pendant qu'il prend son petit-déjeuner, l'ancien caporal réapparaît.

— Je vais voir la maison avec Blai et Vàzquez, annonce-t-il.

— Et Paca ?

— Elle préfère rester dormir.

— Faites gaffe.

— T'inquiète. Je serai de retour à midi.

Melchor passe le reste de la matinée dans l'appartement, à lire les *Mémoires d'un chasseur*, de Tourgueniev. L'histoire qu'il préfère est la dernière. Elle s'intitule "La Forêt et la Steppe" et rassemble quelques impressions cynégétiques seulement. Melchor ne s'est jamais rendu à la campagne pour chasser, mais le texte, et surtout sa fin candide ("Adieu, chers lecteurs, soyez toujours heureux"), déclenche chez lui une certaine mélancolie.

Salom revient peu avant treize heures trente chargé d'un sac de provisions et, pendant qu'ils font frire dans une poêle deux steaks hachés, deux tomates et deux poivrons verts, l'ancien caporal décrit la route de Formentor, l'hôtel éponyme, la montagne Na Blanca, Punta Conill et la maison de Mattson ou ce qu'il a pu en apercevoir. Melchor connaît tout ça, il a tout vu ; maintenant, il se rend compte, pourtant, que c'est comme s'il ne connaissait rien du tout, comme s'il n'y était jamais allé.

— Carrasco a raison, conclut l'ancien caporal. C'est une souricière. Mais on se débrouillera.

Ils mangent à la table du séjour, celle où Carrasco, la veille, a déplié ses cartes, et ils n'ont pas terminé leur repas que Melchor demande à Salom s'il l'a déjà remercié. La réponse de l'ancien caporal ne consiste pas à lui demander à quel titre ; elle consiste à sourire.

— Qu'est-ce qui te fait sourire ? demande Melchor.

— Rien.

Salom finit d'enfiler avec sa fourchette un bout de steak haché, un bout de tomate et un bout de poivron, improvisant une sorte de brochette.

— Je me disais que la dernière fois que j'ai rendu ce genre de service à un ami, j'ai fini en prison.

Après une seconde de confusion, Melchor comprend que Salom pense à l'affaire Adell et une bouffée de chaleur gagne son visage.

— Ça n'a rien à voir, objecte-t-il.

Espionnant Melchor les morceaux de viande et de légumes suspendus à deux centimètres de sa bouche, Salom demande sans perdre le sourire :

— Tu en es sûr ?

Après le déjeuner, l'ancien caporal s'endort sur le canapé, ses lunettes repliées et posées par terre, et Melchor, qui ne veut pas se connecter sur internet pour ne pas laisser de traces de son séjour à Pollença, met en route une cafetière et relit les récits du livre de Tourgueniev qu'il a le plus aimés : en dehors de "La Forêt et la Steppe", il y a aussi "Le Bureau", "Iermolaï et la Meunière" et "Les Chanteurs". En face de lui, Salom ronfle légèrement, les mains croisées sur le ventre, son thorax se levant et descendant au rythme de sa respiration ; l'air qui entre et sort de ses narines berce comme une brise les poils de sa moustache. Melchor lève de temps en temps le regard du livre et observe cet homme qui durant des années a été son compagnon le plus fidèle et son meilleur ami, sans penser à rien ou se disant uniquement que, jusqu'à ce que sonne l'heure de la vérité, quand tous les masques tombent, nous ne savons jamais qui nous sommes.

Se réveillant de sa sieste, Salom prépare une autre cafetière et, pendant qu'ils prennent un café, Melchor lui demande s'il a revu Albert Ferrer, l'ex-mari de Rosa, condamné comme lui dans l'affaire Adell. Salom répond que non et lui raconte tout ce qu'il sait, prétend-il, de son ami : celui-ci est sorti de prison deux ans plus tôt et vit depuis à Barcelone ou près de Barcelone. Les deux hommes profitent du reste de l'après-midi pour échanger des nouvelles comme si l'un et l'autre voulaient rattraper les quatorze ans passés sans se voir ni échanger la moindre parole. Quand Melchor demande à Salom si ses deux filles savent où il se trouve, Salom répond :

— Je leur ai dit que je serais à Majorque, avec des amis. Elles ne m'ont pas cru, évidemment. Je parie qu'elles pensent que j'ai une liaison ou quelque chose comme ça… En tout cas, elles étaient contentes. C'est la première fois que je voyage depuis que je suis sorti de prison.

Vers vingt heures quinze, ils commencent à se préparer, et un peu avant vingt et une heures, ils sortent séparément de l'appartement et refont le trajet que Melchor a fait la veille : ils se dirigent à pied vers le centre-ville en empruntant la rue Major, traversent la place principale et, laissant derrière eux le cloître de Sant Domingo, atteignent la gare routière. La nuit est en train de tomber. Cinq minutes plus tard, Blai apparaît dans l'Audi Q7 noire, Salom le remplace au volant et, presque sans prononcer un seul mot, tous trois continuent en direction de Port de Pollença, où ils récupèrent Carrasco près de la sculpture métallique de l'hydravion qui se dresse au milieu du second rond-point.

— Tout est en ordre ? demande l'ancien *guardia civil.*

— Tout est en ordre, répond Melchor.

À la sortie du village, la Porsche Cayenne que Vàzquez a récupérée la veille à l'aéroport de Palma les attend, les laisse passer et les suit à une distance prudente. Il fait déjà nuit noire et ils commencent aussitôt à monter par une route qui serpente en s'accrochant au versant d'une montagne et laisse à droite une masse d'ombre où l'on distingue à peine des formations rocheuses, des pins et des palmiers nains. Ils ne croisent personne venant en sens contraire. À l'intérieur de la voiture, on n'entend que le bourdonnement soyeux du moteur et le chuintement de la carrosserie qui fend l'air. Melchor contemple par la vitre à sa droite Port de Pollença perforé par les lumières tremblantes des barques mouillées dans la baie. Au sommet, ils entament la descente, toujours en zigzaguant, toujours avec la mer argentée par le clair de lune à leur gauche et la masse sombre à leur droite, et, quand ils arrivent au niveau de la mer, les phares de la voiture éclairent deux panneaux. En montrant celui qui annonce Formentor, Carrasco murmure :

— Continue tout droit.

Salom, qui connaît le chemin pour l'avoir parcouru dans la matinée avec Blai et Vázquez, obéit, laisse à droite la plage de Formentor (Melchor l'entrevoit à travers un rideau de pins), roule sur une route qui s'étire entre des murs végétaux et débouche sur l'esplanade de l'hôtel Formentor, passe devant son frontispice illuminé, prend le chemin de terre conduisant à la villa de Mattson et monte jusqu'à ce que les phares de la voiture éclairent à quelques mètres le petit bâtiment du transformateur haute tension.

— Voilà le virage, annonce Carrasco.

Salom arrête la voiture et, pendant que les autres descendent, il ouvre le coffre, met la marche arrière et le clignotant. Derrière lui s'est arrêtée la Porsche Cayenne de Vàzquez, avec à son bord Paca Poch. Sans piper mot, avec comme seule rumeur de fond les vagues qui déferlent contre la falaise à quelques mètres d'eux, chacun revêt son équipement – cagoules, pare-balles, sangles – et prend des menottes en plastique et une lampe-torche et installe un viseur sur le canon du pistolet-mitrailleur Heckler & Koch UMP, introduit les munitions dans le chargeur, le chargeur dans le pistolet-mitrailleur et accroche la sangle du pistolet-mitrailleur autour du cou. Puis Blai, armé d'une tronçonneuse, se met à couper un arbre sur le bord du chemin pendant que Vàzquez reprend le volant de sa Porsche Cayenne et Melchor remonte avec les autres dans l'Audi Q7 conduite par Salom. Celui-ci accélère un peu et ils commencent à grimper très lentement, presque au ralenti, prennent le virage à droite en entendant à peine le crépitement de la terre pierreuse écrasée sous les pneus et dépassent le transformateur haute tension. Derrière, à quelques mètres de distance, Vàzquez fait demi-tour avec sa Porsche Cayenne.

— Par là, ordonne Carrasco, et après avoir donné quelques secondes à Vàzquez pour qu'il finisse la manœuvre et rejoigne Blai, il envoie un message sur son téléphone portable et active le brouilleur de fréquences. S'adressant à Melchor et à Paca Poch, assis derrière lui, il explique :

— À mon signal, on sort et on va vers l'entrée. Elle est là, devant nous.

Puis il dit, à l'attention de Salom, en montrant l'esplanade devant la maison :

— Dès qu'on sort, tu fais demi-tour et tu nous attends là.

Carrasco parle d'une voix posée, sans inflexion, ou c'est l'impression qu'a Melchor, qui sait que l'ancien *guardia civil* vient de prévenir Caty et attend qu'elle donne le feu vert pour le début de l'assaut, en les informant qu'elle a bloqué à distance le système de sécurité de la maison afin qu'ils puissent y faire irruption. Le signal ne met pas longtemps à leur parvenir.

— Allez, dit alors Carrasco en ouvrant la portière de l'Audi Q7. On y va.

6

Melchor descend de la voiture derrière Paca Poch et Carrasco, et en quelques foulées à peine il atteint la petite porte annexe, que l'ancien *guardia civil* ouvre en un clin d'œil pendant que, dans son dos, Salom fait demi-tour avec l'Audi Q7 devant la maison. Précédé de Carrasco et suivi de la sergente, Melchor dévale une rampe cimentée faiblement illuminée par une rangée de spots encastrés dans une bordure, par-delà laquelle on devine une grande étendue de gazon descendant vers la mer. Se tenant légèrement penché, il court jusqu'au premier mur de la villa – énorme, blanche, lisse et rectangulaire, avec de grandes fenêtres sombres tout en hauteur –, se tapit contre lui et, réfugié dans l'ombre épaisse qu'il projette, le longe puis, soixante ou soixante-dix mètres plus loin, monte par un escalier extérieur et, toujours derrière Carrasco, franchit une porte et longe un couloir éclairé uniquement par la lampe-torche de l'ancien *guardia civil*. Ils atteignent vite un angle depuis lequel on peut apercevoir, sur la gauche et au bout d'un autre couloir, une petite lumière rouge au-dessus du linteau d'une porte fermée. Carrasco enjoint à Melchor par gestes de ne pas bouger et disparaît avec Paca Poch à l'autre bout du couloir. Dissimulé à l'angle, sans allumer sa lampe-torche, le cœur battant la chamade et le pistolet-mitrailleur braqué sur la porte du fond pendant qu'il entend au loin la voix d'un présentateur sportif commenter la finale de la Champions, Melchor compte jusqu'à vingt-sept, moment où Carrasco réapparaît telle une ombre silencieuse à côté de lui. Melchor s'est accoutumé à la pénombre, si bien qu'il réussit à échanger un regard avec l'homme tout juste arrivé qui, sans prononcer un mot, acquiesce comme pour lui assurer que tout marche selon le plan prévu, et se poste devant lui en haletant à travers la laine de sa cagoule.

Les secondes qui s'écoulent ensuite sont éternelles. Melchor ausculte la quiétude du couloir, mais n'entend que la voix lointaine du commentateur mêlée à sa propre respiration et, de temps à autre, celle de Carrasco ; il sent aussi qu'une goutte de sueur lui descend le long du cou comme un frisson. À un moment donné, la lumière du fond change soudainement du rouge au vert, quelqu'un entrouvre la porte depuis l'intérieur et une rafale du pistolet-mitrailleur de Carrasco déchiquette le silence. La porte se referme, on entend des voix confuses de l'autre côté puis le silence s'installe de nouveau, sauf qu'à présent c'est un silence où l'on n'entend même plus le faible brouhaha du match télévisé, un silence si assourdissant et si tendu qu'il pourrait éclater à tout instant. Pourtant, personne n'essaie de sortir par la porte, et l'arme à la ceinture, Melchor et Carrasco pointent vers elle sans échanger un mot ni un regard, alors que le couloir demeure plongé dans des ténèbres que vient à peine rompre la lueur vermeille du fond, comme si rien ne s'était passé. Au bout d'un temps indéfini, ou que Melchor ne saurait définir, mais qui ne peut excéder dix ou quinze secondes, Paca Poch réapparaît. Elle le fait au pas de course, brandissant un objet que Melchor n'a pas le temps matériel de distinguer dans la pénombre parce que Carrasco s'en saisit, et tous trois partent en trombe, parcourent en sens inverse le couloir qu'ils ont traversé quelques minutes plus tôt, ouvrent la porte extérieure, descendent à toute allure l'escalier et se mettent à courir au travers du jardin en cherchant la protection de l'obscurité, jusqu'à ce qu'un jet de lumière blanche les aveugle au niveau de la rampe de sortie, et presque au même moment le premier coup de feu retentit. Suivi du deuxième et du troisième coup de feu ; à cet instant, ils sont déjà très près du portail de la propriété. Paca Poch enfonce la porte annexe pour sortir et Carrasco lui emboîte le pas, et alors que Melchor s'apprête à les suivre, une brûlure dans le genou le fait chavirer. Le pistolet-mitrailleur en bandoulière sur son dos, il arrive tant bien que mal jusqu'à la petite porte en traînant sa jambe inutilisable, et précisément à ce moment-là, comme si cette douleur de cauchemar donnait à la réalité un rythme plus lent, il voit un homme s'extraire de la voiture comme au ralenti ou comme si, au lieu de courir, il était en train de nager dans du liquide amniotique, et malgré la cagoule, il reconnaît Salom, il le voit avancer penché sous une pluie de balles, le voit faire un étrange mouvement minimaliste et remarque aussitôt qu'il le saisit par le bras, qu'il l'oblige d'une secousse à franchir la petite porte annexe et le traîne sur le gravier de l'esplanade jusqu'à ce que Paca Poch l'attrape par les aisselles et le hisse dans la voiture.

Ce qui se passe dans les minutes qui suivent est confus mais, chaque fois qu'à l'avenir Melchor se le rappellera, quatre choses ou plutôt quatre amas de choses ressortent avec netteté. La première, c'est que, lorsque Salom démarre l'Audi Q7 en dérapant sur l'esplanade, et que, sur la banquette arrière, Paca Poch essaie de trouver l'endroit où il a été touché et lui enlève la cagoule, le pistolet-mitrailleur, les sangles et le gilet pare-balles, Carrasco crie au téléphone à Blai, ou peut-être à Vàzquez, de ne pas mettre les troncs d'arbres en travers du chemin, que tout s'est bien passé et qu'ils doivent prendre le large, qu'eux-mêmes les suivent. La deuxième chose dont il se souviendra, c'est qu'à un moment donné, Salom lève sa main droite du volant en se demandant d'où diable sort tout ce sang, et que soudain la main disparaît dans son flanc pour réapparaître trempée, et alors l'ancien caporal peste à haute voix : "Putain de merde, moi aussi, je suis touché." La troisième chose qu'il se rappellera advient dans la foulée, et c'est que Paca Poch se met à supplier Salom de la laisser le remplacer au volant et que Salom, qui conduit pourtant avec la seule main gauche car avec la droite il essaie de stopper l'hémorragie, refuse d'arrêter la voiture en assurant qu'il va bien, tout cela pendant que Carrasco appelle Vàzquez, ou peut-être Blai, et lui demande de s'écarter de la route et de les laisser passer, raccroche et appelle aussitôt une autre personne à qui il explique qu'il doit lui demander un grand service, qu'il a deux blessés dans sa voiture, qu'il a besoin en urgence d'un médecin et que celui-ci doit se rendre le plus tôt possible à Can Sucrer. Et la quatrième et dernière chose dont il se souviendra – celle dont il se souviendra bien mieux chaque fois qu'il évoquera ces minutes frénétiques au cours desquelles ils fonçaient de la maison de Mattson à Can Sucrer, les pneus crissant dans chaque virage et la voiture faisant des embardées à côté des falaises de Formentor dans un silence éclairé par la pleine lune et parfois interrompu par des blasphèmes et des gémissements, la main de Paca Poch pressant la sienne et sa voix leur exhortant à lui et Salom de tenir –, c'est que sa peau est trempée d'une sueur froide et gluante et sa jambe aussi douloureuse que si on était en train de la lui couper à la scie.

Salom s'écroule sur le volant dès qu'il arrête l'Audi Q7 à l'entrée de Can Sucrer et, presque immédiatement, Vàzquez et Blai font irruption dans la voiture, saisissent l'ancien caporal et le transportent à toute hâte dans la maison. Pendant ce temps, Paca Poch sort Melchor de la voiture, le prend dans les bras, le porte dans la maison et l'assoit sur un fauteuil, juste devant un poste de télévision et sous la plaque en faïence où l'on peut lire : CALLE DEL TEMPLE. La sergente soulève la jambe de Melchor et la pose sur une chaise en paille, disparaît puis réapparaît avec des ciseaux, lui coupe le pantalon au niveau de la cuisse et laisse à l'air son genou blessé : un amas indéchiffrable de sang et d'os brisés ; puis elle repart et réapparaît avec deux coussins qu'elle lui place sous le genou. La douleur est toujours aussi violente et, quand Paca Poch lui propose un verre d'eau, Melchor lui demande comment va Salom.

— Je ne sais pas, répond la sergente en montrant la porte entrouverte d'une chambre. La balle est entrée juste par-dessous le gilet pare-balles. C'est ce qui arrive quand on est gros, merde… En tout cas, l'enfoiré t'a sauvé la vie.

Melchor demande à Paca Poch si elle a réussi à sortir le disque dur de l'ordinateur de Mattson.

— C'est la troisième fois que tu me le demandes, le rassure la sergente. C'est Carrasco qui l'a.

Tandis que Melchor supporte à grand-peine le tourment que lui inflige sa jambe, tremblant et serrant les dents, Paca Poch reste à ses côtés en lui tenant la main, lui éponge la sueur et essaie de le distraire. Devant lui, enveloppés dans une espèce de brume que semble sécréter sa douleur, des silhouettes humaines passent et repassent, dont Melchor ne saurait dire si elles entrent ou sortent de la maison, de la cuisine ou de la chambre où l'on a installé Salom. Il lui semble parfois qu'il y a plus de gens autour de lui qu'il ne devrait y en avoir ; et parfois, qu'on l'a laissé seul, que tout le monde a disparu. À un moment donné, il entend un véhicule se garer devant la porte de la ferme. Paca Poch s'écarte de lui et revient aussitôt accompagnée d'un homme d'environ cinquante ans, aux lunettes à monture d'écaille et aux cheveux gris, muni d'une mallette et qui, dès qu'il pénètre dans la maison et aperçoit le genou ensanglanté de Melchor, se précipite pour le soigner. Melchor lui indique la chambre adjacente avec un geste dissuasif.

— Allez voir mon camarade, l'exhorte-t-il. Il a reçu une balle dans le ventre.

Le médecin suit sans hésiter son conseil, et l'instant suivant Blai remplace Paca Poch, qui disparaît par la porte de la chambre de Salom. L'inspecteur s'assoit à côté de lui.

— Du calme, l'Espagnolard. – Avec un mouchoir, il lui sèche le front et essaie de sourire. – On n'en meurt pas, de ton truc. Mais, ajoute-t-il en signalant le genou sans le regarder, ça doit faire un mal de chien.

— Et Salom ?

Blai tarde à répondre. Il se trouve très près de lui, mais la brume semble l'éloigner.

— J'en sais rien, reconnaît l'inspecteur. Mais il n'a pas l'air bien, il perd beaucoup de sang. On va voir ce que dit le médecin… C'est vrai ce que Paca raconte ?

Melchor remplace une grimace de douleur par une grimace interrogative. Son interlocuteur précise :

— Qu'il est allé te chercher à l'intérieur et que c'est à ce moment-là qu'il a été touché.

Ramassant ses dernières forces, Melchor précise :

— Il a été touché alors qu'il m'aidait.

Et ensuite :

— Sans lui, je ne m'en serais pas sorti.

Carrasco surgit alors, et observe le genou de Melchor tandis que celui-ci lui pose plus ou moins la même question qu'il a posée à Blai ; Carrasco lui donne plus ou moins la même réponse. Melchor lui demande alors ce qu'il en est du disque dur de l'ordinateur de Mattson.

— Ne t'inquiète pas, dit-il. Je suis en train de l'examiner.

Avant que Melchor puisse formuler une autre question, Carrasco disparaît de nouveau, mais réapparaît aussitôt, cette fois avec un bol dans les mains.

— Prends ça, dit-il en lui approchant le bol de la bouche. Ça va t'aider.

Melchor avale une gorgée : c'est du cognac. Il en avale une autre, s'étrangle et commence à tousser. Puis Carrasco repart en le laissant avec Blai. Il vide le bol mais l'alcool ne soulage pas la douleur, qui est bien plus intense que l'angoisse qu'il ressent pour le destin de Salom, mais qu'il ne parvient pas à supprimer. Pendant plusieurs minutes, il laisse Blai lui parler, mais il ne comprend pas ce que celui-ci raconte, ou pas complètement. À peine arrive-t-il à écarter le regard de son genou : il est à la fois stupéfait de voir si peu de sang sortir de la blessure, et fasciné par ce fatras écarlate et blanc et de plus en plus sec d'exsudat, de peau brûlée et d'éclats d'os. De temps en temps, l'inspecteur se lève et, sans esquiver le sang qui noircit le sol de la pièce, va et vient de la porte de la chambre au fauteuil de Melchor et du fauteuil de Melchor à la porte de la chambre. À un moment déterminé, la douleur devient si intense qu'elle semble congeler le temps, et presque aussitôt la porte de la chambre s'ouvre et la silhouette de Vàzquez apparaît dans l'encadrement. L'ancien sergent est pâle, soudain vieilli, les manches retroussées et les yeux grands ouverts. Melchor l'observe comme s'il s'agissait d'une apparition, il croit tout à coup comprendre et l'espace d'une seconde la douleur s'estompe, transformée en un vertige abyssal.

— Bon, annonce alors Vàzquez. Il ne va pas mourir.

Au milieu de la pièce, Blai observe le sergent, immobilisé par la nouvelle.

— Tu en es sûr ? demande-t-il.

Vàzquez hoche la tête alors qu'un sourire euphorique illumine peu à peu ses yeux, Melchor, avec une sorte de soulagement, sent que la douleur qui le terrasse depuis plus d'une demi-heure s'estompe. La sensation dure à peine une seconde, car la torture le rattrape. L'inspecteur et l'ancien sergent se donnent l'accolade à quelques pas de lui. Quand les deux hommes se séparent, Melchor remarque un éclat dans les yeux de Blai, qui sort de quelque part une bouteille de cognac, en verse un filet dans le bol de Melchor et le boit d'un trait. Il se dirige vers la chambre et Vàzquez lui emboîte le pas.

— Attends que le médecin termine, dit l'ancien sergent. Paca est avec lui.

Quelques minutes plus tard, le médecin refait irruption dans la salle et, évitant Blai et Vàzquez qui se précipitent pour prendre des nouvelles de Salom, il s'assoit à côté de Melchor et commence à l'examiner. Melchor lui demande comment va l'ancien caporal.

— Il devrait remercier la Sainte Vierge, répond le médecin en essayant de localiser l'orifice d'entrée et de sortie du projectile dans le genou de Melchor. En réalité, il devrait être mort. Si cette balle avait dévié de trois millimètres seulement, votre ami ne serait pas arrivé vivant dans cette maison. C'est aussi simple que ça.

Melchor met à peine une seconde à changer de sujet :

— Et moi, c'est quoi ?

Le médecin essaie de redresser sa jambe fléchie et Melchor étouffe un hurlement de douleur.

— Ce que vous avez, c'est qu'on vous a bousillé le genou, diagnostique le médecin. La balle est entrée par-derrière, elle vous a détruit la rotule et tout ce qu'il y a autour : plateau tibial, condyles fémoraux… Tout est en miettes. Je ne sais pas où vous vous êtes fourré, mais ça, c'est une boucherie.

— Donnez-moi quelque chose, docteur, le presse Melchor. Ça fait un mal de chien.

— C'est ce que j'allais faire. – Le médecin fouille dans sa mallette. – Je ne comprends pas comment vous ne vous êtes pas déjà évanoui.

Pendant qu'il continue de vanter la chance invraisemblable de Salom, dont l'abdomen a été transpercé par la balle sans que soit touché un seul organe vital ("Si la balle avait touché la rate, votre compagnon en aurait eu pour quinze minutes ; et si elle avait atteint une artère, même pas cinq"), le médecin remonte une manche du pull de Melchor et noue un tube de latex autour de son bras, tire sur une extrémité avec une main et sur l'autre avec les dents ; simultanément et de l'autre main, il remplit une seringue d'une dose de morphine, repère une veine sur le bras et, sans même nettoyer la zone avec l'alcool et le carré de gaze de coton de rigueur, il pique la veine avec l'aiguille et lui injecte la dose d'opiacé. Il n'a pas achevé l'opération que Melchor lui demande ce qu'il pense faire de lui.

— Je vais nettoyer, je vais désinfecter et, si quelqu'un me trouve deux planches, je vais atteler le genou, répond le médecin – il a des yeux bleu ciel et une barbe naissante qui lui noircit les joues. – Après, il faut voir comment on va vous transporter, et où, pour réparer les dégâts.

Ensuite, Blai et Vàzquez sortent d'un pas pressé dans la cour, le médecin se concentre sur son travail, et trois ou quatre minutes plus tard, Melchor remarque, avec un sentiment incalculable de bonheur, que le tourment commence à faiblir, que la brume commence à se dégager, qu'il ne transpire plus autant qu'avant et que peu à peu il se sent mieux. Quand le médecin a presque terminé de placer un pansement sur son genou, au moyen d'un bandage et d'un sparadrap, il voit Salom sortir de la chambre, s'appuyant sur l'épaule de Paca Poch, la main droite sur son flanc gauche et la chemise et le pantalon trempés de sang ; sa barbe est sale et ses lunettes de myope légèrement embuées. Blai et Vàzquez, de retour dans la pièce, le regardent sans bouger et l'ancien caporal fait quelques pas incertains vers Melchor.

— Comment tu vas ? demande-t-il.

Vàzquez répond à sa place.

— Il a repris des couleurs, dit-il en le désignant avec une planche de bois ; Blai tient l'autre dans la main. T'aurais dû le voir il y a cinq minutes. Il était pâle comme un mort.

La réponse de Melchor consiste à bouger la tête vers le médecin, lequel est toujours penché sur son genou.

— Tu vois, dit-il.

Puis il retourne la question à Salom :

— Et toi ?… Le docteur dit que tu es en vie grâce à la Sainte Vierge.

Blai et Vàzquez laissent les planches à portée de main du médecin.

— Ce n'est pas moi qui le dis, murmure-t-il. C'est la vérité.

Salom acquiesce avec un sourire de circonstance et au même moment, Carrasco arrive de la cuisine. L'ancien *guardia civil* brandit un disque dur ; son visage semble transfiguré de joie. En voyant le médecin, pourtant, son expression change, et il cache le disque dur derrière son dos, entre le pantalon et les reins. Il s'approche ensuite du soignant, se présente comme un ami de Biel March et l'interroge sur l'état de Salom et de Melchor.

— Il faut reconstituer le genou de cet homme. – Pendant une seconde, le médecin lève le regard de sa tâche pour le diriger vers Carrasco et demander une bassine avec de l'eau et du savon. – Quant à l'autre, il va bien, il est hors de danger… J'ai glissé des ciseaux par l'orifice d'entrée du projectile et l'orifice de sortie, et je n'ai rien trouvé. Mais il faut s'assurer que rien n'est resté dedans, des bouts de tissu ou autre. S'il reste quelque chose, il pourrait y avoir une infection et là ça risquerait de se compliquer, alors mieux vaut l'opérer et nettoyer le trajet interne de la blessure… Bref, il faut aller à l'hôpital.

— Ils peuvent attendre jusqu'à demain ? demande Carrasco.

— Impossible, répond le médecin. Il faut que ce soit au plus vite… Cette nuit. Là, maintenant.

Une fois qu'il a fini de fixer avec un bandage les deux planches de part et d'autre de la jambe (y compris l'articulation), il continue de parler tout en lavant ses mains tachées de Betadine dans la bassine de laiton remplie d'eau mousseuse qu'on lui a apportée.

— On a besoin d'un anesthésiste et d'un bloc opératoire. Et d'un traumatologue : je peux m'occuper de la blessure de l'abdomen, j'ai été médecin militaire ; mais le genou, non. On ne peut pas aller dans un hôpital public, on voit tout de suite que ces blessures ont été causées par une balle et celui qui soignera vos amis devra en faire part. Sinon, il court le risque de ne plus avoir le droit d'exercer.

— On fait comment alors ? demande Blai.

Le médecin se sèche les mains avec un morceau de papier absorbant que Paca Poch lui a tendu et les observe un à un, méfiant.

— Sachez que je fais ça pour mon ami Biel, dit-il enfin à l'intention de Carrasco. Si ce n'était pas pour lui, je ne serais pas là.

Pendant qu'ils interrogent en silence l'ancien *guardia civil* sans se décider à lui demander ouvertement qui est Biel March, le médecin s'essuie les mains et prend son téléphone. La conversation qui a lieu immédiatement après est très brève :

— Paco, c'est moi, Lluís, dit le médecin en parcourant du regard les murs de la salle de séjour. J'ai une urgence… Oui, je sais que le match n'est pas fini, mais peu importe. Je t'attends dans un quart d'heure au bloc. Appelle un anesthésiste de confiance. Et ne pose pas de questions.

Il raccroche, prend la mallette et fait un signe de tête en direction de la porte :

— On se dépêche. On va à l'hôpital d'Alcúdia.

Ils décident que seuls les deux blessés et le médecin partiront, ainsi que Carrasco et Blai ; et également que, pour ne pas attirer l'attention, ils n'utiliseront que deux véhicules, et que Vàzquez et Paca Poch regagneront Port de Pollença à bord de l'autre voiture, où ils attendront des nouvelles. Le médecin répartit les blessés : Salom voyagera avec lui, dans sa voiture ; Melchor le fera avec Blai sur la banquette arrière de l'Audi Q7, avec Carrasco au volant. Dès qu'ils sortent de Can Sucrer et empruntent le chemin de Can Bosch sur les traces du médecin, l'ancien *guardia civil* exhibe dans la pénombre de la voiture le disque dur de l'ordinateur de Mattson.

— J'y ai jeté un œil, annonce-t-il.

Et après une pause :

— Il y a de quoi bien lui pourrir la vie, à ce fils de pute. Tout ce qu'il a filmé n'y est pas mais…

— Comment tu sais que tout n'y est pas ? demande Blai.

— C'est précisé sur le disque lui-même, répond Carrasco. Ça ne contient que ce matériel que Mattson a accumulé au cours des premières années dans cette maison. Peut-être que j'ai été mal informé et que dans le coffre du trésor il n'y a pas un mais deux ordinateurs. C'est possible, il faudrait demander à Paca, si ça se trouve elle a eu le temps de s'en rendre compte… Mais bon, peu importe : avec ça, on a largement ce qu'il nous faut.

Pendant les vingt minutes que dure le trajet jusqu'à l'hôpital, Carrasco parle des photographies et des vidéos qu'il a regardées, comme s'il s'étonnait d'avoir trouvé exactement ce qu'il cherchait. En l'écoutant, Melchor ne sait pas s'il doit se réjouir ou regretter que ce qu'ils viennent de saisir dans la villa de Mattson ne contienne pas d'images de Cosette. L'ancien *guardia civil* dit également à Melchor qu'il lui confie le disque de Mattson pour qu'il en fasse une copie et la transmette à Rosa Adell qui, de son côté, doit la remettre à ses amis colombiens, afin que Caracol TV la diffuse aussitôt que possible.

— Il ne faut pas laisser de marge de manœuvre à Mattson, insiste Carrasco. Il faut agir rapidement et profiter de l'effet de surprise et de la confusion qu'on a provoquée dans son camp… C'est important que les Colombiens le sachent.

Ils ne croisent pas âme qui vive sur la route d'Alcúdia mais, en arrivant dans cette localité, ils entendent les premiers klaxons alors que les rues commencent à se remplir de voitures et les drapeaux du Barça ondoient de toutes parts : le Barça a gagné la finale de la Champions.

— On ne peut pas tout avoir, dans la vie, murmure Carrasco.

À l'hôpital Port d'Alcúdia, un homme d'une trentaine d'années, grand et osseux, et une femme d'âge mûr, rousse et rondelette, qui s'avèrent être le traumatologue et l'anesthésiste, les accueillent. Le premier à entrer dans le bloc opératoire est Salom ; le médecin de Can Sucrer y pénètre avec lui, non sans avertir Melchor que l'opération que doit subir l'ancien caporal est plus urgente que la sienne, mais moins complexe et moins laborieuse. Melchor attend dans une pièce attenante en compagnie de Blai et Carrasco, allongé sur un divan, la jambe blessée levée et, même si le médecin l'a prévenu, il s'étonne de voir Salom sortir du bloc au bout de quarante-cinq minutes à peine, endormi et prenant la direction de la salle de réveil.

— Il va très bien, répond le médecin de Can Sucrer quand ils leur demandent des nouvelles de Salom. Il se réveillera dans une heure et demie, un peu endolori, pas beaucoup. Ensuite il pourra rentrer chez lui… C'est aussi simple que ça. Dans quinze jours la blessure devrait cicatriser. La seule chose à laquelle il doit faire attention, c'est qu'il n'y ait pas d'infection les prochaines soixante-douze heures. Je vous l'ai déjà dit, le cas de votre compagnon tient du miracle.

Il pointe un doigt vers Melchor :

— Son genou, en revanche, c'est plus compliqué.

Après avoir examiné la blessure, le traumatologue confirme le diagnostic du médecin, explique à Melchor qu'il doit réparer les dégâts, que l'opération va être longue et que, comme pour Salom, ils doivent procéder à une anesthésie générale. Ils s'y attellent sans plus attendre. L'anesthésiste repère une veine sur le bras gauche de Melchor, y introduit une aiguille, la fixe à un cathéter intraveineux, l'immobilise avec un sparadrap, injecte le sérum. Au bout de quelques secondes, l'anesthésie commence à faire effet et Melchor perd conscience. Il se réveille cinq heures et demie plus tard, sans douleur mais étourdi et la gorge irritée, comme si on lui avait glissé un bâton dedans. Souriant, l'anesthésiste lui explique que c'est exactement ce qui s'est passé : on l'a intubé pendant qu'il dormait et, afin qu'il puisse respirer, on lui a introduit par la bouche une sonde endotrachéale. Le traumatologue et le médecin apparaissent aussitôt à ses côtés ; le premier explique que, vu son état, tout s'est très bien passé, qu'il porte une attelle à la jambe et qu'un temps de rééducation est à prévoir. Quand Melchor lui demande s'il pourra remarcher comme avant, le traumatologue répond :

— J'en doute.

Et il ajoute :

— Mais avec ces choses-là, on ne sait jamais… Ce que vous ne pouvez pas faire, c'est prendre l'avion, parce que la blessure risque de s'ouvrir. Et il est préférable que votre ami l'évite également. Je le lui ai déjà dit.

Une fois que le traumatologue a tourné les talons, l'anesthésiste lui remet cinq ampoules de morphine, cinq seringues et cinq aiguilles sous-cutanées.

— Quand la douleur reviendra, prenez ça, lui conseille-t-elle. Ou plutôt, ne la laissez pas revenir : prenez-en une toutes les quatre heures.

Melchor sort de la clinique dans une chaise roulante poussée par Blai, la jambe immobilisée par une attelle rigide en plastique. Le jour se lève. Melchor prend congé du médecin de Can Sucrer à la porte de l'hôpital, et Blai l'aide à s'asseoir sur la banquette arrière de la voiture, où Salom l'attend.

— Comment tu vas ? demande l'ancien caporal, une fois que Melchor a réussi à s'installer.

L'Audi Q7 roule déjà dans les rues vides d'Alcúdia, à proximité de la mer.

— Ce n'est pas la deuxième fois que tu me le demandes, cette nuit ? répond Melchor.

Et ensuite :

— Bien… Un peu étourdi, mais bien. Et toi ?

— Ce n'est pas la deuxième fois que tu me le demandes, cette nuit ?

Les deux hommes se dévisagent un moment ; l'instant d'après, ils se mettent à rire, d'abord doucement, puis de manière incontrôlée, faisant se tendre les points qu'on vient de leur faire, et les deux de se tordre de douleur. Blai, qui écoutait Carrasco depuis son siège de copilote, se tourne vers eux pendant que l'ancien *guardia civil* les cherche dans le miroir du rétroviseur.

— Il se passe quoi là, derrière ? demande-t-il et, contaminé par leur rire, il ajoute : Quelle paire de décérébrés.

ÉPILOGUE

Le 26 mai 2035, sur Caracol TV, le JT du soir s'ouvre sur une exclusivité mondiale : l'équipe de journalistes de la chaîne de télévision se trouve en possession de documents montrant le magnat et philanthrope américain Rafael Mattson en train de commettre des abus sexuels sur des personnes mineures. Selon les présentateurs du journal – María Teresa Orozco et Kevin Martínez, qui se trouvent être alors le binôme le plus influent du journalisme colombien –, les images ont été tournées dans une résidence secondaire que Mattson possède dans la municipalité de Pollença, en Espagne, et il y en a en grande quantité. On y voit non seulement le célèbre multimillionnaire d'origine suédoise, mais aussi un palmarès international de personnalités du monde de la finance, de la politique, de la télévision, du cinéma, du sport et du journalisme, que Mattson invitait à ses divertissements sexuels et qu'il filmait vraisemblablement sans leur consentement. Les deux présentateurs précisent que, si les images en question peuvent heurter la sensibilité des spectateurs, leur importance journalistique oblige la chaîne, moralement autant que professionnellement, à en divulguer en exclusivité un petit échantillon. Ils diffusent ensuite trois courts extraits en noir et blanc, de qualité inégale mais suffisante pour identifier les protagonistes sans qu'aucun doute soit permis, bien que le visage des victimes présumées de Mattson ait été flouté afin qu'on ne puisse pas les identifier. Dans le premier extrait, Mattson apparaît complètement nu et entouré de plusieurs adolescentes ; le magnat les embrasse, les caresse et se laisse caresser et embrasser, et tous dansent, boivent, fument et sniffent une poudre blanche qui est probablement de la cocaïne. Dans le deuxième extrait, Mattson, avec l'aide d'une femme et d'un homme, viole une mineure. Dans le troisième, une autre mineure prodigue un massage à Mattson, lequel est allongé sur une table prévue à cet effet, puis l'enregistrement est coupé quand la fille commence à le masturber. Pendant que les images passent à l'écran, les deux journalistes les décrivent ou les commentent tour à tour, comme si celles-ci n'étaient pas suffisamment explicites, avant d'annoncer sur un ton solennel que la chaîne se propose de fournir une copie des documents en sa possession aux autorités espagnoles compétentes, afin qu'elles engagent les poursuites judiciaires qui s'imposent.

La nouvelle est une bombe virale. Elle provoque immédiatement un tsunami sur les réseaux sociaux, chaînes de télévision, stations de radio, journaux en ligne, et les médias du monde entier s'en font l'écho, utilisant avec l'autorisation de Caracol TV les images ou une partie des images diffusées par le journal colombien.

— D'après Carrasco, c'était à prévoir, dit Melchor à Rosa qui vient de rentrer de Bogotá, où à peine deux jours plus tôt elle avait remis en mains propres à Gonzalo Córdoba une copie du disque dérobé dans la villa de Mattson. Mais je ne m'attendais pas à ça.

— Moi non plus, avoue Rosa. Même si, il faut le dire, les images sont terribles.

Melchor acquiesce et lui assure qu'il ne les avait pas vues avant que le journal colombien ne les diffuse. Ce qui surprend Rosa.

— Pourquoi est-ce que je les aurais regardées ? s'interroge Melchor, surpris de sa surprise. Cosette ne peut pas y figurer… Je me suis dit que ceux qui devaient les voir les verraient, alors j'ai fait la copie et point barre. À propos, ton ami colombien a assuré : impossible de diffuser la nouvelle plus vite.

— J'ai insisté pour que ça ne traîne pas. C'est ce que tu m'avais demandé, n'est-ce pas ?

— C'est ce que Carrasco m'a demandé.

— Alors, tu vas me raconter ce qui s'est vraiment passé à Pollença ? – Rosa montre l'attelle rigide qui protège la jambe de Melchor. – Que tu dises aux gens que ç'a été un accident de moto, très bien, mais moi, il me semble que j'ai mérité la vérité, tu ne crois pas ?

Melchor lui répond qu'elle n'a pas mérité la vérité mais le paradis, puis il lui relate les événements de Pollença. Cette nuit-là, après qu'ils ont fait l'amour tant bien que mal, Rosa propose à Melchor d'inviter Salom à dîner.

— Invite aussi Blai et Glòria, ajoute-t-elle. Et Paca Poch. Ça facilitera les choses.

— Tu es sûre que tu veux voir Salom ? demande-t-il.

— Absolument sûre, répond Rosa.

— J'ai toujours cru que Salom avait agi pour l'argent, réfléchit ensuite Melchor. Pour payer les études de ses filles… Je me suis trompé. Je ne dis pas que l'argent n'a joué aucun rôle, mais il a aussi voulu aider un ami, comme il m'a aidé moi. Il m'a fallu quinze ans pour m'en rendre compte, mais c'est ce qu'il a fait. Bon, quinze ans et une balle dans le genou.

— Je ne sais pas ce que Salom a fait exactement, admet Rosa. Quoi que ce soit, il t'a sauvé la vie. Une chose vaut bien l'autre.

Le scandale provoqué par la diffusion des images sur Caracol TV surprend Rafael Mattson à Stockholm, ville où a son siège principal Loving Children, l'ONG qui lutte contre les maladies et la malnutrition dont souffrent les enfants dans les pays en voie de développement, et dont le magnat est fondateur et président. Sa réaction est surprenante, du moins elle l'est pour ceux qui plus tard étudieront l'affaire. Mattson a contre lui la pire accusation qui soit du point de vue judiciaire : des images qui le montrent en train de commettre des délits d'une extrême gravité et sur lesquelles, comme l'ont constamment souligné les journalistes de Caracol TV lors de leur première diffusion, Mattson est parfaitement reconnaissable. Malgré cela – et malgré le tapage médiatique qui l'entoure aussitôt et l'indignation universelle dont il est la cible –, le magnat ne cherche pas à fuir la justice, ne prend absolument aucune précaution au cas où il devrait se soustraire à elle ; bien au contraire : au lieu d'aller se réfugier dans un endroit sûr ou de partir pour les États-Unis, pays dont il est citoyen et où il aurait peut-être été davantage à l'abri des aléas judiciaires, il ne bouge pas de sa ville natale. L'explication la plus plausible de cet acte téméraire, en tout cas la plus répandue, est l'arrogance.

Dans un premier temps, Mattson mesure mal le terrible impact que ces terribles images ont provoqué et ne comprend même pas que son écrasant pouvoir financier et son auréole de bienfaiteur de l'humanité ne pourront l'en protéger ; et encore moins en Suède : dans son pays, Mattson représente certes pour beaucoup une sorte de héros national, mais il n'est pas moins vrai que la législation suédoise est implacable sur la question des délits sexuels. En outre, Mattson aurait jugé indigne d'aller se cacher de la justice dans une satrapie d'Afrique ou du Moyen-Orient : là-bas, il aurait été sans doute fort bien reçu, mais la haute idée qu'il a de lui-même n'aurait pas toléré l'humiliation de la fuite. Il est même possible que son entourage l'ait mal conseillé ou, plus probablement, qu'il se soit senti tellement invulnérable qu'il ne se soit même pas laissé conseiller.

La première réaction publique des représentants de Mattson est tout aussi maladroite. Deux jours après que le scandale a éclaté, l'un des lieutenants du magnat est interviewé par la chaîne nord-américaine CNN à propos d'un méga-projet d'investissement en énergies renouvelables récemment approuvé par l'une des entreprises de Mattson. L'interview restera inscrite dans la mémoire collective pendant des années, mais seulement à cause des dernières minutes. À ce moment-là, l'intervieweur interroge le représentant de Mattson sur les enregistrements qui ont fait le tour du monde, et l'interviewé, un dénommé Paul Hammer, sourit avec un mélange de pitié et d'orgueil, affirmant que les images en question sont truquées et qu'elles ont été manipulées et diffusées par les ennemis de M. Mattson, qui sont aussi, prétend-il, les ennemis de la démocratie et de la solidarité dont M. Mattson fait la promotion sur les cinq continents ; à la fin, Hammer en appelle à l'éthique journalistique de l'intervieweur. "Nous savons depuis l'Évangile que la vérité crée des femmes et des hommes libres, affirme-t-il. Ce que je veux dire, c'est que les mensonges ne font que créer des esclaves." "Vous, les journalistes, vous avez une grande responsabilité, conclut-il. Vous devez choisir quel genre de monde vous voulez construire : un monde d'hommes et de femmes libres ou un monde d'esclaves. M. Mattson a fait son choix depuis pas mal d'années déjà." À la lumière de cette déclaration et de quelques autres du même acabit, tout porte à croire que, du moins à ce stade de l'affaire, Mattson aussi bien que son entourage ont la conviction que le scandale partira en fumée en quelques jours ; il est possible que ce soit également l'hypothèse la plus probable dans les rédactions de certains médias importants, ainsi que dans la majorité des gouvernements et des chancelleries occidentales.

Il s'agit là d'une nouvelle erreur de calcul, comme le montre la suite des événements. Devant le grand émoi que l'affaire suscite dans l'opinion publique, la réaction de la justice espagnole est inhabituellement rapide. Le lendemain de la diffusion du JT colombien, le procureur général de l'État prie instamment le procureur d'Inca, par le truchement du cabinet du procureur de Palma de Majorque, d'instruire un procès contre Mattson, en présentant d'office une plainte pour délit sexuel présumé. Le procureur d'Inca, seul compétent dans cette affaire, obéit à ses supérieurs hiérarchiques, et dans les vingt-quatre heures il demande au tribunal d'instruction numéro deux l'ouverture d'une enquête et lance une série de procédures, entre autres l'interrogatoire de Mattson en tant que personne incriminée, afin qu'il réponde d'un possible crime sexuel, et l'identification de ses victimes présumées.

C'est alors que se produit une autre erreur dans la longue chaîne d'erreurs qui explique l'ampleur que l'affaire finira par prendre. Cette fois, la bourde est commise par le juge qui reçoit la plainte et qui, au lieu de diligenter l'enquête adéquate, l'archive presque instantanément. La décision, juridiquement incompréhensible et médiatiquement explosive, est aussitôt rendue publique par un journaliste du *Diario de Mallorca* ; le scandale devient alors encore plus retentissant, ce qui fait éclater et déborder l'indignation. Ce n'est pas seulement l'image de Mattson qui est désormais en jeu, mais aussi la crédibilité de la justice espagnole, clouée au pilori par des articles et des éditoriaux un peu partout dans le monde. Entraîné par cette marée irrépressible, le procureur d'Inca, de nouveau à la demande du procureur général (et peut-être du gouvernement espagnol lui-même), interjette un appel immédiat contre le classement sans suite du dossier devant l'audience provinciale de Palma. C'est alors au tribunal formé par trois magistrats rattachés à cette même audience de trancher. Les magistrats disposent de dix jours pour agir ; mais, après avoir évalué les preuves qui fondent la plainte du procureur, ils rendent leur verdict en trois jours. Leur décision, approuvée par deux votes contre un, comporte deux parties : dans la première, ils ordonnent au juge d'Inca de réactiver *ipso facto* la plainte contre Mattson et le prient instamment d'entreprendre les recherches correspondantes ; dans la seconde, ils considèrent la décision du juge si manifestement absurde que, dans le même arrêt, ils obligent le procureur d'Inca à entreprendre des poursuites pour prévarication. Cette dernière plainte va coïncider dans le temps avec une autre, présentée contre le même juge par l'Association internationale de victimes d'agressions sexuelles (IAVAA en anglais), qui se constitue en partie civile. Il s'ensuit que le juge du tribunal d'instruction numéro deux d'Inca est écarté de son poste en attendant le procès, et qu'à sa place est nommé son remplaçant naturel, le titulaire du tribunal numéro trois, qui engage aussitôt les procédures d'enquête que le juge inculpé avait tenté d'empêcher. Le remplaçant s'appelle Ricardo Lozano et il est le magistrat qui lance l'affaire et la conduira jusqu'à la fin.

— Les uns sèment, les autres récoltent, vitupère Paca Poch. Les journalistes colombiens vont recevoir le Pulitzer et le juge a gagné le gros lot. Et nous, même pas un merci.

— Tu t'es trompée de métier, Paca, rit Blai. Si tu voulais des applaudissements, c'est dans le théâtre qu'il aurait fallu te lancer.

— D'autant que si on apprenait que c'est nous qui sommes entrés chez Mattson, on serait déjà en taule, observe Salom. Moi, j'ai eu ma dose.

— Qu'on se retrouve en taule, ce n'est pas ça le pire, opine Melchor. Le pire, c'est que le procès serait annulé. Les avocats de Mattson diraient, et ils auraient raison, que les preuves contre lui ont été obtenues de manière illégale, en violation de je ne sais plus quels droits fondamentaux de leur client. Résultat : un dossier déclaré nul et non avenu et Mattson qui s'en sort ni vu ni connu.

— Ce que les avocats ont déjà commencé à dire, n'est-ce pas ? avance Rosa.

— Évidemment, répond Blai. Dès que le juge a réclamé la présence de Mattson pour l'interroger. Sauf que maintenant, c'est beaucoup plus difficile pour eux de prouver que les vidéos ont été obtenues de manière illicite. D'ailleurs, les Colombiens n'ont pas arrêté de répéter que c'est un inconnu qui avait remis le disque à la rédaction… Aux avocats de Mattson de prouver que ça ne s'est pas passé comme ça. Ça sera loin d'être évident.

— Il y a une chose qui me semble étrange, admet Rosa.

— Seulement une ? demande Paca Poch.

— Ce qui me semble étrange, c'est que le lendemain, aucune information n'a filtré sur ce qui s'est produit chez Mattson, explique Rosa. Surtout après la pagaille que vous y avez mise.

— Étrange pourquoi ? réplique Paca Poch. Le plus probable, c'est que personne n'ait été au courant. À part ceux de la maison, bien entendu. Il y avait le match Barça-Madrid, souviens-toi.

— Et ceux de la maison ? insiste Rosa.

— Eux, ils n'avaient aucun intérêt à porter plainte, réfléchit Salom. Au contraire, ils avaient tout intérêt à le cacher.

— Va savoir ce qui leur est passé par la tête, se demande Blai sans contredire Salom. Si ça se trouve, ils ont cru qu'on était juste des petites frappes, et qu'après avoir volé les enregistrements on allait essayer de négocier avec eux pour voir ce qu'on pourrait en tirer. En tout cas, ils avaient besoin de temps.

— Vous vous souvenez de ce que Carrasco a dit ? intervient Salom avant de répondre lui-même à sa question. "Il ne faut pas laisser de marge de manœuvre à Mattson. Il faut agir rapidement et profiter de l'effet de surprise." Il avait raison.

— Qu'ils aient eu besoin de temps, c'est évident, dit Melchor en suivant l'argument de Blai. Mais après l'assaut, ils ont dû d'abord penser à Carrasco. C'est certain.

— On sait ce qu'il devient ? demande Paca Poch.

— On a parlé une fois au téléphone, c'est tout, annonce Melchor. Il était euphorique.

— Tu sais où il est allé ? interroge Blai.

— Il ne me l'a pas dit. Et je ne l'ai pas demandé non plus. Mais il a quitté Majorque, c'est sûr, ou du moins Pollença. Il n'avait pas le choix.

— Et Vàzquez ? demande Paca Poch. On a des nouvelles ? Ne devriez-vous pas l'inviter pour un week-end ? Le pauvre, perdu là-bas, à La Seu d'Urgell…

— Tiens, ça m'étonnait aussi que tu n'aies pas encore demandé de ses nouvelles, murmure Blai. Combien de fois je dois te dire qu'il est heureux en amour ?

— T'inquiète, patron, dit Paca Poch. Je ne suis pas jalouse... En plus, ce n'est pas vrai que je me le suis tapé à Pollença, contrairement à ce que vous croyez.

— Je m'en réjouis.

— Ce n'était pas l'envie qui me manquait, cela dit.

— Va te faire voir, allez.

Melchor se trompe : après l'assaut de la villa de Mattson, Carrasco n'a pas quitté Majorque. Il découvre cela trois jours plus tard, quand il ouvre comme tous les matins l'édition numérique du *Diario de Mallorca*, à la recherche de nouvelles récentes sur l'affaire Mattson, et apprend qu'un échange de tirs s'est produit la veille aux environs de Pollença. "Règlement de comptes entre trafiquants de drogue", indique le titre. L'article, non signé, aurait pu lui échapper, mais quand ses yeux parcourent le chapô, il reconnaît un nom : Can Sucrer. L'information qu'offre le journaliste est succincte : l'échauffourée s'est produite le matin, elle a duré entre dix ou quinze minutes, et cinq cadavres ont été retrouvés à Can Sucrer. La Guardia Civil considère que le massacre constitue un épisode particulièrement sanglant de la guerre entre clans mafieux pour le contrôle du trafic de drogue, guerre qui déchire l'archipel depuis des années.

— Mon cul oui, s'irrite Biel March, dont Melchor a réussi à trouver le numéro de téléphone après avoir cherché en vain celui de Caty. C'étaient des hommes de Mattson. Ils cherchaient Carrasco, ils cherchaient la preuve qu'il est à l'origine du vol des images. C'est sûr.

— Peut-être.

Encore sous le choc après avoir appris que l'un des cinq cadavres de Can Sucrer est celui de l'ancien *guardia civil*, Melchor comprend à l'instant que l'explication de Biel March est la bonne.

— Si c'est Carrasco qui a volé les images, les preuves contre Mattson sont nulles et non avenues. Et sans preuve, pas d'affaire.

— Exact, dit Biel March. Ils n'avaient pas l'intention de le tuer. Ils voulaient fouiller la maison. Ils allaient le faire parler.

Ils étaient déterminés à l'interroger et le faire avouer. Mais Carrasco ne s'est pas laissé faire.

Il fait nuit et Melchor sent que, à l'autre bout de la ligne, l'ami de Carrasco et propriétaire de Can Sucrer est en proie à une colère froide. Il a trouvé son numéro de téléphone sur internet, sous un texte qui le décrit comme un artiste qui vit et travaille à Pollença, et à côté d'une photographie où on le voit poser – grand et dégingandé, coiffé d'un chapeau de paille, avec une barbe grisonnante et mal taillée – devant l'une de ses installations : une grande haie naturelle de myrte en forme de cube. Melchor ne lui a pas demandé comment il sait qui a pénétré chez Mattson : il est convaincu que Carrasco a appelé Biel March dès qu'ils sont partis comme des flèches de la propriété, et que c'est Biel March qui a réussi à faire venir un médecin à une heure pareille à Can Sucrer pour les prendre en charge, lui et Salom.

— J'ai du mal à comprendre pourquoi il n'est pas parti, s'étonne Melchor. Il savait que ça pouvait arriver.

— Bien sûr qu'il le savait, réplique Biel March. Je lui ai répété mille fois : "Pars. Tu as obtenu ce que tu voulais. Décampe, bon sang. Si tu ne pars pas, ils viendront te chercher." Et vous savez ce qu'il me répondait ? "Ici, c'est chez moi, Biel. Je ne partirai pas. C'est eux qui devront partir."

— Ne pleurez pas, le prie Melchor.

— "Qu'ils viennent me chercher", continue Biel March. "Je les attends." Il me disait ça, aussi… Putain de merde.

— Ne pleurez pas, répète Melchor.

— Vous savez ce que je crois ? demande Biel March. Je crois que Carrasco voulait que cette affaire ait raison de lui, il ne voulait pas qu'on puisse faire le lien avec vous. D'abord, parce qu'il pensait que c'était une histoire entre Mattson et lui. Deuxièmement, comme je viens de le dire, si quelqu'un réussissait à établir un lien avec vous, Mattson s'en sortait. Alors, il a voulu en finir une bonne fois pour toutes. Il a détruit ses archives et il a décidé de se sacrifier.

— Je ne comprends pas très bien, dit Melchor, qui a parfaitement compris.

— J'essaie de vous dire que la mort de Carrasco n'a pas été un assassinat, reprend Biel March. C'était un suicide. Carrasco a emmené avec lui quatre tueurs à gages de Mattson, certes, mais c'est ainsi que ça s'est passé… De toute façon, ne vous inquiétez pas : nous n'en resterons pas là.

— Qu'est-ce que vous comptez faire ? demande Melchor.

— Révéler ce qui s'est produit, répond Biel March. Raconter qui a tué Carrasco, dénoncer les *guardias civiles* de Pollença et les juges d'Inca qui étaient à la solde de Mattson, et le fait que tout le monde savait qu'ils étaient à la solde de Mattson, révéler toute la merde qu'on a laissée s'accumuler pendant si longtemps… C'est ce que je vais faire. C'est maintenant ou jamais.

Melchor essaie de calmer Biel March, le priant d'être prudent, il tente de détourner la conversation vers un autre sujet, mais il n'y réussit pas. Les deux hommes continuent de parler de Carrasco jusqu'au lever du jour.

— Il vous a dit qu'il était communiste ? demande Biel March, à présent plus calme. Il l'était. Il avait la carte, et tout… Incroyable, n'est-ce pas ? Il devait être le seul communiste de la Guardia Civil. Il n'avait pas d'argent pour s'acheter une paire de chaussures mais il continuait de payer sa cotisation, alors que plus personne ne sait s'il existe encore un parti communiste en Espagne… Je me moquais de lui. Je lui disais : "Damián, tu dois être le dernier communiste qui reste dans ce pays." Et vous savez ce qu'il me répondait ? "Arrête de me casser les couilles, Biel. Mon grand-père était communiste, mon père était communiste et moi je mourrai communiste."

Au détour de la conversation, Melchor se rappelle le mot de passe que Carrasco lui avait donné par courrier pour qu'il lui confirme ensuite par WhatsApp s'il acceptait ou non sa proposition de donner l'assaut à la villa de Mattson, et il demande à Biel March s'il en connaît la signification.

— "Alors la Terre est tienne" ? demande Biel March.

— Oui, répond Melchor. "Terre" avec un *T* majuscule.

— Je ne sais pas, reconnaît Biel March après un silence. Ça me parle, mais je ne saurais pas en dire plus.

Lorsque Melchor prend congé de lui, la colère initiale de l'ami de Carrasco s'est muée en une sorte de désespoir tranquille, mais il n'a pas renoncé à l'idée de lancer une campagne contre la corruption instaurée par Mattson sur l'île.

— En tout cas, Carrasco n'aura pas perdu la vie pour rien, affirme-t-il.

Puis il enchaîne :

— Revenez quand vous voulez. Vous savez déjà que les amis de mes amis sont mes amis. Et ne vous y trompez pas : quoi qu'il arrive, cet endroit reste merveilleux.

La première action qu'entreprend Ricardo Lozano, titulaire du tribunal d'instruction numéro trois d'Inca et juge instructeur du cas Mattson, surprend les initiés et les profanes, mais surtout les avocats de Mattson : il émet un mandat de perquisition de la villa du magnat à Formentor. Un double objectif motive cette procédure : d'un côté, trouver et préserver les preuves des délits imputés à Mattson avant que quelqu'un ait l'idée de les détruire ; de l'autre côté, vérifier que les images diffusées par Caracol TV – dont une copie a été remise de plein gré au juge par la chaîne colombienne – ont été effectivement tournées dans sa maison, comme le prétendent les journalistes.

Un dispositif commun de *guardias civiles* et de membres de la police nationale mène l'opération par surprise, en présence du juge Lozano lui-même et d'un avocat de l'administration de justice, et au cours de cette même journée des images de ce que Carrasco appelait le coffre du trésor filtrent dans la presse ; au bout de quelques heures seulement, elles font le tour du monde. L'effet qu'elles produisent dans l'opinion publique est dévastateur pour la réputation déjà mal en point de Mattson – dans une vitrine blindée, on peut voir des dizaines de trophées sexuels accumulés par le magnat, dont certains conservés dans le formol. Le juge d'instruction dicte aussitôt un mandat d'arrêt européen (MAE) contre le magnat, lequel commence seulement à comprendre que son blindage est sur le point d'être pulvérisé et, oubliant son arrogance et la haute idée qu'il a de lui-même, essaie de se mettre à l'abri en fuyant la Suède. Il n'y réussit pas : la police scandinave l'arrête à l'aéroport d'Arlanda, alors qu'il s'apprête à embarquer à bord d'un jet privé à destination de Brasilia et, au vu du risque élevé de fuite que présente l'homme arrêté, le tribunal réuni au palais de justice de Stockholm décide de son incarcération à Österåker sous le régime de la détention provisoire, en attendant la résolution de la procédure d'extradition en cours. Quatre jours plus tard, alors que personne ne s'est encore remis des images de Rafael Mattson menotté et escorté par des agents de police, l'air abasourdi de celui qui ne comprend pas ce qui se passe ou qui n'arrive pas à y croire, le même tribunal suédois, après avoir estimé accablantes les preuves contre le philanthrope et évalué l'ampleur de l'inquiétude causée par l'affaire, ordonne l'extradition de Mattson et son transfert immédiat en Espagne afin qu'il y soit jugé. Pour couronner le tout, l'une des femmes que le juge Lozano a identifiée comme victime, et ce grâce aux vidéos conservées dans la villa de Formentor, porte plainte contre le magnat précisément le jour où il atterrit à l'aéroport de Majorque, et dans les deux jours qui suivent, quatre autres femmes, dont deux originaires de Palma et deux de Barcelone, en font autant.

— C'est carrément l'effet boule de neige, exulte Blai. Et attendez, je parie tout ce que vous voulez que, dans un mois, ce juge croulera sous les plaintes.

— Les victimes vont cesser d'avoir peur, présage Rosa.

— Rien ni personne ne pourra sauver ce fils de pute, c'est sûr, pronostique Paca Poch.

— Moi j'attends de voir, intervient Salom en s'efforçant de tempérer l'euphorie générale. Mais c'est possible : le juge peut ne pas croire une plainte, mais dix, il ne peut qu'y croire.

Melchor est le seul à ne rien dire, conscient que les autres se posent en silence une question qu'ils n'osent pas formuler à haute voix. Ils se demandent si Cosette se joindra aux plaignantes et si elle témoignera contre Mattson.

Melchor souhaite de tout cœur qu'elle ne le fasse pas, et il est certain que, du moins pour l'instant, sa fille n'envisage pas de le faire. Cosette a quitté la clinique Mercadal deux semaines après l'assaut de la villa de Mattson, alors que le scandale battait déjà son plein, mais elle n'a fait aucun commentaire, en tout cas pas en présence de Melchor, ni en présence de Rosa. Elle n'en a pas fait non plus les semaines suivantes. "Ne croyez pas que votre fille soit guérie", lui avait dit le docteur Mercadal la dernière fois que Melchor s'était rendu à sa clinique, le jour où il était allé chercher Cosette. "Ici, durant toutes ces semaines, on a arrêté le cercle vicieux, Cosette est sortie de la dépression, elle a pris conscience de ce qui s'est passé, elle n'est plus victime de pulsions autodestructrices et elle a récupéré un peu de son auto-estime, suffisamment pour qu'on la laisse partir et qu'elle mène une vie apparemment normale." "Apparemment ?" avait demandé Melchor. "Il semble qu'elle aille bien, mais elle ne va pas bien", avait répondu la docteure Ibarz qui s'était jointe à cette dernière réunion. "Elle ne peut pas mener une vie normale, mais elle peut faire semblant d'avoir une vie normale. Si normale qu'il est probable que personne autour d'elle ne se rende compte de rien, même pas vous. Cela ne veut pas dire pour autant que le traumatisme n'est pas encore en elle et qu'elle est guérie... Autrement dit, c'est une bonne chose que Cosette essaie de reprendre une vie normale dans la mesure du possible, et qu'elle soit impatiente de le faire. Mais ce serait une mauvaise chose d'oublier qu'elle souffre encore, que la douleur est toujours là." "Maintenant, Cosette sait qu'elle est encore blessée, avait enchaîné le docteur Mercadal, se frottant l'avant-bras comme s'il était couvert de plaies. Elle sait où se trouve cette blessure, elle sait comment elle a été blessée et qui l'a faite, et on l'a même aidée à y appliquer un pansement afin que personne ne la voie... Mais cela ne veut pas dire que la blessure soit guérie. Pire, si elle ne guérit pas, elle finira par se gangrener." Par la suite, le docteur Mercadal lui avait donné le nom d'un psychologue spécialisé dans le traitement des traumatismes dont le cabinet se trouvait à Tortosa, et il lui conseillait d'y emmener Cosette. "Il l'aidera à guérir complètement, avait dit le docteur Mercadal. Il l'aidera à enlever chaque semaine son pansement et à soigner sa blessure jusqu'à ce que celle-ci cicatrise." "C'est ce qu'on vous a dit le premier jour sur le processus de rétablissement, lui avait rappelé la docteure Ibarz. Ce ne sera sans doute pas facile... Cosette ne voudra probablement rien savoir de ce qui lui est arrivé. Tout d'abord, parce que pour elle c'est déjà passé. Et surtout parce que c'est trop douloureux pour qu'elle ait envie de revenir là-dessus... Mais si elle souhaite guérir complètement, elle doit faire ce chemin-là. Elle doit retrouver son corps, se réconcilier avec lui, c'est-à-dire, avec elle-même. Sinon, son corps le lui fera payer cher et sa vie sera un cauchemar." Melchor avait demandé combien de temps il faudrait à Cosette pour se remettre complètement, à quel moment elle redeviendrait celle qu'elle avait été, combien de temps durerait le processus de guérison. Les deux médecins avaient haussé les épaules en même temps. "Nous l'ignorons, avait dit la docteure Ibarz. Ça prendra le temps que ça prendra." "En réalité, ça dépend de la personne, avait ajouté le docteur Mercadal. Dans un cas comme celui-ci, la guérison prend généralement plusieurs années : en fin de compte, on parle ici d'abus très graves. Mais je vous l'ai dit, votre fille est une fille particulière, plus forte que vous ne le croyez… Vous vous souvenez de la phrase de Nietzsche ?" "Ce qui ne te tue pas, te rend plus fort", avait cité Melchor. "Exact, avait répliqué le docteur Mercadal. Eh bien, quel que soit le temps dont aura besoin Cosette pour se remettre, ça la rendra plus forte. Bien plus forte. Vous pouvez en être certain. Simplement, veillez à ce qu'elle guérisse, et le reste viendra tout seul… Votre fille est une personne formidable, si j'avais une fille comme elle, j'en serais fier."

Cosette avait regagné la Terra Alta débordante d'énergie et accepté sans rechigner de se rendre une fois par semaine chez le psychologue recommandé par le docteur Mercadal, qui s'appelait Lluís Arbeloa et recevait au centre-ville de Tortosa. À ce moment-là, les élèves de terminale de l'Institut Terra Alta n'avaient plus cours, et Cosette avait raté le semestre précédant le bac, examen qu'elle devait passer si elle souhaitait entreprendre des études universitaires l'année suivante. Ce contretemps ne l'avait pas découragée : elle avait récupéré les notes de cours du trimestre antérieur et pour lors, le mois de juin touchant à sa fin, après avoir passé deux semaines enfermée chez elle sans à peine sortir, elle vient de se présenter aux examens de fin d'année. Voilà pourquoi Melchor est persuadé que Cosette n'envisage pas de porter plainte contre Mattson : les efforts qu'elle a fournis pour préparer ces examens l'ont épuisée et l'attente des résultats l'empêche de penser à autre chose.

De manière prévisible, elle ne les réussit pas, ou pas tous, si bien qu'elle ne peut se présenter à l'examen du bac et qu'elle consacre le reste de l'été à réviser pour la session de rattrapage qui aura lieu en septembre. Melchor n'arrive pas à comprendre l'acharnement de Cosette à vouloir passer cet examen alors qu'elle ne sait pas encore quelles études elle veut faire, mais il se réjouit de la voir potasser avec entrain plusieurs heures par jour, partager avec lui les tâches ménagères et sortir avec ses amis, si bien qu'il n'interfère pas, n'intervient pas, ne pose aucune question. Début août, Cosette lui apprend qu'elle sort avec un garçon, un cousin d'une amie de La Pobla de Massaluca, qui passe les grandes vacances au village.

— Il est de Barcelone, l'informe Cosette. Il s'appelle Albert.

Melchor regarde sa fille sans réagir ; celle-ci lui demande :

— Tu n'as rien à me dire ?

— Que veux-tu que je te dise ? Je trouve ça fantastique.

— Alors dis que c'est fantastique.

— C'est fantastique.

Ils rient. Cette année-là, c'est la première fois qu'ils ne passent pas l'été avec Carmen et Pepe à El Llano de Molina, dans la province de Murcia. Melchor appelle la vieille amie de sa mère pour lui en faire part ; il allègue un mensonge et une vérité : la vérité, c'est que Cosette doit réviser pour le bac et qu'elle cherche à éviter les distractions ; le mensonge, c'est qu'il a eu un accident de moto durant un séjour à Majorque et qu'il doit suivre des séances de rééducation pour son genou. Même ce dernier point est faux : trois semaines après son retour de Pollença, Melchor avait certes pu se débarrasser de l'attelle qui protégeait son genou et commencer la rééducation, si ce n'est qu'en réalité il y avait renoncé quelques jours plus tard, le traumatologue et le kinésithérapeute lui ayant assuré qu'on ne pourrait faire davantage que ce qui avait déjà été fait, qu'il ne pourrait plus jamais marcher normalement et qu'il lui faudrait s'habituer à vivre avec son handicap.

À la mi-août, Melchor et Cosette s'installent dans le mas de Rosa et mettent en location l'appartement de la rue Costumà. Une nuit, peu après le déménagement, Melchor reçoit un appel de Biel March. Il s'en réjouit, croyant que l'ami de Carrasco lui téléphone pour commenter les bonnes nouvelles concernant l'affaire Mattson. Il se trompe.

— Vous vous souvenez de ce que vous m'aviez demandé ? s'enquiert Biel March.

— Quoi donc ?

— Le mot de passe que Carrasco vous avait donné. Cette phrase, “Alors la Terre est tienne”.

— Ah, oui.

— Eh bien je sais d’où ça vient.

— C’est vrai ?

— Ça vient d’un poème de Rudyard Kipling. Je ne sais pas comment j’ai pu l’oublier. Le poème s’intitule *If*, apparemment il est très connu. Ça vous dit quelque chose ?

— Je connais Kipling mais je ne connais pas le poème. Et je ne savais pas que Carrasco aimait la poésie.

— Il ne l’aimait pas. Mais il aimait ce poème. Un jour, il m’a dit que plus jamais il ne lirait de poèmes après avoir lu celui-ci, pour lui c’était impossible qu’on ait écrit quelque chose de meilleur que ça. Lisez-le, vous me direz ce que vous en pensez. Vous trouverez la phrase “Alors la Terre est tienne” dans l’avant-dernier vers.

Dès qu’il raccroche, Melchor cherche sur internet une traduction du poème de Kipling. La première qu’il trouve est celle-ci :

Si tu restes ton maître alors qu’autour de toi
Nul n’est resté le sien, et que chacun t’accuse ;
Si tu peux te fier à toi quand tous en doutent,
En faisant cependant sa part juste à leur doute ;
Si tu sais patienter sans lasser ta patience,
Si, sachant qu’on te ment, tu sais ne pas mentir ;
Ou, sachant qu’on te hait, tu sais ne pas haïr,
Sans avoir l’air trop bon ou paraître trop sage ;

Si tu aimes rêver sans t’asservir au rêve ;
Si, aimant la pensée, tu n’en fais pas ton but,
Si tu peux affronter, et triomphe, et désastre,
Et traiter en égaux ces deux traîtres égaux ;
Si tu peux endurer de voir la vérité
Que tu as proclamée, masquée et déformée
Par les plus bas valets en pièges pour les sots,
Si voyant s’écrouler l’œuvre qui fut ta vie,
Tu peux la rebâtir de tes outils usés ;

Si tu peux rassembler tout ce que tu conquis
Mettre ce tout en jeu sur un seul coup de dés,
Perdre et recommencer du point d'où tu partis
Sans jamais dire un mot de ce qui fut perdu ;
Si tu peux obliger ton cœur, tes nerfs, ta moelle
À te servir encore quand ils ont cessé d'être,
Si tu restes debout quand tout s'écroule en toi
Sauf une volonté qui sait survivre à tout ;

Si t'adressant aux foules tu gardes ta vertu ;
Si, fréquentant les Rois, tu sais rester toi-même,
Si ton plus cher ami, si ton pire ennemi
Sont tous deux impuissants à te blesser au cœur,
Si tout homme avec toi compte sans trop compter ;
Si tu sais mettre en la minute inexorable
Exactement pesées les soixante secondes
Alors la Terre est tienne et tout ce qu'elle porte

Et mieux encore tu seras un homme mon fils !

Melchor lit deux fois le poème ; quand il le lit la troisième fois, il se dit que c'est le premier poème qu'il comprend de sa vie ; quand il le lit la quatrième fois, il se dit que ce n'est pas lui qui comprend le poème mais que c'est le poème qui le comprend ; quand il le lit la cinquième fois, il se dit qu'il vient de comprendre Carrasco ; quand il le lit la sixième fois, il se rappelle le fonctionnaire gris à la canne qui, quand il cherchait Cosette, l'avait accueilli au tribunal d'Inca et l'avait plus tard mis sur la piste de Carrasco (ou c'est ce que Melchor croit) : il ne sait même pas comment cet homme s'appelle, mais il se demande s'il a conscience que son petit geste courageux et anonyme a déclenché l'affaire Mattson ; quand il le lit la septième fois, il s'aperçoit qu'il le connaît presque par cœur. Après l'avoir complètement mémorisé, il l'envoie par mail à sa fille.

Le lendemain, alors qu'ils prennent leur petit-déjeuner sur la terrasse, Cosette demande à Melchor pourquoi il lui a envoyé ce poème.

— Tu l'as lu ? demande Melchor.

— Oui, répond Cosette.
Melchor lui raconte l'histoire de Carrasco.

Début septembre, Cosette se présente à l'examen du bac et l'obtient avec un 8,3. Pour fêter cela, le père et la fille déjeunent dans un restaurant de Horta de Sant Joan, le Can Miralles. Au cours du repas, ils parlent de Vivales, le vieil avocat qui pendant des années faisait office de père pour Melchor et de grand-père pour Cosette ; ils évoquent aussi Puig et Campà, les deux amis de Vivales, qu'ils ne voient plus depuis la mort de l'avocat, et Melchor dit son projet, qu'il ne réalisera pas, de leur téléphoner, de prendre de leurs nouvelles et de les inviter en Terra Alta. Quand ils commandent le café, Cosette annonce :

— J'ai deux nouvelles pour toi.

— Vas-y, envoie.

— Je ne sors plus avec Albert.

Melchor regarde sa fille sans ciller.

— Je trouve ça fantastique, dit-il.

— C'est ce que tu m'as dit quand je t'ai dit que je sortais avec lui.

— C'est que dernièrement, je trouve fantastique tout ce que tu fais.

Ils rient.

— Et la seconde nouvelle ?

Le temps que Cosette met à répondre est celui que met le garçon à leur servir les cafés et à tourner les talons.

— Je vais porter plainte contre Mattson.

Peut-être parce que, en son for intérieur, il s'y attendait, la première nouvelle n'est pas une surprise pour Melchor ; la seconde, si. Il demande à Cosette si elle est consciente de ce que porter plainte contre Mattson signifie.

— Non, reconnaît-elle. Mais je peux l'imaginer.

— Tu ne peux pas l'imaginer, la corrige Melchor. Tu seras obligée de faire une déposition devant un juge. Tu seras obligée de te présenter au procès. Tu ne sais pas ce que c'est.

— Non, reconnaît Cosette à nouveau. Mais je vais le découvrir.

Pendant un bon moment, Melchor essaie de dissuader sa fille avec toute une batterie d'arguments qu'il a à sa disposition, le principal étant que, vu le tour que prend l'instruction de l'affaire Mattson, le magnat n'aura plus d'échappatoire possible, et par conséquent tout porte à croire qu'il sera condamné à de nombreuses années de prison, avec ou sans le témoignage de Cosette au cours du procès.

— J'en suis bien contente, dit Cosette. Mais peu importe. Je veux témoigner contre Mattson. Je veux raconter ce qu'il m'a fait. Et je veux le lui dire en face. À lui et a tous les autres.

Melchor ne réussit pas à la faire changer d'avis ; mais il réussit à lui faire accepter de parler le lendemain avec Blai pour que celui-ci lui explique, avec force détails intimidants et en imaginant la pire des hypothèses (mais cela, il ne le dit pas à Cosette), les retombées de la décision qu'elle veut prendre.

Le lendemain après-midi, juste avant que Melchor ne quitte la bibliothèque, Blai lui téléphone.

— Elle tient de son père, constate-t-il après une heure de conversation avec Cosette. Têtue comme une mule... On t'attend au commissariat pour prendre sa déposition.

L'après-midi même, la déposition est transmise au juge de Gandesa, qui se dessaisit au profit de son homologue d'Inca.

À ce moment-là, à la mi-septembre, l'affaire Mattson a changé de physionomie. Vingt-six femmes, jusqu'à présent, ont porté plainte contre le magnat, l'accusant de différents délits sexuels, et le nombre d'inculpés dans le dossier, parmi lesquels deux sénateurs américains, un cheikh du petit émirat de Sharjah et un ex-Premier ministre suédois, s'élève à dix-neuf, tous identifiés par leurs victimes sur les vidéos ou les photos prises dans la villa de Formentor. Certaines de ces personnalités ont fui ou disparu et, bien que le juge Lozano émette des avis de recherche et d'arrestation contre tous, il semble peu probable qu'ils soient extradés dans un bref délai des pays où ils ont cherché refuge, et par conséquent tout indique que le magistrat sera tenu d'ouvrir une instruction judiciaire à part afin de pouvoir les juger quand il les aura à sa disposition, eux et les autres suspects qui apparaissent sur les images et qu'il n'a pas encore réussi à identifier. Tout indique également que l'instruction de ce macrodossier peut durer au moins deux ans, que le procureur peut réclamer pour Mattson une peine de plusieurs siècles de prison et que le tribunal peut, en définitive, le condamner à quarante-cinq années de détention, la peine maximale prévue par le Code pénal espagnol. Il ne manque pas de juristes pour prédire que l'affaire Mattson pourrait se prolonger encore davantage et que, même au-delà des deux décennies indiquées par la loi espagnole comme délai de prescription, les responsables des délits commis dans la villa de Formentor pourraient encore être traduits en justice. Quant à l'opinion publique – qui de manière quelque peu arbitraire a baptisé cet endroit "le Château de Barbe-Bleu" –, l'impression générale est que l'affaire Mattson marque un tournant décisif dans le combat contre l'impunité des violences sexuelles contre les femmes, et beaucoup d'analystes la comparent avec l'affaire Weinstein qui, près de vingt ans en arrière, le jour où les délits sexuels du tout-puissant manitou de l'industrie cinématographique américaine furent mis au jour, déclencha la rébellion des femmes en Occident contre leur sempiternelle soumission aux hommes et avait suscité le mouvement MeToo, avec le dessein de mettre fin à ce fléau séculaire mais qui avait par la suite perdu de son élan progressivement.

Le héros de cette nouvelle insurrection féministe est le juge Lozano, l'instructeur du dossier Mattson, qui en quelques mois seulement passe du statut d'illustre inconnu à celui de célébrité mondiale et dont l'effigie s'affiche sur des tee-shirts, des autocollants et des graffiti un peu partout sur la planète, et dont le nom devient à la fois un emblème d'intégrité morale et une sorte de type idéal de la nouvelle masculinité féministe. Cela explique peut-être qu'un article sur lui publié par le journaliste vedette du *Diario de Mallorca*, Matías Vallés, intitulé "Le juge star", n'ait qu'une mince répercussion locale. Le texte fait partie d'une série de chroniques que Vallés consacre depuis deux mois au réseau de corruption mis en place par Mattson à Majorque depuis des années ; la série a été publiée concomitamment aux arrestations effectuées par le magistrat de Palma qui, quasiment depuis le début de l'affaire Mattson, enquête pour prévarication sur le juge d'instruction d'Inca écarté du tribunal pour avoir ordonné le classement précipité et injustifiable du dossier, une enquête qui, pour l'instant, a débouché sur l'arrestation de deux magistrats du tribunal d'Inca et d'un troisième, rattaché au tribunal supérieur de justice de Palma, de même que d'un capitaine de la police judiciaire d'Inca et d'un sergent, d'un adjudant et de plusieurs *guardias civiles* du poste de Pollença, dont tous, selon le juge, se trouvaient prétendument à la solde du magnat afin de freiner, manipuler ou diluer les plaintes présentées contre lui. L'article de Vallés soutient ou insinue avec une ruse diabolique, en citant des sources anonymes du tribunal d'Inca, que, en réalité, Lozano faisait partie du réseau de Mattson, et que son jeu dans le rôle du juge intègre est surjoué et n'a d'autre but que d'occulter ses liens avec le magnat, un surjeu dicté par le très développé flair médiatique du juge, qui dès le début avait pressenti que le raz-de-marée provoqué par les images diffusées sur Caracol TV allait entraîner sur son passage tous ceux qui tenteraient de s'opposer à l'évidence.

— Je ne vous avais pas dit qu'il y a ceux qui sèment et ceux qui récoltent ? répète Paca Poch quand Melchor leur résume l'article. Là, ça se voit clairement.

— Et moi, je ne t'ai pas dit que si tu voulais des applaudissements, tu ferais mieux de travailler dans un cirque ? demande Blai.

— Tu m'as parlé d'un théâtre, patron, le corrige Paca Poch.

— Ne me casse pas les couilles, Paca, dit Blai. Un théâtre, un cirque, quelle est la différence ?

— Allez, me dis pas que tu t'es pas amusée à Pollença, lance Vàzquez à la sergente. Parce que tu dois sacrément t'ennuyer en Terra Alta…

— Viens vivre ici et je t'en donnerai, moi, de l'ennui, mon beau, dit Paca Poch.

— Paca, bordel, sa femme est juste à côté, la réprimande Blai.

— Va savoir, se demande Salom. Peut-être que le journaliste ne se trompe pas. – Il montre vaguement à Melchor. – Quand celui-ci a débarqué ici, il parlait moins qu'un muet, mais il ne perdait pas l'occasion de dire que les pires méchants sont ceux qui semblent bons.

— Dans le cas de Mattson, au moins, il ne s'est pas trompé, avance Vàzquez.

— Que ce que dit le journaliste soit vrai ou pas, il n'arrivera rien à Lozano, parie Melchor, car il sait que derrière les enquêtes du magistrat chargé de démanteler le réseau de corruption de

Mattson il y a une déposition de Biel March, ami et informateur de Matías Vallés. Dès que cet article est sorti, sur les réseaux sociaux, les gens se sont précipités pour défendre le juge Lozano : le journaliste a été accusé de machiste, de défendre Mattson, d'être un pauvre plouc incapable d'apprécier la grandeur de Lozano, d'être jaloux de sa popularité, et de je ne sais quoi encore. Le peuple aime Lozano.

— Chut, s'agite Vàzquez. C'est Verónica qui arrive.

— Qu'est-ce que vous ne voulez donc pas qu'on entende ? demande Verónica en faisant son entrée sur la terrasse bras dessus bras dessous avec Glòria, la femme de Blai. Bande de brigands. Vous n'êtes qu'une bande de brigands.

C'est samedi après-midi, et depuis près de vingt-quatre heures, le mas de Rosa vit au rythme de la fête, qui l'a obligée à embaucher deux serveurs pour prêter main-forte à Ana Elena. Le vendredi après-midi, Vàzquez et Verónica sont arrivés de La Seu d'Urgell et, depuis Barcelone, Rosa et Lídia, les deux filles aînées de Rosa, avec leurs maris et leurs enfants. Salom, Paca Poch, Blai et sa femme se sont présentés à l'heure du dîner, qui s'est prolongé plusieurs heures durant et à l'issue duquel on a dansé dans le jardin, et ce jusqu'au petit matin. La fête semble maintenant toucher à son terme, surtout depuis que les filles de Rosa et leurs familles sont reparties pour Barcelone et que Verónica a assuré à Vàzquez qu'elle n'avait pas l'intention de rester une nuit de plus en Terra Alta. Mais le groupe de policiers et d'anciens policiers n'a pas l'air disposé à se disperser et continue de deviser sur la terrasse du premier étage. À un moment donné, Cosette apparaît, accompagnée de Rosa – avec laquelle elle a discuté longuement dans la bibliothèque –, et annonce à son père qu'elle s'en va, car son amie Elisa Climent vient la chercher.

— Je t'accompagne, dit Melchor en se levant.

Cosette les salue tous, puis le père et la fille descendent dans le vestibule, Melchor claudiquant dans l'escalier derrière Cosette. Ils sortent de la maison et se dirigent vers l'entrée de la propriété dont la porte entrouverte laisse apercevoir la vaste campagne et, plus loin, le profil irrégulier des montagnes qui se découpent dans le point du jour, hérissées d'éoliennes. Bien avant d'atteindre la porte, Cosette s'arrête.

— J'ai réfléchi, dit-elle.

Melchor se tourne vers elle.

— Je sais ce que je veux faire cette année, ajoute Cosette.

Au même instant, une voiture freine devant la porte de la propriété, la vitre du passager se baisse et Elisa Climent sort la tête et une partie de son buste ; souriant et agitant le bras, l'amie de Cosette crie quelque chose que Melchor ne parvient pas à comprendre. Cosette répond avec un sourire et un index levé, et il remarque alors qu'un garçon est installé au volant et qu'un autre est assis sur la banquette arrière.

— Pas besoin que tu fasses quoi que ce soit, dit-il. Rien ne presse. À ta place, je prendrais une année pour y réfléchir.

Melchor essaie d'étayer sa suggestion avec des arguments, mais Cosette lui coupe la parole.

— Je ne suis pas du tout pressée, dit-elle. Mais j'y ai déjà pensé. Je viens d'en parler avec Rosa.

Melchor lit sur les lèvres de Cosette qu'en effet, elle a pris une décision, et que celle-ci est irrévocable. Le bruit d'un klaxon anéantit la tranquillité bucolique du lieu où se dresse la demeure, et de la vitre du passager émerge à nouveau Elisa Climent, qui adresse à sa copine un geste travaillé qui semble à la fois vouloir la presser elle et lui demander pardon à lui. Cosette se tourne à nouveau vers son père et lui annonce, très sérieuse :

— Je vais être policière.

NOTE DE L'AUTEUR

Je n'aurais pas pu écrire ce roman si je n'avais pu compter sur l'aide désintéressée de certaines personnes. Pour commencer, il me faut citer plusieurs membres de la Guardia Civil rattachés au commandement de Palma ou au poste de Port de Pollença : la sergente Antonia Alanzol, le brigadier Víctor Manuel Rubio Martos et le caporal-chef Francisco Molina Cárdenas ; Juan Manuel Torres n'est plus *guardia civil* mais il l'a été et, comme les trois personnes mentionnées avant, il a mis à ma disposition son temps et ses nombreuses connaissances. Les conversations que j'ai eues avec Pedro Herranz, inspecteur-chef de l'unité des personnes disparues de la police nationale, et avec Miquel Barnera, psychologue et thérapeute de la famille spécialisé en violences sexistes, m'ont été d'une grande utilité. Raquel Gispert m'a ouvert en grand les portes de Majorque, Mateu Suau celles de l'hôtel Borràs et Biel March celles de sa maison (et bien d'autres) ; ce dernier a aussi eu la générosité de lire et d'améliorer le manuscrit. L'ont également fait Marco Antonio Jiménez Bernal, sergent des *mossos d'esquadra*, qui m'a éclairé sur une infinité de sujets policiers, et Carles Monguilod et Juan Francisco Campo, qui depuis des années veillent à ce que je ne me trompe pas en affaires juridiques et médicales. Antoni Cortés continue d'être le meilleur ambassadeur imaginable de la Terra Alta.

À eux tous, merci.

OUVRAGE RÉALISÉ
PAR L'ATELIER GRAPHIQUE ACTES SUD
ACHEVÉ D'IMPRIMER
SUR ROTO-PAGE
EN MARS 2023
PAR L'IMPRIMERIE FLOCH
À MAYENNE
POUR LE COMPTE DES ÉDITIONS
ACTES SUD
LE MÉJAN
PLACE NINA-BERBEROVA
13200 ARLES

DÉPÔT LÉGAL
1re ÉDITION : AVRIL 2023
N° impr. : 102178
(Imprimé en France)